Sir Arthur Conan Doyle

Ausgewählte Werke ~ Band 6

Die verlorene Welt

Sir Arthur Conan Doyle

Die verlorene Welt

Ein Bericht
über die jüngsten erstaunlichen Abenteuer
des Professors George E. Challenger,
Lord John Roxtons, Professor Summerlees
und Mr. E. D. Malones von der *Daily Gazette*

Aus dem Englischen übersetzt, mit Anmerkungen
und einem Nachwort versehen von
REINHARD HILLICH

HERAUSGEGEBEN VON OLAF R. SPITTEL

VERLAG 28 EICHEN
BARNSTORF

Übersetzung aus dem Englischen von Reinhard Hillich, 2007.
Originaltitel: The Lost World.
Being an Account of the Recent Amazing Adventures of
Professor George E. Challenger, Lord John Roxton,
Professor Summerlee, and Mr. E. D. Malone of The Daily
Gazette.
Erstveröffentlichung: März bis Juli 1912
im Sunday Magazine der Philadelphia Press und
April bis November 1912 in The Strand Magazine.
Erste Buchausgabe: The Lost World. Hodder and Stoughton,
London - New York - Toronto 1912.
Deutsche Erstausgabe: A. Conan Doyle,
Die verlorene Welt. August Scherl, Berlin 1926

Die Deutsche Bibliothek verzeichnet diese Publikation
in der Deutschen Nationalbibliographie.
Detaillierte bibliographische Daten sind im Internet über
http://dnb.ddb.de abrufbar

ISBN 978-3-9809387-8-5
© by Verlag 28 Eichen, Barnstorf 2007
Coverfotografik: © by Olaf R. Spittel 2003/2007

Inhalt

Vorbemerkung

Mr. E. D. Malone legt Wert auf die Feststellung, daß Professor G. E. Challenger von einer Verleumdungsklage Abstand genommen und der Veröffentlichung dieses Berichts ausdrücklich zugestimmt hat, nachdem er sich davon überzeugen konnte, daß keine der darin enthaltenen Äußerungen über seine Person in rufschädigender Absicht gemacht worden sind.

I have wrought my simple plan
If I give one hour of joy
To the boy who's half a man
Or the man who's half a boy

Erstes Kapitel

Heldentaten sind überall möglich

Herr Hungerton, ihr Vater, war wirklich der taktloseste Mensch auf Erden: ein Mann wie ein aufgeplusterter Kakadu mit zerzausten, struppigen Federn – völlig gutartig zwar, aber ganz auf sein einfältiges Ich beschränkt. Wenn mich etwas von Gladys hätte abbringen können, dann die Vorstellung, solch einen Schwiegervater zu bekommen. Ich bin überzeugt, er glaubte ehrlichen Herzens, ich käme seinetwegen dreimal pro Woche in sein Haus, das „The Chestnuts" hieß, und sei besonders begierig, mir seine Ansichten über die Doppelwährung anzuhören – ein Gebiet, auf dem er sich für einen Experten hielt.

An jenem Abend ließ ich mehr als eine geschlagene Stunde lang seine monotone Litanei über die Verdrängung guten Geldes durch schlechtes, den Symbolwert des Silbers, die Abwertung der Rupie und die wahren Wechselkurse über mich ergehen.

„Angenommen", rief er mit der Heftigkeit eines Borniertschen, „alle Schulden der Welt würden zur selben Zeit eingefordert und müßten unverzüglich beglichen werden – was würde unter den gegenwärtigen Verhältnissen geschehen?"

Ich gab ihm die selbstverständliche Antwort, daß ich dann ruiniert wäre, worauf er vom Stuhl aufsprang, mir mangelnden Ernst vorwarf, der eine vernünftige Diskussion unmöglich mache, und aus dem Zimmer stürzte, um sich für eine Sitzung seiner Freimaurerloge umzuziehen.

Endlich war ich allein mit Gladys, der schicksalhafte Augenblick war gekommen! Schon den ganzen Abend hatte ich mich wie ein Soldat gefühlt, der mit gemischten Gefühlen das Signal zum Angriff erwartet; meine Gedanken schwankten zwischen Hoffnung auf den Sieg und Angst vor der Niederlage hin und her.

Sie saß so, daß sich ihr stolzes, feines Profil von dem roten Vorhang abhob. Wie wunderschön sie war! Und doch wie unnahbar! Wir waren Freunde, gute Freunde sogar, aber ich kam einfach nicht über unser kameradschaftliches Verhältnis hinaus, das genauso mit einem Kollegen von der *Gazette* funktioniert hätte, denn wir verkehrten miteinander ganz freimütig, ganz herzlich und ganz geschlechtsneutral. Instinktiv bringt es mich auf, wenn eine Frau mir gegenüber zu offen und völlig unbefangen bleibt. Für einen Mann ist das kein Kompliment. Sobald tiefere Gefühle ins Spiel kommen, werden sie von Schüchternheit und Mißtrauen begleitet – ein Erbe aus finsteren alten Zeiten, als Liebe und Gewalt oft Hand in Hand gingen. Der gesenkte Kopf, der ausweichende Blick, Stammeln und Zusammenzucken – das, und nicht der offene Blick und die freimütige Antwort, sind die wahren Anzeichen der Leidenschaft. Soviel hatte selbst ich in meinem kurzen Leben gelernt oder jenem ererbten Gattungsgedächtnis entnommen, das wir Instinkt nennen.

Gladys war mit allen fraulichen Eigenschaften reich gesegnet. Manche hielten sie für kalt und herzlos, doch der bloße Gedanke kam ich mir wie Verrat vor. Diese Haut mit dem feinen bronzefarbenen Schimmer, fast orientalisch anmutend, das rabenschwarze Haar, die großen, feuchten Augen, die vollen und doch fein geschwungenen Lippen verrieten ohne Zweifel ein leidenschaftliches Temperament. Umso betrübter mußte ich feststellen, daß ich bisher nicht die Spur einer Möglichkeit gefunden hatte, auch nur einen Funken Leidenschaft in ihr zu entfachen. Aber ich wollte dem unerträglichen Zustand noch heute abend ein Ende machen. Mehr als einen Korb bekommen konnte ich ohnehin nicht. Lieber ein abgewiesener Liebhaber als ein Adoptivbruder sein!

Soweit waren meine Überlegungen gediehen, und ich wollte eben das lange, unbehagliche Schweigen brechen, als mich zwei dunkle Augen prüfend musterten. Gladys lächelte und schüttelte mißbilligend ihr stolzes Haupt.

„Ich habe das Gefühl, du willst mir einen Heiratsantrag machen, Ned. Tu's lieber nicht, denn so wie es jetzt zwischen uns ist, finde ich es viel netter."

Ich rückte meinen Stuhl näher zu ihr.

„Woher wußtest du, daß ich das vorhatte?" fragte ich, ehrlich verblüfft.

„Frauen besitzen ein untrügliches Gespür dafür. Glaubst du, irgendeine Frau auf der Welt wäre in dieser Hinsicht je überrascht worden? O Ned, unsere Freundschaft war doch bisher so schön und angenehm. Was für ein Jammer, sie zu zerstören! Begreifst du nicht, wie herrlich es ist, wenn ein junger Mann und eine junge Frau so offen miteinander reden können wie wir?"

„Ich weiß nicht recht, Gladys. Sieh mal, offen reden kann ich auch mit … mit dem Stationsvorsteher." Weiß der Himmel, wie mir dieser Beamte in den Sinn kam, aber da war er nun einmal und brachte uns beide zum Lachen. „Das genügt mir aber gar nicht. Ich möchte meine Arme um dich legen und deinen Kopf an meiner Schulter spüren und, ach, Gladys, ich möchte …"

Sie sprang vom Stuhl auf, als sie merkte, daß ich meine Wünsche praktisch demonstrieren wollte.

„Jetzt hast du alles verdorben, Ned", sagte sie. „Es war so schön und natürlich, und nun kommst du damit. Wirklich sehr schade! Warum kannst du dich nicht ein bißchen beherrschen?"

„Aber ich spiele dir doch nichts vor", wandte ich ein. „Die Natur will es so. Es ist Liebe!"

„Na schön, wenn beide lieben, mag es so sein. Ich jedenfalls habe dieses Gefühl noch nicht kennengelernt."

„Das müßtest du aber, du mit deiner Schönheit, deiner Seele! O Gladys, du bist für die Liebe geschaffen! Du mußt lieben!"

„Man muß warten, bis sie kommt."

„Warum kannst du mich nicht lieben, Gladys? Liegt's an meinem Aussehen oder woran?"

Sie beugte sich ein wenig vor, streckte eine Hand aus (was für eine graziöse Geste der Herablassung!) und drückte meinen Kopf nach hinten. Dann musterte sie mein aufwärts gerichtetes Gesicht sehr nachdenklich lächelnd.

„Nein, das ist es nicht", sagte sie schließlich. „Du bist von

Natur aus nicht eingebildet, deshalb kann ich dir mit Bestimmtheit sagen, daß es nichts mit deinem Äußeren zu tun hat. Es liegt tiefer."

„An meinem Charakter?"

Sie nickte ernst.

„Was kann ich tun, um ihn zu ändern? Bitte setz dich und sag es mir. Nein, nicht so, du mußt dich schon setzen!"

Sie betrachtete mich zweifelnd und argwöhnisch, was mir schon viel besser gefiel als ihre offenherzige Vertraulichkeit zuvor. Wie primitiv und roh das Gefühl wirkt, wenn man es in Worte kleidet, doch vielleicht empfinde nur ich es so. Jedenfalls nahm sie wieder Platz.

„Nun erklär mir, woran es liegt."

„Ich liebe einen anderen", sagte sie.

Diesmal schnellte ich vom Stuhl hoch.

„Es handelt sich um keinen bestimmten Mann", erklärte sie und lachte über meinen Gesichtsausdruck, „sondern um ein Ideal. Der Mann, den ich meine, ist mir noch nicht begegnet."

„Erzähl mir von ihm. Wie sieht er aus?"

„Oh, er könnte dir äußerlich sehr ähnlich sein."

„Wie lieb von dir, daß du das sagst! Und welche Eigenschaften hat er, die ich nicht habe? Du brauchst mir bloß ein Stichwort zu nennen: Abstinenzler, Vegetarier, Aeronaut, Theosoph, Supermann – ich versuche alles, Gladys, wenn du nur sagst, was dir gefällt!"

Sie lachte über die Wandlungsfähigkeit meines Charakters. „Also, zunächst einmal glaube ich, daß mein Ideal bestimmt nicht so reden würde", sagte sie. „Als ernster, prinzipienfester Mensch wäre er nicht so schnell bereit, den Launen eines törichten Mädchens nachzugeben. Aber vor allem muß er ein Mann der Tat sein, der dem Tod furchtlos ins Auge blickt, Großes leistet und Einzigartiges erlebt. Eigentlich gilt meine Liebe nicht dem Mann, sondern seinen Verdiensten, von denen ein Glanz auch auf mich fällt. Zum Beispiel Richard Burton! Als ich seine Biographie las, die seine Frau geschrieben hat[1], konnte ich ihre Liebe so richtig verstehen. Oder Lady Stanley! Hast du das wunderbare letzte Kapitel des Buches über ihren Gemahl[2] gelesen? Einen Mann dieses Formats kann eine Frau von ganzem Herzen verehren, ohne sich durch ihre bedingungslose Hingabe selbst zu verleugnen. Im Gegenteil, sie gewinnt an Bedeutung, weil sie ihn ja mit ihrer abgöttischen Liebe zu edlen und großen Taten inspiriert!"

Sie sah so wunderschön aus in ihrer Begeisterung, daß ich beinahe die abstrakte Ebene unserer Unterhaltung verlassen hätte. Ich riß mich jedoch gewaltig zusammen und debattierte weiter.

„Nicht jeder kann ein Stanley oder Burton werden", sagte ich. „Selbst wenn man es wollte – man bekäme nicht die Gelegenheit dazu; ich zumindest hatte sie nie. Wenn man mir eine entsprechende Chance böte, würde ich natürlich versuchen, sie zu nutzen."

„Aber Heldentaten sind überall möglich! Es ist geradezu ein Kennzeichen des Mannes, den ich meine, daß er sich seine Chance selbst schafft. Er läßt sich einfach durch nichts aufhalten. Ich habe diesen Mann zwar nie gesehen, kenne ihn aber doch so genau. Rings um uns wimmelt es von Gelegenheiten zu Heldentaten. Es ist an den Männern, sie zu nutzen, und die Frauen müssen ihre Liebe als Lohn für solche Männer aufsparen. Denk bloß an den jungen Franzosen, der letzte Woche mit einem Ballon aufstieg. Ein Sturm kam auf, aber er startete trotzdem, weil er den Start nun einmal angekündigt hatte. Der Wind trieb ihn in vierundzwanzig Stunden eintausendfünfhundert Meilen weit, und erst mitten über Rußland ist er abgestürzt. Das ist der Typ Mann, den ich meine. Stell dir die Frau vor, die er geliebt hat, und wie andere Frauen sie jetzt beneiden müssen! Das möchte ich auch – um meinen Mann beneidet werden."

„Ich hätte es auch getan, wenn dir sowas gefällt."

„Nein, du dürftest es nicht einfach tun, weil es mir gefällt. Es müßte dich selbst danach drängen, weil es deiner Natur entspricht, weil der Mann in dir nach heroischer Entäußerung lechzt. Zum Beispiel, als du im letzten Monat über diese Kohlenstaubexplosion in Wigan berichtet hast, hättest du in den Schacht hinuntersteigen und die Leute aus den giftigen Gasen retten können."

„Habe ich doch getan!"

„Davon hast du aber nichts erwähnt."

„War nicht der Rede wert."

„Das hätte ich nicht von dir gedacht." Sie musterte mich wesentlich interessierter. „Du warst mutig!"

„Es blieb mir ja nichts anderes übrig. Wenn man eine gute Reportage schreiben will, muß man unmittelbar ran an den Ort des Geschehens."

„Was für ein prosaisches Motiv! Es zerstört die ganze Romantik. Trotzdem, ich bin stolz, daß du unten im Schacht warst, egal aus welchem Grund." Sie reichte mir so freundlich und huldvoll eine Hand, daß ich mich nur darüber beugen und einen Kuß draufdrücken konnte. „Wahrscheinlich bin ich bloß eine dumme Frau, der Backfischideen im Kopf herumspuken. Aber diese Vorstellungen sind für mich so real, mir schon so sehr in Fleisch und Blut übergegangen, daß ich mich nicht dagegen wehren kann. Wenn ich einmal heirate, muß es ein berühmter Mann sein."

„Dem steht nichts im Wege!" rief ich. „Frauen wie du spornen einen Mann an. Gib mir eine Chance, und du wirst schon sehen, wie ich sie beim Schopfe packe! Beziehungsweise, wie du sagst, werde ich mir als Mann meine Chance selbst schaffen und nicht warten, bis sie mir geboten wird. Wie war es mit Clive – nur ein einfacher Buchhalter, und doch hat er Indien erobert! Bei Gott, ich werde auf dieser Welt noch etwas Großes vollbringen!"

Meine plötzliche irische Gefühlsaufwallung stimmte sie ganz fröhlich.

„Warum auch nicht?" sagte sie. „Du hast alle Voraussetzungen, dafür: Jugend, Gesundheit, Kraft, Bildung, Energie. Zuerst fand ich es bedauerlich, daß du dieses Gespräch begonnen hast. Doch jetzt bin ich froh, sehr froh, daß es dich auf solche Gedanken gebracht hat."

„Und wenn ich dann …?"

Ihre liebe Hand ruhte wie warmer Samt auf meinen Lippen. „Kein Wort weiter, mein Herr, Sie sollten schon seit einer halben Stunde beim Spätdienst in der Redaktion sein! Ich habe es bloß nicht übers Herz gebracht, dich daran zu erinnern. Eines Tages, wenn du es zu etwas gebracht hast, sprechen wir vielleicht noch einmal darüber."

Und so kam es, daß mein Herz glühte, als ich an jenem nebligen Novemberabend der Straßenbahn nach Camberwell hinterherrannte, fest entschlossen, keinen weiteren Tag verstreichen zu lassen, ohne eine Heldentat zu vollbringen, die meiner Angebeteten wert wäre. Doch wer in dieser großen weiten Welt hätte ahnen können, was für ein Ausmaß diese Tat annehmen sollte und auf welch merkwürdigen Umwegen ich an sie herangeführt werden würde!

Manchem meiner Leser mag nicht recht einleuchten, was dieses Eröffnungskapitel mit meinem eigentlichen Bericht zu tun hat, doch ohne diese kleine Szene hätte ich nichts Berichtenswertes erlebt. Nur wenn ein Mann mit dem Glauben in die Welt hinausgeht, daß es um ihn herum von Gelegenheiten zu Heldentaten nur so wimmelt, und er darauf brennt, sie beim Schopfe zu packen, nur dann bricht er aus seinem gewohnten Leben aus, wie ich es getan habe, und wagt sich in das wundervolle mystische Land der Dämmerung, wo große Abenteuer, Ruhm und Ehre bereitliegen. Man stelle sich vor, wie ich, ein völlig unbedeutender Mitarbeiter der *Daily Gazette*, damals an meinem Büroschreibtisch hockte und dort, möglichst in jener Nacht noch, eine Aufgabe zu entdecken hoffte, mit der ich mich meiner Gladys würdig erweisen konnte! War es Hartherzigkeit oder Selbstsucht, wenn sie mich aufforderte, mein Leben zu ihrem Ruhme zu riskieren? Zu solch einer Überlegung mag ein Mann im mittleren Alter fähig sein, niemals aber ein hitziger Dreiundzwanzigjähriger, den das Fieber seiner ersten Liebe schüttelt.

Zweites Kapitel

Versuchen Sie Ihr Glück mit Professor Challenger!

Ich habe McArdle, unseren mürrischen alten, rothaarigen Nachrichtenredakteur mit dem runden Rücken, auf Anhieb gemocht und immer gehofft, daß er mich auch mochte. Natürlich war Beaumont der wirkliche Chef, doch der lebte sozusagen in der dünnen Atmosphäre irgendwelcher olympischer Höhen, von wo er etwas geringeres als eine internationale Krise oder das Auseinanderbrechen einer Regierung überhaupt nicht wahrnahm. Manchmal sahen wir die einsame Majestät in ihr Allerheiligstes wandeln, der Blick zerstreut, der Geist irgendwo über dem Balkan oder dem Persischen Golf schwebend.

Er existierte hoch über uns, sehr weit weg. Aber seinen Adjutanten McArdle kannten wir aus der Nähe. Der alte Mann nickte mir zu, als ich eintrat, und schob seine Brille hinauf auf den kahlen Schädel.

„Ah, Mr. Malone. Sie machen sich ja ganz ordentlich, wie ich höre", sagte er in seinem gemütlichen schottischen Akzent.

Ich bedankte mich.

„Die Grubenexplosion war ausgezeichnet, das Feuer in Southwark auch. Sie haben 'ne echte Ader fürs Schildern. Weshalb wollten Sie mich sprechen?"

„Ich möchte Sie um einen Gefallen bitten."

Er wurde argwöhnisch und wich meinem Blick aus. „Soso! Und der wäre?"

„Sir, könnten Sie mir vielleicht einen Sonderauftrag für die Zeitung erteilen? Ich verspreche Ihnen, ich gebe mein bestes und liefere Ihnen erstklassige Berichte."

„Welche Art von Sonderauftrag schwebt Ihnen denn so vor, Mr. Malone?"

„Ach, eigentlich alles, was mit Abenteuern und Gefahren

zu tun hat. Ich würde mich wirklich mächtig ins Zeug legen. Je schwieriger die Sache, desto besser!"

„Sie scheinen ja sehr darauf erpicht zu sein, Ihr Leben zu verlieren."

„Nein, es zu rechtfertigen, Sir!"

„Herrje, Mr. Malone, das klingt ja sehr … sehr hochtrabend. Ich fürchte nur, die Zeiten für diese Sachen sind so gut wie vorbei. Die Kosten derartiger Spezialaufträge lassen sich kaum durch den Nutzen rechtfertigen, und überhaupt dürfen solche Jobs nur an erfahrene Leute mit bekannten Namen vergeben werden, denn ein zugkräftiger Name ist schon die halbe Publicity. Die großen weißen Flecke sind alle von der Landkarte verschwunden, kein unbekanntes Gebiet bietet mehr die Romantik des Abenteuers. Aber warten Sie mal", fügte er plötzlich schmunzelnd hinzu, „die weißen Flecke auf der Landkarte bringen mich auf eine Idee. Wie wäre es, wenn Sie einen Schwindler, einen modernen Münchhausen entlarven und der Lächerlichkeit preisgeben würden? Sie könnten ihm die Lügenmaske runterreißen. Ja, Mann, das wäre herrlich! Na, sagt Ihnen das zu?"

„Ich übernehme jeden Auftrag, egal um wen oder was es geht – mich schreckt überhaupt nichts."

McArdle versank in minutenlanges Grübeln.

„Vielleicht bringen Sie den Kerl zum Reden, wenn Sie sich irgendwie mit ihm anfreunden", meinte er schließlich. „Mir scheint, sie haben ein besonderes Talent dafür, den richtigen Draht zu anderen Leuten zu finden – durch Sympathie oder magnetische Ausstrahlung oder jugendliche Vitalität oder was auch immer. Ich merke das an mir selbst."

„Sehr liebenswürdig, Sir."

„Also gut, versuchen Sie Ihr Glück mit Professor Challenger am Enmore Park!"

Ich glaube, ich schaute nun doch etwas verdattert drein.

„Challenger! Professor Challenger, der berühmte Zoologe! Hat er nicht diesem Blundell vom *Telegraph* den Schädel eingeschlagen?"

Der Nachrichtenredakteur lächelte grimmig.

„Ja und? Sagten Sie nicht, Sie suchten Abenteuer?"

„Ich will alle Risiken meines Berufs auf mich nehmen, Sir", antwortete ich.

„Na also. Übrigens ist kaum anzunehmen, daß er immer so gewalttätig wird. Vermutlich hat Blundell ihn im falschen Moment erwischt oder auf die verkehrte Art auszuquetschen versucht. Sie haben vielleicht mehr Glück oder Fingerspitzengefühl. Diese Sache dürfte Ihnen liegen, und die *Gazette* würde sie bringen."

„Ich weiß eigentlich gar nichts über ihn", sagte ich. „Mir fiel sein Name nur im Zusammenhang mit dem Prozeß ein, in dem ihn Blundell wegen Körperverletzung verklagte."

„Ich kann Ihnen einige Informationen zu Ihrer Orientierung mitgeben, Mr. Malone. Ich habe nämlich schon seit geraumer Zeit ein Auge auf den Professor."

Er nahm ein Blatt Papier aus seinem Schubfach. „Hier sind die wichtigsten Angaben zu seiner Person. Sie besagen, kurz gefaßt, folgendes: Challenger, Georg Edward, geboren in Largs, N.B., 1863. Ausbildung: Gymnasium Largs, Universität Edinburgh. 1892 Assistent am Britischen Museum, dort 1893 Stellvertreter Leiter der Vergleichenden Anthropologischen Abteilung. Im selben Jahr Rücktritt wegen beleidigenden Schriftwechsels. Inhaber der Crayston-Medaille für zoologische Forschung. Korrespondierendes Mitglied von – na, hier kommt ziemlich viel, fast zwei Zoll Kleingedrucktes – der Société Belge, der Amerikanischen Akademie der Wissenschaften zu La Plata, et cetera. et cetera. Ex-Präsident der Paläontologischen Gesellschaft, Sektion H, British Association und so weiter, und so weiter! Publikationen: *Beobachtungen an einer Reihe von Kalmückenschädeln*, *Grundzüge der Evolution der Vertebraten* sowie zahlreiche Aufsätze, darunter *Der grundlegende Irrtum des Weismannismus*, der hitzige Diskussionen auf dem Zoologischen Kongreß in Wien auslöste. Freizeit: Wandern, Bergsteigen. Adresse: Enmore Park, Kensington West. Da, nehmen Sie. Das wäre alles für heute abend."

Ich steckte den Zettel ein.

„Noch eins, Sir", sagte ich, als ich bemerkte, daß mir eine rosige Glatze statt des roten Gesichts zugewandt war. „Mir ist nicht ganz klar, weshalb ich den Herrn interviewen soll. Was hat er angestellt?"

Das Gesicht schnellte wieder hoch.

„Machte vor zwei Jahren ganz allein eine Expeditionsreise nach Südamerika. War sicher dort, sagt nur nicht genau, wo. Fing an, seine Erlebnisse andeutungsweise zu erzählen, aber als Zweifel angemeldet wurden, klappte er zu wie 'ne Auster. Entweder hat er etwas Unerhörtes erlebt, oder er ist ein Superschwindler, wobei ich auf das letztere tippe. Zeigte ein paar verunglückte Photographien herum, die man aber für Fälschungen hält. Wurde so wütend, daß er jeden angreift, der kritische Fragen stellt. Schmeißt Reporter gewöhnlich die Treppe hinunter. Meiner Meinung nach ist er nichts anderes als ein durchgeknallter Wissenschaftler, ein mordsgefährlicher Größenwahnsinniger. Das ist Ihr Mann, Mr. Malone. Nun sausen Sie los, und sehen Sie zu, was Sie mit ihm anfangen können. Sie sind groß genug, um selbst auf sich aufzupassen. Außerdem kann Ihnen nichts passieren. Eventuelle Schäden reguliert die gesetzliche Haftpflichtversicherung des Arbeitgebers."

Ein von rötlichem Flaumhaar umsäumtes rosiges Oval ruckte an die Stelle des grinsenden Rotgesichts; das Gespräch war beendet.

Ich lief hinüber zum Savage Club, ging aber nicht hinein, sondern lehnte mich an das Geländer der Adelphi-Terrasse und starrte lange auf den braunen, öligen Fluß. An der frischen Luft kann, ich am besten nachdenken. Ich zog die Liste mit Professor Challengers Verdiensten hervor und studierte sie im Licht der elektrischen Straßenbeleuchtung. Dann hatte ich so etwas wie eine Eingebung. Wie die Sache stand, durfte ich kaum hoffen, als Journalist an diesen streitsüchtigen Professor heranzukommen. Aber dieses provokative Verhalten, das in den biographischen Notizen zweimal erwähnt wurde, konnte doch nur bedeuten, daß er ein fanatischer Wissenschaftler war. Lugte da nicht ein Zipfel hervor, an dem man ihn packen konnte? Ich wollte es versuchen.

Ich betrat den Savage Club. Es war kurz nach elf, und obwohl der Hauptansturm noch nicht eingesetzt hatte, herrschte im Salon schon reger Betrieb. Ich entdeckte einen hochgewachsenen dürren, eckigen Menschen, der in einem Sessel neben dem Kamin saß. Er wandte sich mir zu, als ich neben ihm Platz nahm. Das war genau der Mann, den ich jetzt brauchte: Tarp Henry von der Zeitschrift *Nature*, ein magerer, vertrocknet und ledern wirkender Bursche, der sich aber als grundgütiger und hilfsbereiter Mensch entpuppte, sobald man ihn näher kennenlernte. Ich fiel gleich mit der Tür ins Haus.

„Was weißt du von Professor Challenger?"

„Challenger?" Seine gerunzelte Stirn signalisierte wissenschaftliche Skepsis. „Challenger ist der Mann, der mit irgend so einer Münchhausen-Geschichte aus Südamerika zurückkam."

„Mit was für einer Geschichte?"

„Ach, blanker Unsinn! Er wollte irgendwelche seltsamen Tiere entdeckt haben. Dann hat er wohl den Kopf eingezogen, jedenfalls hält er jetzt den Mund. Zuerst gab er Reuter ein Interview, aber das rief so viele Widersacher auf den Plan, daß ihm klar wurde, daß er damit nicht durchkommen würde. Eine peinliche Sache. Es gab zwar einige Leute, die ihm glauben wollten, aber die hat er auch bald vergrault."

„Wodurch?"

„Durch Grobheiten und seine unmöglichen Manieren. Zum Beispiel den armen alten Wadley vom Zoologischen Institut. Wadley schickte ihm eine Einladung mit folgendem Text: ‚Der Präsident des Zoologischen Instituts entbietet Ihnen seinen Gruß und würde sich glücklich schätzen, wenn Sie uns die Ehre erweisen wollten, an unserer nächsten Versammlung teilzunehmen'. Die Antwort war nicht druckbar."

„Wirklich?"

„Ja. Eine bereinigte Version davon würde etwa lauten: ‚Professor Challenger entbietet Ihnen, Herr Präsident, seinen Gruß und würde sich überglücklich schätzen, wenn ihm das Zoologische Institut die Ehre erweisen wollte, sich zum Teufel zu scheren!'"

„Mein Gott!"

„Tja, das hat der alte Wadley wohl auch gesagt. Ich erinnere mich noch genau, wie er auf der Versammlung jammerte:

‚In meiner fünfzigjährigen Laufbahn als Wissenschaftler ist mir derartiges noch nicht widerfahren!' Es hat dem alten Mann den Rest gegeben."

„Was hört man noch so von Challenger?"

„Ich bin Bakteriologe, wie du weißt. Mein Leben spielt sich im Mikroskop ab. Da ich an neunhundertfache Vergrößerung gewöhnt bin, kann ich das, was man mit bloßem Auge sieht, nicht so recht beurteilen. Als Forscher an der äußersten Grenze des Sichtbaren fühle ich mich ziemlich fehl am Platze, sobald ich mein Labor verlasse und von all den großen, klobigen, ungeschlachten Menschen umgeben bin. Um Klatschgeschichten kümmere ich mich zwar grundsätzlich nicht, habe aber dennoch bei wissenschaftlichen Gesprächen einiges über Challenger aufgeschnappt. Dieser Mann läßt sich einfach nicht ignorieren. Er ist außerordentlich klug, ein Kraftpaket und Energiebündel, aber auch ein zänkischer, spleeniger Kauz, der keine Skrupel kennt. Er ist nicht einmal davor zurückgeschreckt, in dieser Südamerika-Geschichte mit gefälschten Photographien aufzuwarten."

„Du sagtest, er sei spleenig. Was ist sein spezieller Spleen?"

„Oh, er hat Tausende davon, doch der jüngste hängt irgendwie mit Weismann[3] und der Evolution zusammen. Ich glaube, damit hat er in Wien einen üblen Krawall inszeniert."

„Kannst du mir sagen, worum es dabei im einzelnen ging?"

„Im Augenblick nicht, aber in unserem Redaktionsarchiv haben wir eine Übersetzung des Protokolls. Wenn es dich interessiert, müßtest du dich schon zu uns bemühen."

„Mann, das ist meine Rettung! Ich soll den Kerl nämlich interviewen und brauche einen Aufhänger dafür. Wirklich riesig nett, daß du mir weiterhilfst. Ich komme gleich mit, wenn es dir nicht zu spät ist."

Eine halbe Stunde danach saß ich im Redaktionsbüro der Zeitschrift, einen gewaltigen Archivband aufgeschlagen vor mir. Der Tagungsbericht trug die Überschrift „Weismann gegen Darwin" und dann als Untertitel „Heftiger Protest in Wien.

Stürmischer Verlauf der Tagung". Meine etwas vernachlässigte naturwissenschaftliche Bildung erlaubte es mir nicht, der gesamten Debatte zu folgen, doch zumindest war eines klar: Der englische Professor hatte seine Thesen sehr aggressiv vorgetragen und seine europäischen Kollegen vom Kontinent samt und sonders vor den Kopf gestoßen. „Zwischenrufe", „Tumult" und „Ordnungsruf durch den Vorsitzenden" stand in den ersten drei Klammern, auf die mein Blick fiel. Das übrige hätte ebensogut in chinesischen Schriftzeichen geschrieben sein können und mir genausoviel gesagt.

„Kannst du mir das nicht ins Englische übersetzen?" wandte ich mich stöhnend an meinen Helfer.

„Aber das ist doch die Übersetzung!"

„Dann sollte ich's vielleicht mit dem Original versuchen."

„Zugegeben, für einen Laien ist es wohl ein bißchen zu hoch."

„Wenn ich nur einen einzigen vernünftigen Satz mit einer klaren Aussage fände, wäre ich schon zufrieden. Ah, ja, vielleicht eignet sich dieser hier. Ich glaube, ich verstehe ihn sogar halbwegs. Den schreibe ich mir ab. Mit dem verschaffe ich mir Zutritt zu diesem schrecklichen Professor."

„Kann ich sonst noch etwas für dich tun?"

„Ja, denn ich will ihm schreiben. Wenn ich den Brief gleich hier aufsetzen und einen Kopfbogen der Zeitschrift benutzen dürfte, bekäme die Sache etwas Atmosphäre."

„Und hätte zur Folge, daß der Bursche hier aufkreuzt, uns windelweich prügelt und das Mobiliar zu Kleinholz verarbeitet."

„Ach wo, ich zeige dir den Brief. Er wird nichts Provozierendes enthalten, das verspreche ich."

„Na schön, dort auf meinem Schreibtisch findest du Papier. Und ich bestehe darauf, den Brief zu lesen, bevor er abgeht."

Der Entwurf des Textes kostete mich einige Mühe, doch als er fertig war, fand ich ihn gar nicht so übel.

Voller Stolz las ich ihn dem skeptischen Bakteriologen vor:

Sehr geehrter Professor Challenger!

Als bescheidener Erforscher der Natur hege ich lebhaftes Interesse für Ihre Spekulationen über die Differenzen zwischen Darwin und Weismann. Unlängst erst frischte ich meine Kenntnisse wieder auf, indem ich Ihre exzellente Rede auf dem Wiener Kongreß noch einmal …"

„Verdammter Lügner!" brummte Tarp Henry.

„… noch einmal überflog. Ihr bewundernswert scharfsinniger Beitrag dürfte die Angelegenheit endgültig geklärt haben. Nur ein Satz erscheint mir bedenklich, nämlich: ‚Ich protestiere aufs schärfste gegen die unsinnige und völlig dogmatische Behauptung, jedes einzelne Id besitze als Mikrokosmos eine historische Struktur, welche sich in einer langen Reihe von Generationen entwickelt habe.' Sehen Sie sich nicht veranlaßt, diese Aussage im Lichte neuerer Forschungsergebnisse zu modifizieren? Meinen Sie nicht, daß er in seinem Ausschließlichkeitsanspruch etwas überbetont ist? Wenn Sie erlauben, würde ich gern mit Ihnen darüber diskutieren, denn das Problem beschäftigt mich sehr. Ich habe gewisse Vorstellungen dazu, die ich aber vorerst nur in einer persönlichen Unterredung zu entwickeln gewillt bin. Ihr Einverständnis vorausgesetzt, würde ich Sie gern übermorgen (Mittwoch) um 11 Uhr aufsuchen.

Bis dahin verbleibe ich,
mit vorzüglicher Hochachtung,
Ihr sehr ergebener
Edward D. Malone

Na, wie findest du das?" fragte ich triumphierend.

„Tja, wenn du es mit deinem Gewissen vereinbaren kannst …"

„Damit hatte ich noch nie Probleme."

„Und was bezweckst du damit?"

„Ich muß an den Burschen rankommen. Bin ich erst einmal in seiner Wohnung, wird sich schon alles weitere finden. Vielleicht beichte ich ihm sogar den ganzen Schwindel. Wenn er ein Sportsmann ist, dürfte es ihn amüsieren."

„Amüsieren wird er sich bestimmt, aber auf deine Kosten, mein Lieber. Und dabei wirst du ein Kettenhemd brauchen oder die Polster eines amerikanischen Footballspielers. Na, dann mach's gut. Mittwoch früh dürfte seine Antwort hier sein, falls er sich überhaupt zu einer Antwort herabläßt. Er ist ein unberechenbarer, streitsüchtiger und brutaler Mensch, verhaßt bei jedem, mit dem er zu tun hatte, eine Zielscheibe des Spotts für die Studenten, soweit sie überhaupt über ihn zu witzeln wagen. Vielleicht wäre es das beste, wenn dir der Bursche gar nicht antworten würde!"

Drittes Kapitel

Er ist ein ganz unmöglicher Mensch

Die Befürchtung oder Hoffnung meines Freundes sollte sich nicht erfüllen. Als ich am Mittwoch zu ihm kam, lag ein in Westkensington abgestempelter Brief auf seinem Schreibtisch. Darauf prangte mein Name in einer Schrift, die an einen Stacheldrahtverhau erinnerte. Der Inhalt lautete:

Enmore Park, W.

Sir,

ich habe Ihr Schreiben erhalten, in dem Sie sich bemüßigt fühlen, meinen Auffassungen zuzustimmen, obwohl ich nicht der Ansicht bin, daß sie der Zustimmung von Ihnen oder irgendwem bedürfen. Sie waren so kühn, bezüglich meiner Stellungnahme zum Darwinismus das Wort ‚Spekulation‘ zu gebrauchen, und ich lenke meinerseits Ihre Aufmerksamkeit auf die Tatsache, daß die Wahl solch eines Ausdrucks in dem nämlichen Zusammenhang eine beträchtliche Unverfrorenheit darstellt. Im übrigen habe ich jedoch den Eindruck gewonnen, daß Ihnen nicht Hinterhältigkeit, sondern Unwissenheit die Feder geführt hat, und messe deshalb Ihrem verbalen Ausfall keine weitere Bedeutung bei. Sie zitieren aus meinem Vortrag einen einzelnen Satz, dessen Verständnis Ihnen offensichtlich einige Schwierigkeiten bereitet. Ich hatte zwar gedacht, daß nichts weniger als ein subhumaner Intelligenzgrad vonnöten sei, um ihn zu mißdeuten, doch sollten Sie tatsächlich einige Erläuterungen dazu brauchen, so stehe ich Ihnen zu der vorgeschlagenen Zeit zur Verfügung. Was Ihre Anregung betrifft, ich möge meine Ansicht modifizieren, so nehmen Sie bitte zur Kenntnis, daß ich dergleichen nach einer wohlerwogenen Formulierung ausgereifter Erkenntnisse nicht zu tun pflege. Wenn Sie kommen, weisen Sie den Umschlag dieses Briefes meinem Diener Austin vor, denn er hat strengste Anweisung, mich gegen jene zudringlichen Subjekte abzuschirmen, die sich ‚Journalisten‘ nennen.

Ich grüße Sie!

George Edward Challenger

Diesen Brief las ich Tarp Henry vor, der eigens früher gekommen war, um das Ergebnis meiner Bemühungen zu erfahren. Seine einzige Bemerkung dazu war: „Es gibt da so ein neues Zeug, Cuticura oder so ähnlich heißt es. Das soll noch besser helfen als Arnika." Manche Leute haben einen merkwürdigen Humor.

Der Brief war erst um halb elf eingetroffen, doch ein Taxi brachte mich noch rechtzeitig zum Enmore Park. Vor einem imposanten Gebäude mit Säulenportal hielten wir. Kostbare schwere Vorhänge hinter den Fenstern ließen darauf schließen, daß der gefährliche Professor wohlbetucht war. Die Tür wurde von einem braunhäutigen, merkwürdig vertrockneten Menschen unbestimmbaren Alters geöffnet, der eine dunkle Lotsenjacke und braune Ledergamaschen trug. Später fand ich heraus, daß das der Chauffeur war, der mit schöner Regelmäßigkeit die Aufgaben des jeweils geflüchteten Butlers zu übernehmen hatte. Er musterte mich mit durchdringenden hellblauen Augen von Kopf bis Fuß.

„Angemeldet?" fragte er.

„Ja, ich habe einen Termin."

„Brief dabei?"

Ich zeigte ihm den Umschlag.

„Gut!" Er war anscheinend kein Freund von vielen Worten. Als ich ihm durch den Korridor folgte, wurde ich plötzlich von einer zierlichen Frau aufgehalten, die aus der Tür des Eßzimmers trat. Sie war eine reizende, lebhafte, dunkeläugige Dame von eher französischem als englischem Typ.

„Einen Augenblick", sagte sie. „Sie können warten, Austin.

Treten Sie bitte hier ein, Sir. Darf ich fragen, ob Sie meinen Gatten persönlich kennen?"

„Nein, gnädige Frau, ich hatte noch nicht die Ehre."

„Dann bitte ich Sie im voraus um Nachsicht. Ich muß Ihnen nämlich eines sagen: Er ist ein ganz unmöglicher Mensch – absolut unmöglich. Wenn Sie darauf vorbereitet sind, wird es Ihnen leichter fallen, Zugeständnisse zu machen."

„Sehr aufmerksam von Ihnen, Madame."

„Verlassen Sie augenblicklich das Zimmer, wenn Sie merken, daß er handgreiflich werden will. Streiten Sie nicht mit ihm. Es sind schon einige Leute dabei zu Schaden gekommen. Hinterher gibt es stets einen öffentlichen Skandal, der für alle Beteiligten abträglich ist. Ich hoffe, Sie wollen Sie ihn nicht wegen Südamerika sprechen, oder?"

Eine Dame konnte ich nicht anlügen.

„Oje! Das ist sein gefährlichstes Thema! Sie werden ihm gewiß kein einziges Wort glauben, und ich kann es Ihnen nicht einmal verdenken. Aber lassen Sie sich keine Zweifel anmerken, denn das reizt ihn zu Tätlichkeiten. Tun Sie so, als glaubten Sie ihm, dann passiert vielleicht nichts. Ich gebe Ihnen mein Wort, daß er selbst fest davon überzeugt ist, die Wahrheit zu sagen. Denken Sie stets daran. Einen ehrlicheren Menschen als ihn gibt es nicht. Und nun gehen Sie, sonst schöpft er Verdacht. Sollte er gefährlich werden – ich meine wirklich gefährlich –, dann klingeln Sie und halten ihn sich vom Leibe, bis ich komme. Normalerweise vermag ich, ihn auch in seiner schlimmsten Verfassung noch etwas zu mäßigen."

Mit diesen aufmunternden Worten übergab mich Frau Challenger wieder dem wortkargen Austin, der während unseres Gesprächs reglos wie eine Bronzestatue gewartet hatte, und ich wurde zum Ende des Korridors geführt. Ein Anklopfen an der Tür, eine Stimme wie Stiergebrüll von innen, und ich stand vor dem Professor.

Er saß in einem Drehstuhl hinter einem breiten Tisch, der mit Büchern, Karten und Diagrammen vollgepackt war. Als ich das Zimmer betrat, schwang er in seinem Drehstuhl herum und blickte mich an. Seine Erscheinung war atemberaubend.

Ich hatte zwar einiges erwartet, aber eine so überwältigende Persönlichkeit nicht. Es war nicht nur seine Körpermasse, die einem die Sprache verschlug, sondern ebenso auch seine ehrfurchtgebietende Ausstrahlung. Sein Schädel war riesig; einen mächtigeren hatte ich noch bei keinem Menschen gesehen. Sein Gesicht und der Bart erinnerten mich an einen assyrischen Stier; das erste strotzte vor Gesundheit, der letztere war tiefschwarz, mit einem leichten Stich ins Bläuliche, und spreizte sich spatenförmig vor seiner Brust. Auch seine Frisur war merkwürdig. Die glatt nach vorn gekämmte Mähne klebte am Schädel und formte über der massiven Stirn eine lange, seitwärts geschwungene Tolle. Unter breiten schwarzen Brauen saßen blaugraue Augen, die sehr klar, sehr kritisch und ungemein herrisch dreinblickten. Weit ausladende Schultern und ein Brustkasten wie ein Faß waren die anderen Körperteile, die man oberhalb der Tischplatte sah – die riesigen dichtbehaarten Hände nicht zu vergessen. Aus diesen Beobachtungen und dem Klang jener brüllenden, dröhnenden Polterstimme setzte sich mein erster Eindruck von dem berüchtigten Professor zusammen.

„Na?" sagte er und starrte mich äußerst unverschämt an. „Und was jetzt?"

Sollte mein Interview nicht sofort platzen, mußte ich meine Tarnung noch eine Weile aufrechterhalten.

„Sie waren so freundlich, mir eine Unterredung zu gewähren, Sir", sagte ich bescheiden und wies den Briefumschlag vor.

Er angelte sich mein Schreiben von der Tischplatte und faltete es auseinander.

„Aha, Sie sind also der junge Mann, der kein einfaches Englisch versteht. Indessen stimmen Sie gütigerweise meinen grundsätzlichen Schlußfolgerungen zu, nicht wahr?"

„Völlig, Sir – völlig!" beteuerte ich emphatisch.

„Potztausend! Das stärkt ja meine Position ungemein, wie? Ihr würdiges Alter und Ihre respektable Erscheinung machen mir Ihre Unterstützung doppelt wertvoll. Na, zumindest sind Sie besser als diese Herde von Schweinen in Wien, deren vereintes Gegrunze mich allerdings nicht mehr stört als das individuelle Quieken eines englischen Ferkels." Er musterte mich; offensichtlich betrachtete er mich als ein anwesendes Exemplar jener Tierart.

„Man hat Ihnen gewiß sehr übel mitgespielt", sagte ich.

„Seien Sie versichert, daß ich meine Fehden allein austragen und auf jede Art von Sympathiebezeigungen verzichten kann. Allein und mit dem Rücken zur Wand kämpft G. E. C. am besten. Aber genug davon, mein Herr. Machen wir diese Unterredung, die für Sie kaum angenehm werden dürfte und mir unsagbar lästig ist, so kurz wie möglich. Sie haben einige Zusatzbemerkungen zu den Thesen meines Vortrags in Aussicht gestellt."

Die brutale Direktheit seines Verhaltens machte Ausflüchte schwierig. Ich mußte meine Rolle weiterspielen und auf eine bessere Gelegenheit warten. Theoretisch hatte alles so einfach ausgesehen. Ach, wo blieb jetzt meine irische Leichtzüngigkeit? Der Blick seiner stahlgrauen Augen schien mich förmlich zu durchbohren.

„Na los, los!" polterte er.

„Natürlich bin ich nur ein kleines Licht", begann ich und lächelte einfältig, „eigentlich bloß ein Mensch, möchte ich mal sagen, der … äh … ernsthaft nachdenkt. Aber mir scheint doch, daß Sie mit Weismann etwas zu streng ins Gericht gegangen sind. Tendieren nicht mittlerweile die Erkenntnisse ganz allgemein dazu, seine Position – nun ja – etwas zu untermauern?"

„Welche Erkenntnisse meinen Sie?" Er sprach mit bedrohlicher Ruhe.

„Nun ja, freilich ist mir bewußt, daß noch keine vorliegen, die man wirklich als *definitiv* ansehen könnte. Ich beziehe mich mehr auf den Trend des modernen Denkens und der allgemeinen wissenschaftlichen Betrachtungsweise, wenn ich das einmal so ausdrücken darf."

Er lehnte sich mit sehr ernstem Gesicht vor.

„Ihnen ist doch hoffentlich bekannt", sagte er und begann, an den Fingern abzuzählen, „daß der kraniale Index einen konstanten Faktor darstellt?"

„Natürlich", sagte ich.

„Und die Telegonie immer noch *sub judice* rangiert?"

„Selbstverständlich."

„Und daß das Keimplasma sich wesentlich vom parthenogenetischen Ei unterscheidet?"

„Aber gewiß doch!" rief ich und gratulierte mir zu meiner Kühnheit.

„Doch was beweist das?" fragte er in sanftem, dozierendem Tonfall.

„Ja, was wohl?" murmelte ich. „Was beweist es denn?"

„Soll ich es Ihnen verraten?" gurrte er.

„Ich bitte darum."

„Es beweist", brüllte er, urplötzlich fuchsteufelswild, „daß Sie der widerlichste Schmierenkomödiant von ganz London sind – ein schnüffelnder Journalist, der von Wissenschaft genausowenig Ahnung hat wie von Anstand!"

Er war aufgesprungen, und helle Wut blitzte in seinen Augen. Selbst in diesem bedrohlichen Augenblick fand ich die Zeit, mich über die Entdeckung zu wundern, daß der Professor ein recht kleiner Mann war und mir gerade bis an die Schulter reichte – ein zu kurz geratener Herkules, dessen Wachstumsenergie nur in Breite, Tiefe und Gehirn geflossen war.

„Kauderwelsch!" schrie er, nach vorn gelehnt, die Fingerspitzen auf den Tisch gestützt, das Gesicht vorgereckt. „Pseudowissenschaftliches Kauderwelsch habe ich Ihnen erzählt, mein Herr! Haben Sie ernstlich geglaubt, Sie könnten mich übertölpeln – Sie mit Ihrem walnußgroßen Hirn? Ihr haltet euch für allmächtig, ihr verdammten Schreiberlinge, was? Glaubt, durch euer Lob werde ein Mensch bedeutend und durch euren Tadel zu einem Nichts? Jeder soll vor euch auf dem Bauch rutschen und um ein günstiges Wort winseln, wie? Diesen Mann schieben wir ein wenig die Stufenleiter hinauf, und diesen lassen wir mal eben hinunterpurzeln! Ihr schleichenden Schakale, euch kenne ich! Schon viel zu weit habt ihr euch aus euren Höhlen gewagt! Es wird Zeit, daß man euch einmal gehörig die Ohren stutzt! Ihr wißt nicht mehr, wo euer Platz ist! Aufgeblähte Windbeutel! Ich werde euch zeigen, wo ihr hingehört! O nein, mein Herr, Sie werden sich nicht über

G. E. C. erheben! Zumindest dieser Mann wird stets Ihr Meister bleiben. Er hat Sie gewarnt, aber da Sie trotzdem gekommen sind, geschah das auf Ihr eigenes Risiko. Genugtuung, mein guter Herr Malone, ich verlange Genugtuung! Sie haben sich auf ein ziemlich gefährliches Spiel eingelassen und es, wenn mich nicht alles täuscht, verloren."

„Hören Sie, Sir", sagte ich, während ich langsam zur Tür zurückwich und sie aufklinkte, „Sie können mich beschimpfen, soviel Sie wollen. Aber es gibt eine Grenze: Fassen Sie mich nicht an!"

„Aber warum denn nicht?" Er war langsam und drohend auf mich zugekommen, doch nun blieb er stehen und schob seine großen Hände in die Seitentaschen seiner ziemlich jugendlich geschnittenen kurzen Jacke. „Ich habe schon ein paar von Ihrer Sorte in hohem Bogen aus dem Haus befördert. Sie wären der vierte oder fünfte. Drei Pfund und fünfzehn Schilling kostet der Spaß jedesmal. Teuer, aber sehr notwendig. Warum sollten ausgerechnet Sie Ihren Zunftbrüdern nicht folgen? Sie werden es wohl oder übel müssen, wie ich die Sache sehe." Er setzte seinen unangenehm stetigen Vormarsch fort, wobei er die Füße wie ein Ballettmeister streckte und mit den Spitzen zuerst aufsetzte.

Ich hätte ausreißen und zur Haustür rennen können, doch solch ein Abgang erschien mir zu schmachvoll. Außerdem stieg jetzt in mir langsam berechtigter Zorn auf. Bisher war ich hoffnungslos im Unrecht gewesen, aber die Drohungen dieses Mannes setzten mich wieder ins Recht.

„Ich warne Sie, Sir, kommen Sie mir nicht zu nahe. Ich werde es nicht dulden!"

„Potztausend!" Er schnaubte verächtlich, wobei sein Schnurrbart nach oben zuckte und ein weißer Eckzahn aufblitzte. „Er will es nicht dulden!"

„Seien Sie vernünftig, Professor!" rief ich. „Gegen mich haben Sie keine Chance. Ich wiege 95 Kilo, bin durchtrainiert und spiele jeden Samstag als Mittelstürmer in der Rugbymannschaft der Londoner Iren. Mit mir können Sie nicht ..."

Genau in diesem Moment schnellte er auf mich zu. Glücklicherweise hatte ich die Tür geöffnet, sonst wären wir glatt durch das Holz hindurchgeschossen. Wir wirbelten in Riesenrollen über den gesamten Korridor. Irgendwie nahmen wir dabei einen Stuhl mit, der unsere Bewegung in Richtung Straße etwas holpriger machte. Ich hatte Challengers Bart im Mund, unsere Arme waren verklammert, die Körper ineinander verknäult, und der verdammte Stuhl kam uns mit seinen sperrigen Beinen überall in die Quere. Der umsichtige Austin hatte bereits die Haustür weit aufgerissen. Die Treppe hinunter ging es mit einem Salto rückwärts. Ich habe einmal im Varieté gesehen, wie die zwei berühmten Macs so etwas vorführten, aber man muß das Kunststück wohl lange üben, um sich dabei nicht wehzutun. Unten ging der Stuhl zu Bruch, wir kamen voneinander los und kullerten einzeln in den Rinnstein. Der Professor sprang auf, japste nach Luft wie ein Asthmatiker und begann, mit den Fäusten herumzufuchteln.

„Haben Sie genug?" keuchte er.

„Sie verdammtes Großmaul!" schrie ich und rappelte mich auf.

An Ort und Stelle hätten wir die Sache mit den Fäusten ausgetragen – der Professor sprühte vor Kampfeslust –, doch glücklicherweise wurde ich aus der mißlichen Situation befreit. Ein Polizist stand neben uns, das gezückte Notizbuch in der Hand.

„Was geht hier vor? Sie sollten sich etwas schämen!" sagte er, und das war die vernünftigste Äußerung, die ich bis dahin am Enmore Park gehört hatte. „Nun?" beharrte er und wandte sich an mich. „Was bedeutet das?"

„Dieser Mensch hat mich angegriffen", sagte ich.

„Stimmt das?" fragte der Polizist.

Der schwer atmende Professor schwieg.

„Es wäre schließlich nicht das erste Mal", sagte der Polizist streng und schüttelte den Kopf. „Erst vorige Woche sind Sie wegen der gleichen Sache bestraft worden. Diesem jungen Mann hier haben Sie ein Auge blaugeschlagen. Erstatten Sie Anzeige, Sir?"

Meine Wut war verraucht.

„Nein", sagte ich, „ist schon gut."

„Was soll das heißen?" sagte der Polizist.

„Ich bin selbst schuld. Habe ihn belästigt, obwohl er mich ausdrücklich davor gewarnt hat."

Der Polizist klappte sein Notizbuch heftig zu.

„Ich erwarte, daß Sie in Zukunft solche Zwischenfälle vermeiden", sagte er. „Also, dann! Weitergehn da, los, weitergehn!" Diese Aufforderung galt einem Metzgerburschen, einem Dienstmädchen und einigen Schaulustigen, die sich angesammelt hatten. Der Polizist stampfte die Straße hinunter und scheuchte seine kleine Herde vor sich her. Der Professor blickte mich an, und in seinen Augen lag etwas Spitzbübisches.

„Kommen Sie 'rein!" sagte er. „Ich bin noch nicht fertig mit Ihnen."

Die Aufforderung klang finster, trotzdem folgte ich ihm ins Haus. Der Diener Austin, schweigsam wie eine Holzstatue, schloß hinter uns die Tür.

Viertes Kapitel

Das ist ja die tollste Sache der Welt!

Kaum war sie zu, als Frau Challenger aus dem Eßzimmer gefegt kam. Die kleine Dame war mächtig in Fahrt. Sie stellte sich ihrem Mann in den Weg, und das wirkte so, als plustere sich ein wütendes Küken vor einer Bulldogge auf. Offensichtlich hatte sie meinen Abgang beobachtet, meine Rückkehr aber nicht bemerkt.

„Du Scheusal, George!" rief sie. „Du hast diesem netten jungen Mann wehgetan!"

Der Professor deutete mit dem Daumen über seine Schulter. „Hinter mir steht er, gesund und munter."

Sie war verwirrt, aber nicht lange.

„O Verzeihung, ich habe Sie gar nicht gesehen."

„Ich versichere Ihnen, Madame, es ist alles in Ordnung."

„Aber ein blaues Auge haben Sie, Sie Armer. O George, was bist du nur für ein Scheusal! Nichts als Skandale von einer Woche zur anderen! Jeder verachtet und verspottet dich! Ich bin mit meiner Geduld am Ende! Jetzt ist Schluß!"

„Mußt du jetzt dreckige Wäsche waschen?" brummte er.

„Es ist doch längst kein Geheimnis mehr. Jeder in unserer Straße – ach, was sage ich, in ganz London… scheren Sie sich weg, Austin, wir brauchen Sie hier nicht! Glaubst du etwa, man redet nicht schon längst über dich? Wo bleibt deine Selbstachtung? Du – ein Mann, der einen Lehrstuhl an einer großen Universität haben könnte, und Tausende von Studenten, die ihn verehren! Wo ist deine Würde geblieben, George?"

„Und deine, meine Liebe?"

„Du mutest mir zuviel zu. Ein Raufbold, ein ganz gemeiner Raufbold – das ist aus dir geworden!"

„Sei friedlich, Jessie."

„Ein grölender Wüterich!"

„Das war zuviel. An den Pranger!" sagte er.

Zu meinem Erstaunen bückte er sich, hob sie hoch und setzte sie auf eine schwarze Marmorsäule, die in einer Ecke der Eingangshalle stand. Diese war mindestens sieben Fuß hoch und so schmal, daß die Frau kaum das Gleichgewicht halten konnte. Da saß sie nun, mit kerzengeradem Oberkörper, das Gesicht vor Empörung verkniffen, und balancierte mit den Beinen, um nicht umzufallen. Eine absurdere Plastik ließ sich nicht vorstellen.

„Hol mich 'runter", zeterte sie.

„Sag ‚bitte'."

„George, du Scheusal. Hol mich sofort hier herunter!"

„Kommen Sie mit ins Arbeitszimmer, Mr. Malone."

„Wirklich, Sir!" sagte ich und blickte hinauf zu der Frau.

„Nun bittet schon Mr. Malone für dich, Jessie. Sag ‚bitte', und ich hole dich sofort herunter."

„Oh, du Scheusal. Bitte! Bitte!"

Er hob sie herunter, als wäre sie ein Kanarienvogel.

„Du mußt hübsch artig sein, Liebes. Herr Malone ist von der Presse. Er wird alles in seinem Wurstblatt veröffentlichen, und bei unseren Nachbarn wird er ein Dutzend Exemplare extra verhökern. ‚Szenen aus dem Highlife' lesen sie dann – der Blumenständer war doch ziemlich hoch, meine Liebe? Und dann als Untertitel: ‚Eindrücke von einer Raubtierschau'. Unser Herr Malone hier ist ein Schmierfink, ein Aasgeier, wie alle seiner Profession – porcus ex grege diaboli – ein Schwein aus der Herde des Teufels. Stimmt doch, Mr. Malone, oder?"

„Sie sind wirklich unmöglich!" brauste ich auf.

Er lachte dröhnend.

„Wir werden sogleich eine Koalition eingeben", röhrte er, von seiner Frau zu mir blickend, und blähte seinen gewaltigen Brustkorb. Dann plötzlich in verändertem Ton: „Verzeihen Sie die kleine familiäre Neckerei, Mr. Malone. Ich habe Sie nicht hereingebeten, um Sie in unsere häuslichen Scherze einzuweihen. Ich habe ein ernsthaftes Anliegen. Na, lauf schon, kleines Frauchen, und sei mir nicht böse." Er legte ihr seine riesigen Pranken auf die Schultern. „Natürlich hast du völlig

33

recht. Wenn ich deinem Rat folgte, wäre ich ein gewiß ein besserer Mann, aber eben nicht George Edward Challenger. Es gibt viele Männer, doch nur einen G. E. C., meine Liebe. Also nimm ihn so, wie er ist, und mache das beste daraus." Er gab ihr plötzlich einen schallenden Kuß, was mich noch mehr in Verlegenheit brachte als seine Grobheiten davor. „Und nun, Mr. Malone", fuhr er würdevoll fort, „darf ich Sie bitten, mir zu folgen."

Wir betraten wieder das Zimmer, das wir zehn Minuten zuvor so turbulent verlassen hatten. Der Professor schloß vorsichtig die Tür hinter uns, deutete auf einen Sessel und hielt mir eine Zigarrenkiste unter die Nase.

„Eine echte San Juan Colorado", sagte er. „Leicht erregbare Leute wie Sie brauchen Narkotika. Gütiger Himmel, doch nicht abbeißen, sondern die Spitzen beschneiden, und zwar ehrfürchtig! Nun lehnen Sie sich zurück, und hören Sie mir aufmerksam zu. Sollten Sie irgendwelche Bemerkungen machen wollen, so heben Sie sich diese gefälligst für später auf.

Zunächst einmal zu Ihrer Rückkehr in dieses Haus nach Ihrem höchst gerechtfertigten Hinauswurf" – er reckte den Bart vor und fixierte mich, wie jemand, der provozieren und zum Widerspruch reizen will –, „nach Ihrem, wie gesagt, höchst gerechtfertigten Hinauswurf. Der Grund ist die Antwort, die Sie jenem diensteifrigen Polizisten gaben, in welcher ich einen Funken Einfühlungsvermögen Ihrerseits zu erkennen glaubte – zumindest mehr, als ich von Leuten Ihres Schlages gewöhnt bin. Ihr Eingeständnis, an dem Zwischenfall selbst schuld zu sein, ließ eine gewisse Denk- und Abstraktionsfähigkeit erkennen, die mich angenehm überraschte. Die Subgattung der menschlichen Rasse, zu der Sie leider gehören, bewegt sich normalerweise unterhalb meines geistigen Horizonts. Durch Ihre Erklärung sind Sie mit einem Male aufgetaucht und in das Blickfeld meines Interesses geraten. Das veranlaßte mich, Sie hereinzubitten, auf daß ich Ihre nähere Bekanntschaft machen kann. Streifen Sie die Asche doch freundlicherweise in dem kleinen japanischen Aschenbecher ab, der links neben Ihnen auf dem Bambustisch steht."

All dies dröhnte er heraus wie ein Dozent vor seinem Auditorium. Er hatte sich in seinem Drehsessel mir zugewandt und saß da, aufgebläht wie ein riesiger Ochsenfrosch, den Kopf zurückgelehnt, die Augen hochmütig halb geschlossen. Plötzlich vollführte er einen Schwung zur Seite, und ich sah nur noch seinen zerzausten Haarschopf, aus dem ein rotes abstehendes Ohr hervorlugte. Er wühlte in dem Wust von Papieren auf seinem Tisch. Als er sich mir wieder zuwandte, hielt er etwas in der Hand, das wie ein ziemlich zerfleddertes Skizzenbuch aussah.

„Ich werde Ihnen von Südamerika erzählen", sagte er. „Enthalten Sie sich bitte jeden Kommentars. Noch eines vorab: Nichts von dem, was Sie jetzt erfahren, darf veröffentlicht werden, es sei denn, Sie bekommen dafür meine ausdrückliche Erlaubnis. Diese Erlaubnis werde ich jedoch, aller menschlichen Voraussicht nach, niemals erteilen. Ist das klar?"

„Das ist hart, Sir", sagte ich. „Aber wenn man den Artikel geschickt abfaßt …"

Er legte das Notizbuch wieder auf den Tisch.

„Schluß! Aus! Guten Tag, mein Herr!"

„Nein, nein!" rief ich. „Ich hin mit allen Bedingungen einverstanden. Mir bleibt sowieso keine Wahl."

„Nicht die geringste."

„Gut, ich verspreche also, nichts zu veröffentlichen."

„Ehrenwort?"

„Ehrenwort."

Er schaute mich geringschätzig und zweifelnd an.

„Gleichwohl – was weiß ich von Ihrer Ehre?" sagte er.

„Ich muß doch sehr bitten, Sir!" rief ich aufgebracht. „Sie nehmen sich allerhand heraus! In meinem ganzen Leben bin ich noch nie so beleidigt worden!"

Mein Zornausbruch schien ihn eher zu interessieren als zu verstimmen.

„Rundköpfig", murmelte er. „Brachycephalisch, graue Augen, schwarzes Haar, negrider Einschlag. Vermutlich keltischer Abstammung?"

„Ich bin Ire, Sir."

„Irländischer Ire?"

„Ja, Sir."

„Das erklärt natürlich alles. Doch zurück zur Sache. Sie versprechen also, mein Vertrauen zu respektieren? Dieses Vertrauen – das sage ich Ihnen von vornherein – wird bei weitem kein vollständiges sein. Aber ich bin bereit, Ihnen einige interessante Einzelheiten mitzuteilen. Zunächst einmal: Ihnen dürfte wohl bekannt sein, daß ich vor zwei Jahren eine Reise nach Südamerika unternahm. Diese Reise wird als ein Meilenstein in die Annalen der Wissenschaft eingehen. Mein Vorhaben bestand darin, einige Thesen von Wallace und Bates[4] zu verifizieren, was nur vor Ort und unter denselben Bedingungen der Faktenerhebung möglich war. Selbst wenn meine Expedition keine weiteren Ergebnisse erbracht hätte, wäre sie beachtenswert gewesen, doch eine sonderbare Begebenheit während meines Aufenthalts damals lenkte mein forscherisches Interesse in eine völlig andere Richtung.

Sie wissen vielleicht – oder in diesen Zeiten der Halbbildung weiß man es vielleicht auch nicht –, daß weite Landstriche am Amazonasstrom noch kaum erforscht und sehr viele Nebenarme, die in ihn einmünden, bisher in keiner Karte verzeichnet sind. Dieses wenig erschlossene Hinterland durchstreifte ich, wobei ich Material für mehrere Kapitel meiner *Großen Gesamtdarstellung der Zoologie* sammeln konnte, ein monumentales Werk, das einst mein Schaffen krönen soll. Nach dem Abschluß meiner Arbeit machte ich mich auf den Rückweg. Dabei übernachtete ich einmal in einem kleinen Indianerdorf direkt an der Einmündung eines gewissen Nebenflusses in den Amazonas – Name und geographische Lage des Ortes behalte ich für mich. Die Bewohner waren Cucuma-Indianer, ein gastfreundlicher, aber degenerierter Menschenschlag, dessen geistige Fähigkeiten kaum die eines Durchschnittsbürgers von London übertreffen. Ich hatte schon während meiner Reise flußaufwärts mit der Heilung einiger kranker Indianer sowie durch meine Persönlichkeit beträchtliches Aufsehen erregt. Deshalb überraschte es mich nicht, daß sie meine Rückkehr mit Ungeduld erwarteten. Ihren Gesten zufolge bedurfte jemand dringend ärztlicher Hilfe, also begleitete ich den Häuptling zu einer der Hütten. Als ich eintrat, konnte ich nur noch feststellen, daß der Kranke soeben seinen Geist aufgegeben hatte. Zu meinem Erstaunen war es kein Indianer, sondern ein Weißer, ja sogar ein sehr weißer Weißer, denn er hatte flachsblondes Haar und die typischen Merkmale eines Albinos. Er trug völlig zerfetzte Kleidung, war sehr abgemagert und wies Spuren langer Entbehrungen auf. Nach allem, was ich den Erklärungsversuchen der Eingeborenen entnehmen konnte, handelte es sich um einen Fremden, der allein und im Zustand äußerster Erschöpfung aus dem Dschungel gekommen war.

Ich untersuchte den Rucksack, der neben dem Toten lag. Innen stand auf einem Schild die Adresse: ,Maple White, Lake Avenue, Detroit, Michigan'. Maple White – vor diesem Namen werde ich immer meinen Hut ziehen. Es ist keineswegs zuviel gesagt, wenn ich behaupte, daß dieser Name ebenbürtig neben dem meinen stehen wird, wenn dereinst die Verdienste in dieser Angelegenheit gegeneinander abgewogen werden.

Aus dem Inhalt des Rucksacks ging eindeutig hervor, daß der Mann ein Maler und Poet gewesen war, der nach Motiven gesucht hatte. Ich fand eine Menge von Gedichtfragmenten. Zugegeben, ich bin kein Experte für Lyrik, aber sie kamen mir doch reichlich unbeholfen vor. Außerdem waren da noch einige recht mittelmäßige Impressionen vom Flußufer, ein Malkasten, eine Schachtel mit bunter Kreide, einige Pinsel, dieser gebogene Knochen, den Sie da neben meinem Tintenfaß sehen, Baxters Nachschlagewerk *Falter und Schmetterlinge*, ein billiger Revolver und etliche Patronen. Persönliche Utensilien hatte er entweder nicht mitgenommen oder unterwegs verloren. Das waren die Effekten dieses seltsamen amerikanischen Bohemiens.

Ich wollte mich gerade von dem Toten abwenden, da bemerkte ich, daß etwas aus dem Ausschnitt seiner zerfetzten Jacke herausragte. Es war dieses Skizzenbuch, das damals schon genauso ramponiert aussah. Ich kann Ihnen versichern, daß nicht einmal ein erster Shakespeare-Folioband mit so großer Ehrfurcht von mir behandelt worden wäre wie diese kostbare Reliquie, seit sie in meinen Besitz gelangte. Ich reiche sie Ihnen nun und bitte Sie, Seite für Seite aufmerksam zu studieren."

Er rauchte eine Zigarre an und lehnte sich zurück, um mit äußerst kritischen Augen die Wirkung des Dokuments auf mich zu verfolgen.

Ich schlug das Buch auf in der Erwartung, eine Offenbarung darin zu finden, obwohl ich keine Vorstellung hatte, welcher Art sie sein könnte. Die erste Seite war enttäuschend, denn sie zeigte nichts weiter als das Bild eines sehr dicken Mannes in einer Matrosenjacke, unter dem „Jimmy Colver auf dem Postboot" stand. Es folgten mehrere Seiten mit kleinen Skizzen von Indianern und ihren Gebräuchen. Dann kam das Bild eines heiteren, korpulenten Geistlichen mit einem Schlapphut, der einem sehr dürren Europäer gegenübersaß, dazu die Unterschrift „Frühstück mit Fra Christofero in Rosario". Studien von Frauen mit Säuglingen füllten die nächsten Seiten, danach Tierzeichnungen in ununterbrochener Folge, versehen mit Titeln wie „Seekuh auf einer Sandbank", „Schildkröte mit Eiern", „Schwarzes Aguti unter einer Miritipalme" – wobei die letzte ein schweinsähnliches Tier zeigte. Und schließlich kam eine Doppelseite mit Skizzen von sehr häßlichen Reptilien mit langen Schnauzen. Ich konnte nichts Besonderes entdecken und sagte das dem Professor auch.

„Das sind doch bloß Krokodile."

„Alligatoren! Alligatoren! In ganz Südamerika werden Sie kein einziges echtes Krokodil finden. Der Unterschied besteht darin, daß ..."

„Ich wollte nur sagen, ich sehe nichts Ungewöhnliches – nichts, was Ihre Geheimniskrämerei rechtfertigen könnte."

Er lächelte gelassen.

„Das nächste Blatt", sagte er.

Auch das überzeugte mich nicht. Das ganzseitige Bild zeigte eine grob mit Tuschfarben kolorierte Landschaft. Solche Farbskizzen pflegen Freilichtmaler als Vorlage für ein später im Atelier genauer auszuführendes Gemälde anzufertigen. Von dem blaßgrünen Vordergrund, in dem spärliche Vegetation zu sehen war, führte ein stetig ansteigendes Gelände bis zu einer dunkelroten Felswand mit einer komischen senkrechte Riffelung, wie ich sie schon einmal im Basaltgestein gesehen hatte. Die Felswand ragte steil in die Höhe und nahm den gesamten Hintergrund ein. Dicht davor stand ein pyramidenförmiger Felskegel, auf dessen Spitze ein großer Baum wuchs. Offensichtlich war dieser Kegel vom Massiv abgespalten worden, denn zwischen beiden bestand nur eine schmale Kluft. Und über allem tropisch blauer Himmel. Eine dünne grüne Linie, die wohl Pflanzenbewuchs andeuten sollte, säumte den oberen Rand der rötlichen Felswand. Auf der nächsten Seite gab es noch einmal eine skizzenhafte Ansicht desselben Ortes, jedoch doch mehr aus der Nähe gesehen, so daß man Einzelheiten deutlich erkennen konnte.

„Nun?" fragte Challenger.

„Eine interessante Felsformation, sicher", sagte ich, „aber ich verstehe nicht genug von Geologie, um sie bemerkenswert zu finden."

„Bemerkenswert!" echote er. „Sie ist einzigartig, geradezu unglaublich! Kein Mensch auf Erden hat auch nur im Traum an eine solche Möglichkeit gedacht. Jetzt die nächste Seite!"

Ich blätterte um und schrie überrascht auf. Das ganzseitige Bild zeigte das außergewöhnlichste Geschöpf, das ich je gesehen hatte. Ein Fabelwesen, wie es nur in den Alpträumen eines Opiumrauchers oder den Fiebervisionen eines Kranken vorkommt. Sein Kopf glich dem eines Huhns, sein Körper dem einer aufgedunsenen Eidechse, sein nachgeschleppter Schwanz war mit aufwärts gerichteten Stacheln besetzt, und auf dem gebogenen Rücken trug es einen Saum aus hohen Zacken, der so aussah, als habe man ein Dutzend Hahnenkämme hintereinander aufgereiht. Vor diesem Monster stand ein lächerliches Männlein – ein Däumling – und starrte es an.

„Nun, was halten Sie davon?" rief der Professor, sich triumphierend die Hände reibend.

„Das ist ungeheuerlich, ja grotesk."

„Was könnte ihn veranlaßt haben, solch ein Tier zu zeichnen?"

„Handelsschnaps, würde ich meinen."

„Oh, eine bessere Erklärung fällt Ihnen wohl nicht ein?"

„Welche hätten Sie denn anzubieten, Sir?"

„Die naheliegende, daß das Tier wirklich existiert. Daß er es nach der Natur gezeichnet hat."

Ich wollte lauthals losprusten, doch die Vorstellung, erneut mit dem Professor durch den Korridor zu kobolzen, hielt mich noch rechtzeitig davon ab.

„Natürlich, zweifellos", versicherte ich, wie man es tut, um einen Verrückten zu besänftigen. „Nur muß ich gestehen", fügte ich hinzu, „daß mich dieses Männlein ein wenig verwirrt. Wäre es ein Indianer, könnte man es als Hinweis auf eine Pygmäenrasse in Amerika werten, aber es scheint doch wohl eher einen Europäer mit Sonnenhut zu sein."

Der Professor schnaufte wie ein gereizter Büffel. „Sie vertiefen meine Überzeugung, daß Beschränktheit keine Grenzen kennt. Eine Kombination von Gehirnerweichung und Geistesträgheit! Wunderbar!"

Er war zu lächerlich, als daß er mich hätte beleidigen können. Überhaupt durfte man diesem Mann nichts übelnehmen, sonst hätte man ständig beleidigt sein müssen, und das war auf die Dauer zu anstrengend. Ich begnügte mich mit einem resignierenden Lächeln. „Mir fiel auf, daß der Mann klein ist", sagte ich.

„Schauen Sie doch her!" röhrte er, während er sich vorbeugte und mit einem seiner behaarten Wurstfinger auf das Bild stippte. „Diese Pflanze hinter dem Tier halten Sie wohl für eine Butterblume oder eine Rosenkohlstaude, oder was? Es ist aber eine ausgewachsene Elfenbeinpalme, und die wird so um die fünfzig bis sechzig Fuß hoch. Begreifen Sie denn nicht, daß der Mensch zu einem bestimmten Zweck in das Bild gebracht wurde? Wenn der Maler selbst so dicht vor der Bestie Aufstellung genommen hätte, wäre die Zeichnung niemals fertiggeworden – wegen seiner äußerst geringen Lebenserwartung nämlich. Er hat sich dort verewigt, um die Größenverhältnisse zu veranschaulichen. Er war, wenn ich mich recht erinnere, etwas über fünf Fuß groß. Der Baum ist zehnmal höher, was exakt der Relation entspricht."

„Gütiger Himmel!" rief ich. „Sie glauben, die Größe der Bestie beträgt … Für so etwas wäre die Bahnhofshalle von Charing Cross kaum mehr als eine Hundehütte!"

„Ein stattliches Exemplar, das kann man ohne Übertreibung sagen", pflichtete mir der Professor versonnen bei.

„Aber", rief ich, „mit einer einzelnen Tuschzeichnung kann man doch nicht die gesamte menschliche Erfahrung vom Tisch wischen!" Ich hatte die restlichen Seiten durchgeblättert und festgestellt, daß das Buch nichts weiter enthielt. „Schon gar nicht mit der Zeichnung eines vagabundierenden Amerikaners, die vielleicht unter dem Einfluß von Haschisch oder im Fieberwahn entstanden ist, oder einfach, weil der Künstler seine wilde Phantasie spielen ließ. Als Wissenschaftler können Sie das doch nicht ernsthaft in Erwägung ziehen!"

Statt zu antworten, zog der Professor ein Buch aus dem Regal.

„Dies ist eine exzellente Monographie meines hochbegabten Freundes Ray Lankester⁵", sagte er. „Darin gibt es eine Illustration, die Sie interessieren wird. Ah, hier ist sie. Darunter steht: Wahrscheinliches Aussehen des Dinosauriers Stegosaurus aus dem Jurazeitalter. Das Hinterbein allein ist schon doppelt so groß wie ein ausgewachsener Mann. Nun, was sagen Sie dazu?"

Er reichte mir das aufgeschlagene Buch. Ich fuhr zusammen, als ich das Bild sah. Die Rekonstruktion des Tieres aus einer längst vergangenen Welt hatte tatsächlich sehr große Ähnlichkeit mit dem Bild des unbekannten Künstlers.

„Das ist allerdings bemerkenswert", sagte ich.

„Aber für Sie noch kein schlüssiger Beweis?"

„Es könnte ein Zufall sein – oder der Amerikaner hat solch ein Bild schon einmal gesehen und sich daran erinnert. Einem fiebernden Kranken fällt so etwas möglicherweise wieder ein."

„Na schön", sagte der Professor gönnerhaft, „lassen wir es damit bewenden. Schauen Sie sich nun bitte diesen Knochen an." Er reichte mir das Fundstück aus dem Nachlaß des Toten. Der Knochen war ungefähr sechs Zoll lang, dicker als mein Daumen und wies am Ende getrocknete Knorpelreste auf.

„Von welchem bekannten Lebewesen stammt er?" fragte der Professor.

Ich betrachtete ihn genau und versuchte, mir halbvergessenes Wissen ins Gedächtnis zurückzurufen.

„Es könnte ein sehr dickes menschliches Schlüsselbein

sein", sagte ich.

Mein Gegenüber machte eine verächtliche, abwehrende Handbewegung.

„Das Schlüsselbein eines Menschen ist gebogen. Dieser Knochen ist gerade. Er besitzt eine Einkerbung, die verrät, daß eine starke Sehne über ihn hinweg verlief, was bei einem Schlüsselbein nicht der Fall ist."

„Dann muß ich passen."

„Diesmal brauchen Sie sich Ihrer Unwissenheit nicht zu schämen, denn die gesamte Gelehrtenschaft von Südkensington könnte ihn vermutlich nicht identifizieren." Er entnahm einer Pillenschachtel ein bohnengroßes Knöchlein. „Soweit ich es beurteilen kann, ist dieser menschliche Knochen die Entsprechung zu dem, den Sie in der Hand halten. Das dürfte Ihnen eine Vorstellung von der Größe des Tieres vermitteln. An dem Knorpelrest sehen Sie, daß es sich nicht um ein Fossil, sondern um ein heute lebendes Tier handelt. Was sagen Sie dazu?"

„Vielleicht hat ein Elefant …"

Der Professor wand sich, als leide er Schmerzen.

„Nein! Nun kommen Sie mir nicht auch noch mit Elefanten in Südamerika! Selbst beim beklagenswerten heutigen Niveau der Grundschulen …"

„Oder", warf ich ein, „ein großes Tier aus Südamerika – ein Tapir zum Beispiel."

„Sie dürfen versichert sein, junger Mann, daß ich die Grundlagen meines Faches beherrsche. Dieser Knochen stammt weder von einem Tapir noch von irgendeinem anderen Geschöpf, das die Zoologen kennen. Es gehört zu einem sehr großen, sehr starken und, wie alle Analogien beweisen, räuberisch lebenden Tier, das der Wissenschaft gegenwärtig noch unbekannt ist. Sie sind immer noch nicht überzeugt?"

„Zumindest bin ich sehr interessiert."

„Dann ist Ihr Fall nicht hoffnungslos. Ich ahne, daß da irgendwo in Ihnen Vernunft schlummert, also werden wir uns geduldig an sie herantasten. Schluß mit dem Nachlaß des Toten! Hören Sie, was weiter geschah. Sie können sich vorstellen, daß ich den Amazonas nicht verlassen konnte, ohne der

Sache auf den Grund zu gehen. Es gab Hinweise auf die Richtung, aus welcher der Amerikaner gekommen war. Allein schon die Legenden der Indianer hätten mir als Wegweiser dienen können, denn ich stellte fest, daß unter allen Stämmen am Fluß Gerüchte von einem unheimlichen Land kursierten. Sie haben gewiß schon von Curupuri gehört?"

„Nein, noch nie."

„Curupuri ist der Geist des Waldes, etwas Furchtbares, Schreckliches, vor dem man fliehen muß. Niemand kann seine Gestalt oder sein Verhalten beschreiben, doch am Amazonas ruft schon die Nennung des Namens Angst und Schrecken hervor. Allerdings können alle Stämme übereinstimmend die Richtung angeben, wo Curupuri hausen soll. Es war genau die Richtung, aus der der Amerikaner gekommen war. Etwas Furchtbares lag dort irgendwo. Ich mußte herausbekommen, was es war."

„Und was taten Sie?" Meine Vorbehalte waren wie weggeblasen. Dieser massige Mann erzwang einfach Aufmerksamkeit und Respekt.

„Ich mußte zunächst einmal die Scheu der Indianer überwinden, die so groß war, daß sie überhaupt nicht über Curupuri reden wollten. Dann habe ich mit viel Überredungskunst, Geschenken und, zugegeben, auch mit einigen in Aussicht gestellten repressiven Maßnahmen, zwei Eingeborene als Führer gewonnen. Nach vielen Abenteuern, die ich hier nicht beschreiben will, und nachdem wir eine gewisse Strecke in einer gewissen Richtung zurückgelegt hatten – die näheren Angaben behalte ich für mich –, gelangten wir in ein Gebiet, das noch nicht kartographisch erfaßt und von niemandem außer meinem unglücklichen Vorgänger bereist worden ist. Wollen Sie bitte dies in Augenschein nehmen"

Er reichte mir eine Photographie von halbem Plattenformat.

„Die mangelhafte Bildqualität rührt daher", sagte er, „daß bei der Rückfahrt flußabwärts das Boot umschlug, und der Behälter mit den belichteten Platten zerbrach. Unglücklicherweise wurden fast alle Negative unbrauchbar – ein unwiederbringlicher Verlust. Dies ist eine der wenigen Aufnahmen, die noch halbwegs zu retten waren. Soviel zur Erklärung der Unschärfe und der Flecken. Man hat von Fälschungen gesprochen, doch ich verspüre wenig Neigung, eine derartige Ansicht zu diskutieren."

Das Bild war tatsächlich sehr verschwommen. Ein unfreundlicher Kritiker konnte diese undeutlichen Konturen leicht falsch auslegen. Die grauen Umrisse zeigten eine Landschaft. Soweit sich überhaupt Einzelheiten ausmachen ließen, ragte eine enorm hohe Felswand, die von weitem wie ein gewaltiger Wasserfall aussah, über eine ansteigende baumbestandene Ebene.

„Das könnte derselbe Ort sein wie auf der Tuschzeichnung", meinte ich.

„Es *ist* derselbe", antwortete der Professor. „Ich fand dort Spuren vom Lager des Amerikaners. Und nun betrachten Sie das nächste Bild."

Diese äußerst ramponierte Aufnahme zeigte dieselbe Ansicht, nur aus geringerer Entfernung. Ich konnte den vor der Wand stehenden Felskegel mit dem Baum auf der Spitze klar erkennen.

„Für mich besteht nicht mehr der geringste Zweifel", erklärte ich.

„Nun, dann ist ja schon etwas gewonnen", sagte der Professor. „Mir will scheinen, wir machen Fortschritte. Jetzt schauen Sie sich bitte die Spitze des Bergkegels an. Fällt Ihnen dort etwas auf?"

„Ein riesiger Baum."

„Und auf dem Baum?"

„Ein großer Vogel", sagte ich.

Er reichte mir eine Lupe.

„Ja", wiederholte ich, während ich hindurchschaute, „auf dem Baum sitzt ein großer Vogel. Er hat einen ziemlich langen Schnabel. Ein Pelikan, würde ich sagen."

„Um Ihr Sehvermögen beneide ich Sie nicht", sagte der Professor. „Das ist weder ein Pelikan noch überhaupt ein Vogel. Es interessiert Sie vielleicht zu hören, daß es mir gelang, dieses Exemplar abzuschießen. Es war das einzige, absolut unwiderlegbare Beweisstück meiner Expedition, das ich mitnehmen konnte."

„Sie haben es also?" Endlich ein greifbarer Beleg!

„Ich hatte es. Unglücklicherweise ging es, wie so vieles andere, beim bereits erwähnten Kentern des Bootes verloren. Ich grapschte danach, als es im Strudel der Stromschnellen verschwand, wobei ich ein Stück vom Flügel abriß. Als ich ans Ufer gespült wurde, war ich besinnungslos, aber ein kümmerliches Überbleibsel meiner Beute hielt ich noch in der Hand. Ihnen zeige ich es."

Aus einem Schubfach zog er etwas hervor, das wie der obere Teil eines riesigen Fledermausflügels aussah. Es war mindestens zwei Fuß lang und bestand aus einem gebogenen Knochen, der von pergamentartiger Haut umspannt wurde.

„Eine riesige Fledermaus!" rief ich.

„Nichts dergleichen", entgegnete der Professor verzweifelt seufzend. „Jemand wie ich, der in einer Sphäre der Bildung und Wissenschaft lebt, kann sich einfach nicht vorstellen, daß die Grundlagen der Zoologie so wenig bekannt sein sollen. Ja, ist es denn möglich – sollten Sie wirklich nicht einmal die elementarsten Unterscheidungsregeln der vergleichenden Anatomie beherrschen? Der Flügel eines Vogels wird vom Oberarmknochen gebildet, während die Schwinge einer Fledermaus aus drei verlängerten Fingern besteht, zwischen denen die Flughaut sitzt. Nun, in diesem Fall ist der Knochen gewiß kein Oberarm, und da es sich um einen einzelnen Knochen mit durchgehender Flughaut handelt, wie Sie sehen, kann dieser Flügel auch nicht von einer Fledermaus stammen. Doch wenn weder ein Vogel noch eine Fledermaus in Frage kommt, was dann?"

Meine dürftigen Kenntnisse waren überfordert.

„Ich weiß es wirklich nicht", gab ich zu.

Er schlug noch einmal das Standardwerk auf, das er mir vorhin gezeigt hatte.

„Hier", sagte er und deutete auf das Bild eines häßlichen fliegenden Ungeheuers, „hier ist eine exzellente Reproduktion des Dimorphodon oder Pterodaktylus, einer Flugechse aus der Jurazeit. Auf der nächsten Seite finden Sie eine Skizze vom Aufbau ihrer Flügel. Vergleichen Sie sie bitte mit dem Teil in Ihrer Hand."

Eine Welle des Erstaunens durchflutete mich, als ich die Abbildung betrachtete. Ich war überzeugt. Die Menge der Beweise war erdrückend. Die Zeichnung, die Photographien, der Bericht und nun noch das Stück Flügel – der Nachweis war komplett. Das sagte ich dem Professor und machte aus meinen Gefühlen keinen Hehl, denn mir wurde mit einem Male klar, wie sehr man diesem Manne unrecht getan hatte. Mit halb geschlossenen Augen, ein nachsichtiges Lächeln auf den Lippen, lehnte er sich im Sessel zurück und sonnte sich im plötzlichen Licht der Anerkennung.

„Das ist einfach das Tollste, das ich je gehört habe!" rief ich, obwohl eher meine journalistische als meine wissenschaftliche Begeisterung geweckt war. „Es ist kolossal. Sie sind ein Kolumbus der Wissenschaft, Sie haben eine verlorene Welt entdeckt! Tut mir schrecklich leid, daß ich Ihnen anfangs nicht glauben wollte. Alles war so unvorstellbar. Doch wenn man mir Beweise vorlegt, erkenne ich sie an – und diese hier dürften ausreichen, um jeden zu überzeugen!"

Der Professor schnurrte fast vor Wohlbehagen.

„Und dann, Sir, was taten Sie dann?"

„Wir hatten gerade Regenzeit, Mr. Malone, und meine Vorräte waren aufgebraucht. Ich erkundete einen Teil der riesigen Steilwand, fand aber keinen Weg nach oben. Die Felspyramide, auf der ich den Pterodaktylus entdeckte und abschoß, erwies sich als etwas leichter zugänglich. Da ich ein erfahrener Bergsteiger bin, konnte ich sie bis zur halben Höhe erklimmen. Von dort gewann ich eine bessere Vorstellung von dem Plateau, das sich auf dem Felsmassiv befindet. Es schien sehr groß zu sein, denn weder im Osten noch im Westen war ein Ende des bewaldeten Massivs abzusehen. Unten an seinem Fuß liegt eine sumpfige dschungelartige Region voller Schlangen, Insekten und Fieber. Sie scheint das eigenartige Land wie ein natürlicher Schutzgürtel zu umgeben."

„Haben Sie noch andere Spuren von Lebewesen gesehen?"

„Nein, Sir, leider nicht, aber während der Woche, die wir in unserem Lager am Fuß der Felswand zubrachten, hörten wir sehr merkwürdige Laute, die von oben kamen."

„Und das Tier auf der Zeichnung des Amerikaners? Wie

erklären Sie sich das?"

„Wir können nur vermuten, daß er irgendwie hinaufgeklettert ist und es dort gesehen hat. Demzufolge wissen wir, daß es einen Weg nach oben gibt. Wir wissen aber auch, daß dieser sehr schwierig sein muß, weil andernfalls diese Tiere nach unten gelangt wären und das angrenzende Gebiet bevölkert hätten. Das ist doch wohl klar?"

„Aber wie sind sie dort hinaufgekommen?"

„Ich glaube, dieses Problem ist leicht zu lösen", sagte der Professor, „denn es gibt dafür nur eine einzige Erklärung. Der südamerikanische Kontinent besteht, wie Sie vielleicht schon gehört haben, aus Granit. Irgendwann in grauer Vorzeit hat es an dieser Stelle im Erdinneren eine plötzliche gewaltige vulkanische Erhebung gegeben. Ich darf Sie darauf hinweisen, daß dieses Felsmassiv aus Basalt besteht und folglich plutonischen Ursprungs ist. Ein Gebiet, so groß wie Sussex vielleicht, wurde en bloc mit all seiner Fauna und Flora in die Höhe gedrückt und durch die senkrechten Felswände, deren Festigkeit jeder Verwitterung widersteht, vom übrigen Kontinent abgeschnitten. Was war das Ergebnis? Nun, die allgemeinen Gesamtzusammenhänge der Natur wurden aufgehoben. Die verschiedenen Zwänge und Notwendigkeiten, die den Kampf ums Überleben in der übrigen Welt bestimmten, fielen weg oder wurden gänzlich verändert. Geschöpfe, die zum Aussterben verurteilt waren, konnten überleben. Ich darf daran erinnern, daß der Pterodaktylus und auch der Stegosaurus dem Jura angehören, also entwicklungsgeschichtlich sehr alt sind. Durch die seltsamen, zufällig entstandenen Bedingungen wurden sie sozusagen künstlich am Leben erhalten."

„Aber Ihre Beweise sind doch schlüssig! Sie brauchen sie nur den betreffenden Autoritäten vorzulegen!"

„Das habe ich in meiner Einfalt auch gedacht", erklärte der Professor verbittert. „Ich kann Ihnen nur sagen, daß es ein Irrtum war und ich in jeder Hinsicht auf Unglauben gestoßen bin, der teils aus geistiger Beschränktheit, teils aus Neid herrührte. Es widerstrebt mir, Sir, vor irgendwelchen Einfaltspinseln auf den Knien zu rutschen und nach Beweisen für Tatsachen zu klauben, wenn man meine Redlichkeit in Zweifel zieht. Nach dem ersten unerfreulichen Auftritt habe ich mich nicht mehr dazu herabgelassen, die Beweisstücke, die ich besitze, überhaupt vorzuzeigen. Ich begann, das Thema zu hassen und wollte kein Wort mehr darüber verlieren. Als dann Leute Ihres Schlages, die in meinen Augen die dümmliche Neugier der Öffentlichkeit verkörpern, herkamen und mich in meiner Privatsphäre belästigten, vermochte ich ihnen nicht mit würdevoller Zurückhaltung zu begegnen. Ich bin bereits von Natur aus etwas hitzig veranlagt, doch wenn man mich provoziert, neige ich zum Jähzorn. Ich fürchte, Sie haben das selbst feststellen können."

Ich betastete mein Auge und schwieg.

„Meine Frau hat deswegen schon oft mit mir geschimpft, und doch glaube ich, daß jeder Mann mit etwas Ehre im Leibe ähnlich reagieren würde. Nichtsdestotrotz beabsichtige ich, heute abend aber ein Beispiel für die Unterdrückung der Gefühle durch äußerste Anspannung der Willenskraft zu geben. Ich lade Sie ein, diesem Schauspiel beizuwohnen." Er nahm eine Karte vom Tisch und reichte sie mir. „Wie Sie sehen, wird ein Herr Percival Waldron, ein allseits beliebter Naturwissenschaftler, um halb neun im Saal des Zoologischen Instituts eine Vorlesung zum Thema ‚Phasen der Entwicklungsgeschichte' halten. Man hat mich gebeten, auf der Tribüne Platz zu nehmen und dem Redner am Schluß die üblichen Dankesworte zu sagen. Dabei will ich ganz geschickt und vorsichtig ein paar Bemerkungen einflechten, die das Interesse des Publikums wecken und einige Leute veranlassen sollen, etwas tiefer in die Materie einzudringen. Keine Angriffe, Sie verstehen, sondern nur Andeutungen, daß wir bisher lediglich an der Oberfläche gekratzt haben. Ich werde mich eisern zügeln und abwarten, ob es mir mit Selbstbeherrschung gelingt, ein besseres Resultat zu erzielen."

„Und ich bin eingeladen?" fragte ich eifrig.

„Aber ja, natürlich", antwortete er herzlich. Seine Freundlichkeit konnte fast ebenso überwältigend sein wie seine Tätlichkeiten. Sein wohlwollendes Lächeln, bei dem zwischen den halb geschlossenen Augen und dem großen schwarzen Bart plötzlich die Wangen wie zwei rote Äpfel hervortraten, wirkte einfach entwaffnend. „Sie müssen unbedingt kommen. Es wird mir eine Beruhigung sein, wenigstens einen Verbündeten im Saal zu wissen, auch wenn mir dieser aus eklatantem Mangel an Sachkenntnis kaum beistehen kann. Ich nehme an, es werden viele Leute kommen, denn obwohl Waldron ein absoluter Scharlatan ist, hat er eine zahlreiche Schar von Anhängern in der Öffentlichkeit. Nun, Mr. Malone, ich habe Ihnen mehr Zeit als beabsichtigt geopfert. Der einzelne darf nicht für sich beanspruchen, was der Welt zusteht. Ich würde mich freuen, Sie heute abend in der Vorlesung zu sehen. Sie werden verstehen, daß bis dahin nichts von dem, was ich Ihnen erzählt habe, an die Öffentlichkeit dringen darf.“

„Aber Mr. McArdle – mein Nachrichtenredakteur, wissen Sie – wird fragen, was ich erreicht habe.“

„Erzählen Sie ihm, was Sie wollen. Und richten Sie ihm eins aus: Sollte er mir noch einen einzigen schnüffelnden Schreiberling auf den Hals hetzen, dann statte ich ihm einen Gegenbesuch mit der Reitpeitsche ab. Ich kann mich auf Sie verlassen, daß nichts von unserem Gespräch veröffentlicht wird? Gut, also dann bis halb neun im Zoologischen Institut.“

Rote Wangen, ein blauschwarzer gekräuselter Bart und herrische Augen prägten sich mir ein, als mich der Professor ungeduldig winkend aus seinem Arbeitszimmer entließ.

Fünftes Kapitel

Was zu bezweifeln ist!

Infolge der physischen Erschütterungen, die mein erstes Gespräch mit dem Professor begleitet hatten, und der geistigen des zweiten, trat ich als etwas demoralisierter Journalist wieder ins Freie. In meinem brummenden Schädel hämmerte nur ein Gedanke: daß an der Geschichte des Mannes tatsächlich etwas Wahres dran war, sie unabsehbare Konsequenzen nach sich ziehen würde und alles sich zu einer unvorstellbar sensationellen Exklusivstory für die *Gazette* verarbeiten ließe, wenn ich die Erlaubnis zur Publikation bekam. Ich sprang in ein Taxi, das am Ende der Straße wartete, und fuhr zurück zur Redaktion. McArdle war wie immer auf seinem Posten.

„Na", rief er erwartungsvoll, „wie soll die Schlagzeile lauten? Mir scheint, junger Mann, Sie bringen mir einen Kriegsbericht. Er hat Sie doch nicht etwa vermöbelt?"

„Wir hatten zuerst eine kleine Meinungsverschiedenheit."

„Ein unglaublicher Mensch! Und dann?"

„Dann wurde er etwas zugänglicher, und wir plauderten ein wenig. Aber es hat nichts eingebracht, zumindest nichts Publizierbares."

„Da wäre ich nicht so sicher. Ein Veilchen hat es Ihnen eingebracht, und das ist durchaus publikationsreif. Wir dürfen uns derartige Übergriffe nicht länger gefallenlassen, Mr. Malone. Diesem Herrn muß endlich einmal Anstand beigebracht werden. Ich knalle ihm morgen ein Leitartikelchen vor den Latz, daß ihm Hören und Sehen vergeht. Geben Sie mir nur das Material, und ich brandmarke den Burschen für alle Zeiten. ‚Professor Münchhausen' – wie wäre das als Überschrift? Ich werde ihn als den wiederauferstandenen Sir John Mandeville darstellen, als einen Cagliostro, der alle Schwindler und

Großmäuler der Geschichte in den Schatten stellt. Ich werde ihn als Betrüger entlarven!"

„Das würde ich nicht tun, Sir."

„Warum nicht?"

„Weil er durchaus kein Betrüger ist."

„Was?" brüllte McArdle. „Sie wollen doch nicht etwa sagen, Sie kaufen ihm diesen Unsinn über Mammuts, Mastodonten und riesige Seeschlangen wirklich ab?"

„Davon weiß ich nichts. Und ich glaube auch nicht, daß er jemals so etwas behauptet hat. Aber er hat etwas Neues entdeckt, das steht für mich fest."

„Dann, um Himmels willen, Mann, schreiben Sie es auf!"

„Das würde ich ja gern, aber er hat mir alles nur streng vertraulich mitgeteilt. Ich darf nichts davon zu Papier bringen." Ich faßte in einigen Sätzen den Bericht des Professors zusammen. „So steht die Sache."

McArdle machte ein sehr ungläubiges Gesicht.

„Na gut, Mr. Malone", meinte er schließlich, „aber diese wissenschaftliche Versammlung heute abend ist ja nicht geheim. Vermutlich wird kaum eine Zeitung darüber berichten wollen, denn über Waldron gibt es schon Dutzende von Artikeln. Außerdem ahnt niemand, daß Challenger sprechen wird. Das könnte ein Extraknüller für uns werden, wenn wir Glück haben. Sie sind ja sowieso dort, also bringen Sie mir einen hübsch ausführlichen Bericht. Ich halte Ihnen bis Mitternacht ein paar Spalten frei."

An jenem turbulenten Tag traf ich mich mit Tarp Henry zeitig zum Abendessen im Savage Club und schilderte ihm meine Erlebnisse. Mit skeptischem Lächeln auf seinem hageren Gesicht hörte er mir zu und wollte sich ausschütten vor Lachen, als ich sagte, daß der Professor mich überzeugt habe.

„Mensch, so geht es doch niemals im wirklichen Leben zu – daß jemand ganz zufällig eine umwälzende Entdeckung macht und dann auch noch alle Beweisstücke verliert! So etwas kommt nur in Romanen vor. Der Bursche hat die tollsten Tricks auf Lager, da können nicht einmal die Affen im Zoo mithalten. Das ist alles blühender Unsinn!"

„Aber der amerikanische Poet?"

„Hat nie existiert."

„Ich habe sein Skizzenbuch gesehen."

„Challengers Skizzenbuch!"

„Du meinst, Challenger hat dieses Tier gezeichnet?"

„Klar. Wer sonst?"

„Na gut, aber die Photographien?"

„Darauf war doch nichts Besonderes. Du hast selbst zugegeben, daß du bloß einen Vogel erkennen konntest."

„Einen Pterodaktylus!"

„Sagt Challenger. Er hat dir diesen Vogel in den Kopf gesetzt!"

„Bleiben immer noch die Knochen."

„Den kleinen hat er höchstwahrscheinlich aus einem Irish Stew gefischt. Der andere wurde extra für den Zweck präpariert. Wenn jemand geschickt ist und sein Handwerk versteht, kann er einen Knochen ebenso fälschen wie eine Photographie."

Allmählich beschlich mich ein ungutes Gefühl. Vielleicht hatte ich mich doch zu leicht einwickeln lassen? Dann kam mir plötzlich eine gute Idee.

„Komm doch mit zu der Veranstaltung", schlug ich vor.

Tarp Henry machte ein nachdenkliches Gesicht.

„Er ist nicht gerade beliebt, der geniale Challenger", sagte er. „Eine Menge Leute haben ein Hühnchen mit ihm zu rupfen. Ich würde sagen, er ist so ungefähr der meistgehaßte Mensch von London. Wenn die Medizinstudenten kommen, gibt es mit Sicherheit Rabatz. Ich habe keine Lust, in irgendwelche Krawalle verwickelt zu werden."

„Zumindest könntest du dir einmal anhören, was er zu sagen hat. Das wäre doch nur fair, oder?"

„Nun ja … schon … also gut, ich begleite dich heute abend."

Als wir beim Zoologischen Institut ankamen, herrschte dort sehr viel mehr Andrang, als wir erwartet hatten. Einer ganzen Reihe von Elektromobilen entstiegen weißbärtige Professoren, während der dunkle Strom der bescheideneren Fußgänger, der sich durch das geschwungene Portal schob, anzeigte, daß wir in eine buntgemischte Zuhörerschaft geraten würden. Und das bestätigte sich, sobald wir unsere Plätze eingenommen hatten, denn auf der Galerie und im hinteren Teil des Saales herrschte eine jugendlich ausgelassene Stimmung. Hinter mir erkannte ich eine Menge Medizinstudenten. Offenbar hatte jedes größere Krankenhaus eine Abordnung entsandt. Das Publikum gab sich fröhlich, ja übermütig. Die mit Begeisterung angestimmten Kehrreime von Gassenhauern bildeten eine seltsame Ouvertüre zu einer wissenschaftlichen Vorlesung, und alsbald ulkte man kräftig über diesen oder jenen Dozenten. Es versprach ein fideler Abend für die Witzbolde zu werden; nur wer ihrem zweifelhaften Humor persönlich ausgesetzt war, mochte es anders empfinden.

So ertönte, als der alte Dr. Meldrum mit seinem unvermeidlichen rundkrempigen Zylinder auf der Tribüne erschien, der Ruf „Wo haben Sie den Speckdeckel her?", worauf er ihn hastig abnahm und verstohlen unter seinem Stuhl verbarg. Als der gichtgeplagte Professor Wadley zu seinem Platz hinkte, erkundigte man sich mitfühlend nach dem Befinden seines großen Zehs, was ihn offensichtlich in Verlegenheit setzte. Der lautstärkste Empfang wurde jedoch meinem neuen Bekannten, Professor Challenger, zuteil, der am äußersten Ende des Präsidiums Platz nahm. Schon als sich die Spitze seines vorstehenden schwarzen Bartes um die Ecke schob, brach ein unbeschreibliches Geheul los, und mir wurde klar, daß Tarp Henry mit seiner Vermutung recht hatte: Dieses Publikum war nicht wegen des Vortrags gekommen, sondern weil sich die Nachricht von der Teilnahme des skandalumwitterten Professors wie ein Lauffeuer verbreitet hatte.

In den vorderen Reihen, wo die vornehm gekleideten Zuhörer saßen, belachte man das Getöse der Studenten beifällig. Als Challenger eintrat, begann ein Aufruhr, ein fürchterliches Gebrüll setzte ein, wie in einem Raubtierkäfig, wenn in der Ferne der Schritt des futterbringenden Wärters ertönt. Vielleicht schwang darin auch ein beleidigender Ton mit, aber insgesamt hatte ich den Eindruck, daß dieser lärmende Empfang eher einem Menschen galt, der sie interessierte und belustigte, als jemandem, den sie haßten und verabscheuten. Challenger lächelte leutselig und herablassend wie ein freundlicher Mann, der von einem Wurf tolpatschiger Welpen angekläfft wird. Er nahm gemessen Platz, atmete hörbar aus, strich sich liebevoll über den Bart und blickte mit halbgeschlossenen Augen hochmütig in den überfüllten Saal. Kaum hatte sich der Lärm gelegt, begaben sich auch der Vorsitzende, Professor Murray, und Mr. Waldron, der Referent, nach vorn, und es ging los.

Professor Murray wird mir gewiß verzeihen, wenn ich sage, daß er den typischen Fehler der meisten englischen Redner machte: Er murmelte. Warum ausgerechnet Leute, die wirklich etwas zu sagen haben, sich nicht die geringste Mühe geben, laut und deutlich zu sprechen, ist eines der unergründlichen Geheimnisse der heutigen Zeit. Dieses Verhalten ist ungefähr so vernünftig, wie wenn man versuchen würde, eine kostbare Flüssigkeit von der Quelle zu ihrem Bestimmungsort zu pumpen, dabei aber eine abgesperrte Rohrleitung benutzt und die kleine Mühe scheut, den Absperrhahn zu öffnen. Professor Murray machte einige tiefsinnige Bemerkungen zu seiner weißen Fliege sowie zur Wasserkaraffe auf dem Tisch und vergaß auch nicht, den silbernen Leuchter zu seiner Rechten mit einem humorvollen Augenzwinkern zu bedenken. Dann setzte er sich, und Waldron, der ebenso berühmte wie beliebte Referent, erhob sich unter allgemeinem Beifallsgemurmel. Er war ein ernster, hagerer Mann mit rauher Stimme und aggressivem Gebaren, doch er besaß die Gabe, Ideen von anderen Leuten zu übernehmen und in einer für das Laienpublikum verständlichen, sogar interessanten Form weiterzugeben. Er verstand es, selbst die trockenste Materie mit einem überraschenden Schuß Humor zu würzen, so daß bei ihm sogar das Vorrücken des Äquinoktiums oder die Entwicklung der Wirbeltiere zu einem höchst witzigen Vorgang wurde.

Es war ein aus der Vogelperspektive gesehener, wissenschaftlich verbrämter Überblick über die erdgeschichtliche Entwicklung, den er in einer stets klaren und zum Teil bilderreichen Sprache vor uns entfaltete. Er beschrieb unseren Planeten als riesige glühende Gaskugel, die flackernd durch das All trudelte. Dann schilderte er, wie durch Abkühlung, Erstarrung und Schrumpfung der Erdkruste Gebirge aufgeworfen wurden und der Dampf zu Wasser kondensierte – wie also langsam die Bühne entstand, auf der sich das unerklärliche Drama des Lebens abspielen sollte. Über den Ursprung des Lebens selbst äußerte er sich sehr zurückhaltend und vage. Daß bereits vorhandene Lebenskeime den vorausgegangenen Grillprozeß kaum überstanden hätten, sei ziemlich sicher. Also seien sie erst später aufgetreten. Hatten sie sich aus den abkühlenden anorganischen Elementen gebildet? Sehr wahrscheinlich. Könnten sie von außerhalb mit Meteoriten gekommen sein? Kaum vorstellbar. Alles in allem jedoch sei ein weiser Mann schlecht beraten, wenn er sich zu diesem Problem auch nur im geringsten dogmatisch verhalte. Schließlich sei es nicht möglich – oder doch zumindest heute noch nicht geglückt, in unseren Laboren organisches Leben aus anorganischer Materie zu erzeugen. Die Kluft zwischen Totem und Lebendigem habe unsere Chemie bislang noch nicht überbrücken können. Aber es gebe eine höhere und subtilere Chemie der Natur, die mit großen Drücken und viele Zeitalter während Reaktionszeiten arbeite, wodurch sie durchaus Resultate erzielen könne, die für uns Menschen unerreichbar seien. Dabei müsse man es bewenden lassen.

Damit trat der Redner, an die große Stufenleiter der Evolution. Er begann ganz unten bei den Mollusken und anderen Weichtieren des Meeres, hangelte sich dann Sprosse für Sprosse über die Fische und Reptilien aufwärts und landete schließlich bei der Känguruhratte, die aufgrund der Tatsache, daß sie ihre Jungen lebend zur Welt brachte, als der direkte Vorfahr aller Säugetiere und demnach höchstwahrscheinlich aller Anwesenden im Auditorium zu bezeichnen sei. („Nein, nein!" protestierte ein skeptischer Student von den hinteren Reihen.) Wenn der junge Mensch mit dem roten Schlips, der soeben „Nein!" gerufen habe, etwa behaupten wolle, er sei aus einem Ei geschlüpft, so möge er freundlicherweise nach dem Vortrag auf ihn warten, denn solch eine Kuriosität müsse unbedingt in Augenschein genommen werden. (Gelächter.) Es sei doch wirklich eine befremdliche Vorstellung, daß der jahrmillionenlange Entwicklungsprozeß der Natur seinen Höhepunkt in der Erschaffung jenes Herrn mit dem roten Schlips gefunden haben sollte. Ja, sei dieser Prozeß überhaupt zum Stillstand gekommen? Dürfe man diesen Herrn als das unübertreffliche Endprodukt der Entwicklung ansehen? Er hoffe, jenem Herrn mit dem roten Schlips nicht zu nahe zu treten, wenn er daran festhalte, daß – unbeschadet der privaten Vorzüge, die jener Herr möglicherweise besitze – die weitreichenden Entwicklungsvorgänge des Universums doch wohl kaum definitiv abgeschlossen sein könnten, wenn sie lediglich zur Erzeugung dieses rotbeschlipsten Herrn geführt hätten. Die Kräfte der Evolution seien keineswegs aufgebraucht, sondern noch immer am Werke, und folglich dürfe man noch größere Errungenschaften erwarten.

Nachdem der Redner den Zwischenrufer unter allgemeinem Gekicher des Publikums genüßlich durch den Kakao gezogen hatte, wandte er sich wieder dem Bild vergangener Zeiten zu. Er malte aus, wie die Meere zurückgingen, Sandbänke entstanden und träges schleimiges Leben die Uferzonen und Lagunen bevölkerte, wie die Meerestiere sich zunehmend auf Schlammbänken ansiedelten, die ihnen Nahrung im Überfluß boten und ein gigantisches Größenwachstum ermöglichten. „Und dies, meine Damen und Herren", fügte er hinzu, „führte zur Entwicklung jener Gattung von Riesensauriern, die uns heute noch erschrecken, wenn wir ihre Abdrücke im Schiefer des Wealds[6] oder von Solnhofen betrachten, die aber glücklicherweise schon längst ausgestorben waren, als der Mensch auf diesem Planeten sein Debüt gab."

„Was zu bezweifeln ist!" dröhnte eine Stimme von der Tribüne.

Mr. Waldron war ein gnadenloser Zuchtmeister, der Störenfriede – wie den Studenten mit dem roten Schlips – sofort mit ätzendem Spott überschüttete, weswegen es gefährlich war, ihn zu unterbrechen. Dieser Zwischenruf jedoch kam ihm so absurd vor, daß er nicht darauf zu reagieren wußte. So etwa muß ein Shakespeareaner aussehen, wenn ihm jemand etwas von dem verstaubten Bacon vorschwärmt, oder ein Astronom, dem von einem Fanatiker entgegengehalten wird, die Erde sei eine Scheibe. Er stutzte einen Augenblick und wiederholte dann langsam mit erhobener Stimme: „Die bereits ausgestorben waren, ehe der Mensch erschien."

„Was zu bezweifeln ist!" dröhnte die Stimme erneut.

Waldron musterte verblüfft die Reihe der Professoren auf der Tribüne, bis sein Blick auf Challenger fiel, der sich mit geschlossenen Augen und amüsiertem Gesichtsausdruck auf seinem Stuhl zurückgelehnt hatte und aussah, als lächle er im Schlaf.

„Ach so!" sagte Waldron und zuckte mit den Schultern. „Es ist mein Freund, Professor Challenger!" Und als sei damit alles erklärt, setzte er unter allgemeinem Gelächter seinen Vortrag fort.

Aber der Vorfall war damit keineswegs erledigt. Welchen Pfad der Redner auch wählte, um sich durch das Labyrinth der Urzeit zu schlängeln – jeder führte unvermeidlich zu der Behauptung, die prähistorischen Lebewesen seien ausgestorben, was immer wieder denselben dröhnenden Zwischenruf des Professors Challenger provozierte. Bald ahnte das Publikum den Zwischenruf schon im voraus und brüllte vor Begeisterung, wenn er kam. Die Studenten auf den dicht besetzten hinteren Bänken machten kräftig mit. Jedesmal, wenn Challengers Bart sich öffnete, ertönte aus hundert Kehlen der Ruf „Was zu bezweifeln ist!", noch ehe ein Laut über die Lippen des Professors gekommen war. Und ein mindestens ebenso vielstimmiger Chor antwortete darauf mit Rufen wie „Ruhe!" und „Pfui!"

Selbst Waldron, dieser hartgesottene, mit allen Wassern gewaschene Redner, verlor allmählich die Nerven. Er stockte, stammelte, wiederholte und verheddderte sich bei langen Sätzen. Schließlich ging er wütend zum Gegenangriff über.

„Dies ist wirklich unerträglich!" schrie er und richtete seinen giftigen Blick auf die Tribüne. „Professor Challenger, ich ersuche Sie, diese unsachlichen und ungehörigen Zwischenrufe zu unterlassen!"

Erwartungsvolle Stille breitete sich im Saal aus. Starr vor Entzücken saßen die Studenten da und genossen das seltene Schauspiel, wie sich die Götter des Olymps in die Haare gerieten. Challenger stemmte seinen massigen Oberkörper langsam aus dem Lehnstuhl hoch.

„Und ich muß Sie meinerseits ersuchen, Herr Waldron",
sagte er, „uns mit weiteren Behauptungen zu verschonen, die
nicht in strikter Übereinstimmung mit wissenschaftlichen Tatsachen stehen."

Diese Worte lösten einen Tumult aus. „Pfui! Pfui!" –
„Hört ihn an!" – „Hinauswerfen!" – „Runter von der Tribüne!" – „Laßt ihn reden!" erscholl es aus dem allgemeinen Gewirr amüsierter und aufgebrachter Stimmen. Der Vorsitzende
war aufgesprungen, winkte wild mit den Armen und versuchte, sich Gehör zu verschaffen. „Professor Challenger – persönliche Ansichten – später", waren die vernehmbaren Fetzen
seines ansonsten unverständlichen Genuschels. Der Stören-
fried deutete eine Verbeugung an, lächelte, strich sich über
den Bart und nahm wieder Platz. Waldron, hochrot im verkniffenen Gesicht, setzte seine Ausführungen fort. Jedesmal,
wenn er eine These formulierte, schoß er zuvor einen giftigen
Blick auf seinen Widersacher ab, der mit einem glückseligen
Lächeln auf seinem Gesicht friedlich eingeschlummert zu sein
schien.

Schließlich gelangte Waldron zum Ende seines Vortrags –
es war ein vorzeitiges Ende, wie ich meine, denn er formulierte seine Schlußfolgerungen hastig und ohne rechten Zusammenhang. Die polternden Zwischenrufe hatten ihn offensichtlich aus dem Konzept gebracht. Das unruhige Publikum hörte
ihm kaum noch zu, sondern erwartete gespannt die Diskussion. Waldron nahm Platz, und nachdem der Vorsitzende sich
vernehmlich geräuspert hatte, stand Professor Challenger auf
und trat an den vorderen Rand der Tribüne. Für meine Zeitung
stenographierte ich seine Rede wörtlich mit.

„Meine Damen und Herren!" beginnt er, während aus den
hinteren Reihen grölende Zwischenrufe ertönen. „O Pardon –
meine Damen, meine Herren, liebe Kinder! Wie konnte ich
einen wesentlichen Teil des heutigen Publikums übersehen!"
(Tumult.) Der Professor nickt leutselig und hebt einen Arm,
als wolle er der Menge den päpstlichen Segen erteilen. „Man
hat mich dazu ausersehen, Herrn Waldron ein Wort des Dan-
kes für den sehr bunten und phantasiereichen Vortrag zu sa-

gen, den wir soeben hören durften. Es gab darin einige Punkte, mit denen ich unmöglich einverstanden sein konnte, und deshalb hielt ich es für meine Pflicht, dies jeweils zum Ausdruck zu bringen. Nichtsdestoweniger hat Herr Waldron seine Aufgabe, uns einen einfachen und interessanten Überblick über die Entwicklungsgeschichte, wie er sie sieht, zu geben, mit Bravour gemeistert. Populärwissenschaftliche Vorträge sind leicht zu verstehen, doch Herr Waldron" (hier strahlt er den Referenten an und zwinkert ihm zu) „wird mir verzeihen, wenn ich sage, daß sie notwendigerweise oberflächlich und irreführend sind, da sie dem Niveau eines ignoranten Publikums angepaßt werden müssen." (Ironischer Beifall.) „Populärwissenschaftliche Vortragsredner sind ihrem Wesen nach Parasiten." (Protestierende Geste des erregten Mr. Waldron.) „Sie leben praktisch auf Kosten der bescheidenen und unbekannten Forscher, deren Ergebnisse sie sich aneignen und in Geld und persönliche Anerkennung ummünzen. Aber noch die winzigste neue Tatsache, welche Forscher in ihren Laboratorien herausfinden, der unscheinbarste Baustein, der in den Tempelbau der Wissenschaft eingeht, wiegt weitaus schwerer als ein ganzes Gedankengebäude aus zweiter Hand, das in einer müßigen Stunde wohl hübsch anzuschauen ist, aber zu keinerlei nützlichen Ergebnissen führt. Ich erinnere an diese Binsenweisheit jedoch nicht, um Herrn Waldrons Ansehen herabzusetzen, sondern damit Sie nicht den Blick für die wahren Maßstäbe verlieren und etwa den Meßdiener mit dem Priester verwechseln." (Jetzt tuschelt Mr. Waldron mit dem Vorsitzenden, der sich halb erhebt und einige ernste, tadelnde Worte an seine Wasserkaraffe richtet.) „Aber genug davon!" (Lauter, lang anhaltender Beifall.) „Kommen wir nun zu dem weitaus wichtigeren Thema, das hier zur Debatte steht. Worauf beziehen sich die unzutreffenden Behauptungen unseres Redners, die ich als ernsthafter Forscher anfechten mußte? Auf die Möglichkeit des Fortbestehens bestimmter Typen animalischen Lebens auf der Erde. Ich spreche nicht als Laie zu diesem Thema, auch nicht als populärwissenschaftlicher Referent, wie ich hinzufügen darf, sondern als Experte, dem seine ethische Verpflichtung als Wissenschaftler gebietet, streng bei den Tatsachen zu bleiben. Und deshalb sage ich, daß Herr Waldron sehr irrt, wenn er meint, alle sogenannten prähistorischen Tiere seien ausgestorben. Daß er noch keine gesehen hat, beweist gar nichts. Tatsächlich sind sie, wie er gesagt hat, unsere Vorfahren, aber unsere zeitgenössischen Vorfahren, wenn ich den Ausdruck einmal benutzen darf, die man noch heute antreffen kann, wenn man nur energisch und hartnäckig genug nach ihren Rückzugsgebieten forscht. Die furchterregenden kolossalen Geschöpfe, die man bislang der Juraperiode zugeschrieben hat, jene Ungetüme, die unsere größten und wehrhaftesten Säuger erbeuten und verschlingen können, leben noch heute." (Rufe: „Quatsch!" – „Beweise!" – „Woher wollen Sie das wissen?" – „Was zu bezweifeln ist!") „Sie fragen, woher ich das wissen will? Ich weiß es, weil ich selbst den Fuß in ihre verborgenen Schlupfwinkel gesetzt habe. Ich weiß es, weil ich einige von ihnen mit eigenen Augen gesehen habe." (Beifall, Tumult und eine Stimme: „Lügner!") „Ich soll ein Lügner sein?" (Allgemeine lautstarke Zustimmung.) „Habe ich recht gehört, daß mich jemand der Lüge bezichtigt? Würde sich dieser Herr freundlicherweise erheben, damit ich ihn sehen kann?" (Eine Stimme: „Hier ist er, Sir!", und ein schmächtiger kleiner Mensch mit Brille, der sich heftig wehrt, wird von einigen Studenten hochgehoben.) „Haben Sie es gewagt, mich einen Lügner zu nennen" („Nein, Sir, nein!" ruft der Kleine und verschwindet flink wie ein Schachtelteufel.) „Sollte irgendjemand hier im Saal die Stirn haben, meine Redlichkeit in Zweifel zu ziehen, so würde ich ihn gern nach der Veranstaltung unter vier Augen sprechen." („Lügner!") „Wer war das?" (Wieder wird der hilflos strampelnde Kleine emporgehoben.) „Warten Sie, wenn ich zu Ihnen hinunterkomme …" (Sprechchöre: „Komm, Herzchen, komm!" unterbrechen Challengers Rede minutenlang, wobei der Vorsitzende, der aufgesprungen ist und mit den Armen rudert, die Sänger zu dirigieren scheint. Challenger, hochrot im Gesicht, mit geblähten Nasenflügeln und gesträubtem Bart, ist jetzt in einer wahren Berserkerstimmung.) „Große Entdecker sind stets auf Unglauben gestoßen – das ist ein echter Beweis dafür, daß die Generation der Dummköpfe niemals ausstirbt. Wenn euch umwälzende Erkenntnisse vorgelegt werden, habt ihr weder den Willen noch die Fähigkeit, sie zu begreifen. Menschen, die ihr Leben riskiert haben, um der Wissenschaft neue Gebiete zu erschließen, könnt ihr nur mit Schmutz bewerfen. Ihr verhöhnt die Propheten! Galilei, Darwin, und ich ..." (Lang anhaltendes Gejohle und vollständige Unterbrechung.)

Soweit meine hastige Mitschrift, die nur eine schwache Vorstellung von dem absoluten Chaos vermittelt, zu dem sich die Veranstaltung inzwischen ausgeweitet hatte. Der Aufruhr war so beängstigend, daß einige Damen fluchtartig den Saal verließen. Selbst gesetzte, würdige Herren wurden von der Stimmung der Studenten angesteckt. Ich sah weißbärtige Männer aufspringen und die Fäuste gegen den hartnäckigen Professor schütteln. Der riesige Saal hatte sich in einen brodelnden Hexenkessel verwandelt. Dann trat Challenger einen Schritt vor und hob beide Arme. Von dem Mann mit den herrischen Augen ging etwas Großartiges und Beeindruckendes aus, so daß der Lärm angesichts seiner achtunggebietenden Geste allmählich verebbte. Er schien eine fundamentale Erklärung abgeben zu wollen. Das Publikum wurde mucksmäuschenstill, um sie zu hören.

„Ich will Sie nicht länger strapazieren", sagte er. „Es wäre ohnehin vergebene Liebesmüh'. Was wahr ist, bleibt wahr, und auch das Gebrüll einiger junger Dummköpfe – und, wie ich leider hinzufügen muß, auch einiger älterer – ändert nichts an der Sachlage. Ich nehme für mich in Anspruch, ein neues Forschungsfeld eröffnet zu haben. Sie bestreiten das." (Beifall.) „Dann möchte ich Ihre Ernsthaftigkeit auf die Probe stellen. Wären Sie bereit, einen oder mehrere Herren aus Ihrer Mitte mit dem Auftrag auszusenden, den Wahrheitsgehalt meine Erklärung an Ort und Stelle zu überprüfen?"

Im Publikum erhob sich Mr. Summerlee, der altgediente Professor für Vergleichende Anatomie, ein großer, dürrer, griesgrämiger Mann mit dem vertrockneten Aussehen eines Theologen. Er würde gern die Frage stellen, begann er, ob Professor Challenger die erwähnten Entdeckungen während seiner Reise ins Quellgebiet des Amazonas vor zwei Jahren gemacht habe.

Professor Challenger bejahte das.

Nun wollte Mr. Summerlee wissen, wie es komme, daß Professor Challenger behaupten könne, Entdeckungen in jenen Gebieten gemacht zu haben, die zuvor schon von Wallace, Bates und anderen berühmten Forschern durchquert worden waren.

Professor Challenger entgegnete, Mr. Summerlee verwechsle offenbar den Amazonas mit der Themse, es handele sich hier jedoch um einen etwas größeren Fluß. Mr. Summerlee werde sicher mit Erstaunen zur Kenntnis nehmen, daß die Wasserarme jenes Quellgebietes und die des Orinoko, die damit verbunden seien, zusammengenommen eine Länge von fünfzigtausend Meilen ergäben, und daß es bei dieser Ausdehnung für einen Menschen nicht unmöglich sei, dort etwas zu finden, was ein anderer übersehen habe.

Mr. Summerlee erklärte mit säuerlichem Lächeln, er sei sich des Unterschiedes zwischen der Themse und dem Amazonas durchaus bewußt, der vor allem darin bestehe, daß jede beliebige Behauptung über den ersten Fluß unverzüglich nachgeprüft werden könne, über den zweiten jedoch nicht. Er wäre Professor Challenger dankbar, wenn dieser die exakten Längen- und Breitenangaben des Ortes nennen würde, wo prähistorische Tiere angeblich zu finden seien.

Professor Challenger erwiderte, er behalte diese Information aus guten Gründen für sich, sei jedoch bereit, sie unter Wahrung gewisser Sicherheitsvorkehrungen an eine vom Publikum gewählte Abordnung zu übergeben. Ob Mr. Summerlee bereit wäre, sich selbst einer solchen Abordnung anzuschließen und persönlich die angezweifelten Behauptungen zu überprüfen?

Mr. Summerlee: „Ja, selbstverständlich." (Donnernder Beifall.)

Professor Challenger: „Dann gebe ich Ihnen mein Wort, daß Sie mit den Unterlagen, die ich Ihnen aushändigen werde, das Ziel nicht verfehlen können. Da nun Mr. Summerlee sich anschickt, meine Erklärung zu überprüfen, wäre es allerdings nur recht und billig, wenn ihn noch einige Personen begleiteten, die sein Vorgehen überwachen können. Ich will Ihnen nicht verhehlen, daß Strapazen und Gefahren zu erwarten sind. Mr. Summerlee wird daher einen jüngeren Begleiter brauchen. Gibt es hier im Saal jemanden, der sich freiwillig melden möchte?"

So gerät ein Mensch unvermittelt an den großen Wendepunkt seines Lebens. Hätte ich ahnen können, als ich den Saal betrat, daß ich mich in ein Abenteuer stürzen würde, wie es mir nicht einmal in meinen wildesten Träumen eingefallen wäre? Aber Gladys – war das nicht genau die Chance, von der sie gesprochen hatte? Gladys hätte mich ermuntert zuzupacken. Schon war ich aufgesprungen. Ich redete, obwohl ich mir nicht ein einziges Wort zurechtgelegt hatte. Tarp Henry, mein Begleiter, zerrte an meinem Ärmel und zischte: „Hinsetzen, Malone! Du machst dich bloß in aller Öffentlichkeit zum Affen!" Zugleich bemerkte ich, daß ein paar Reihen vor mir ein großer, hagerer Mann mit dunklem, rotblondem Haar ebenfalls aufgestanden war. Er hatte sich umgedreht und starrte mich drohend an, doch ich blieb standhaft.

„Ich mache mit, Herr Vorsitzender", rief ich mehrmals.

„Name! Name!" kam es aus dem Publikum.

„Mein Name ist Edward Dunn Malone. Ich bin Reporter der *Daily Gazette*. Ich erhebe den Anspruch, ein völlig unvoreingenommener Zeuge zu sein."

„Und wie heißen Sie, Sir?" fragte der Vorsitzende meinen hochgewachsenen Rivalen.

„Lord John Roxton. War bereits am Amazonas, kenne die Gegend ganz gut und bin deshalb für diese Expedition besonders geeignet."

„Lord John Roxtons Ruf als Sportsmann und Weltreisender ist natürlich international bekannt", sagte der Vorsitzende; „andererseits wäre es auch ganz vorteilhaft, einen Vertreter der Presse bei solch einer Expedition zu haben."

„Dann schlage ich vor", sagte Professor Challenger, „daß die Versammlung beide Herren zu ihren Abgesandten erklärt, damit sie Professor Summerlee nach Südamerika begleiten und mit ihm gemeinsam die Richtigkeit meiner Erklärung an Ort und Stelle überprüfen."

Und so wurde unter Beifall und Geschrei unser Schicksal

besiegelt. Noch halb betäubt von dem gewaltigen Projekt, in das ich so urplötzlich hineingeschlittert war, ließ ich mich vom Strom der Menschen mitreißen, der sich in Richtung Ausgang wälzte. Als ich ins Freie trat, stürmte eine Gruppe lachender Studenten an mir vorüber, in deren Mitte jemand wie besessen einen schweren Regenschirm schwenkte. Dann fuhr, begleitet von Buh-Rufen und Beifall, Challengers Elektromobil ab. Ich trottete im silbrigen Licht der Regent Street dahin, völlig in Anspruch genommen von dem Gedanken, wie die neuen Zukunftsaussichten meine Chancen bei Gladys vergrößern würden.

Plötzlich berührte mich jemand am Ellbogen. Ich drehte mich um und blickte in die spöttischen, etwas hochmütigen Augen des großen, schlanken Mannes, der sich ebenfalls als Freiwilliger zu dem seltsamen Unternehmen gemeldet hatte.

„Mr. Malone, wenn ich recht verstanden habe", sagte er. „Wir sind ja nun Partner, wie? Ich wohne hier gleich um die Ecke, im Albany. Hätten Sie wohl die Freundlichkeit, mir eine halbe Stunde zu opfern? Es gibt da ein paar Dinge, die ich unbedingt mit Ihnen besprechen möchte."

Sechstes Kapitel

Ich war der Racheengel Gottes

Lord John Roxton und ich gingen die Vigo Street hinunter und bogen in das düstere Portal des berühmten aristokratischen Wohngebäudes ein. Am Ende eines langen graubraunen Korridors stieß mein neuer Bekannter eine Tür auf und betätigte einen elektrischen Schalter. Mehrere Lampen mit farbigen Schirmen tauchten den großen Raum vor uns ganz in ein rötliches Licht. Schon an der Tür vermittelte mir ein Blick in die Runde den generellen Eindruck, daß hier außergewöhnlicher Luxus und Eleganz herrschten, die einen ausgesprochen männlichen Geschmack verrieten. Überall kontrastierte der Luxus des stilbewußten Reichen mit der unbekümmerten Unordnung eines Junggesellen. Prächtige Felle und seltsam glänzende Matten von irgendwelchen orientalischen Basaren lagen willkürlich auf dem Fußboden verstreut. Bilder und Grafiken, deren Seltenheit und enormen Wert selbst ich als Laie erkannte, hingen überall an den Wänden. Es waren zumeist Darstellungen von Boxern, Ballerinen und Rennpferden, aber ich entdeckte auch einen gefühlvollen Fragonard, einen martialischen Girardet und einen träumerischen Turner. Und mitten in diesem verschiedenartigen Wandschmuck prangten Trophäen, die mich sofort daran erinnerten, daß Lord John Roxton zu seiner Zeit ein äußerst vielseitiger Kraft- und Kampfsportler gewesen war. Zwei gekreuzte Paddel über dem Kaminsims, das eine dunkelblau, das andere kirschrot, verrieten den ehemaligen Schlagmann seines Bootes in Oxford, während das Florett darüber und die Boxhandschuhe darunter Waffen waren, die dieser Mann mit höchster Meisterschaft zu gebrauchen wußte. Wie ein unregelmäßig hervorspringender Sims war eine Reihe prächtiger präparierter Großwildschädel – die herrlichsten Exemplare aus allen Teilen der Welt – rings an den Zimmerwänden befestigt. Darüber thronte der Kopf eines seltenen weißen Nashorns aus der Lado-Enklave und ließ geringschätzig die Unterlippe herabhängen.

Mitten auf einem kostbaren roten Teppich stand ein schwarzer Louis-Quinze-Tisch mit Goldverzierungen, eine reizende Antiquität, mittlerweile aber durch Spuren von Glasrändern und Zigarrenbrandflecke frevelhaft entweiht. Darauf befanden sich ein silbernes Tablett mit Rauchutensilien und ein poliertes Regal mit Schnapsflaschen. Schweigend füllte mein Gastgeber zwei hohe Gläser und fügte aus einem Siphon ein paar Spritzer Sodawasser hinzu. Nachdem er einladend auf einen Sessel gedeutet und ein Glas in meine Nähe gestellt hatte, bot er mir eine lange milde Havanna an. Dann nahm er mir gegenüber Platz und betrachtete mich lange und unverwandt. Seine seltsam zwinkernden Augen hatten etwas Unverschämtes. Sie waren von einem kalten Hellblau, der Farbe eines Gletschersees.

Durch den dünnen Rauchschleier meiner Zigarre nahm ich die Eigenheiten des Gesichts wahr, das ich bereits von vielen Photographien kannte – die stark gebogene Nase, die eingesunkenen Wangen, das dunkle, rötliche Haar, das über der Stirn gelichtet war, den forschen männlichen Schnurrbart, das kleine, kecke Knebelbärtchen auf seinem vorgeschobenen Kinn. Manches erinnerte an Napoleon III, einiges an Don Quichotte, anderes wiederum verriet eindeutig den echten englischen Landedelmann – diesen draufgängerischen vitalen Hunde- und Pferdeliebhaber, der die meiste Zeit seines Lebens im Freien verbringt. Sonne und Wind hatten seiner Haut das satte Rotbraun eines Blumentopfs verliehen. Die Brauen waren buschig und überhängend, was seinen kalten Augen ein fast grimmiges Aussehen verlieh, ein Eindruck, der durch seine breite, gefurchte Stirn noch verstärkt wurde. Von der Statur her war er nahezu mager, verfügte aber über erstaunliche Körperkräfte. Schon oft hatte er bewiesen, daß es nur wenige Männer in England gab, die mit ähnlichen Strapazen fertigwerden konnten wie er. Er war etwas über sechs Fuß groß, wirkte aber wegen seinen auffallend ausladenden Schultern kleiner. Das also war der berühmte Lord John Roxton, der mir nun gegenübersaß, heftig auf seiner Zigarre kaute und mich ungeniert musterte, während mir das lange Schweigen immer unerträglicher wurde.

„Na", sagte er endlich, „da haben wir ja was Schönes angerichtet, mein lieber Freund und Kupferstecher!" (Er zog die komische Formulierung so zusammen, daß sie wie ein einziges Wort klang: Freundnkupferstecher!) „Haben uns einfach in was hineingestürzt. Schätze, Sie hatten nichts dergleichen vor, als Sie zu dem Vortrag gingen, wie?"

„Nicht im geringsten."

„Ich ebensowenig. Kein Gedanke an sowas. Und nun sitzen wir bis zum Hals in der Tinte. Mann, ich bin erst seit drei Wochen aus Uganda zurück, habe gerade ein Anwesen in Schottland gepachtet, den Vertrag unterschrieben und alles. Ein ziemlicher Kladderadatsch, was? Und wie steht's mit Ihnen?"

„Mir paßt es beruflich ganz gut in den Kram. Ich bin Reporter bei der *Gazette*."

„Richtig, sagten Sie ja, als Sie sich meldeten. Übrigens habe ich da eine Kleinigkeit, bei der Sie mir helfen könnten.«

„Mit Vergnügen."

„Ein kleines Risiko fürchten Sie doch nicht, oder?"

„Worum geht es?"

„Um Ballinger – er ist das Risiko. Sie haben sicher schon von ihm gehört?"

„Nein."

„Aber junger Mann, wo leben Sie denn? Sir John Ballinger ist der beste Jockey von Nordengland. Auf der Flachbahn könnte ich gerade noch mit ihm mithalten, aber beim Springen ist er mir über. Nun, es ist ja kein Geheimnis: Wenn er nicht trainieren muß, trinkt er wie ein Fisch – aus Nachholebedarf, sagt er. Seit Dienstag befindet er sich im Delirium und tobt wie ein Irrer. Er haust direkt über mir. Die Ärzte meinen, wenn man ihm keine Nahrung einflößt, wird der arme Kerl bald den Löffel abgeben. Er liegt im Bett, aber da er einen Revolver in der Hand hält und schwört, jedem, der in seine Nähe kommt, sechs hübsche Löcher ins Fell zu brennen, streikt das

Personal ein bißchen. Jack ist ein alter Hitzkopf und außerdem ein prima Schütze, aber man kann einen Gewinner des Grand-National-Pokals doch nicht einfach abkratzen lassen, oder?"

„Was haben Sie vor?" fragte ich.

„Nun, ich dachte, wir beide könnten ihn überrumpeln. Vielleicht döst er gerade, schlimmstenfalls erwischt er einen von uns, aber der andere müßte ihn kriegen. Wir pressen ihm die Bettdecke über die Arme, telephonieren nach einer Magenpumpe und verpassen ihm das Abendbrot, das ihm das Leben retten wird."

Das war nun wirklich die haarsträubendste Sache, in die ich an diesem verrückten Tag hineingeraten sollte. Ich halte mich für keinen besonders tapferen Mann. Meine lebhafte irische Phantasie macht Unbekanntes und Unversuchtes schlimmer, als es wirklich ist. Andererseits hat man mir die Abscheu vor Feigheit anerzogen und damit die ständige Furcht eingeimpft, für feige gehalten zu werden. Ich wage zu behaupten, daß ich mich in einen Abgrund stürzen könnte wie die Hunnen in den Geschichtsbüchern, wenn man meinen Mut anzweifeln würde, aber ich täte es dann sicherlich eher aus Stolz und Angst als aus Tapferkeit. Deshalb antwortete ich, obwohl mir der Gedanke an den tobsüchtigen Whiskysäufer da oben kalte Schauer über den Rücken jagte, mit so gleichmütiger Stimme wie nur möglich, ich sei bereit mitzugehen. Lord John begann noch einmal die möglichen Gefahren der Aktion zu erörtern, was meinen Zustand aber nur noch verschlimmerte.

„Reden hilft hier nicht weiter", unterbrach ich ihn. „Bringen wir es hinter uns!"

Ich stand auf, er erhob sich ebenfalls. Plötzlich boxte er mir zwei- oder dreimal gegen die Brust, lachte verschmitzt und drückte mich zurück in den Sessel.

„Schon gut, mein Junge – Sie sind richtig!" sagte er.

Verblüfft blickte ich zu ihm auf.

„Habe mich heute morgen schon selbst um Ballinger gekümmert. Hat mir bloß ein Loch in das Unterkleid meines Kimonos gepustet, denn zum Glück war seine Hand ziemlich zittrig. Wir konnten ihm dann eine Jacke überwerfen. In einer

Woche wird er wieder der alte sein. Na, mein Junge, Sie nehmen mir diesen Scherz doch nicht übel wie? Ganz unter uns: Ich halte diese Südamerika-Expedition für eine mächtig heikle Sache, deshalb brauche ich einen Mann an meiner Seite, auf den ich mich verlassen kann. Also stellte ich Sie auf die Probe, und ich muß sagen, Sie haben sie sehr gut bestanden. Sehen Sie, mit den Schwierigkeiten müssen doch hauptsächlich wir beide fertigwerden, denn dieser alte Summerlee wird von Anfang an ein Kindermädchen brauchen. Übrigens, sind Sie vielleicht der Malone, der für die irische Rugbynationalmannschaft nominiert werden soll?"

„Ja, aber wahrscheinlich nur als Reservespieler."

„Ihr Gesicht kam mir gleich irgendwie bekannt vor. Natürlich, ich habe doch das Spiel gegen Richmond gesehen, bei dem man Ihnen eine Chance gegeben hat – das war der schönste Zickzacklauf der ganzen Saison! Ich lasse mir kaum ein Rugbymatch entgehen, wenn ich es einrichten kann, denn es ist das männlichste Spiel, das uns geblieben ist. Aber ich habe Sie nicht hergebeten, um mit Ihnen über Sport zu fachsimpeln. Wir müssen unsere Reise vorbereiten. Hier, auf der ersten Seite der *Times* stehen die Abfahrtszeiten der Schiffe. Am nächsten Mittwoch läuft ein Passagierdampfer nach Para aus. Den sollten wir nehmen, wenn Sie und der Professor bis dahin startklar sind – einverstanden? Gut, dann spreche ich das mit ihm ab. Wie steht's mit Ihrer Ausrüstung?"

„Die wird meine Zeitung besorgen."

„Und Ihre Schießkünste?"

„Sind durchschnittlich, nach den hiesigen Maßstäben."

„Guter Gott, so schlecht? So etwas zu lernen, daran denkt ihr jungen Burschen wohl zuallerletzt. Ihr seid alle wie Bienen ohne Stachel, wenn es darum geht, den Stock zu verteidigen. Kommt eines Tages jemand und maust euch den Honig, dann guckt ihr dumm. Aber in Südamerika müssen Sie mit dem Gewehr genau treffen, denn wenn unser Freund, der Professor, kein Verrückter oder Lügner ist, dürften wir einigen unangenehmen Viechern begegnen. Was für einen Schießprügel besitzen Sie?"

Er ging hinüber zu einem Eichenschrank. Als er ihn öffnete, sah ich eine Reihe schimmernder Gewehrläufe, die wie Orgelpfeifen nebeneinander standen.

„Mal sehen, was ich Ihnen von meiner Artillerie abtreten kann", sagte er.

Nacheinander nahm er einige prachtvolle Gewehre heraus, öffnete den Verschluß, ließ ihn wieder zuschnappen und tätschelte jede Waffe zärtlich wie eine Mutter ihr Kind, wenn er sie wieder ins Regal zurückstellte.

„Das ist eine .577er Bland Axite Express[7]. Damit habe ich den großen Burschen da erwischt." Er deutete nach oben auf den Kopf des weißen Nashorns. „Zehn Schritte weiter, und er hätte mich *seiner* Sammlung hinzugefügt.

‚In dieser kleinen Kugel liegt seine einzige Chance
Sie ist die ausgleichende Kraft des Schwachen‘

Sie kennen doch hoffentlich Gordon, den Dichter des Pferdes, der Flinte und der Männer, die mit beiden umgehen? So, hier ist eine ganz brauchbare Waffe: Kaliber .470, Zielfernrohr, doppelter Auswerfer, treffgenau auf 350 Yard. Mit diesem Gewehr habe ich vor drei Jahren gegen die peruanischen Sklavenschinder gekämpft. In der Gegend nannte man mich den Racheengel Gottes, das verrate ich Ihnen, obwohl Sie nichts davon in einem Blaubuch[8] finden werden. Manchmal gibt's Situationen, mein Junge, da muß jeder selbst für Menschenrechte und Gerechtigkeit eintreten, sonst läßt einen das Gewissen nie wieder in Ruhe. Deshalb mein kleiner Privatkrieg damals. Habe ihn selber erklärt, geführt und beendet. Jede dieser Kerben bedeutet einen Sklavenmörder. Eine ganz schöne Latte, wie? Diese große Kerbe ist für Pedro Lopez, den Anführer der Bande, den ich in einer Lagune des Putumayoflusses stellte. Aber hier haben wir doch genau das richtige für Sie!" Er nahm ein schönes Gewehr mit braunem Schaft und silbernen Verzierungen heraus. „Dicke Gummipolsterung am Kolben, Visiereinrichtung äußerst präzise, fünf Patronen im Ladestreifen. Dieser Waffe können Sie Ihr Leben anvertrauen." Er reichte sie mir und schloß die Tür des Eichenschranks. „Übrigens", fuhr er fort, als er sich wieder setzte, „was wissen

Sie eigentlich über diesen Professor Challenger?"

„Ich habe ihn heute zum ersten Mal gesehen."

„Genau wie ich. Zu komisch, daß wir beide mit versiegelter Order eines Mannes in See stechen werden, den wir nicht einmal näher kennen. Scheint ja ein ziemlich aufgeplusterter Vogel zu sein. Seine Kollegen können ihn wohl auch nicht besonders verknusen. Was reizt Sie überhaupt an der Sache?"

Ich schilderte ihm kurz meine Erlebnisse vom Vormittag, und er hörte aufmerksam zu. Dann kramte er eine Karte von Südamerika hervor und breitete sie auf dem Tisch aus.

„Nach meinem Dafürhalten könnte die Geschichte, die er Ihnen erzählt hat, Wort für Wort wahr sein", meinte er ernst, „und ich sage so etwas nicht von ungefähr. Ich liebe Südamerika. Wenn Sie es wie ich von Darien bis Feuerland durchquert hätten, würden Sie mir zustimmen, daß es das großartigste, reichste und wundervollste Stück Erde auf unserem Planeten ist. Man ist nur noch nicht darauf aufmerksam geworden und ahnt nicht, was daraus werden kann. Ich habe es von einem Ende zum anderen durchstreift und in der besagten Gegend, in der ich meinen Feldzug gegen die Sklavenschinder unternahm, zwei Trockenzeiten mitgemacht. Damals habe ich ganz ähnliche Gerüchte aufgeschnappt, Legenden der Indios und so weiter, die aber zweifellos einen realen Kern enthalten. Je besser man dieses Land kennt, desto mehr ist man davon überzeugt, daß dort alles möglich ist – absolut alles! Der Verkehr beschränkt sich auf einige schmale Wasserwege, doch jenseits davon ist noch alles unerforscht. Zum Beispiel hier im Matto Grosso" – er strich mit seiner Zigarre über einen Teil der Karte – „oder hier oben in dieser Ecke, wo drei Länder aneinandergrenzen, würde mich nichts überraschen. Wie der alte Knabe heute abend sagte, verlaufen durch dieses Urwaldgebiet, das flächenmäßig fast so groß wie Europa ist, Wasserwege von fünfzigtausend Meilen Länge. Wir beide könnten voneinander so weit wie Schottland und Konstantinopel entfernt sein und befänden uns immer noch im selben großen brasilianischen Regenwald. Hier und da wurden ein paar Schneisen und Lichtungen in den Dschungel geschlagen, aber das sind nur winzige Kratzer am Rande, mehr nicht. Außerdem steigt der Flußpegel in der Regenzeit bis zu 40 Fuß an und verwandelt die Hälfte des Gebietes in unpassierbaren Morast. Warum sollte in so einem Land nicht etwas Neues, Unvorstellbares liegen? Und warum sollten wir nicht die Männer sein, die es entdecken? Außerdem", fügte er hinzu, während sein eigenartiges hageres Gesicht vor Freude strahlte, „wird uns jede einzelne Meile abenteuerliche Situationen bescheren. Ich bin wie ein alter Golfball, dessen weißer Lack längst ab ist. Die Hiebe, die mir das Leben jetzt versetzt, hinterlassen bei mir keine Spuren mehr. Bewährungssituationen sind das Salz des Lebens, mein Junge; erst sie machen es so recht lebenswert. Wir alle sind schon viel zu sehr verweichlicht, träge und bequem. Was ich brauche, sind unwirtliche Gegenden, weite Gebiete, ein Gewehr in der Faust und die Aufgabe, etwas Lohnendes zu finden. Krieg, Hindernisreiten, Fliegen – habe alles ich schon probiert. Aber diese Jagd auf Bestien, die man sich höchstens im Traum nach einer üppigen Hummermahlzeit vorstellen kann, ist ein völlig neuer Nervenkitzel!" Er kicherte vor Vorfreude.

Vielleicht habe ich mich zu lange bei der Beschreibung meines neuen Bekannten aufgehalten, aber da er für geraume Zeit mein Kamerad sein wird, wollte ich ihn so schildern, wie ich ihn zuerst sah: mit seinem skurrilen Wesen und den kleinen Eigentümlichkeiten seiner Sprech- und Denkweise. Nur der Umstand, daß ich den Bericht über die Versammlung noch abzuliefern hatte, nötigte mich schließlich zum Aufbruch. Als ich Lord John verließ, saß er im rötlichen Licht des Zimmers und ölte das Schloß seines Lieblingsgewehrs, wobei er, in Gedanken wohl schon bei den Abenteuern, die uns erwarteten, vergnügt lächelte. Eines war mir sehr deutlich bewußt: Wenn uns wirklich Gefahren bevorstanden und ich den Beistand eines Gefährten brauchte, dann hätte ich in ganz England keinen kaltblütigeren und mutigeren Mann finden können.

Obwohl völlig erschöpft von den wunderbaren Erlebnissen des Tages, saß ich an jenem Abend noch lange mit Nachrichtenredakteur McArdle zusammen und erläuterte ihm ausführlich die Situation. Er hielt sie für wichtig genug, um am nächsten

Morgen unseren Chef, Sir George Beaumont, davon zu unter-
richten. Wir vereinbarten, daß ich meine ausführlichen Reise-
berichte in Briefen an McArdle schicken sollte, die er entweder sofort in der *Gazette* veröffentlichen oder zur späteren
Verwendung zurückhalten würde – je nach den Wünschen des
Professors Challenger. Zu dem Zeitpunkt wußten wir ja nicht
einmal, welche Bedingungen der Professor an die Preisgabe
der Reiseroute in das unbekannte Land knüpfen würde. Auch
eine diesbezügliche telephonische Anfrage erbrachte nichts
genaueres, sondern wurde mit einer donnernden Schimpfkanonade
nonade gegen die Presse und der abschließenden Bemerkung
beantwortet, zunächst einmal erwarte er von uns eine Erklärung – nämlich welches Schiff wir zu nehmen gedächten. Bei
der Abreise werde er uns dann mit allen Informationen aus-
statten, die er für notwendig erachte. Unseren zweiten Anruf
nahm Frau Challenger entgegen. Flüsternd teilte sie uns mit,
ihr Gatte sei bereits erregt, und wir sollten doch bitte alles unterlassen, was seinen Zustand noch verschlimmern könne. Ein
dritter Versuch am nächsten Tag hatte ein ohrenbetäubendes
Krachen zur Folge. Kurz darauf informierte uns die Vermitt-
lung, der Apparat unseres Gesprächsteilnehmers sei gestört.
Danach gaben wir alle Bemühungen auf, mit Professor Challenger in Verbindung zu treten.

Und nun, meine geduldigen Leser, kann ich mich nicht
länger direkt an Sie wenden. Von jetzt an (das heißt, falls
überhaupt je eine Fortsetzung dieses Berichts Sie erreicht)
wird das nur über meine Zeitung geschehen. Diese Aufzeichnungen über die Ereignisse, welche zum Aufbruch einer der
bemerkenswertesten Expeditionen aller Zeiten führten, übergebe ich meinem Redakteur. Falls ich nicht nach England zu-
rückkehre, wird man wenigstens nachlesen können, wie alles
begann. Diese letzten Zeilen schreibe ich im Salon des Über-
seedampfers *Francisca*. Der Lotse wird sie mit von Bord nehmen und Mr. McArdle aushändigen. Lassen Sie mich, bevor
ich dieses Notizbuch schließe, noch jenes Bild beschreiben,
das ich als letzte Erinnerung an die Heimat mitnehme: Es ist
ein feuchter, nebliger Morgen im Spätfrühling, ein dünner,
kalter Regen fällt. Drei Gestalten in glänzenden Regenmän-

teln gehen den Kai hinunter und steuern auf die Gangway des großen Liniendampfers zu, über dem der Blaue Peter flattert. Vor ihnen schiebt ein Dienstmann einen mit Koffern, Bündeln und Gewehrfutteralen hochbeladenen Karren her. Professor Summerlee, eine lange, melancholische Gestalt, geht schleppend und läßt den Kopf hängen; offenbar reut ihn schon jetzt sein Entschluß. Lord John Roxton schreitet munter aus. Sein schmales, erwartungsvolles Gesicht, das von einer Jägermütze mit Ohrenklappen eingerahmt wird, strahlt förmlich. Was mich betrifft – ich bin froh, die hektischen Tage der Vorbereitung und die Qual des Abschiednehmens hinter mir zu haben, was man mir hoffentlich auch ansieht. Plötzlich, wir sind gerade am Schiff angekommen, ertönt hinter uns ein Ruf. Es ist Professor Challenger, der versprochen hat, uns bei der Abfahrt mit den nötigen Reiseinstruktionen zu versehen. Da kommt er angestürmt wie ein gereizter Stier, ist rot im Gesicht und ringt schnaufend nach Luft.

„Nein, danke", keucht er, „ich ziehe es vor, nicht an Bord zu gehen. Ich habe Ihnen nur einige wenige Worte zu sagen, und das läßt sich auch ebensogut hier erledigen. Bilden Sie sich bitte nicht ein, ich wäre Ihnen in irgendeiner Weise zu Dank verpflichtet sei, weil Sie sich zu dieser Reise entschlossen haben. Nehmen Sie gefälligst zur Kenntnis, daß mir diese Sache völlig gleichgültig ist und ich es ablehne, irgendwelche persönlichen Gefühle der Dankbarkeit dafür aufzubringen. Die Wahrheit ist objektiv und nicht von Ihrer Bestätigung abhängig. Was Sie später berichten werden, dürfte allenfalls die Gemüter eines Haufens unbedarfter, sensationsgieriger Leute erhitzen. Meine Instruktionen und die genaue Beschreibung der Reiseroute stecken in diesem versiegelten Umschlag. Sie werden ihn in der Stadt Manaus am Amazonasstrom öffnen, und zwar erst an dem Tag und zu der Uhrzeit, die ich darauf vermerkt habe. Habe ich mich verständlich gemacht? Ich appelliere an die Ehre eines jeden von Ihnen, meine Bedingungen strikt einzuhalten. Nein, Mr. Malone, ich will Ihrer Berichterstattung keine Beschränkung auferlegen, denn Sie reisen ja mit, um die Fakten zu übermitteln. Ich verlange lediglich, daß Sie genaue Ortsangaben vermeiden und nichts vor

Ihrer Rückkehr veröffentlicht wird. Also, auf Wiedersehen, Sir. Sie haben mich immerhin veranlaßt, mein Urteil über die abscheuliche Zunft, der Sie unglücklicherweise angehören, etwas zu mildern. Leben Sie wohl, Lord John. Nach allem, was ich von Ihnen gehört habe, ist die Wissenschaft für Sie ein Buch mit sieben Siegeln, aber Sie dürfen sich zu dem herrlichen Jagdrevier gratulieren, das Sie erwartet. Es wird Ihnen zweifellos vergönnt sein, in der Jagdzeitung *Field* zu schildern, wie Sie einen fliegenden Dimorphodon erlegt haben. Und auch Ihnen, Professor Summerlee, meinen Gruß zum Abschied. Sollten Sie noch fähig sein, etwas dazuzulernen, wovon ich, offen gesagt, nicht überzeugt bin, dann werden Sie gewiß als weiserer Mensch nach London zurückkehren."

Damit machte er auf dem Absatz kehrt, und eine Minute später sah ich vom Deck aus seine untersetzte Gestalt in der Ferne davoneilen – er sputete sich, um seinen Zug noch zu erreichen. So, mittlerweile haben wir den Kanal fast passiert. Das letzte Glockenzeichen mahnt zum Abgeben der Post, der Lotse geht von Bord. Dann heißt es Kurs aufnehmen und volle Kraft voraus! Gott segne alle unsere Lieben, die wir zurücklassen, und geleite uns sicher wieder nach Hause!

Siebentes Kapitel

Morgen tauchen wir ein ins Unbekannte

Wer auch immer diese Aufzeichnungen lesen mag –
ich möchte ihn nicht mit der Schilderung unserer
Überfahrt auf dem luxuriösen Ozeandampfer langweilen und auch über unseren einwöchigen Aufenthalt in Para
kein Wort verlieren (außer daß wir der Pereira da Pinta Company für ihre sehr liebenswürdige Hilfe bei der Beschaffung
unserer Ausrüstung danken). Auch unsere Reise den breiten,
langsam fließenden lehmigen Strom hinauf will ich nur kurz
erwähnen. Wir machten sie auf einem Dampfer, der nicht viel
kleiner war als das Schiff, das uns über den Atlantik gebracht
hat. Schließlich passierten wir die Flußenge bei Obidos und
erreichten die Stadt Manaus. Hier ersparte uns Mr. Shortman,
der örtliche Vertreter der Britisch-Brasilianischen Handelsge-
sellschaft, den wenig verlockenden Aufenthalt in einer Her-
berge. Auf seiner gastlichen Fazenda verbrachten wir die Zeit
bis zu dem Tage, an dem wir ermächtigt waren, den Brief mit
Professor Challengers Instruktionen zu öffnen.

Bevor ich zu den überraschenden Ereignissen dieses Tages
komme, möchte ich meine Kameraden und die inzwischen an-
geheuerten Hilfskräfte etwas näher vorstellen. Dabei werde
ich kein Blatt vor den Mund nehmen, denn ich überlasse die
entsprechende Verwendung des Materials völlig Ihnen, Mr.
McArdle; es geht ja durch Ihre Hände, ehe es an die Öffentlichkeit gelangt.

Professor Summerlees wissenschaftliche Verdienste sind
hinlänglich bekannt; ich kann mir die Mühe sparen, sie noch
einmal aufzuzählen. Er bringt bessere körperliche Voraussetzungen für eine derart anstrengende Expedition mit, als man
auf den ersten Blick glauben würde. Seine hohe, dürre Gestalt
ist sehnig und scheint keine Ermüdung zu kennen. Auch wird

seine trockene, sarkastische und oft unsympathische Wesensart nicht durch wechselnde äußere Umstände beeinflußt. Obwohl er schon 65 Jahre alt ist, habe ich ihn nie über die gelegentlichen Härten klagen hören, denen wir bisher ausgesetzt waren. Anfangs hatte ich ihn für eine zusätzliche Last gehalten, die wir bei dieser Expedition würden mitschleppen müssen; inzwischen bin ich jedoch überzeugt, daß er mir an Ausdauer in nichts nachsteht. Von seiner Grundeinstellung her ist er natürlich ein sauertöpfischer Skeptiker. Er macht keinen Hehl daraus, daß er Professor Challenger für einen Erzbetrüger hält, dem wir bedauerlicherweise auf den Leim gegangen seien. Folglich dürfte uns hier in Südamerika nichts anderes als eine Enttäuschung erwarten, und zu Hause der dafür fällige Spott obendrein. Diese Ansicht, die er mit höhnischem Grinsen und pathetischem Wackeln seines schütteren Ziegenbartes vorzutragen pflegt, hat er uns den ganzen Weg von Southampton bis Manaus gepredigt. Seit wir an Land gegangen sind, versöhnen ihn die Schönheit und der Artenreichtum der Insekten- und Vogelwelt hier etwas, denn er ist mit Leib und Seele Wissenschaftler. Tagsüber pirscht er mit Schrotflinte und Schmetterlingsnetz durch die Wälder, und abends ist er vollauf damit beschäftigt, seine zahlreichen Beutestücke zu präparieren. Zu seinen Eigenheiten gehört, daß er wenig auf sein Äußeres gibt, schlampig und schmuddelig herumläuft und nicht ohne seine kurze Bruyèrepfeife auszukommen scheint, die er nur selten aus dem Mund nimmt. In seiner Jugend hat er an verschiedenen wissenschaftlichen Expeditionen teilgenommen (so war er mit Robertson in Papua), deshalb ist ihm das Leben in Zelt und Kanu durchaus nicht fremd.

Sir John Roxton ähnelt Professor Summerlee in mancher Hinsicht, in anderen Punkten unterscheiden sie sich wie Tag und Nacht. Der Lord, zwanzig Jahre jünger, hat die gleiche hagere, knochige Statur. Sein Aussehen habe ich, wie ich mich erinnere, bereits in den Aufzeichnungen beschrieben, die in London verblieben sind. Sehr ordentlich, fast penibel, trägt er stets tadellos weiße Drillichanzüge und hohe braune Moskitostiefel. Mindestens einmal am Tag rasiert er sich. Wie die meisten Tatmenschen ist er wortkarg und etwas in sich gekehrt, jedoch reagiert er prompt auf Fragen, beteiligt sich auch lebhaft an Gesprächen, wobei seine launig sprunghaften, humorvoll vorgetragenen Gedankengänge immer wieder verblüffen. Weit in der Welt herumgekommen, kennt er auch hier in Südamerika Land und Leute; die höhnischen Bemerkungen Professor Summerlees beirren ihn nicht im geringsten. Er glaubt fest an den Erfolg unserer Reise. Roxton hat eine sanfte Stimme und bewegt sich ruhig und gemessen, nur seine funkelnden blauen Augen verraten, daß er zu Jähzorn und Tollkühnheit neigt. Diese Charakterzüge, die er mit eisernem Willen unterdrückt, könnten einmal sehr gefährlich werden. Von seinen Erlebnissen in Brasilien und Peru spricht er kaum, doch begann ich, etwas davon zu ahnen, als ich sah, welches Aufsehen seine Ankunft unter den Eingeborenen am Fluß auslöste. Sie begrüßten ihn als ihren Retter und Beschützer. Die Taten des Roten Häuptlings, wie sie ihn nannten, waren dort schon zur Legende geworden, doch auch die bloßen Fakten, die ich nach und nach herausfand, waren erstaunlich genug. Vor einigen Jahren hat sich Lord John in jenem Niemandsland aufgehalten, das zwischen den nicht genau markierten Grenzen Perus, Brasiliens und Kolumbiens liegt. In diesem weiten Gebiet wächst der wilde Kautschukbaum, und dies hat, ähnlich wie im Kongo, zur Ausbeutung der Eingeborenen geführt, die man nur mit der Zwangsarbeit in den alten Silberminen Dariens unter der spanischen Herrschaft vergleichen kann. Eine Handvoll schurkischer Mestizen beherrschten das Land, indem sie einige Indianer, die ihnen willfährig waren, bewaffneten und die übrigen versklavten. Durch unvorstellbare Grausamkeiten schüchterten sie die Eingeborenen ein und zwangen sie zum Sammeln des Kautschuks, der dann mit Flößen nach Para geschafft wurde. Lord John Roxton trat öffentlich für die Unterdrückten ein, erntete jedoch nur Drohungen und Beleidigungen. Daraufhin erklärte er Pedro Lopez, dem Anführer der Sklavenschinder, in aller Form den Krieg, stellte aus entlaufenen Sklaven eine Truppe zusammen und führte einen Feldzug, der damit endete, daß er den berüchtigten Mestizen eigenhändig tötete und das Herrschaftssystem zerstörte, das dieser errichtet hatte.

Kein Wunder also, daß der Mann mit dem ingwerfarbenen Haar, der samtweichen Stimme und dem freimütigen Auftreten nun an den Ufern des mächtigen südamerikanischen Stromes beträchtliches Aufsehen erregte. Wobei die Empfindungen, die er hervorrief, geteilt waren – einerseits spürte man die Dankbarkeit der Eingeborenen, andererseits den Haß der Mestizen, welche die Ausbeutung gern fortgesetzt hätten. Ein nützliches Ergebnis seines damaligen Aufenthaltes ist, daß er die Lingoa Geral, jenes eigentümliche Gemisch aus einem Drittel Portugiesisch und zwei Dritteln Indianisch, beherrscht, das man überall in Brasilien spricht.

Ich erwähnte bereits, daß Lord John Roxton von Südamerika geradezu besessen ist. Spricht er über dieses großartige Land, so gerät er regelrecht ins Schwärmen. Seine Begeisterung wirkt ansteckend, denn sie hat selbst mich, einen völlig Unwissenden, erfaßt und meine Wißbegierde angestachelt. Ich wünschte, ich könnte den Zauber seiner Monologe wiedergeben, jene merkwürdige Mischung von exakter Faktenkenntnis und urwüchsiger Phantasie, die ihnen eine solche Faszination verlieh, daß selbst vom Gesicht des zuhörenden Professors das zynische und skeptische Lächeln schwand. Einmal zum Beispiel erzählte er uns die Geschichte des mächtigen Stroms, der zwar schnell erforscht wurde (denn einige der ersten Eroberer Perus durchquerten den Kontinent per Schiff), wobei jedoch alles, was jenseits der ständig wechselnden Ufer lag, unbekannt blieb.

„Was ist dort?" rief er aus, während er nach Norden wies. „Wald und Sumpf, undurchdringlicher Dschungel. Wer weiß, was sich darin verbirgt? Und dort im Süden? Eine Wildnis aus sumpfigen Wäldern, die noch kein Weißer betreten hat. Das Unbekannte beginnt gleich hinter den Ufern. Mehr als die schmalen Flußläufe kennt man doch nicht! Wer will sagen, was in so einem Land möglich ist und was nicht? Warum sollte der alte Challenger nicht recht haben?" Diese herausfordernde Frage ließ das sture Grinsen wieder auf Professor Summerlees Gesicht erscheinen. Schweigend hüllte er sich in Rauchwolken, die er seiner Wurzelholzpfeife entlockte, und schüttelte ungerührt den Kopf.

Soviel zunächst zu meinen beiden weißen Gefährten, deren charakterliche Stärken und Schwächen, ebenso wie die meinen, im Verlauf dieser Erzählung gewiß noch deutlicher zutage treten werden. Wir haben bereits einige Leute angeworben, die künftig keine geringe Rolle spielen dürften. Der erste ist ein riesiger Neger namens Zambo, ein schwarzer Herkules, willig wie ein Pferd und auch ungefähr so intelligent. Auf Empfehlung der Schiffahrtsgesellschaft, auf deren Dampfern er ein paar Brocken Englisch gelernt hat, haben wir ihn eingestellt.

Ebenfalls in Para engagierten wir zwei Mestizen vom Oberlauf des Flusses, die gerade eine Ladung Sandelholz heruntergeflößt hatten. Gomez und Manuel sind dunkelhäutige bärtige Burschen, wild, flink und sehnig wie Panther. Sie stammen aus dem Quellgebiet des Amazonas, das wir erforschen wollen. Aus diesem Grunde entschied sich Lord John für sie. Gomez besitzt außerdem den Vorzug, ausgezeichnet englisch zu sprechen. Diese Männer erboten sich, für 15 Dollar im Monat zu kochen, zu rudern und sich anderweitig nützlich zu machen. Außerdem haben wir drei bolivianische Mojo-Indianer angeworben. Unter den Stämmen am Fluß gelten sie als die geschicktesten Fischer und Bootsfahrer. Ihren Anführer nennen wir nach seinem Stamm Mojo, die beiden anderen hören auf die Namen José und Fernando. Also drei Weiße, zwei Mischlinge, ein Neger und drei Indianer bildeten die Mannschaft der kleinen Expedition, die in Manaus auf nähere Anweisungen für ihr abenteuerliches Unternehmen wartete.

Nach einer langweiligen Woche war es endlich soweit. Man stelle sich das angenehm kühle Wohnzimmer der zwei Meilen landeinwärts von Manaus gelegenen Fazenda Santa Ignacio vor. Draußen greller, messingfarbener Sonnenschein, in dem die Palmen tiefschwarze, scherenschnittartige Schatten warfen. Die reglose Luft war erfüllt vom ewigen Gesumm der Insekten, jenem tropischen Akkord über mehrere Oktaven, vom tiefen Brummen der Bienen bis hin zum hohen, scharfen Diskant der Moskitos. Vor der Veranda lag ein kleiner, von Kakteenhecken umgebener Ziergarten, zwischen dessen blühenden Sträuchern große blaue Schmetterlinge flatterten und winzige Kolibris wie flirrende Lichtbüschel umherhuschten. Drinnen saßen wir um einen Bambustisch herum, auf dem ein versiegelter Brief lag. Darauf stand in Professor Challengers zerklüfteter Handschrift der Vermerk: „Instruktionen für Lord John Roxton und die übrigen Expeditionsteilnehmer. Zu öffnen in Manaus am 15. Juli, Punkt 12 Uhr."

Lord John hatte seine Uhr vor sich auf den Tisch gelegt.

„Noch sieben Minuten", verkündete er. „Der alte Knabe ist sehr pingelig."

Professor Summerlee lächelte geringschätzig, als er den Brief in seine magere Hand nahm.

„Ob wir ihn jetzt oder in sieben Minuten öffnen, was macht das schon aus?" meinte er. „Das ist doch wieder nur so ein fauler Zauber, für den der Schreiber leider nur allzu bekannt ist!"

„Nein, bitte, wir müssen uns an die Spielregeln halten", sagte Lord John. „Es ist nun mal seine Show, in der wir lediglich mitwirken, und deshalb wäre es verdammt unanständig, wenn wir seine Regieanweisungen nicht bis ins kleinste befolgten."

„Ein Gaukelspiel ist es!" rief der Professor erbost. „Ich fand es schon in London albern, doch je mehr ich darüber nachdenke, desto lächerlicher kommt es mir vor. Ich weiß nicht, was dieser Umschlag enthält, aber wenn es nicht etwas ganz Konkretes ist, nehme ich das nächste flußabwärts gehende Boot, dann kann ich in Para vielleicht noch die *Bolivia* erreichen. Schließlich habe ich wichtigeres zu tun, als hier herumzurennen und die Behauptungen eines Irren zu widerlegen. Aber nun ist es soweit, Roxton."

„Jawohl, es ist Punkt zwölf", sagte Lord John. „Wir können das Spiel anpfeifen." Er nahm den Umschlag, schlitzte ihn mit seinem Taschenmesser auf und zog ein gefaltetes Blatt Papier heraus. Er faltete es behutsam auseinander und strich es auf der Tischplatte glatt. Es war leer. Er drehte es um. Auch die Rückseite war unbeschrieben. Wir blickten einander verblüfft an, bis Professor Summerlees triumphierendes Hohnlachen das Schweigen brach.

„Da haben Sie den Beweis!" rief er. „Was wollen Sie mehr? Der Bursche gesteht seinen Schwindel selbst ein. Nun können wir nach Hause fahren und diesen unverschämten Betrüger gehörig anprangern!"

„Vielleicht unsichtbare Tinte?" warf ich ein.

„Glaube ich nicht", antwortete Lord Roxton, das Papier gegen das Licht haltend. „Nein, Freund und Kupferstecher, es hat keinen Sinn, sich etwas vorzumachen. Ich verbürge mich dafür, daß auf diesem Blatt niemals etwas geschrieben wurde."

„Darf man eintreten?" dröhnte eine Stimme von der Veranda her.

Der Schatten einer untersetzten Gestalt hatte sich in den Lichtfleck am Eingang geschoben. Diese Stimme! Diese breiten Schultern! Mit einem Ausruf des Erstaunens sprangen wir auf, denn Challenger, einen runden, jungenhaften Strohhut mit einem bunten Band auf dem Kopf – Challenger, die Hände in den Jackentaschen und die Spitzen seiner Segeltuchschuhe geziert aufsetzend, trat vor die Türöffnung. Er warf den Kopf zurück und spreizte sich im goldenen Sonnenlicht wie ein Pfau – ganz der alte mit dem prächtigen Assyrerbart und der angeborenen Unverschämtheit, die an seinen halbgesenkten Augenlidern und seinem hochmütigen Blick abzulesen war.

„Bedauerlicherweise", sagte er und zog seine Uhr hervor, „habe ich mich um einige Minuten verspätet. Als ich Ihnen diesen Umschlag übergab, rechnete ich nicht damit, daß Sie ihn jemals öffnen würden, denn es war meine feste Absicht, noch vor der angegebenen Zeit zu Ihnen zu stoßen. Die unglückliche Verzögerung, die teils einem tölpelhaften Lotsen, teils einer zudringlichen Sandbank zuzuschreiben ist, hat meinem Kollegen Professor Summerlee vermutlich Gelegenheit zu lästerlichen Äußerungen gegeben."

„Ich muß gestehen, Sir", sagte Lord John sehr ernst, „daß uns Ihr Erscheinen beträchtlich erleichtert, denn soeben sah es verdammt nach einem vorzeitigen Ende des Unternehmens aus. Ich verstehe überhaupt nicht, wieso Sie das ganze so vertrackt inszenieren mußten."

Anstatt zu antworten, trat Professor Challenger ein, schüttelte mir und Lord John die Hand, machte eine aufreizend schwerfällige Verbeugung vor Professor Summerlee und ließ sich in einen Korbstuhl fallen, der unter seinem Gewicht ächzte und schwankte.

„Ist die Expedition startklar?" fragte er.

„Wir können morgen schon aufbrechen."

„Tun Sie das. Eine Karte brauchen Sie jetzt nicht mehr, denn Sie genießen den unschätzbaren Vorteil, von mir persönlich geführt zu werden. Ich hatte von Anfang an beabsichtigt, Ihre Nachforschungen zu überwachen. Sie müssen doch zugeben, daß selbst die genaueste Karte nur ein kläglicher Ersatz für meine Intelligenz und Erfahrung wäre. Was den kleinen Trick mit dem Umschlag angeht, so erklärt er sich aus dem einfachen Umstand, daß ich andernfalls, also wenn ich Sie in meine Absichten eingeweiht hätte, zu meinem größten Leidwesen gezwungen gewesen wäre, die Überfahrt in Ihrer Gesellschaft anzutreten."

„Nicht in meiner, mein Herr", brauste Summerlee auf, „solange noch verschiedene Schiffe den Atlantik überqueren!"

Challengers behaarte Pranke machte eine abwinkende Bewegung.

„Gebrauchen Sie Ihren gesunden Menschenverstand, dann werden Sie meine Zurückhaltung verstehen und auch begreifen, wieviel vorteilhafter es war, wenn ich meine Bewegungsfreiheit behielt und erst in dem Moment auftauchen konnte, in dem ich gebraucht wurde. Dieser Moment ist jetzt gekommen. Sie brauchen sich keine Sorgen mehr zu machen, den Weg zu verfehlen, denn von nun an übernehme ich das Kommando über die Expedition. Jeder hat seine Vorbereitungen bis heute abend abzuschließen, damit wir morgen in aller Frühe aufbrechen können. Meine Zeit ist kostbar, Ihre sicher auch – wenngleich in geringerem Maße. Deshalb schlage ich vor, wir sollten uns tunlichst sputen, damit ich Ihnen bald vorführen kann, was Sie zu sehen wünschen."

Lord John Roxton hatte ein großes Dampfboot, die *Esmeralda*, gechartert, die uns den Fluß hinaufbringen sollte. Vom Klima her war es unwesentlich, zu welcher Jahreszeit unsere Expedition begann, da die Temperatur sommers wie winters zwischen 25 und 33 Grad Celsius bleibt. Ganz anders sieht es jedoch mit der Feuchtigkeit aus. In der Regenzeit von Dezember bis Mai steigt der Pegel des Flusses langsam, aber stetig bis zu 40 Fuß über den Niedrigstand. Das Wasser tritt über die Ufer und bildet große Lagunen in einem riesigen Gebiet, das die Einheimischen Gapo nennen. Zu Fuß kommt man in diesem Morast natürlich nicht vorwärts, mit Booten allerdings auch nicht, weil die Lagunen zu seicht sind. Ab Juni etwa beginnt dann das Wasser zurückzugehen und erreicht den Tiefststand im Oktober oder November. Unsere Expedition fiel also in die Trockenzeit, als der Strom und seine Nebenflüsse einen mehr oder weniger normalen Pegel führten.

Die Strömung des Flusses ist schwach, weil das Gefälle nicht mehr als acht Zoll pro Meile beträgt. Eine idealere Wasserstraße für den Schiffsverkehr gibt es kaum, denn mit dem überwiegend aus Südosten wehenden Wind können Segelschiffe mühelos bis zur peruanischen Grenze gelangen und sich dann von der Strömung zurücktreiben lassen. Die ausgezeichnete Maschine unserer *Esmeralda* überwand die träge Strömung spielend. Wir kamen so zügig voran wie auf einem stehenden Gewässer. Drei Tage lang dampften wir nordwestwärts den Strom hinauf, der bereits hier, tausend Meilen von der Mündung entfernt, so breit war, daß man von der Mitte aus die Ufer nur als dunkle Schattenlinien am Horizont ausmachen konnte. Am vierten Tag nach der Abfahrt von Manaus bogen wir in einen Nebenarm ein, der an seiner Mündung nur wenig schmaler war als der Hauptstrom. Er verengte sich jedoch rasch, und nach zweitägiger Fahrt erreichten wir ein Indianerdorf. Hier gingen wir auf Geheiß des Professors an Land und schickten die *Esmeralda* zurück nach Manaus. Bald würden wir an Stromschnellen gelangen, welche die weitere Benutzung des Schiffes unmöglich machten, erklärte er. Verstohlen fügte er hinzu, wir näherten uns nunmehr dem Tor zum unbekannten Land, und je weniger Außenstehende davon wüßten, desto besser. Deshalb nahm er auch jedem das ehrenwörtliche Versprechen ab, später nichts zu schreiben oder zu sagen, was unsere Reiseroute verraten könnte. Aus diesem Grunde sehe ich mich gezwungen, meine Schilderung etwas vage zu halten. Und ich mache meine Leser darauf aufmerksam, daß die Entfernungen und markanten Punkte in meinen Kartenskizzen zwar stimmen, die Richtungsangaben jedoch mit Bedacht verändert werden, damit niemand den Weg zu jenem Land finden kann. Professor Challengers Gründe für die Geheimhaltung mögen berechtigt sein oder nicht – uns blieb keine andere Wahl, als sie zu akzeptieren. Er war eher bereit, die gesamte Expedition abzublasen, als die Bedingungen, zu denen er uns führen wollte, auch nur im geringsten zu ändern.

Am zweiten August haben wir mit dem Abschied von der *Esmeralda* unsere letzte Verbindung zur Außenwelt gekappt. Seitdem sind vier Tage vergangen. Wir haben den Indianern zwei große Kanus aus leichtem Material (Häute, über ein Bambusgerippe gespannt) abgekauft, die wir um Hindernisse herumtragen können. Darin wurden alle unsere Sachen verstaut. Außerdem engagierten wir noch zwei Indianer, Ataca und Ipetu. Sie sollen uns bei der Bootsfahrt helfen. Offenbar haben sie Professor Challenger schon bei seiner vorigen Reise begleitet. Die Aussicht auf eine Wiederholung des Unternehmens schien sie ziemlich zu erschrecken, aber ihr Häuptling besitzt patriarchalische Gewalt, und wenn er ein gutes Geschäft wittert, wird der einfache Stammesangehörige nicht lange nach seiner Meinung gefragt.

Morgen tauchen wir also ein ins Unbekannte. Ich gebe diesen Bericht einem Kanu mit, das den Fluß hinabfährt. Vielleicht ist dies unser letztes Lebenszeichen für alle, die an unserem Schicksal anteilnehmen. Entsprechend unserer Abmachung adressiere ich den Brief an Sie, mein lieber Mr. McArdle, und überlasse es ganz Ihrem Belieben, den Text zu kürzen, zu ändern oder nach Gutdünken zu verwenden. Angesichts des zuversichtlichen Auftretens von Professor Challenger und aller Skepsis Professor Summerlees zum Trotz bin ich fest davon überzeugt, daß unser Expeditionsleiter Wort halten wird und wir tatsächlich am Vorabend großer Ereignisse stehen.

Achtes Kapitel

Die Vorposten der verlorenen Welt

Unsere Freunde in der Heimat dürfen sich mit uns freuen, denn wir sind am Ziel und haben damit zumindest einen Teil von Professor Challengers Voraussagen bestätigt gefunden. Zwar haben wir das Plateau bisher noch nicht bestiegen, doch es liegt vor uns. Das läßt selbst unser Lästermaul Summerlee kleinlaut werden. Nicht, daß er auch nur einen Augenblick zugäbe, sein Rivale könne recht haben, doch er bringt seine pessimistischen Nörgeleien mit weitaus weniger Nachdruck vor und beschränkt sich immer mehr auf die Rolle des schweigenden Beobachters.

Aber ich muß zurückgreifen und meinen Bericht dort fortsetzen, wo er zuletzt abbrach. Wir schicken einen unserer Indianer wegen einer Verletzung heim. Ich gebe ihm diesen Brief mit, wenn auch mit erheblichen Zweifeln, ob er jemals London erreichen wird.

Als ich mich das vorige Mal meldete, waren wir im Begriff, das Indianerdorf zu verlassen, bei dem uns die *Esmeralda* abgesetzt hatte. Leider muß ich mit einer schlechten Nachricht beginnen, denn noch am selben Tage kam es zu einer ernsten tätlichen Auseinandersetzung (die unaufhörlichen Sticheleien zwischen den beiden Professoren lasse ich außer Betracht), welche beinahe schlimm ausgegangen wäre. Ich erwähnte bereits unseren Englisch sprechenden Mestizen Gomez – ein tüchtiger und anstelliger Mann, den aber offenbar jene krankhafte Neugier plagt, welche bei jenem Menschenschlag nicht selten ist. Als wir am Abend vor dem Start unsere Pläne besprachen, muß er sich in der Nähe unserer Hütte versteckt haben. Dabei wurde er von dem riesigen Neger Zambo, der aufpaßt wie ein Schießhund und Mischlinge ohnehin nicht mag, ertappt und vor uns geschleift. Plötzlich aber zückte Gomez ein Messer. Daß Zambo es nicht zwischen seine Rippen bekam, verdankt er allein seinen Bärenkräften: Mit einer Hand hielt er Gomez fest, mit der anderen entwaffnete er ihn. Die Sache endete mit Verwarnungen, die beiden mußten einander die Hand geben, und wir hoffen, daß damit alles wieder in Ordnung ist. Die Fehden unserer Gelehrten jedoch werden mit Ausdauer und Erbitterung geführt. Freilich muß man zugeben, daß Challenger keine Gelegenheit zur Provokation ausläßt, doch Summerlees boshafte Zunge macht alles nur noch schlimmer. Gestern abend äußerte Challenger zum Beispiel, ihm sei es nie eingefallen, auf dem Embankment der Themse zu flanieren und dabei flußaufwärts zu schauen, denn es sei immer traurig, das mögliche Ende des eigenen Lebensweges zu erblicken. (Natürlich ist er fest davon überzeugt, daß er einst in der Westminster-Abtei ruhen werde.) Professor Summerlee entgegnete mit boshaftem Lächeln, soviel er wisse, habe man das Millbank-Gefängnis leider schon abgerissen. Challengers Dünkel ist allerdings zu kolossal, als daß er auf solch eine Anspielung beleidigt reagierte. Er lächelte nur in seinen Bart hinein und wiederholte in jenem gespielt mitleidigen Tonfall, den man Kindern gegenüber anschlägt: „Ach, wirklich? Ach, wirklich?" Ja, wirklich, sie sind beide Kindsköpfe – der eine vertrocknet und zänkisch, der andere überheblich und tyrannisch –, doch in jedem steckt ein Gehirn, dessen Leistung sie in die vorderste Reihe der Wissenschaft gebracht hat. Verstand, Charakter, Seele – wie getrennt sie sich mitunter entwickeln, begreift man erst, wenn man das Leben genauer betrachtet.

Am nächsten Tag begann unsere merkwürdige Expedition. Wir stellten fest, daß sich unser gesamtes Gepäck bequem in beiden Kanus verstauen ließ und bildeten zwei Besatzungen von jeweils sechs Mann, wobei wir im Interesse des allgemeinen Friedens darauf achteten, daß die beiden Professoren nicht in einem Boot saßen. Ich selbst fuhr mit Challenger, der sich in einer derartigen Hochstimmung, ja Verzückung befand, daß er vor Wohlwollen und Güte fast zerfloß. Da ich ihn aber schon in ganz anderer Stimmung erlebt habe, würde es mich nicht im geringsten überraschen, wenn plötzlich ein Gewitter diesem eitlen Sonnenschein ein Ende machte. In Challengers Nähe kann man sich nie so recht behaglich fühlen (aber auch nicht langweilen), denn stets bleibt die bange Frage, wann seine Laune umschlägt.

Zwei Tage lang fuhren wir einen stattlichen, mehrere hundert Yard breiten Fluß hinauf, dessen Wasser dunkel, aber doch so klar war, daß man bis auf den Grund sehen konnte. Das ist bei vielen Zuflüssen des Amazonas so, während andere trübes weißliches Wasser führen. Der Unterschied rührt von der Beschaffenheit der durchströmten Gebiete her. Die dunkle Färbung stammt von pflanzlichen Verfallsstoffen, die helle Eintrübung von lehmigem Boden. Zweimal mußten wir Stromschnellen durch Landtransporte von einer halben beziehungsweise einer Meile umgehen. Die Uferwälder auf beiden Seiten bestanden noch aus der primären Baumgeneration und waren deshalb leichter zu passieren als solche mit nachwachsendem Unterholz. Wir konnten die Kanus ohne Schwierigkeiten hindurchtragen. Wie soll ich die eigenartig feierliche Atmosphäre beschreiben, die dort herrschte? Die Höhe der Bäume und die Dicke der Stämme übertrafen alles, was ich als Städter für möglich gehalten hatte. Wie mächtige Säulen ragten sie weit hinauf, bis die abzweigenden Äste oben, in gewaltiger Höhe, gotische Spitzbögen bildeten und sich zu einem dichten grünen Dach verschränkten, durch das nur manchmal ein goldener Sonnenstrahl drang und als dünne funkelnde Lichtspur das majestätische Halbdunkel durchzog. Als wir geräuschlos über den dicken, weichen Teppich aus moderndem Laub schritten, überkam uns Ehrfurcht wie im Zwielicht der Westminster-Abtei; selbst Challenger zügelte sein röhrendes Organ und flüsterte nur noch. Die Baumriesen hätte ich nicht benennen können, aber unsere Wissenschaftler zeigten uns die Zedern, Baumwoll- und Sandelbäume, die unglaubliche Vielzahl an Gewächsen, die diesen Kontinent zum weltgrößten Lieferanten von pflanzlichen Naturrohstoffen macht (der allerdings bei der Herstellung von tierischen Produkten international das Schlußlicht bildet). Prächtige Orchideen und bunte Flechten schimmerten an den dunklen Stämmen, und wenn ein wandernder Lichtstrahl auf eine goldene Allemanda, die scharlachrote Sternblüte der Tacsonia oder das Tiefblau der Ipomea traf, meinte man, in einem Märchenwald zu sein. Da das Leben die Dunkelheit flieht, strebt es unter diesem riesigen Blätterdach fortwährend nach oben zum Licht. Jede Pflanze, selbst die kleinste, versucht zur grünen Oberfläche vordringen und rankt sich an größeren und stärkeren Rivalen empor. Die üppigen Schlinggewächse sind von Natur aus zum Klettern eingerichtet, doch andere Pflanzen müssen diese Kunst erlernen, um dem unwirtlichen Schatten zu entrinnen. So winden sich hier die gewöhnliche Nessel, der Jasmin und sogar die Jacintarapalme um die Zedern und streben empor zur Krone. In den vor uns sich öffnenden majestätischen Bogengängen zeigte sich kein Tier, aber eine fortwährende Bewegung hoch über unseren Köpfe signalisierte uns die turbulente Welt der Affen, Schlangen, Vögel und Faultiere, die sich im Sonnenschein tummelten und neugierig auf unsere winzigen, dunklen, weit unten in der schummerigen Tiefe dahinstolpernden Gestalten hinabspähten. In der Morgendämmerung und bei Sonnenuntergang ertönte das Konzert der Brüllaffen, in das die Sittiche mit schrillem Gekreisch einstimmten, doch während der heißen Tagesstunden schlug nur das volltönende Summen von Insekten wie fernes Brausen einer Brandung an unser Ohr. Nichts regte sich zwischen den imposanten Stämmen, die im Dämmerlicht auftauchten und wieder verschwanden. Einmal sprang ein krummbeiniges schwerfälliges Tier auf – vielleicht ein Ameisenfresser oder ein Bär – und flüchtete ins Dunkel. Das war die einzige Regung tierischen Lebens, die sich auf dem Boden des großen Amazonaswaldes zeigte.

Und doch sollten wir bald feststellen, daß sich außer uns noch andere Menschen in dieser geheimnisvollen Abgeschiedenheit aufhielten, und zwar gar nicht weit von uns entfernt. Am dritten Tag vernahmen wir ein merkwürdiges dumpfes Pochen, das feierlich und rhythmisch die Luft erfüllte, bald aus der einen, bald aus der anderen Richtung zu kommen schien und den ganzen Vormittag anhielt. Als wir es zum ersten Mal hörten, fuhren unsere Boote im Abstand von nur wenigen Yard nebeneinander. Unsere Indianer, die sofort aufgehört hatten zu paddeln, erstarrten zu Bronzestatuen und lauschten angestrengt, wobei ihre Gesichter den Ausdruck zunehmender Bestürzung zeigten.

„Was ist das?" fragte ich.

„Trommeln", erklärte Lord John gleichmütig, „Kriegstrommeln. Habe ich früher schon mal gehört."

„Ja, Sir, Kriegstrommeln", bestätigte Gomez, der Mestize. „Wilde Indios – Nomaden, keine Seßhaften. Sie beobachten uns die ganze Zeit und wollen uns töten."

„Wie können sie uns denn ständig beobachten?" fragte ich und starrte in die düstere, reglose Ferne.

Der Mischling zuckte mit seinen breiten Schultern.

„Die Indios verstehen sich darauf. Sie haben ihre eigenen Methoden. Jetzt beobachten sie uns und reden miteinander in der Trommelsprache. Sie töten uns, wenn sie uns kriegen."

Am Nachmittag jenes Tages – nach meinem Taschenkalender war es der 18. August, ein Dienstag – sprachen schon mindestens sechs oder sieben Trommeln aus verschiedenen Richtungen miteinander. Manchmal waren es schnelle Schläge, dann wieder langsame; zuweilen konnte man deutlich Frage und Antwort unterscheiden. Hämmerte die eine weit im Osten plötzlich ein hohes, rasselndes Stakkato, dann folgte nach einer Pause ein dumpf grollender Wirbel aus dem Norden. Etwas unbeschreiblich Entnervendes und Drohendes lag in diesem anhaltenden Dröhnen, das unaufhörlich jene Botschaft zu wiederholen schien, die der Mestize verstanden hatte: „Wir töten euch, wenn wir euch kriegen! Wir töten euch, wenn wir euch kriegen!" Sonst regte sich nichts in dem schweigenden Dschungel. Der dunkle Laubvorhang bot ein Bild tiefsten Friedens und harmonischer Ruhe der Natur, doch dahinter lauerten höchst unfriedliche Mitmenschen, die uns immer wieder dieselbe unheilvolle Nachricht zusandten. „Wir töten euch, wenn wir euch kriegen!" sagten die Männer im Osten. „Wir töten euch, wenn wir euch kriegen!" sagten die Männer im Norden.

Den ganzen Tag über grollten und flüsterten die Trommeln. Die Gesichter unserer farbigen Begleiter wurden immer ängstlicher. Selbst der abgebrühte, sonst so verwegene Gomez

wirkte eingeschüchtert. An jenem Tag konnte ich jedoch ein
für allemal feststellen, daß sowohl Summerlee als auch Challenger den höchsten Grad des Mutes besaßen – den Mut des
Forschers. Dieser Geist war es, der Darwin bei den Gauchos
von Argentinien oder Wallace unter den malaiischen Kopfjä-
gern aufrechterhalten hatte. Das menschliche Hirn, von der
gütigen Natur so eingerichtet, daß es nicht an zwei Dinge
gleichzeitig denken kann, hat, erfüllt vom Wissensdrang, keinen Raum mehr für persönliche Erwägungen. Unbeeindruckt
von der fortwährenden geheimnisvollen Drohung, klassifizier-
ten die Professoren jeden Vogel in der Luft und jeden Strauch
am Ufer, und es kam zu manchem heftigen Disput, wenn
Summerlees Schnarren Challengers röhrenden Baß unterbrach. Als sie sich dann doch einmal dazu herabließen, die
trommelnden Eingeborenen zur Kenntnis zu nehmen, hätte
man meinen können, sie säßen gemütlich im Rauchsalon des
Royal Society Club in der St. James Street.

„Miranha- oder Amajuaca-Kannibalen", sagte Challenger
und deutete mit dem Daumen auf die dumpf hallenden Trom-
melschläge im Wald.

„Sehr wahrscheinlich, Herr Kollege", antwortete Summerlee. „Sie dürften, wie die meisten dieser Stämme, eine poly-
synthetische Sprache benutzen und von mongoloidem Typus
sein."

„Polysynthetisch, gewiß", sagte Challenger und lächelte
gönnerhaft. „Ich wüßte auch nicht, daß auf diesem Kontinent
eine anders strukturierte Sprache existierte – und ich besitze
Aufzeichnungen von mehr als einhundert. Die Theorie der
Mongoloidität betrachte ich jedoch mit großer Skepsis."

„Meiner Ansicht nach dürfte schon eine begrenzte Kenntnis der vergleichenden Anatomie genügen, um sie eindeutig
zu bestätigen", entgegnete Summerlee bissig.

Challenger schob sein aggressives Kinn vor, bis er nur
noch Bart und Hutkrempe war. „Ich bin ganz Ihrer Ansicht.
Eine begrenzte Kenntnis hätte diesen Effekt! Wer jedoch über
umfassendere Kenntnisse verfügt, gelangt zu anderen Schlußfolgerungen." Sie fixierten einander in gegenseitiger Verachtung, während rings um uns wieder das ferne Raunen begann:

„Wir töten euch – töten euch, wenn wir euch kriegen!"

In jener Nacht verankerten wir unsere Kanus mit schweren Steinen in der Mitte des Stroms und trafen Vorkehrungen gegen einen eventuellen Angriff. Es geschah jedoch nichts, und im Morgengrauen paddelten wir eilig weiter. Allmählich verlor sich das Trommeln hinter uns. Gegen drei Uhr nachmittags gelangten wir an sehr steile Stromschnellen, die sich über eine Meile weit hinzogen. Es waren dieselben, in denen Professor Challenger während seiner ersten Reise Schiffbruch erlitten hatte. Ich muß gestehen, daß ich bei ihrem Anblick erleichtert aufatmete, denn es war die erste, wenn auch winzige, faktische Bestätigung für Challengers Bericht. Die Indianer schleppten zuerst die Kanus und dann unser Gepäck durch das Unterholz, das an dieser Stelle sehr dicht stand, während wir vier Weißen mit den geschulterten Gewehren neben ihnen her gingen und die Transporte gegen eventuelle Angriffe aus dem Dschungel absicherten. Vor Einbruch der Dunkelheit hatten wir die Stromschnellen überwunden und konnten danach sogar noch zehn Meilen flußaufwärts paddeln, ehe wir vor Anker gingen und uns schlafen legten. Bis dahin hatten wir nach meiner Schätzung mindestens hundert Meilen auf diesem Nebenarm des Amazonas zurückgelegt.

Zur entscheidenden Kursänderung kam es am frühen Vormittag des nächsten Tages. Schon seit dem Morgengrauen hatte der auffallend unruhige Professor Challenger immer wieder mit prüfenden Blicken die Ufer abgesucht. Plötzlich grunzte er befriedigt und deutete auf einen einzeln stehenden Baum, der sehr schräg über das Wasser ragte.

„Was für ein Baum ist das?" fragte er.

„Eine Assaipalme, zweifellos", antwortete Summerlee.

„Stimmt. Eine schräge Assaipalme habe ich mir als Anhaltspunkt gemerkt. Die verborgene Einmündung muß eine halbe Meile weiter, auf der andern Seite des Flusses liegen. Das Merkwürdige dieser Stelle ist, daß keine sichtbare Lücke zwischen den Bäumen entsteht. Dort, wo Sie das hellgrüne Schilfrohr statt des dunkelgrünen Buschwerks sehen, da zwischen den großen Baumwollbäumen, befindet sich mein privates Tor zum Unbekannten. Stoßen Sie es auf, und Sie werden staunen!"

Es war in der Tat ein wunderbarer Ort. Als wir die bezeichnete Stelle erreicht hatten, mußten wir die Kanus durch den mehrere hundert Yard breiten Schilfgürtel hindurchstaken, und plötzlich trieben wir auf einem flachen Flüßchen, dessen klares Wasser ruhig über sandigem Grund dahinfloß. Es war vielleicht zwanzig Yard breit und von üppigster Vegetation gesäumt. Wer nicht bemerkt, daß hier das Buschwerk von Schilf abgelöst wird, ahnt nicht das geringste von der Existenz dieses Flüßchens. Und nicht einmal im Traum wird er sich vorstellen können, in was für ein Wunderland es hineinführt.

Denn ein Wunderland war es in der Tat. Die dichte Vegetation verschränkte sich über uns zu einer natürlichen Pergola, in deren goldenem Zwielicht sich das Flüßchen entlangschlängelte, wobei seine Anmut durch die zitternden, wechselnden Reflexe des hereinsickernden Lichtes noch erhöht wurde. Klar wie Kristall, glatt wie ein Spiegel, grün schillernd wie der Rand eines Eisbergs – so lag der Flußlauf im Blättertunnel vor uns, und jeder Paddelschlag schickte ein tausendfaches Wellengekräusel über seine glänzende Oberfläche. Solch ein Weg konnte nur in ein Märchenland führen. Von den Eingeborenen war nichts mehr zu hören, doch Tiere zeigten sich häufig. Ihre Zutraulichkeit verriet, daß sie noch nie mit dem Jäger Bekanntschaft gemacht hatten. Flaumige samtschwarze Äffchen mit schneeweißen Zähnen und spitzbübisch glänzenden Augen keckerten lediglich, als wir vorbeifuhren. Zuweilen warf sich ein Kaiman mit dumpfem Aufklatschen vom Ufer ins Wasser. Ein dunkler, plumper Tapir glotzte aus einer Lücke im Ufergebüsch und trottete dann in den Wald zurück. Die geschmeidige Gestalt eines großen Pumas huschte durch das Unterholz. Aus grünen, tückischen Augen warf er uns über seine lohfarbene Schulter einen finsteren Blick zu. Von Vögeln wimmelte es nur so, insbesondere von Watvögeln wie Störchen, Reihern und Ibissen. Sie drängten sich in kleinen separaten Gruppen, jeweils weiß, blau und scharlachrot, auf allen umgestürzten Baumstämmen, die über das Ufer ragten, denn im kristallklaren Wasser tummelten sich Fische von jeder Form und Farbe.

Drei Tage lang glitten wir im gedämpften grünen Licht des Tunnels dahin. Auf längeren geraden Strecken ließ sich kaum erkennen, wo in der Ferne das grüne Wasser aufhörte und das grüne Gewölbe begann. Der Frieden dieses wundersamen Wasserweges war offensichtlich vom Menschen noch ungestört.

„Hier gibt es keine Indios. Haben zuviel Angst vor Curupuri", meinte Gomez.

„Curupuri ist der Geist des Dschungels", erklärte Lord John. „Diesen Ausdruck verwenden die Eingeborenen für alles, was ihnen teuflisch vorkommt. Sie glauben, in dieser Gegend hause etwas Furchtbares. Deshalb meiden sie sie."

Am dritten Tag kündigte sich das nahe Ende unserer Bootsfahrt an, denn der Fluß wurde rasch flacher. Nachdem wir in den letzten beiden Stunden zweimal festgesessen hatten, zogen wir die Kanus ins Ufergebüsch und übernachteten an Land. Am nächsten Morgen unternahmen Lord John und ich einen Erkundungsgang ein paar Meilen flußaufwärts. Wir mußten Professor Challengers Voraussage bestätigen: Weiter hinauf konnte man mit den Kanus nicht gelangen. Wir versteckten sie im Gebüsch und markierten einen Baum mit Axthieben, um sie wiederzufinden. Dann teilten wir die Ausrüstung auf – Gewehre, Munition, Proviant, ein Zelt, Decken und das übrige –, schulterten das Gepäck und nahmen den beschwerlicheren Abschnitt unserer Reise in Angriff.

Allerdings bildete ein unseliger Streit zwischen unseren gelehrten Hitzköpfen den Auftakt zu der neuen Etappe. Seit Challenger zu uns gestoßen war, hatte er das Kommando übernommen, und zwar zum unverhohlenen Mißfallen Summerlees. Als Challenger nun seinem Kollegen eine Anweisung gab (es ging lediglich darum, ein Aneroidbarometer zu tragen), kam es zur offenen Auseinandersetzung.

„Darf ich fragen, Sir", erkundigte sich Summerlee verdächtig ruhig, „in welcher Eigenschaft Sie hier Befehle erteilen?"

„In meiner Eigenschaft als Leiter dieser Expedition, Professor Summerlee."

„Dann muß ich Ihnen leider mitteilen, daß ich Sie in dieser Position nicht akzeptiere."

„Ach wirklich?" Challenger deutete eine spöttische Verbeugung an. „Vielleicht hätten Sie die Güte, meine tatsächli-
che Stellung zu definieren?"

„Aber gewiß doch. Sie sind der Mann, dessen Glaubwürdigkeit von dieser Kommission überprüft wird. Sie befinden
sich in Gesellschaft Ihrer Richter, mein Herr!"

„Na, so was!" sagte Challenger und hockte sich auf den
Rand eines Kanus. „In dem Fall müssen Sie freilich selbst die
Richtung bestimmen, und ich trotte in gebührendem Abstand
hinterher. Wenn ich nicht der Anführer bin, können Sie auch
nicht von mir erwarten, daß ich Sie führe."

Dem Himmel sei Dank, daß es noch zwei vernünftige
Männer – Lord John Roxton und mich – gab, die verhinder-
ten, daß wir wegen der albernen Empfindlichkeit unserer Gelehrten gezwungen waren, mit leeren Händen nach London
zurückzukehren. Was mußten wir argumentieren, bitten und
erklären, bis wir sie einigermaßen besänftigt hatten! Endlich
setzte sich Summerlee mit höhnischem Lächeln und Pfeife im
Mund in Bewegung, und Challenger stapfte grollend und
schimpfend hinterdrein. Durch einen glücklichen Zufall fanden wir wenig später heraus, daß unsere beiden Gelehrten die
denkbar schlechteste Meinung von Dr. Illingworth aus Edinburgh hatten. Das war unsere Rettung, denn von da an konnten wir jede kritische Situation dadurch entschärfen, daß wir
den Namen des schottischen Zoologen erwähnten, woraufhin
unsere Professoren prompt ein zeitweiliges Bündnis eingingen
und in ihrer Verachtung für den gemeinsamen Gegner sozusagen ein Herz und eine Seele waren.

Während wir uns im Gänsemarsch am Ufer entlangbeweg-
ten, sahen wir, wie sich der Fluß zu einem Bach verengte.
Schließlich verlor er sich ganz in einem großen, mit grünem
schwammigem Moos bedeckten Sumpf, in dem wir bis an die
Knie einsanken. Wolken von Moskitos und anderen fliegenden Plagegeistern schwebten in der Luft. Wir waren heilfroh,
als wir wieder festen Boden unter den Füßen spürten, und
schlugen einen Bogen durch den Wald, um den Pestsumpf zu
umgehen, dessen lautes Insektenleben noch in der Ferne wie
eine Orgel dröhnte.

Am zweiten Tag nach dem Zurücklassen der Kanus veränderte sich der Charakter der Landschaft rasch. Unser Weg führte stetig bergan, und je höher wir kamen, desto mehr lichtete sich der Wald und verlor seine tropische Üppigkeit. Die Baumriesen der feuchten Amazonasebene wichen Phönix- und Kokospalmen, welche in vereinzelten, mit dichtem Unterholz durchsetzten Gruppen wuchsen. In feuchteren Senken breiteten Mauritiuspalmen ihre anmutig geschwungenen Wedel aus. Wir marschierten nur nach Kompaß. Dabei entstanden zweimal Meinungsverschiedenheiten zwischen Challenger und seinen eingeborenen Begleitern. In beiden Fällen vertrauten wir – ich zitiere die unwirschen Worte des Professors – „den trügerischen Instinkten unterentwickelter Wilder mehr als dem Spitzenprodukt moderner europäischer Technik". Daß dies richtig war, erwies sich am dritten Tag. Challenger gab zu, an verschiedenen Orientierungspunkten seine frühere Reiseroute wiederzuerkennen. Wir stießen sogar auf vier rußgeschwärzte Steine, die von einem seiner Rastplätze stammten.

Der Weg führte immer noch bergan, und wir benötigten zwei Tage, um einen mit Felsblöcken übersäten Steilhang zu erklimmen. Wieder hatte sich die Vegetation verändert. Nur der genügsame Elfenbeinbaum hielt sich hier noch und bildete die Wirtspflanze für eine Vielzahl herrlicher Orchideen, von denen ich die seltene Nutionia Vexillaria, die prächtigen rosaroten Blüten der Cattleya und die scharlachroten des Odontoglossums zu unterscheiden lernte. Vereinzelte Bäche mit steinigem Grund und farngeschmückten Ufern rieselten in flachen Bergschluchten zu Tal. Abends lagerten wir an Plätzen auf, wo Felsbrocken das Wasser stauten und Schwärme von hübschen blaurückigen Fischen, die der englischen Bachforelle in Form und Größe ähnelten, ein schmackhaftes Abendessen versprachen.

Am neunten Tag nach dem Verlassen der Kanus – wir waren mittlerweile etwa 120 Meilen weit marschiert – gelangten wir über die bewaldete Region hinaus. Die Bäume waren zuletzt immer kleiner geworden und schließlich zu bloßem Buschwerk verkümmert. An ihre Stelle trat eine immense Bambuswildnis, so dicht, daß wir uns den Weg mit Äxten und

Macheten freihauen mußten. Für das Durchqueren dieses Hindernisses brauchten wir einen vollen Tag von sieben Uhr morgens bis zum Abend um acht. Etwas Eintönigeres und Ermüdenderes läßt sich nicht vorstellen, denn selbst an den lichtesten Stellen konnte man höchstens zehn oder zwölf Fuß weit sehen. Mein Gesichtsfeld blieb vorn durch die Rückseite von Lord Johns Baumwolljacke und rechts wie links durch gelbe Wände beschränkt. Fünfzehn Fuß über unseren Köpfen schwankten die Spitzen der Bambusstämme gegen den tiefblauen Himmel und ließen vom Sonnenlicht nur messerdünne Streifen hindurch. Ich habe keine Ahnung, welche Lebewesen ein solches Dickicht bewohnen, doch mehrmals hörten wir ganz in unserer Nähe massige Tiere lospreschen. Ihren Lauten zufolge könnten es Wildrinder gewesen sein, meinte Lord John. Als es zu dunkeln begann, kamen wir aus dem Bambusgürtel heraus. Erschöpft von dem anstrengenden Tag, schlugen wir sofort unser Lager auf.

Am nächsten Morgen waren wir schon früh wieder auf den Beinen. Der Charakter der Landschaft hatte sich abermals gewandelt. Hinter uns zog sich der scharf abgegrenzte Bambusgürtel hin, als folge er dem Lauf eines Flusses. Vor uns lag eine freie, leicht ansteigende Ebene, die mit Grüppchen von Baumfarnen bedeckt war und zu einem langen walfischrückenähnlichen Kamm hinaufführte. Diesen erreichten wir gegen Mittag und erblickten dahinter ein flaches Tal, aus dem das Gelände erneut sanft anstieg und auf eine langgestreckte Reihe buckelförmiger Anhöhen zulief. Als wir die erste dieser Anhöhen erklommen, ereignete sich ein Vorfall, über dessen Bedeutung wir uns nicht einigen konnten.

Professor Challenger, der gemeinsam mit seinen beiden Indianern die Vorhut der Gruppe bildete, blieb plötzlich stehen und deutete aufgeregt nach rechts. Dort erblickten wir in einer Entfernung von ungefähr einer Meile so etwas wie einen riesigen grauen Vogel, der sich mit schwerfälligem Flügelschlag vom Boden erhob, dann reglos in geradem, niedrigem Flug davonsegelte und zwischen Baumfarnen verschwand.

„Haben Sie ihn gesehen?" schrie Challenger triumphierend. „Summerlee, haben Sie ihn gesehen?"

Sein Kollege starrte noch immer auf die Stelle, wo das Tier verschwunden war.

„Was soll denn das gewesen sein?" fragte er.

„Ein Pterodaktylus – ich hin mir ganz sicher!"

Summerlee brach in ein höhnisches Gelächter aus. „Ein Pteroulkylus!" witzelte er. „Ein Storch war das, ein ganz gewöhnlicher Storch!"

Challenger war so wütend, daß er keine Worte fand. Mit einer heftigen Bewegung schleuderte er sich sein Bündel wieder über die Schulter und marschierte weiter. Lord John jedoch wartete, bis ich zu ihm aufgeschlossen hatte. Sein Gesicht war ernster als sonst. Er hielt sein Zeißglas in der Hand.

„Habe das Vieh fokussiert, als es über die Bäume segelte", sagte er. „Was es war, kann ich zwar nicht sagen, aber ich schwöre bei meiner Ehre als Jäger, daß es keinem Vogel ähnlich sah, der mir jemals vor die Flinte gekommen ist."

Das ist der Stand der Dinge. Befinden wir uns tatsächlich unmittelbar am Rande des Unbekannten? Sind wir auf einen Vorposten jener verlorenen Welt gestoßen, von der unser Anführer spricht? Ich gebe das Ereignis so wieder, wie es sich zugetragen hat, und damit wissen Sie genauso viel wie ich. Es blieb übrigens ein Einzelfall, denn wir bemerkten weiter nichts Ungewöhnliches.

Und nun, meine Leser – falls ich überhaupt welche habe –, nachdem ich Sie den breiten Fluß stromaufwärts geführt habe, durch das Schilf und den grünen Tunnel, über die Palmenhänge, durch den Bambusgürtel und das flache Gelände mit den Baumfarnen, liegt unser Ziel endlich klar vor uns. Denn als wir die zweite Anhöhe erstiegen hatten, erblickten wir eine unregelmäßige, mit Palmen bewachsene Ebene, und dahinter jene hoch aufragende rote Felswand, die ich schon vom Bild her kannte. Jetzt, da ich dies schreibe, sehe ich sie vor mir, und es besteht nicht der leiseste Zweifel, daß es dieselbe ist. Ihr nächster Punkt ist etwa sieben Meilen von unserem jetzigen Lagerplatz entfernt. Sie dehnt sich in einem Bogen, so weit das Auge reicht. Challenger stolziert umher wie ein preisgekrönter Pfau. Summerlee ist schweigsam, aber noch immer skeptisch. Schon morgen werden manche unserer Zweifel ausgeräumt sein. Inzwischen übergebe ich José, dem ein Splitter von einem Bambusrohr den Arm durchbohrt hat und der deshalb unverzüglich umkehren will, meinen Brief.

Mir bleibt nur zu hoffen, daß er auch ankommt. Ich füge eine ungefähre Skizze unserer Reiseroute bei, die das Verständnis meines Berichts erleichtern soll. Sobald sich eine Gelegenheit bietet, melde ich mich wieder.

Neuntes Kapitel

Wer hätte das voraussehen können?

Etwas Furchtbares ist geschehen. Wer hätte das voraussehen können? Wahrscheinlich sind wir dazu verdammt, den Rest unseres Lebens an diesem unheimlichen, unzugänglichen Ort zuzubringen. Ich bin immer noch viel zu durcheinander, um das Geschehene oder gar unsere Zukunftsaussichten klar beurteilen zu können. Meine verwirrten Sinne registrieren lediglich das Furchtbare und Hoffnungslose der Situation.

Niemals haben sich Menschen in einer verzweifelteren Lage befunden. Zudem wäre es völlig nutzlos, unsere genaue geographische Position preiszugeben und unsere Freunde zu einer Rettungsexpedition aufzurufen. Selbst wenn eine solche aufbräche, wäre lange schon vor ihrem Eintreffen unser Schicksal besiegelt.

Säßen wir auf dem Mond, wir wären nicht weiter von jeglicher Hilfe entfernt. Sollten wir uns jemals befreien können, dann nur aus eigener Kraft. Ich weiß drei hervorragende Männer an meiner Seite, Männer von großer Intelligenz und unerschütterlichem Mut. Daraus schöpfe ich ein wenig Zuversicht. Nur wenn ich in die ruhigen Gesichter meiner Kameraden blicke, glimmt ein Hoffnungsfunke im Dunkel meiner Verzweiflung auf. Ich bemühe mich, äußerlich ebenso gefaßt zu wirken wie sie. Insgeheim aber erfüllt mich blanke Angst.

Ich will versuchen, den Hergang des Geschehens, das uns in diese Katastrophe gestürzt hat, so genau wie möglich zu schildern.

Am Ende meines letzten Briefes teilte ich mit, daß wir uns sieben Meilen vor einer gewaltigen rötlichen Felswand befanden, die zweifellos das Plateau umschließt, von dem Professor Challenger sprach. Sie kam mir an einigen Stellen höher vor, als er angegeben hatte – manche Abschnitte ragten mindestens tausend Fuß hoch auf. Der Fels war sonderbar geriffelt, wie es wohl für basaltische Erhebungen charakteristisch ist. Ähnliches kann man in den Salisbury Crags bei Edinburgh sehen. Alles deutete auf eine üppige Vegetation auf dem Plateau hin, denn dicht am Rand standen Büsche und dahinter viele hohe Bäume. Von tierischem Leben war nichts zu sehen.

In jener Nacht schlugen wir unser Lager unmittelbar am Fuß des Felsmassivs auf – es war ein unwirtlicher, öder Platz. Die Wand erhob sich nicht einfach senkrecht, sondern bildete oben durch eine sanfte Wölbung nach außen einen Überhang, so daß an Hinaufklettern nicht zu denken war. Ganz in unserer Nähe stand der hohe, schmale Felskegel, den ich wohl schon früher einmal in diesem Bericht erwähnt habe. Er wirkte wie ein gewaltiger roter Kirchturm, war so hoch wie das Plateau, aber durch eine breite Kluft von ihm getrennt. Auf seiner Spitze stand ein hoher Baum. Die Felswand direkt gegenüber war verhältnismäßig niedrig, nur etwa fünf- bis sechshundert Fuß hoch, schätze ich.

„Da oben", sagte Challenger und wies auf den Baum, „saß mein Pterodaktylus. Um ihn abzuschießen, bin ich bis zur Hälfte hinaufgeklettert. Ein guter Bergsteiger wie ich könnte sicherlich die Spitze des Felskegels erreichen. Freilich wäre er damit dem Plateau auch nicht nähergekommen."

Während Challenger von seinem Pterodaktylus sprach, warf ich einen Seitenblick auf Professor Summerlee. Zum ersten Mal glaubte ich, Anzeichen von beginnendem Glauben und etwas wie Reue bei ihm zu sehen. Kein höhnisches Lächeln umspielte seine dünnen Lippen, im Gegenteil, sein abwesender Gesichtsausdruck verriet Erregung und Verwunderung. Challenger bemerkte es ebenfalls und genoß den Vorgeschmack seines Sieges.

„Natürlich", setzte er in seiner grobschlächtigen, sarkastischen Art hinzu, „versteht Professor Summerlee immer Storch, wenn ich Pterodaktylus sage. Nur hat dieser Storch kein Gefieder, sondern eine Lederhaut, membranartige Flügel und Zähne in den Kiefern." Er griente, zwinkerte uns zu und vollführte spöttische Verbeugungen, bis sein Kollege sich abwandte und davonging.

Am nächsten Morgen, nach einem frugalen Frühstück aus Kaffee und Maniok – wir mußten sparsam mit unseren Vorräten umgehen –, hielten wir Kriegsrat, um zu klären, wie wir am besten auf das Plateau gelangen konnten. Challenger führte den Vorsitz mit dem feierlichen Ernst eines Lord-Oberrichters. Man muß ihn sich vorstellen, wie er auf einem Felsbrocken thronte, den lächerlichen Kinderhut ins Genick geschoben, hochmütig aus halbgeschlossenen Augen auf uns herabblickend. Sein großer schwarzer Bart wackelte, während er bedächtig unsere gegenwärtige Lage sowie die nächsten notwendigen Schritte erläuterte. Ihm sozusagen zu Füßen, wir drei – ich, sonnenverbrannt, jung und gekräftigt von der Bewegung im Freien; Summerlee, ernst, aber immer noch skeptisch, die unvermeidliche Pfeife im Mund; Lord John, voller Tatendrang, den drahtigen Oberkörper auf sein Gewehr gestützt und die Adleraugen unverwandt auf den Sprecher gerichtet. Hinter uns bildeten die beiden dunkelhäutigen Mestizen und die kleine Schar der Indianer zwei Grüppchen, während vor uns jene riesige geriffelte rötliche Felswand aufragte, die uns von unserem Ziel trennte.

„Ich brauche wohl nicht zu betonen", begann unser Anführer, „daß ich bei meinem vorigen Aufenthalt auf jede nur erdenkliche Weise versucht habe, die Steilwand zu erklimmen. Und wo ich, ein versierter Bergsteiger, gescheitert bin, dürfte wohl kaum ein anderer weiterkommen. Damals hatte ich allerdings noch nicht die Kletterausrüstung dabei, die ich diesmal umsichtigerweise mitgenommen habe. Mit ihrer Hilfe könnte ich jetzt zwar die Spitze jenes freistehenden Felsens erreichen, aber nach wie vor erscheint mir jeder Aufstiegsversuch an der überhängenden Wand des Plateaus aussichtslos. Damals saß mir die nahende Regenzeit im Nacken, und mein Proviant ging zur Neige. Ich hatte nicht viel Zeit, konnte nur etwa sechs Meilen der Wand in östlicher Richtung erkunden, fand jedoch keinen Weg hinauf. Was unternehmen wir also?"

„Es gibt doch wohl nur eine logische Folgerung", sagte Professor Summerlee. „Da Sie bereits im Osten waren, müssen wir dem Fuß des Massivs in westlicher Richtung folgen und dort nach einer geeigneten Stelle zum Hinaufsteigen suchen."

„Genau", bekräftigte Lord John. „Schätze, das Plateau ist nicht besonders groß. Marschieren wir einfach ringsherum, dann finden wir entweder einen leichten Weg nach oben oder kommen wieder hier an."

„Ich habe unserem jungen Springinsfeld bereits erklärt", sagte Challenger (in seinen Augen bin ich so etwas wie ein Schuljunge von zehn Jahren), „daß es einen leichten Weg nach oben schlechterdings nicht geben kann, und zwar aus einem ganz simplen Grunde: weil nämlich in dem Fall das Hochplateau nicht isoliert wäre und auf ihm nicht jene Sonderbedingungen erhalten geblieben wären, die eine derart bemerkenswerte Abweichung von den allgemeinen Gesetzmäßigkeiten der biologischen Evolution ermöglicht haben. Dennoch räume ich ein, daß es Stellen geben mag, an denen ein versierter Bergsteiger zwar nach oben, ein großes, schwerfälliges Tier jedoch niemals nach unten gelangen kann. Ja, es ist sogar sicher, daß zumindest an einem Punkt der Aufstieg möglich ist."

„Woher wissen Sie das so genau, Sir?" hakte Summerlee sofort ein.

„Weil meinem Vorgänger, dem Amerikaner Maple White, der Aufstieg gelang. Wie sonst hätte er das Ungeheuer sehen können, das er in seinem Heft skizziert hat?"

„Diese Schlußfolgerung basiert auf hypothetischen Voraussetzungen", widersprach Summerlee störrisch. „Ich gebe zu, daß das Plateau existiert, weil ich es sehe. Aber daß es auf ihm überhaupt irgendwelche Formen von Leben gibt, davon habe ich mich noch nicht überzeugen können."

„Was Sie zugeben oder nicht, Herr Kollege, ist von ungemein geringer Bedeutung. Dennoch beglückwünsche ich Sie zu der Intelligenzleistung, das Plateau anzuerkennen." Bei diesen Worten warf Challenger einen spöttischen Blick zur Wand hinauf. Plötzlich sprang er von seinem Felsbrocken herunter, packte Summerlee am Kinn und drückte das Gesicht des Überraschten nach oben. „Bitte, Sir!" rief er, heiser vor Erregung. „Überzeugt Sie das von der Existenz tierischen Lebens auf dem Plateau?"

Wie bereits erwähnt, ragte ein dichter Saum von Buschwerk über den Rand der Felswand. Aus ihm glitt langsam ein schwarz schillernder schlanker Körper hervor, der sich über den Abgrund reckte. Jetzt erkannten wir eine sehr große Schlange mit merkwürdig flachem, spatenförmigem Kopf. Etwa eine Minute schwankte und pendelte sie dort oben hin und her, wobei das Licht der aufgehenden Sonne auf den geschmeidigen Windungen ihres Körpers gleißte. Langsam zog sie sich wieder zurück und verschwand.

Von dem Anblick gefesselt, hatte Summerlee die Art, wie ihm der Kopf in den Nacken gedrückt wurde, ohne Gegenwehr hingenommen. Nun besann er sich auf seine Würde und schüttelte Challengers Griff ab.

„Ich wäre Ihnen zutiefst verbunden, Professor Challenger, wenn Sie mir künftig Ihre Beobachtungen mitteilen könnten, ohne an mein Kinn zu fassen. Das Auftauchen einer ganz gewöhnlichen Felspython rechtfertigt nicht die Freiheiten, die Sie sich herausnehmen!"

„Immerhin ist jetzt klar, daß es Leben auf dem Plateau gibt", entgegnete Challenger triumphierend. „Und nachdem ich diese wichtige These so eindeutig bewiesen habe, daß sie selbst dem Voreingenommensten und Engstirnigsten einleuchten muß, sollten wir unverzüglich das Lager abbrechen und westwärts marschieren, bis wir eine geeignete Aufstiegsmöglichkeit finden."

In dem steinigen und verkarsteten Gelände am Fuß des Massivs kamen wir nur mühselig und langsam voran. Plötzlich jedoch ließ eine Entdeckung unsere Herzen höher schlagen. Wir standen vor den Resten eines alten Lagerplatzes: mehrere leere Fleischkonservenbüchsen aus Chicago, eine Flasche mit dem Etikett „Brandy", ein zerbrochener Büchsenöffner und andere Abfälle eines Biwaks. Ein schon halb aufgelöstes Papierknäuel erwies sich als eine Ausgabe des *Chicago Democrat*; leider war das Erscheinungsdatum nicht mehr zu entziffern.

„Das stammt nicht von mir", sagte Challenger. „Maple White muß hier gewesen sein."

Lord John heftete seinen Blick auf einen großen Baumfarn, der den Lagerplatz beschattete. „Da, sehen Sie sich das an", sagte er. „Vermutlich ein Wegweiser."

Ein spitzes Stück Hartholz war so in den Stamm des Farns gerammt worden, daß es nach Westen zeigte.

„Natürlich ist das ein Wegweiser", sagte Challenger. „Was denn sonst? Da unser Pionier mit Notsituationen rechnete, kennzeichnete er seinen Weg für Nachfolgende. Wahrscheinlich werden wir noch auf weitere Anhaltspunkte stoßen."

Challengers Vermutung sollte sich bestätigen, jedoch auf unerwartete, makabre Weise. Direkt am Fuß der Felswand wucherte ein beträchtliches Dickicht von hohem Bambus, welches dem glich, das wir auf unserem Herweg durchqueren mußten. Viele der Stämme waren zwanzig Fuß hoch und wirkten mit ihren scharfen, kräftigen Spitzen wie aufgestellte Lanzen. Als wir am Rand des Dickichts entlangmarschierten, sah ich innen etwas Weißes blinken. Ich zwängte mich zwischen die Stangen und starrte auf einen blanken Totenschädel. Das Skelett war auch da, aber der Kopf hatte sich gelöst und lag ein paar Fuß näher zum Rand.

Nachdem unsere Indianer mit ein paar Machetehieben die Stelle freigelegt hatten, konnten wir die Spuren des vergangenen tragischen Geschehens genauer untersuchen. Von den Kleidern waren nur noch winzige Stoffetzen übrig, doch an den Fußknochen entdeckten wir Reste von Stiefeln. Ohne Zweifel handelte es sich bei dem Toten um einen Europäer. Unter den Rippen lagen eine goldene Taschenuhr der New-Yorker Firma Hudson und ein Drehbleistift, der an einem Kettchen befestigt war. Außerdem entdeckten wir ein silbernes Zigarettenetui, dessen Deckel die Widmung „Für J. C. von A. E. S." trug. Die blanke Oberfläche des Metalls ließ darauf schließen, daß seit der Tragödie noch nicht sehr viel Zeit vergangen war.

„Möchte wissen, wer dieser arme Kerl war", brummte Lord John. „An ihm scheint ja kein einziger Knochen mehr heil zu sein!"

„Und die Bambusrohre gehen durch seinen zertrümmerten Brustkorb hindurch", meinte Summerlee. „Zwar wächst diese Pflanze schnell, aber ich halte es für ausgeschlossen, daß die

Leiche hier schon so lange liegt, wie Bambus benötigt, um eine Höhe von zwanzig Fuß zu erreichen."

„Über die Identität des Mannes besteht für mich nicht der geringste Zweifel", sagte Professor Challenger. „Auf meiner Reise nach Manaus, also bevor ich auf der Fazenda zu Ihnen stieß, habe ich genauere Nachforschungen über Maple White angestellt. In Para wußte man nichts. Glücklicherweise besaß ich einen festen Anhaltspunkt, denn eine der Zeichnungen des Skizzenbuches zeigt ihn beim Mittagessen mit einem bestimmten Geistlichen in Rosario. Diesen Priester konnte ich ausfindig machen. Zuerst war er verteufelt zugeknöpft, weil er mir die Bemerkung übelnahm, die moderne Wissenschaft entziehe einigen Glaubensgrundsätzen zwangsläufig den Boden. Aber dann gab er mir doch Auskunft. Maple White ist vor vier Jahren durch Rosario gekommen, also zwei Jahre bevor ich seine Leiche fand. Er reiste damals nicht allein, sondern in Begleitung seines Freundes, eines Amerikaners namens James Colver. Dieser blieb auf dem Boot, als White den Geistlichen besuchte. Also dürfte kaum zu bezweifeln sein, daß wir hier die sterblichen Reste jenes James Colver vor uns sehen."

„Die Todesursache ist auch klar", sagte Lord John. „Er ist oder wurde vom Plateau gestürzt, und der Bambus hat ihn durchbohrt. Anders läßt sich nicht erklären, daß seine sämtlichen Knochen kaputt sind und die hohen Bambusrohre den Körper so glatt durchstoßen haben."

Ein beklemmendes Gefühl beschlich uns, als wir um die zerschmetterten Skelettreste herumstanden und begriffen, wie recht Lord John hatte. Der obere Rand der nach außen geneigten Felswand befand sich direkt über dem Bambusdickicht. Kein Zweifel, von dort oben war der Unglückliche heruntergestürzt. Gestürzt oder gestürzt worden? Ein Unfall oder … Bei dem Gedanken wurde mir ganz mulmig. Das unerforschte Land dort oben verhieß nichts Gutes.

Schweigend marschierten wir weiter an der Felswand entlang, die so glatt und eben war wie jene riesigen antarktischen Eisbarrieren, die auf pompösen Gemälden von einem Horizont zum anderen reichen und die Mastspitze des Forschungsschiffs turmhoch überragen. Wir legten fünf Meilen zurück, ohne auch nur die geringste Ritze oder Spalte zu finden. Dann entdeckten wir plötzlich etwas, das uns mit neuer Hoffnung erfüllte. In einer muldenartigen Vertiefung der Felswand, geschützt vor Regen, befand sich ein mit fahrigen Strichen gezeichneter Kreidepfeil, der nach Westen zeigte.

„Wieder Maple Whites Visitenkarte", sagte Professor Challenger. „Er scheint geahnt zu haben, daß sehr bald ernsthafte Forscher seinen Spuren folgen würden."

„Hatte er denn Kreide bei sich?"

„Sein Rucksack enthielt unter anderem eine Schachtel farbiger Kreidestifte. Ich entsinne mich, der weiße war bis auf einen Stummel abgenutzt."

„Demnach stammt das Zeichen tatsächlich von ihm, und wir müssen ihm folgen. Also weiter in Richtung Westen", sagte Summerlee.

Nach weiteren fünf Meilen entdeckten wir wieder einen Pfeil. An dieser Stelle war der Fels von oben bis unten geborsten und bildete eine schmale Schlucht. Hier wies ein Richtungspfeil schräg nach oben.

Die Schlucht wirkte gespenstisch. Die gigantischen steilen Felswände ließen lediglich einen schmalen Streifen blauen Himmels frei, der stellenweise von Pflanzenwuchs verdeckt wurde. Nur fahles, gedämpftes Licht drang bis zum Grund. Obwohl ausgehungert und vom Marsch durch das steinige, unwegsame Gelände sehr erschöpft, dachte niemand in der allgemeinen Aufregung an Rast. Während die Indianer das Lager aufschlugen, erkundeten wir Vier mit den beiden Mestizen die enge Schlucht.

Am Zugang etwa vierzig Fuß breit, verengte sie sich rasch und endete in einem spitzen Winkel, wo die zusammentretenden Felswände aber steil und viel zu glatt für einen Aufstieg waren. Diese Stelle konnte unser Vorgänger nicht gemeint haben. Wir kehrten um. Die Schlucht war kaum eine Viertelmeile tief. Auf einmal erspähte der scharfäugige Roxton etwas, das wir vorhin übersehen hatten: Hoch über uns, von Schatten überdeckt, befand sich eine tiefschwarze runde Öffnung, die nur ein Höhleneingang sein konnte.

Darunter hatte sich eine Geröllhalde gebildet, die leicht zu erklimmen war. Als wir oben ankamen, gab es keinen Zweifel mehr. Neben dem Eingang der Höhle fanden wir erneut einen Pfeil. Das also war der Zugang zum Plateau, den Maple White und sein bedauernswerter Freund benutzt hatten!

Viel zu aufgeregt, um zum Lager zurückzukehren, machten wir uns sofort an die Erkundung der Höhle. Lord John trug eine elektrische Taschenlampe bei sich, die für den Zweck ausreichte. Er ging voran, den Boden mit dem kleinen gelben Lichtkegel abtastend. Wir folgten ihm so dicht wie möglich.

Ganz offensichtlich hatte abfließendes Wasser diesen Höhlenkanal ausgespült, denn die Wände waren glatt, und auf dem Boden lagen zahlreiche runde Steine. Ein Mensch konnte sich in gebückter Haltung gerade noch durch den niedrigen, engen Gang hindurchzwängen. Er führte etwa 50 Yard waagerecht in den Fels hinein und dann in einem Winkel von 45 Grad nach oben. Die Steigung nahm aber noch zu. Bald mußten wir uns auf allen vieren über loses Geröll, das ständig unter uns wegrutschte, voranarbeiten. Plötzlich sagte Lord John: „Hier ist Feierabend!"

Wir drängten uns hinter ihn. Im gelben Lichtschein sahen wir eine geborstene Basaltplatte, die den Gang wie eine Mauer versperrte.

„Die Decke ist eingestürzt!"

Vergebens zerrten wir einige Gesteinsbrocken heraus. Das hatte lediglich zur Folge, daß sich größere Bruchstücke lockerten und auf uns herabzufallen drohten. Wir sahen ein, mit unseren Mitteln war dieses Hindernis nicht wegzuräumen. Maple Whites Zugang zum Plateau existierte nicht mehr.

Niedergeschlagen und wortlos rutschten wir den dunklen Tunnel wieder hinab und machten uns auf den Rückweg. Dabei ereignete sich ein Zwischenfall, dessen Bedeutung erst im Licht späterer Ereignisse klarwerden sollte.

Wir hatten uns gerade auf dem Grunde der Schlucht, etwa 40 Fuß unterhalb des Höhleneingangs, versammelt, da schoß ein riesiger Felsbrocken mit unvorstellbarer Wucht an uns vorbei. Er verfehlte uns nur um Haaresbreite. Wo er sich gelöst hatte, war nicht auszumachen. Die Mestizen, die noch oben am Höhleneingang standen, sagten, er sei über sie hinweggeflogen. Also mußte er vom Plateau gekommen sein. Wir spähten nach oben, entdeckten aber in dem grünen Dickicht, das die Steilwand bekränzte, keinerlei Bewegung. Dennoch, der Stein hatte uns gegolten, daran bestand kein Zweifel. Der Zwischenfall konnte also nur eins bedeuten: Auf dem Plateau leben menschliche Wesen – Menschen, die uns feindlich gesonnen sind.

Während wir eilig die Schlucht verließen, beschäftigte wohl jeden die Frage, welche Auswirkung dieser Umstand auf unseren Plan hatte. Unser Vorhaben war an sich schon schwierig genug, doch sollte zu den natürlichen Hindernissen noch gezielter Widerstand hinzukommen, dann befanden wir uns in einer ziemlich aussichtslosen Lage. Und doch – wenn wir zu dem herrlichen grünen Saum hinaufschauten, von dem uns nur die lächerliche Distanz von ein paar hundert Fuß trennte, war die Verlockung zu groß. Niemand wollte nach London zurückkehren, ohne das geheimnisvolle Plateau bis in den letzten Winkel erforscht zu haben.

Wir faßten den einstimmigen Beschluß, das Felsmassiv weiter zu umrunden und nach einer anderen Aufstiegsmöglichkeit abzusuchen. Die Wand, deren Höhe merklich abgenommen hatte, begann sich bereits von Westen nach Norden zu krümmen. Wenn dieser Bogen repräsentativ für die Form des Massivs war, konnte der Umfang nicht sehr groß sein. Im ungünstigsten Fall würden wir wieder zu unserem Ausgangspunkt zurückkehren.

An diesem Tag marschierten wir insgesamt 22 Meilen, entdeckten jedoch nichts Entscheidendes. Übrigens zeigte das Aneroidbarometer an, daß wir uns 3.000 Fuß über dem Meeresspiegel befanden. Kein Wunder, denn seit dem Zurücklassen der Kanus führte unser Weg ständig bergan. Daher auch die drastische Veränderung von Klima und Pflanzenwuchs. Die meisten lästigen Insekten, die dem Tropenreisenden das Leben so schwermachen, sind wir los. Einige Palmen und viele Baumfarne wachsen hier noch, aber Baumriesen wie unten am Amazonas gedeihen in dieser Region nicht. Man freut sich, in dieser unwirtlichen Felslandschaft ein paar Passionsblumen, Ackerwinden oder Begonien anzutreffen, denn sie erinnern einen an zu Hause. Zum Beispiel fand ich eine rote Begonie von genau derselben Farbe wie sie im Fenster eines gewissen Häuschens in Streatham ... aber ich schweife ab.

An jenem Abend – ich spreche immer noch vom ersten Tag unseres Marsches um das Plateau – erlebten wir etwas Erstaunliches. Daß dort oben tatsächlich eine wunderbare Welt existiert, bezweifelt seitdem niemand mehr.

Wenn Sie das folgende lesen, mein lieber Mr. McArdle, werden Sie wahrscheinlich zum erstenmal überzeugt sein, daß unsere Zeitung die Spesen für mich nicht zum Fenster hinausgeworfen hat. Wir werden der Welt sensationelle Exklusivberichte liefern, sobald der Professor der Veröffentlichung zustimmt. Ich gedenke diese Artikelserie jedoch nur dann in den Druck zu geben, wenn es mir gelingt, hieb- und stichfeste Beweise nach England mitzubringen. Andernfalls würde man mich den größten Münchhausen unter den Journalisten schimpfen. Ich bin sicher, Sie teilen meinen Vorbehalt und werden nicht die Glaubwürdigkeit der *Gazette* aufs Spiel setzen, ohne dem Geschrei der Kritiker und Skeptiker, das die Veröffentlichung unweigerlich auslösen würde, überzeugend begegnen zu können. Also muß vorerst auch diese unglaubliche Geschichte, die eine fette Schlagzeile für unsere ehrwürdige Zeitung abgäbe, geduldig in der Schublade des Redakteurs warten, bis ihre Zeit kommt.

Das Ganze geschah blitzschnell und hinterließ keine Spuren, außer in unseren Ansichten.

Die Situation war folgende: Lord John hatte ein Aguti geschossen (ein kleines, dem Schwein ähnliches Tier) und eine Hälfte den Indianern überlassen. Die andere Hälfte brieten wir am Lagerfeuer. Da es nach Einbruch der Dunkelheit ziemlich kühl wird, scharten wir uns dicht um die Flammen. Der Mond war noch nicht aufgegangen, nur einige Sterne blinkten. Von der Ebene konnte man so gut wie nichts erkennen. Da rauschte plötzlich etwas wie ein Flugzeug heran. Für einen Moment war unsere gesamte Gruppe von einem Baldachin lederner Flügel überdacht. In diesem Sekundenbruchteil konnte ich nur einen langen schlangenförmigen Hals, ein rotes gieriges Auge und einen langen zustoßenden Schnabel wahrnehmen, in dem zu meinem Erstaunen kleine Zähne blinkten. Im nächsten Augenblick war das Ungeheuer fort – und mit ihm unser Abendessen. Ein großer schwarzer, etwa zwanzig Fuß breiter Schatten schwang sich in die Höhe (für Augenblicke die Sterne verdeckend) und verschwand über den Rand des Plateaus. Starr vor Staunen hockten wir am Feuer wie die Helden Vergils nach dem Überfall der Harpyien; Summerlee fand als erster die Sprache wieder.

„Professor Challenger", sagte er mit feierlicher Stimme, die vor Erregung bebte, „ich schulde Ihnen eine Erklärung. Sir, ich sehe ein, daß ich unrecht hatte und bitte Sie, das Vergangene zu vergessen."

Das war eine anständige Geste. Die beiden Männer schüttelten einander zum ersten Mal die Hand. So hatte unsere erste nähere Bekanntschaft mit einem Pterodaktylus auch ihr Gutes: Sie versöhnte die beiden Gelehrten, und das wog ein verschwundenes Abendessen bei weitem auf.

Auf dem Plateau existieren prähistorische Lebewesen! Doch besonders viele können es nicht sein, denn in den nächsten drei Tagen ließ sich keins mehr blicken. In dieser Zeit durchquerten wir an der nordöstlichen Seite der Steilwand ein ödes, tückisches Gebiet, in dem nur Steinwüsten und Moorflächen voller Sumpfvögel einander abwechseln. Von außen kommt man dort nicht an das Massiv heran. Hätten wir nicht einen festen Sims gefunden, der dicht an der Wand entlangführt, wir hätten umkehren müssen. Oft genug steckten wir bis zu den Hüften im schleimigen, blubbernden Schlamm des verfluchten subtropischen Sumpfes. Zu allem Übel schien dieser Ort auch ein beliebter Brutplatz der Jaraca zu sein, der gefährlichsten und angriffslustigsten Giftschlange Südamerikas! Wieder und wieder schnellten diese tückischen Biester über den Faulschlamm auf uns zu. Nur mit ständig schußbereit gehaltenen Gewehren fühlten wir uns einigermaßen sicher. Der Anblick einer trichterförmigen Moorsenke wird mich mein Leben lang als Alptraum verfolgen. In ihr muß sich ein wahres Nest dieses scheußlichen Viehzeugs befunden haben, denn am Rand entstand ein unwahrscheinliches Gedränge, als die Schlangen herauskrochen, um auf uns loszugehen. Die Jaraca hat die unangenehme Angewohnheit, Menschen sofort anzugreifen. Zu schießen hatte keinen Sinn, es waren zu viele. Wir gaben Fersengeld und rannten, bis wir keuchend nach Luft rangen. Niemals werde ich vergessen, wie wir uns schließlich umwandten und weit in der Ferne die Köpfe und Hälse unserer Verfolger noch immer im Schilf auf und ab tanzen sahen. Auf der Karte, die ich anfertige, trägt diese Stelle die Bezeichnung Jaraca-Sumpf.

Der Fels verlor auf dieser Seite seine rötliche Färbung und sah nun schokoladenbraun aus. Nur noch vereinzelt ragte Buschwerk über die Wand, deren Höhe hier nur drei- bis vierhundert Fuß betrug. Dennoch bot sie nicht die geringste Möglichkeit für einen Aufstieg. Sie wirkte sogar noch unbezwinglicher als an unserem Ausgangspunkt. Auf der Photographie, die ich von der Steinwüste aus machte, wird ihre beträchtliche Neigung nach außen sehr deutlich zu erkennen sein.

„Ich möchte bloß wissen", sagte ich bei einer Lagebesprechung, „wie das Regenwasser vom Plateau abfließt. Eigentlich müßten doch Rinnen oder Kanäle im Fels zu finden sein."

„Unser junger Freund hat auch manchmal lichte Momente", meinte Professor Challenger und klopfte mir gönnerhaft auf die Schulter.

„Irgendwo muß das Wasser abfließen", wiederholte ich.

„Man kann seiner Überlegung eine gewisse Logik nicht absprechen. Der Haken an der Sache ist nur – davon konnten wir uns durch Augenschein überzeugen –, daß es hier keine Rinnen oder Kanäle in der Felswand gibt."

„Aber wo bleibt das Wasser dann?" bohrte ich weiter.

„Wenn es nicht nach außen tritt, darf man mit Fug und Recht annehmen, daß es nach innen rinnt."

„Also befindet sich dort oben ein See."

„Ich nehme es an."

„Wahrscheinlich handelt es sich um einen alten Krater", sagte Summerlee. „Die gesamte Formation ist ja eindeutig vulkanischen Ursprungs. Meiner Meinung nach verläuft die Oberfläche des Plateaus nicht waagerecht, sondern fällt zur Mitte hin ab. Dort dürfte ein ziemlich großer See liegen, von dem das Wasser durch unterirdische Kanäle in den Jaraca-Sumpf sickert."

„Oder die Verdunstung erhält ein Äquilibrium aufrecht", warf Challenger ein, und sogleich entspann sich zwischen den beiden Gelehrten eines der üblichen wissenschaftlichen Streitgespräche, dessen Fachchinesisch kein Laie verstand.

Am sechsten Tag hatten wir das Massiv umrundet und erreichten wieder unseren Lagerplatz neben dem freistehenden Felskegel. Wir waren alle niedergeschlagen, denn nach sorgfältigster Erkundung stand nunmehr fest, daß an dieser Steilwand selbst der geschickteste Kletterer scheitern mußte. Und der Zugang, den Maple White gefunden und mit Kreidezeichen markiert hatte, war völlig unpassierbar geworden.

Was sollten wir tun? Zwar besaßen wir noch reichlich Proviant, weil wir uns bisher mit den Gewehren genügend frisches Fleisch verschaffen konnten, doch eines Tages mußten die Vorräte zur Neige gehen. Außerdem war in ein paar Monaten mit dem Einsetzen der Regenperiode zu rechnen. Dann drohten wir mitsamt unseren Zelten davonzuschwimmen. Der Fels war härter als Marmor. Um Stufen hineinzuschlagen, fehlte es uns an Zeit und geeigneten Werkzeugen. Kein Wunder, daß wir an jenem Abend mürrisch und schweigsam unsere Schlafdecken hervorzerrten. Kurz vor dem Einschlafen blickte ich noch einmal zu Challenger, der wie ein riesiger Ochsenfrosch am Feuer hockte, den mächtigen Schädel auf beide Hände gestützt. Er schien tief in Gedanken versunken. Als ich ihm „Gute Nacht!" zurief, reagierte er nicht einmal.

Doch ein ganz anderer Challenger begrüßte uns am nächsten Morgen – ein Mann, der vor Stolz und Selbstgefälligkeit förmlich strahlte. Beim Frühstück musterte er uns geringschätzig, wobei in seinem Blick eine nahezu abweisende falsche Bescheidenheit lag, als wollte er sagen: Ihr habt zwar allen Grund, mich in den höchsten Tönen zu loben, aber erspart mir die Verlegenheit und haltet den Mund! Den Bart nach vorn gereckt, den Brustkorb aufgebläht und eine Hand in den Ausschnitt seiner Jacke geschoben, stand er vor uns. Wahrscheinlich sah er sich bereits in dieser Pose als Bronzestatue eines der leeren Podeste auf dem Trafalgar Square zieren und die gräßlichen Standbilder Londons um ein weiteres vermehren.

„Heureka!" rief er, wobei seine Zähne hinter dem Bart aufblitzten. „Meine Herren, Sie dürfen mir gratulieren – oder besser: Wir können uns gratulieren. Das Problem ist gelöst!"

„Heißt das, Sie haben einen Weg gefunden?"

„Ich denke schon."

„Und wo ist er?"

Wortlos deutete Challenger auf den kirchturmartigen Felskegel zu unserer Rechten.

Enttäuschung machte sich in uns – in mir auf jeden Fall – breit, als wir dort hinaufblickten. Sicher, man konnte den Felsen ersteigen. Aber zwischen ihm und dem Plateau gähnte ein furchtbarer Abgrund.

„Da kommen wir nie hinüber!" stieß ich hervor.

„Zumindest kommen wir alle bis zur Spitze", sagte Challenger. „Und sobald wir oben sind, werde ich Ihnen demonstrieren, wozu ein erfinderischer Geist fähig ist."

Nach dem Frühstück öffneten wir das Bündel, in dem unser Anführer seine Kletterutensilien aufbewahrte. Challenger wählte ein dünnes, aber festes Seil von einhundertfünfzig Fuß Länge, dazu Steigeisen, Karabinerhaken und andere Metallteile. Lord John war ein erfahrener Bergsteiger, und auch Summerlee hatte schon mehrere schwierige Gebirgstouren hinter sich. Nur ich war Neuling auf diesem Gebiet, hoffte jedoch, meine Unerfahrenheit durch Kraft und Geschicklichkeit auszugleichen.

Der Aufstieg erwies sich als nicht übermäßig kompliziert, wenngleich es Momente gab, in denen mir die Haare zu Berge standen. Die erste Hälfte bewältigten wir mühelos, doch dann wurde der Fels immer steiler. Auf den letzten fünfzig Fuß boten nur noch winzige Vorsprünge und Vertiefungen unseren tastenden Fingern Halt.

Hätte Challenger nicht bereits den Gipfel erreicht (verblüfft erkannten wir, welche Behendigkeit in diesem plumpen Körper steckte), wo er das Seil am Stamm des großen Baumes befestigte, hätte ich es nie geschafft, Summerlee wahrscheinlich auch nicht. Mit Hilfe des Seils kraxelten wir das letzte steile Stück hinauf und gelangten auf die kleine grasbedeckte

Plattform von etwa 25 Fuß Durchmesser, die den Gipfel bildete.

Am meisten beeindruckte mich, als ich wieder zu Atem gekommen war, der herrliche Ausblick über das Land, das wir durchquert hatten. Die gesamte brasilianische Ebene schien unter uns zu liegen. Weit in der Ferne verlor sie sich im graublauen Dunst des Horizonts. Im Vordergrund lag der langgestreckte, mit Felsbrocken übersäte Hang, auf dem die vereinzelten Baumfame wie grüne Farbkleckse wirkten. Weiter im Mittelfeld, über den sattelförmigen Hügelkuppen gerade noch auszumachen, der gelbgrüne Bambusgürtel, durch den wir uns hindurchgearbeitet hatten. Und dahinter wurde die Vegetation immer üppiger, bis sie schließlich in Dschungel überging – Dschungel, so weit das Auge reichte, und noch gut zweitausend Meilen weiter.

Ich war noch vom Anblick dieses herrlichen Panoramas gefesselt, als die schwere Hand des Professors auf meine Schulter fiel.

„Falsch, junger Freund", sagte er, „vestigia nulla retrorsum. Niemals zurückblicken, sondern immer nach vorn, zum glorreichen Ziel!"

Ich drehte mich um. Wir befanden uns auf gleicher Höhe mit dem Plateau. Der grüne Rand aus Buschwerk und vereinzelten Bäumen war so nah, daß man fast vergaß, wie unerreichbar er für uns blieb. Grob geschätzt, maß die Kluft etwa vierzig Fuß, aber wie ich die Sache sah, hätte es nichts geändert, wenn sie vierzig Meilen breit gewesen wäre. Ich legte einen Arm um den Stamm des Baumes und beugte mich über den Abgrund. Tief unten erkannte ich die kleinen dunklen Gestalten unserer Helfer, die zu uns heraufschauten. Die Felswand unter mir fiel vollkommen senkrecht in die Tiefe, genau wie die auf der gegenüberliegenden Seite.

„Das ist ja wirklich merkwürdig", ertönte Professor Summerlees knarrende Stimme.

Ich wandte den Kopf. Summerlee betrachtete den Baum, an dem ich mich festhielt. Die glatte Rinde und die kleinen gerippten Blätter kamen mir bekannt vor. „Na so was!" rief ich. „Eine Buche!"

„Richtig", bestätigte Summerlee, „eine alte Bekannte in der Fremde."

„Nicht nur eine Bekannte, lieber Herr Kollege", sagte Challenger, „sondern, um in Ihrer bildlichen Ausdrucksweise zu bleiben, eine äußerst wertvolle Verbündete. Diese Buche ist unsere Rettung."

„Donnerwetter!" rief Lord John. „Eine Brücke!"

„Genau, meine Freunde, eine Brücke! Nicht umsonst habe ich mich gestern abend noch eine Stunde lang unserem Problem gewidmet, während Sie schon schliefen. Unser junger Freund erinnert sich vielleicht an meine Bemerkung, daß G. E. C. seine Höchstform erreicht, wenn er mit Rücken zur Wand steht. Wie Sie zugeben werden, steckten wir gestern abend in einer Sackgasse. Aber wo Willenskraft sich mit Intelligenz paart, gibt es immer einen Ausweg. Es mußte eine Möglichkeit gefunden werden, eine Brücke über den Abgrund zu schlagen – und hier ist sie!"

Eine wirklich brillante Idee. Falls dieser mehr als sechzig Fuß hohe Baum richtig fiel, würde er den Abgrund ohne weiteres überbrücken. Challenger hatte sich vor dem Aufstieg die Axt auf den Rücken gebunden. Jetzt drückte er sie mir in die Hand.

„Unser junger Freund verfügt über Ausdauer und die erforderlichen Bizepse", erklärte er. „Ich glaube, das ist die geeignete Aufgabe für ihn. Doch bitte, überlassen Sie das Denken mir, und tun Sie nur, was ich Ihnen sage."

Zunächst mußte ich zwei Kerben in den Stamm schlagen, damit der Baum in die gewünschte Richtung fiel. Bereits vom Wuchs her neigte er sich stark zum Plateau, was die Sache vereinfachte. Dann legte ich mich ins Zeug, wobei ich mich mit Lord John abwechselte. Nach mehr als einer Stunde krachte es, der Baum neigte sich, stürzte und schlug mit der Krone in das Buschwerk auf der gegenüberliegenden Seite. Der vibrierende Stamm rutschte an den Rand unserer Plattform, und eine Schrecksekunde lang dachten wir, alles sei zu Ende. Doch dann blieb er ein paar Zoll vor der Kante liegen. Unsere Brücke ins Unbekannte war fertig.

Wortlos drückten wir Professor Challenger die Hand, wobei dieser jedes Mal seinen Strohhut lüftete und sich tief verbeugte.

„Mir gebührt die Ehre", sagte er, „als erster den Fuß in das unbekannte Land zu setzen – ein historischer Augenblick, den zweifellos so manches Gemälde einst verewigen wird."

Er machte Anstalten, auf den Stamm zu steigen, doch Lord John hielt ihn am Ärmel fest.

„Lieber Freund", sagte er, „das kann ich leider nicht zulassen."

„Was erlauben Sie sich, Sir!" Challenger warf den Kopf in den Nacken und reckte den Bart vor.

„Wenn es um wissenschaftliche Angelegenheiten geht, richte ich mich nach Ihnen. Aber Entscheidungen, die in mein Fach fallen, müssen Sie mir schon überlassen."

„Was heißt denn hier Ihr Fach, Sir?"

„Jeder von uns hat seine Spezialstrecke, und ich verstehe nun einmal etwas von militärischen Dingen. Wir wollen in ein unbekanntes Gebiet vordringen, das möglicherweise voller Feinde steckt. Aus Ungeduld einfach blindlings draufloszumarschieren, halte ich nicht für die richtige Taktik."

Das Argument war vernünftig, es ließ sich nicht von der Hand weisen. Challenger schüttelte unwillig den Kopf und hob seine breiten Schultern.

„Was schlagen Sie also vor, Sir?"

„Nach allem, was ich weiß, könnte dort drüben in den Büschen eine Horde Kannibalen auf ihr Mittagessen lauern", erklärte Lord John, über den Abgrund blickend. „Wir sollten ihnen nicht den Gefallen tun und geradewegs in ihren Kochtopf hineinspazieren. Hoffe ja, uns droht keine Gefahr, aber Vorsicht ist eben die Mutter der Porzellankiste. Malone und ich klettern deshalb noch einmal hinunter und schaffen mit den Mestizen unsere Gewehre herauf. Dann geht einer nach drüben, und die anderen geben ihm Feuerschutz, bis er festgestellt hat, daß keine Gefahr besteht. Erst dann folgen ihm die anderen."

Challenger setzte sich auf den Baumstumpf und stöhnte vor Ungeduld, doch Summerlee und ich waren uns einig, in solchen Fällen auf Lord John zu hören. Die Kletterei war diesmal bedeutend leichter, weil am schwierigsten Abschnitt bereits das Seil hing. Binnen einer Stunde schafften wir die Gewehre und eine Schrotflinte herauf. Auf Lord Johns Anweisung hatten die Mischlinge außerdem einen Proviantsack für den Fall mitgenommen, daß unsere erste Erkundung länger dauern sollte. Jeder trug zwei Patronengurte.

„Also bitte, Challenger, wenn Sie unbedingt darauf bestehen, der erste zu sein", sagte Lord John, als alle Vorkehrungen getroffen waren.

„Besten Dank für die gütige Erlaubnis", erwiderte der grantige Professor, dem jede Art von Autorität gegen den Strich ging. „Selbstverständlich werde ich die Rolle des Pioniers übernehmen."

Er hing sich die Axt über die Schulter, hockte sich rittlings auf den Baumstamm, so daß seine Beine über dem Abgrund baumelten, hoppelte los und war bald auf der anderen Seite. Dort richtete er sich auf und warf die Arme in die Luft.

„Endlich!" schrie er, „endlich!"

Gebannt starrte ich hinüber. Ich hatte das unbestimmte Gefühl, etwas Furchtbares werde gleich aus der Blätterwand hinter ihm hervorbrechen und sich auf ihn stürzen. Aber alles blieb ruhig, nur ein merkwürdiger buntschillernder Vogel flatterte vor den Füßen des Professors auf und verschwand zwischen den Bäumen.

Summerlee ging als nächster. Erstaunlich, wieviel drahtige Energie in solch einem dürren Körper steckte. Er bestand darauf, sich zwei Gewehre umzuhängen. So waren beide Professoren bewaffnet, als er drüben ankam. Dann folgte ich. Es kostete mich Überwindung, beim Hinüberklettern nicht nach unten in den Abgrund zu sehen. Summerlee streckte mir den Kolben seines Gewehrs entgegen, und einen Augenblick später konnte ich seine Hand erfassen. Schließlich Lord John. Er lief – jawohl, lief balancierend wie ein Seiltänzer über den Stamm! Dieser Mann muß eiserne Nerven haben.

Geschafft! Wir Vier befanden uns im Traumland, in der verlorenen Welt des Maple White. Für uns alle war das ein Augenblick höchsten Triumphes. Wer hätte ahnen können, daß er nur unseren Absturz in tiefste Verzweiflung vorbereitete? Ich will kurz schildern, wie uns der furchtbare Schicksalsschlag traf.

Wir hatten den Rand des Plateaus verlassen und waren etwa fünfzig Yard weit in das dichte Buschwerk eingedrungen, als hinter uns ein heftiges splitterndes Krachen ertönte. Augenblicklich machten wir kehrt und rannten zurück. Die Brücke war weg!

Ich beugte mich über den Rand. Tief unten, am Fuß der Felswand, lagen Äste und zersplittertes Holz wirr durcheinander. Unsere Buche! Hatte der Rand der Plattform unter dem Gewicht des Stammes nachgegeben? Für einen Augenblick fragten wir uns das wohl alle. Doch dann schob sich ein dunkelhäutiges Gesicht langsam über den hinteren Rand des Felskegels – das Gesicht des Mestizen Gomez. Ja, es war Gomez, aber nicht mehr der Gomez mit dem ständigen beflissenen Lächeln. Jetzt verrieten seine Augen und die verzerrten, bebenden Gesichtszüge ungezügelte, gehässige Schadenfreude.

„Lord Roxton!" schrie er. „Lord John Roxton!"

„Ja", antwortete unser Gefährte, „hier bin ich."

Gellendes Gelächter drang über den Abgrund.

„Ja, da bist du, du englischer Hund, und da wirst du auch bleiben! Ich habe gewartet und gewartet, und endlich hat es geklappt! Hinaufzukommen war nicht leicht, aber du wirst merken, der Abstieg wird noch viel schwerer. Dummköpfe, jetzt sitzt ihr alle in der Falle!"

Die Überraschung verschlug uns die Sprache. Verblüfft starrten wir zur Plattform. Wir entdeckten einen starken, abgebrochenen Ast im Gras und begriffen, daß Gomez ihn als Hebel benutzt hatte, um unsere Brücke zum Absturz zu bringen. Das Gesicht verschwand, tauchte aber gleich wieder auf, mit einem noch wilderen Ausdruck als zuvor.

„Beinahe hätten wir dich mit dem Stein an der Höhle erwischt", schrie Gomez, „aber so ist es viel besser! Du krepierst langsamer und qualvoller. Deine Knochen werden da oben bleichen, denn kein Mensch wird jemals eure Leichen finden und begraben. Wenn du im Sterben liegst, Roxton, denk an Lopez, den du vor fünf Jahren am Putamayo erschossen hast. Ich bin sein Bruder, und ganz gleich, was geschieht, jetzt kann ich beruhigt sterben, denn er ist gerächt!" Noch einmal reckte er drohend eine Faust in die Höhe, dann verschwand er.

Hätte der Mestize nur seinen Racheplan ausgeführt und dann das Weite gesucht, wäre ihm nichts passiert. Doch die dümmliche, offenbar unwiderstehliche Neigung des Latinos zu dramatischen Auftritten wurde ihm zum Verhängnis. Einen Mann wie Roxton, der sich in drei Ländern den Ruf eines Racheengels erworben hatte, verhöhnte man nicht ungestraft. Gomez kletterte an der Rückseite des Felskegels hinab. Ehe er den Boden erreichte, war Lord John am Rand des Plateaus entlanggelaufen und hatte eine Stelle gefunden, von wo aus er den Mann sehen konnte. Ein Gewehrschuß knallte, wir hörten einen Schrei und dann das ferne Aufschlagen des abstürzenden Körpers. Als Lord John zurückkam, wirkte sein Gesicht wie aus Granit gemeißelt.

„Was war ich für ein blinder Trottel!" stieß er heftig hervor. „Nichts anderes als meine Dummheit hat zu dieser scheußlichen Situation geführt. Hätte daran denken sollen, daß diese Leute niemals eine Blutschuld vergessen. Hätte mehr auf der Hut sein müssen!"

„Was ist mit dem anderen? Einer allein konnte den Baumstamm nicht über die Kante hebeln."

„Hatte ihn schon im Visier, war mir aber nicht sicher, ob er mit von der Partie war. Aber Sie haben recht, er muß mit angepackt haben. Hätte abdrücken sollen."

Jetzt konnten wir uns das oft merkwürdige Verhalten des Mestizen natürlich erklären. Jedem fielen merkwürdige Begebenheiten oder Beobachtungen ein: sein ständiges Bestreben, unsere Pläne auszukundschaften, sein Lauschen damals an der Hütte, die verstohlenen, haßerfüllten Blicke, die uns gelegentlich erstaunt hatten. Während wir noch über Gomez diskutierten und unsere neue Lage zu erfassen versuchten, erregte ein eigenartiger Vorgang unten in der Ebene unsere Aufmerksamkeit.

Ein Mann in weißer Kleidung – es konnte nur der andere Mestize sein – rannte davon, als sitze ihm der Tod im Nacken. Dicht hinter ihm, nur wenige Yard zurück, eine riesenhafte dunkle Gestalt, die ihn mit wahren Tigersätzen verfolgte: unser treuer Neger Zambo. Und da stürzte sich Zambo auch schon auf den Rücken des Flüchtenden und packte ihn am Hals. Ineinander verklammert, rollten sie über den Boden. Einen Augenblick später erhob sich Zambo, warf einen Blick auf den niedergestreckten Mann, winkte uns freudig zu und kam zurückgelaufen. Die weiße Gestalt blieb reglos in der weiten Ebene liegen.

Die beiden Saboteure waren vernichtet, aber an den Folgen ihrer Untat änderte das nichts. Der Rückweg zum Felskegel war uns abgeschnitten. Eben noch Weltreisende, waren wir jetzt Gefangene des Plateaus. Uns schien, als hätte es nie einen Übergang von der einen Situation zur anderen gegeben. Vor uns lag die Ebene, die zu den Kanus führte. Weiter entfernt, hinter dem violett schimmernden Dunst des Horizonts, floß ein Strom, der in die Zivilisation führte. Aber die Verbindung zu uns fehlte. Keine menschliche Erfindungsgabe konnte ein Mittel ersinnen, um die Kluft zu überbrücken, die uns von unserem bisherigen Leben trennte. Ein winziger Augenblick hatte genügt, unsere Lebensumstände von Grund auf zu ändern.

In dieser Situation zeigte sich, aus was für einem Stoff meine drei Kameraden geschaffen sind. Natürlich waren sie ernst und nachdenklich, blieben aber ruhig und gelassen. Im Augenblick konnten wir ohnehin nichts anderes tun, als uns ins Gebüsch zu setzen und geduldig Zambos Ankunft abzuwarten. Bald tauchte sein ehrliches schwarzes Gesicht über dem Rand des Felskegels auf, und der Herkules schwang sich auf die Plattform.

„Was ich jetzt tun?" rief er. „Sie mir sagen, und ich tun."

Diese Frage ließ sich leichter stellen als beantworten. Eins stand jedenfalls fest: Er war unser einziges vertrauenswürdiges Bindeglied zur übrigen Welt. Unter keinen Umständen durfte er uns verlassen.

„Nein, nein! Ich Sie nicht verlasse. Sie mich immer hier finden, ganz bestimmt. Aber Indios wollen weg. Sie sagen, zuviel Curupuri hier, und wollen nach Hause gehen. Jetzt Sie nicht da, Indios wollen schnell fort."

In der Tat hatten unsere Indianer in letzter Zeit immer häufiger erkennen lassen, wie unheimlich ihnen das Unternehmen wurde und wie gern sie umkehren wollten. Wir wußten, daß Zambo die Situation völlig richtig beurteilte und allein die Indianer nicht zurückhalten konnte.

„Sie sollen wenigstens noch bis morgen warten, Zambo", rief ich, „damit ich ihnen einen Brief mitgeben kann."

„Gut, Sarr! Ich verspreche, sie warten bis morgen", antwortete der Neger. „Aber was ich jetzt tun für Sie?"

Es gab eine Menge zu tun, und der brave Kerl erledigte alles mit bewundernswertem Geschick. Zunächst löste er auf unsere Anweisung das Seil vom Baumstumpf und warf ein Ende zu uns herüber. Es war nicht stärker als eine Wäscheleine, jedoch sehr fest. Obwohl sich damit keine Brücke über die Schlucht spannen ließ, konnten wir es für eventuelle Kletterpartien sehr gut gebrauchen. Das andere Ende befestigte Zambo an dem Lebensmittelpaket, das auf der Plattform lag, und wir zogen es zu uns herüber. Damit würden wir mindestens eine Woche auskommen, falls sich hier nichts Eßbares auftreiben ließ. Dann stieg Zambo hinab und brachte zwei Kisten unterschiedlichen Inhalts herauf – eine mit Munition und eine mit verschiedenen Ausrüstungsgegenständen. Mit Hilfe des Seils, das wir nach drüben warfen, holten wir alles herüber. Als der Abend hereinbrach, versicherte uns Zambo noch einmal, er werde die Indianer bis zum nächsten Morgen zurückhalten, und kletterte nach unten.

Und so sitze ich jetzt hier, in der ersten Nacht auf dem Plateau, und schreibe beim Schein einer Sturmlaterne unsere Erlebnisse nieder. Wir haben dicht am Rand der Steilwand unser Lager aufgeschlagen, etwas gegessen und den Durst mit zwei Flaschen Apollinaris gelöscht, die wir in einer der Transportkisten fanden. Unser Überleben hängt davon ab, daß wir Wasser finden, doch niemand von uns machte Anstalten, einen Vorstoß ins Unbekannte zu wagen. Ich glaube, selbst Lord John reichten die Abenteuer dieses Tages. Wir zündeten kein Feuer an und vermieden unnötigen Lärm.

Morgen (oder besser gesagt: heute, denn es dämmert bereits, während ich dies schreibe) beginnen wir mit der Erforschung dieses seltsamen Landes. Wann und ob ich überhaupt wieder zum Schreiben komme, weiß ich nicht. Inzwischen kann ich erkennen, daß die Indianer noch da sind. Der treue Zambo wird bald hier sein und den Brief abholen. Ich kann nur hoffen, daß er seinen Bestimmungsort erreicht.

P.S. Je mehr ich über unsere Lage nachdenke, desto verzweifelter bin ich. Ich habe nicht die geringste Hoffnung auf eine Rückkehr. Stünde unmittelbar am Rand des Plateaus ein hoher Baum, könnten wir ihn fällen und eine neue Brücke errichten, aber leider wächst hier keiner im Umkreis von fünfzig Yard. Und selbst mit vereinten Kräften wären wir nicht imstande, einen geeigneten Stamm hierher zu transportieren. Das Seil ist natürlich viel zu kurz, als daß wir uns daran hinablassen könnten. Nein, unsere Lage ist aussichtslos – gänzlich aussichtslos!

Zehntes Kapitel

Die erstaunlichsten Dinge haben sich ereignet

Die erstaunlichsten Dinge haben sich ereignet, und ständig erleben wir neue. Ich besitze einen ordentlichen Papiervorrat, bestehend aus fünf alten Notizbüchern und einer Menge loser Blätter, jedoch nur diesen einen Tintenstift. Aber solange ich meine Hand bewegen kann, wird sie nicht aufhören, unsere Erlebnisse und Eindrücke niederzuschreiben, denn da wir die einzigen Menschen auf der Welt sind, die derartige Dinge zu Gesicht bekommen, fühle ich mich verpflichtet, sie festzuhalten, solange sie mir noch frisch im Gedächtnis haften und bevor jenes drohend über uns hängende Schicksal uns ereilt. Ganz gleich, ob es Zambo gelingen wird, diese Briefe zum Fluß zu schaffen, oder ob es mir auf irgendeine wundersame Weise vergönnt sein sollte, sie persönlich bei Ihnen abzuliefern, lieber Mr. McArdle, oder ob erst ein kühner Forscher, der mit einem verbesserten Flugzeug unseren Spuren folgt, dieses Bündel von Manuskripten findet – auf jeden Fall bin ich fest davon überzeugt, daß das, was ich hier niederschreibe, als klassisches Dokument eines wahren Abenteuers in die Unsterblichkeit eingehen wird.

Am ersten Morgen unserer Gefangenschaft auf dem Plateau, die wir dem schuftigen Gomez verdanken, begann die eigentliche Phase der Entdeckungen. Das erste Erlebnis dabei war nicht gerade geeignet, mir unser endlich erreichtes Reiseziel besonders sympathisch zu machen. Als ich nach einem nur kurzen Schlaf bei Tagesanbruch erwachte, bemerkte ich etwas Seltsames an meinem rechten Bein. Dort, wo zwischen der hochgerutschten Hose und dem Sockenrand ein Streifen Haut unbedeckt war, saß eine große blaurote Beere. Überrascht richtete ich mich auf und wollte sie entfernen, aber zu meinem Entsetzen platzte sie zwischen Daumen und Zeigefinger, und Blut spritzte in alle Richtungen. Mein Aufschrei ließ die beiden Professoren herbeieilen.

„Höchst interessant", sagte Summerlee, der sich über mein Schienbein beugte. „Eine riesige Zeckenart, meines Wissens bisher noch nicht klassifiziert."

„Die erste Frucht unserer Mühen", dozierte Challenger in seiner lautstarken, gestelzten Art. „Wir können sie mit Fug und Recht Ixodes Maloni nennen. Junger Freund, was bedeutet schon die kleine Unannehmlichkeit eines Insektenstiches gegen das ruhmreiche Privileg, Ihren Namen in den unvergänglichen Annalen der Zoologie verewigt zu wissen! Leider haben Sie dieses prächtige Exemplar während seiner Sättigung zerdrückt."

„Ekliges Kroppzeug!" schrie ich.

Tadelnd hob Professor Challenger seine dichten Augenbrauen und legte mir begütigend seine Pranke auf die Schulter.

„Sie sollten sich einer wissenschaftlichen Denk- und Betrachtungsweise befleißigen. Für einen leidenschaftslosen Forscher wie mich stellt die Zecke mit ihrem lanzenförmigen Rüssel und ihrem ausdehnbaren Magen eine ebenso herrliche Schöpfung der Natur dar wie etwa der Pfau oder das Nordlicht. Es schmerzt mich, Sie in so abfälliger Weise von diesem Tier reden zu hören. Mit der nötigen Aufmerksamkeit sollte es uns zweifellos gelingen, eines weiteren Exemplars habhaft zu werden."

„Ganz zweifellos", sagte Summerlee boshaft, „denn ein solches ist soeben in Ihrem Hemdkragen verschwunden."

Challenger machte einen Luftsprung, brüllte wie ein Stier und zerrte heftig an Jacke und Hemd, um sie auszuziehen. Summerlee und ich mußten so heftig lachen, daß wir ihm kaum helfen konnten. Endlich war der mächtige Oberkörper (Brustumfang 54 Zoll!) entblößt. Aus dem dichten schwarzen Haarfilz, der seine Brust bedeckte, fischten wir die wandernde Zecke heraus, ehe sie sich festsaugen konnte. In den Büschen ringsum wimmelte es geradezu von diesem fürchterlichen Ungeziefer. Es war klar, daß wir uns nach einem anderen Lagerplatz umsehen mußten.

Doch vorher waren noch wichtige Angelegenheiten mit unserem treuen Neger zu regeln, der gerade auf dem Felskegel auftauchte und uns ein paar Büchsen mit Kakao und Zwieback herüberwarf. Wir trugen ihm auf, von den unten verbliebenen Lebensmitteln so viel zu behalten, wie er für zwei Monate brauchte, und den Rest den Indianern für ihre Dienste und das Befördern der Briefe zu überlassen. Einige Stunden später sahen wir die Indianer weit draußen in der Ebene bei ihrem Abzug. Im Gänsemarsch, jeder mit einem Bündel auf dem Kopf, gingen sie den Weg zurück, den wir gekommen waren. Zambo bezog unser kleines Zelt am Fuß des Felskegels und blieb dort als unser einziger Verbindungsmann zur Welt.

Und nun mußten die nächsten Schritte geplant werden. Wir verließen unser Lager zwischen den zeckenverseuchten Büschen und fanden bald eine kleine Waldlichtung. In ihrer Mitte lagen einige flache Felsplatten, gleich daneben sprudelte eine klare Quelle. Dort saßen wir gemütlich beisammen und schmiedeten Schlachtpläne für die Eroberung dieses seltsamen Landes. Vögel zwitscherten in den Bäumen – besonders häufig ertönte ein merkwürdig trompetender Ruf, den wir noch nie gehört hatten –, doch sonst war kein Zeichen von Leben zu bemerken.

Als erstes machten wir uns daran, eine Liste unserer Vorräte anzufertigen, denn wir wollten genau wissen, was uns zur Verfügung stand. Alles in allem waren wir mit den Sachen, die wir selbst mitgebracht und von Zambo mit dem Seil herübergeholt hatten, ganz gut ausgerüstet. Das Wichtigste, angesichts der Gefahren, die uns sehr wahrscheinlich erwarteten: Wir besaßen vier Gewehre mit 1.300 Schuß Munition, außerdem noch eine Jagdflinte, dazu aber nur 150 Patronen mit Schrot mittlerer Körnung. Der Proviant reichte für mehrere Wochen, auch Tabak war genügend da. Wir hatten sogar einige wissenschaftliche Instrumente dabei, darunter ein großes Teleskop und einen guten Feldstecher. All das schafften wir zur Lichtung, stapelten es auf einem Fleck, und als erste Vorsichtsmaßnahme hackten wir mit der Axt und unseren Messern Dornengestrüpp ab, das wir ringsherum in einem Kreis von etwa 15 Yard Durchmesser auftürmten. Dieses Bauwerk

sollte uns einstweilen als Hauptquartier, Versorgungsstütz-
punkt und Zufluchtsort bei plötzlicher Gefahr dienen. Wir
nannten es Fort Challenger.

Bis wir uns verschanzt hatten, war es Mittag geworden, jedoch blieb die Hitze erträglich. Auf dem Plateau herrscht ein
nahezu gemäßigtes Klima, was sich auch an der Vegetation
erkennen läßt: Buchen, Eichen und sogar Birken wachsen
hier. Ein riesiger Ginkgobaum, der alles überragte, breitet seine dicken Äste mit den zarten Blättern bis über den Dornen-
wall unseres Stützpunkts aus. In seinem Schatten setzten wir
unsere Beratung fort. Lord John, der beim Umzug sofort das
Kommando übernommen hatte, legte uns seine Ansichten dar.

„Solange wir von keinem Menschen oder Tier gesehen
oder gehört werden, sind wir in Sicherheit. Ärger gibt's erst,
wenn sie uns spitzkriegen. Bis jetzt spricht aber nichts dafür,
daß sie uns schon bemerkt haben. Mein Vorschlag deshalb:
mucksmäuschenstill in Deckung bleiben und die Augen offenhalten. Gucken wir uns unsere Nachbarn erst einmal gründlich
an, bevor wir ihnen einen Besuch abstatten."

„Aber wir müssen das Gebiet doch erforschen", wandte
ich ein.

„Keine Sorge, Freund und Kupferstecher, das werden wir
auch. Aber mit Verstand. Zunächst gilt die Devise: sich nie so
weit entfernen, daß man nicht zum Stützpunkt zurückkehren
könnte. Und vor allem keinen Schuß abfeuern, außer bei Le-
bensgefahr."

„Gestern haben Sie aber geschossen", sagte Summerlee.

„Nun ja, das war nicht zu vermeiden. Allerdings wehte ein
starker Wind in Richtung Ebene. Auf dem Plateau dürfte der
Knall nicht sehr weit zu hören gewesen sein. Übrigens, wie
wollen wir es taufen? Schätze, wir müssen ihm einen Namen
geben."

Es kamen einige mehr oder weniger gescheite Vorschläge,
den entscheidenden aber machte Challenger: „Für mich
kommt nur ein Name in Frage. Das Land muß nach seinem
Entdecker benannt werden, also Maple-White-Land."

Alle stimmten zu, und ich trug den Namen in die Karte
ein, mit deren Anfertigung ich betraut wurde. Bestimmt wird

er später einmal in allen Atlanten zu finden sein.

Vor uns lag unsere dringlichste Aufgabe: die behutsame Erkundung des Maple-White-Landes. Wir hatten uns mit eigenen Augen davon überzeugt, daß hier völlig unbekannte Tiere hausten, und Maple Whites Skizzenbuch kündigte noch größere und weitaus gefährlichere Ungetüme an. Wenn James Colver nicht Selbstmord begangen hatte, konnte sein aufgespießtes Skelett im Bambusdickicht nur bedeuten, daß wir auch mit grausamen Wilden rechnen mußten. Einerseits war unsere Lage in diesem Land, aus dem es für uns kein Entrinnen gab, mehr als bedrohlich, und deshalb stimmten wir allen Vorsichtsmaßnahmen zu, die der umsichtige Lord John vorschlug. Andererseits konnten wir uns unmöglich am Rand dieses geheimnisvollen Landes einigeln. Wir brannten darauf, ins Innere vorzudringen und es zu erforschen.

Also verbarrikadierten wir den Eingang unseres Stützpunktes mit einigen Dornenbüschen und ließen die Vorräte im Schutz des stachligen Ringwalls zurück. Langsam und vorsichtig drangen wir ins Unbekannte vor, immer dem Lauf des Baches folgend, dessen Quelle im Fort Challenger entspringt. Dieser Bach, so wurde vereinbart, sollte uns stets als Wegweiser für den Rückweg dienen.

Schon bald stießen wir auf Anhaltspunkte dafür, daß uns tatsächlich Wunder erwarteten. Nach ein paar hundert Yard dichten Waldes mit vielen mir unbekannten Koniferen- und Cycadaceenarten, die der Botaniker Summerlee für längst ausgestorben erklärte, kamen wir in ein Gebiet, wo sich der Bach verbreiterte und in einen ziemlich großen Sumpf mündete. Ein Meer eigenartiger hoher Schachtelhalme (es handelte sich um so genannte Equisetacea), in dem vereinzelt Baumfarne wuchsen, wogte im kräftigen Wind. Plötzlich hob Lord John, der an der Spitze marschierte, den Arm und blieb stehen.

„Seht euch das an!" sagte er. „Heiliger Strohsack, hier muß ein gigantischer Urvogel entlanggehüpft sein!"

Riesige dreizehige Krallenspuren zeichneten sich vor uns im morastigen Boden ab. Die unbekannte Kreatur hatte den Sumpf durchquert und war dann in Richtung Wald weitergelaufen. Wir untersuchten die gewaltigen Abdrücke. Wenn sie tatsächlich von einem Vogel stammten – und welches andere Tier hätte solche Spuren hinterlassen können? –, dann mußte dieser so groß sein, daß ein ausgewachsener Strauß neben ihm wie ein Küken neben der Henne wirkte. Lord John musterte aufmerksam die Umgebung und schob zwei Patronen in seine Elefantenbüchse.

„Die Spur ist ganz frisch, keine zehn Minuten alt", sagte er. „Darauf würde ich meinen guten Ruf als Shikari[9] wetten. Sehen Sie, wie das Wasser immer noch in die Vertiefungen sickert! Donnerwetter, dort ist ja auch die Fährte eines Jungtiers!"

Tatsächlich, eine gleichartige, aber wesentlich kleinere Spur verlief parallel zur ersten.

„Aber was sagen Sie dazu?" rief Professor Summerlee triumphierend und deutete zwischen die dreizehigen Spuren, wo Abdrücke wie von einer riesigen Menschenhand zu sehen waren.

„Wie im Weald!" brüllte Challenger, heiser vor Erregung. „Im Ton des Wealds habe ich solche Abdrücke gesehen! Sie stammen von einem Tier, das sich aufrecht auf dreizehigen Hinterbeinen fortbewegt und nur manchmal seine fünffingrigen Vorderpfoten auf den Boden setzt. Also kein Vogel, mein lieber Roxton – durchaus kein Vogel!"

„Ein Raubtier?"

„Nicht einmal das, sondern ein pflanzenfressendes Reptil – ein Dinosaurier. Diese Spuren können von keinem anderen Tier stammen. Vor rund neunzig Jahren hat ein ehrenwerter Wissenschaftler aus Sussex nicht schlecht gestaunt, als er solche versteinerte Abdrücke fand. Aber wer in aller Welt hätte zu hoffen – ach, was sage ich – zu träumen gewagt, daß diese Urechsen immer noch existieren!" Challengers Lautstärke war beim Sprechen zu einem Flüstern abgesunken, und schließlich stand auch er stumm und starr vor Staunen da wie wir alle. Den Spuren folgend, verließen wir den Sumpf und durchquerten einen grünen Saum aus dichtem Unterholz und Bäumen. Dahinter lag eine kahle Schneise. In ihr tummelten sich fünf der merkwürdigsten Geschöpfe, die ich jemals gesehen habe. Wir duckten uns ins Gebüsch und konnten sie bequem beobachten.

Es waren, wie gesagt, fünf – zwei ausgewachsene Tiere und drei junge. Ihre Größe war enorm. Schon die Jungen konnten sich mit Elefanten messen, doch die Größe der beiden Alten übertraf alles, was ich je für möglich gehalten hätte. Ihre schieferfarbene Haut, geschuppt wie die einer Eidechse, schimmerte im Sonnenlicht. Alle fünf hockten aufrecht auf riesigen dreizehigen Hinterfüßen, wobei sie sich mit ihren breiten, kräftigen Schwänzen abstützten. Mit ihren kleinen fünffingrigen Vorderbeinen bogen sie Äste herab, die sie emsig abweideten. Um euch zu Hause eine ungefähre Vorstellung von den Tieren zu ermitteln, weiß ich keinen besseren Vergleich als diesen: Sie sahen aus wie zwanzig Fuß hohe Riesenkängurus mit dunkelgrauer Krokodilhaut.

Wie lange wir gebannt verharrten und das erstaunliche Schauspiel verfolgten, weiß ich nicht. Da ein kräftiger Wind von vorn kam und wir uns gut versteckt hielten, war nicht zu befürchten, daß sie uns entdeckten. Von Zeit zu Zeit, wenn die Kolosse gewaltige Luftsprünge vollführten und mit dumpfem Aufschlag wieder auf dem Boden landeten, versuchten die tolpatschigen Kleinen, es ihren Eltern nachzumachen. Die Kraft der ausgewachsenen Tiere schien grenzenlos zu sein, denn als eines von ihnen den Ast eines ziemlich hohen Baumes nicht erreichen konnte, packte es den Stamm und knickte ihn um wie einen Schößling. Dieser Kraftakt bewies, nicht nur die Entwicklung seiner Muskeln, wie ich fand, sondern auch die Zurückgebliebenheit seines Gehirns, denn das gesamte Gewicht des umstürzenden Baums krachte ihm auf den Kopf, woraufhin es schrill zu kreischen begann und damit außerdem zu erkennen gab, daß es trotz seiner Größe ziemlich empfindlich war. Offenbar schloß es aus dem Vorfall, die Gegend sei gefährlich, denn es trottete schwerfällig zum Wald. Sein Gefährte und die drei Riesenkinder folgten ihm. Ein Weilchen noch sahen wir die schiefergrauen Schuppenpanzer zwischen den Baumstämmen schimmern und die Köpfe hoch über den Büschen dahinschaukeln. Dann verschwanden sie aus unserem Blickfeld.

Ich schaute zu meinen Kameraden. Lord John hielt immer noch die Elefantenbüchse im Anschlag, seine zusammengekniffenen Augen blitzten vor Jagdlust. Sicher hätte er viel darum gegeben, solch einen Schädel zwischen den gekreuzten Paddeln über seinem Kamin im Albany aufhängen zu können. Aber er hatte sich beherrscht, denn die Geheimnisse dieses Landes konnten wir nur erforschen, wenn unsere Anwesenheit unbemerkt blieb. Die beiden Professoren befanden sich im Zustand stummer Verzückung. In der Aufregung hatten sie einander unwillkürlich bei der Hand gefaßt und standen da wie zwei Kinder, die ein Wunder erlebt haben: Challenger lächelte selig, wobei seine geröteten Pausbäckchen wie Äpfel hervortraten; Summerlees sardonischer Gesichtsausdruck war unverhohlenem Staunen und Ergriffenheit gewichen.

„Nunc dimittis!" stieß er endlich hervor. „Was wird man in England dazu sagen!"

„Das, mein lieber Summerlee, kann ich mit hundertprozentiger Sicherheit prognostizieren", entgegnete Challenger. „Einen infernalischen Lügner und wissenschaftlichen Scharlatan wird man Sie nennen. Sie werden genau das zu hören bekommen, was Sie und andere über mich geäußert haben."

„Und wenn wir photographische Aufnahmen vorlegen?"

„Fälschungen, wird es heißen, Summerlee. Nichts als plumpe Fälschungen!"

„Und wenn wir einige Exemplare mitnehmen?"

„Ah, damit könnte man sie vielleicht überzeugen. Malone kann ja schon mal anfangen, in seiner schmierigen Fleet Street die Werbetrommel zu rühren. ‚Achtundzwanzigster August: fünf lebende Iguanadone in einer Lichtung des Maple-White-Landes gesichtet!' Schreiben Sie es auf, junger Freund, und schicken Sie die Meldung an Ihr Wurstblatt!"

„Aber machen Sie sich darauf gefaßt, dafür von Ihrem Redakteur einen kräftigen Tritt in den Hintern zu bekommen", sagte Lord John. „Schätze, vom Londoner Breitengrad aus betrachtet, sehen die Dinge etwas anders aus, Freund und Kupferstecher. Es gibt viele Leute, die ihre Abenteuer schön für sich behalten, weil sie wissen, daß man ihnen sowieso nicht glauben würde. Kann man es ihnen verübeln? Selbst uns wird dieses Erlebnis schon in ein paar Monaten wie ein Traum vorkommen. Wie hießen die Biester doch gleich?"

„Iguanadone", sagte Summerlee. „Man findet ihre Fußabdrücke recht häufig in den Sedimentschichten von Hastings, Kent und Sussex. In ganz Südengland muß es einmal von diesen Echsen gewimmelt haben, solange es genügend saftiges Grünfutter gab. Als sich die Bedingungen änderten, starben sie aus. Hier scheinen sich die Bedingungen nicht geändert zu haben, deshalb haben sie überlebt."

„Falls wir je lebend von hier fortkommen, muß ich unbedingt den Schädel so eines Monstrums mitnehmen", sagte Lord John. „Mann, wenn ich mir vorstelle, wie diese Sonntagsjäger, die in Somali, Uganda oder sonstwo herumballern, ganz erbsengrün werden vor Neid! Übrigens, Leute, ich weiß ja nicht, wie es euch geht, aber ich werde das Gefühl nicht los, wir bewegen uns hier auf ziemlich dünnem Eis."

Auch ich hatte den Eindruck, von geheimnisvollen Gefahren umgeben zu sein. Das Dunkel des Waldes wirkte bedrohlich, und wenn ich hinauf zu den düsteren Baumkronen blickte, stiegen unbestimmbare Ängste in mir auf. Freilich, die monströsen Geschöpfe von eben waren nur schwerfällige, friedliche Kolosse, die uns kaum angreifen würden. Aber wer konnte wissen, welche blutgierige, schlaue Bestie in dieser wundersamen Welt überlebt hatte und, verborgen zwischen Felsblöcken oder Büschen, nur darauf lauerte, sich auf uns zu stürzen? Ich wußte wenig von prähistorischen Lebewesen, erinnerte mich aber an ein Buch, in dem von einem Raubtier die Rede war, das Löwen und Tiger verschlang wie eine Katze Mäuse. Was, wenn solche Kreaturen im Urwald des Maple-White-Landes hausten?

Noch am selben Vormittag – gemeint ist unser erster Tag auf dem Plateau – sollten wir am eigenen Leibe erfahren, welche seltsamen Gefahren hier lauerten. An dies schauderhafte Abenteuer erinnere ich mich nur ungern. Wenn uns die Lichtung der Iguanadone einst wie ein Traum erscheinen wird, wie Lord John meinte, dann dürfte der Sumpf der Pterodaktylen uns als ewiger Alptraum verfolgen. Aber ich will der Reihe nach berichten, was geschah.

Wir kamen im Wald nur sehr langsam vorwärts, weil Lord John stets erst ein Stück Weg erkundete, bevor wir ihm folgen durften, aber auch deshalb, weil unsere Professoren immer wieder mit Ausrufen des Entzückens vor einer Pflanze oder einem Insekt in die Knie sanken und eine neue Spezies bestimmten. Wir mochten insgesamt etwa zwei oder drei Meilen am rechten Ufer des Baches zurückgelegt haben, als wir eine ziemlich große Lichtung erreichten. Niedrige Büsche führten bis zu einer wirren Ansammlung von Felsen – überall auf dem Plateau waren Felsblöcke verstreut. Als wir durch das hüfthohe Gesträuch langsam auf die Felsen zugingen, vernahmen wir ein merkwürdiges gedämpftes Geschnatter und Pfeifen. Die Herkunft ließ sich anfangs nicht orten, weil es förmlich die Luft erfüllte. Doch dann stellten wir fest, daß es von vorn, und zwar aus unmittelbarer Nähe, kam. Lord John bedeutete uns mit erhobenem Arm, stehenzubleiben. Er selbst pirschte sich in gebückter Haltung flink an die Felsen heran. Vorsichtig spähte über den Rand und erstarrte. Er schien uns völlig vergessen zu haben, so fesselte ihn das, was er sah. Endlich winkte er uns heran, gebot uns aber mit halb erhobenem Arm äußerste Vorsicht. Sein gesamtes Verhalten verhieß etwas Wunderbares, aber Gefährliches.

Wir krochen neben ihn und lugten über den Felsen. Vor uns lag eine schüsselförmige Senke, in der sich früher wohl die Krateröffnung eines kleinen Vulkans befunden hatte. Auf dem Grund, gut hundert Fuß von uns entfernt sahen wir Tümpel mit schlierigem grünem Wasser, die von Binsen umgeben waren. Der Ort selbst wirkte schon unheimlich genug, doch seine Bewohner machten ihn zu einer Höllenszenerie Dantes. Es war ein Nistplatz der Pterodaktylen. Hunderte hatten sich dort versammelt. Unten, rings um die Tümpel herum, wimmelte es von kleinen Drachen und ihren häßlichen Müttern, die gelbliche, lederartige Eier bebrüteten. Von dieser kriechenden, flügelschlagenden Masse widerwärtiger Reptilien ging nicht nur ein Höllenlärm aus, sondern auch ein ekelhafter dumpfer Aasgestank, von dem einem übel wurde. Weiter oben hockten reglos, jedes auf einem Stein für sich, noch größere und häßlichere Exemplare – die Männchen. Nur an ihren rollenden roten Augen und den Schnäbeln, die unvermittelt wie Rattenfallen zuschnappten, sobald eine Libelle vorbeiflog, war zu erkennen, daß es nicht tote, mumifizierte Tiere waren, sondern wirklich lebende. Ihre großen Hautflügel waren vorn über dem Rumpf zusammengefaltet. Dadurch sahen sie aus wie zänkische alte Weiber in häßlichen grauen Regenmänteln. Alles in allem befanden sich mindestens tausend dieser ekelerregenden großen und kleinen Kreaturen in dem Krater.

Unsere Professoren wären am liebsten den ganzen Tag dort geblieben, so sehr faszinierte sie die Gelegenheit, das Verhalten einer prähistorischen Tierart in natura studieren zu können. Sie machten sich gegenseitig auf die zwischen den Felsbrocken umherliegenden Reste von Fischen und Vögeln aufmerksam, die Aufschluß über die Ernährungsweise der Pterodaktylen gaben. Ich hörte, wie sie einander zur Klärung der Frage gratulierten, warum so viele Skelette dieser fliegenden Drachen an bestimmten Plätzen, etwa im Cambridger Grünsandstein, gefunden wurden. Hier habe man den faktischen Beweis dafür, daß die Pterodaktylen wie Pinguine in großen Kolonien lebten.

Schließlich aber reckte Challenger, um eine von Summerle anzweifelte Beobachtung zu beweisen, den Kopf zu weit über den Felsen und löste damit das Theater aus, das uns beinahe das Leben gekostet hätte. Denn sofort stieß ein Männchen in unserer Nähe einen durchdringenden Pfiff aus, ruderte klatschend mit seinen lederartigen Flügeln, die gut zwanzig Fuß Spannweite maßen, und erhob sich in die Luft. Die Weibchen und Jungtiere drängten sich unten am Wasser dicht zusammen, während die kreisförmig postierten Wächter, einer nach dem anderen, aufflogen. Es war ein wunderbares Schauspiel, an die hundert dieser riesigen, häßlichen Geschöpfe wie Schwalben mit schnellen, ruckartigen Flügelschlägen über uns hin- und herschießen zu sehen. Aber wie sich herausstellte, sollte uns dieser Anblick nicht lange erfreuen. Zuerst flogen die Männchen in einem weiten Kreis, als wollten sie sich über das Ausmaß der Gefahr klarwerden. Dann gingen sie tiefer und zogen den Ring immer enger, bis sie uns ganz dicht umschwirrten. Der trockene raschelnde Schlag ihrer riesigen schiefergrauen Schwingen erfüllte die Luft mit so lautem Brausen, daß man meinte, auf einer Flugschau in Hendon zu sein.

„Zurück in den Wald, und zusammenbleiben!" schrie Lord John, der sein Gewehr wie einen Knüppel schwang. „Die Viecher meinen's ernst!"

Als wir flüchten wollten, wurde der Ring so eng um uns gezogen, daß die Flügelspitzen fast unsere Gesichter berührten. Wir schlugen mit den Kolben unserer Gewehre nach den Bestien, trafen aber nichts Festes oder Verwundbares. Plötzlich schoß aus dem schiefergrauen Wirbel ein langer Hals hervor, und ein spitzer Schnabel stieß zu. Ein anderer folgte, dann noch einer. Summerlee schrie auf und betastete sein blutendes Gesicht. Ich fühlte einen Stich im Rücken; vor Schreck wurde mir ganz schwindlig. Challenger stürzte. Ich bückte mich, um ihm aufzuhelfen, erhielt nochmals einen Stoß von hinten und fiel auf ihn. Im selben Augenblick donnerte Lord Johns Elefantenbüchse.

Als ich mich aufrappelte, sah ich am Boden vor mir einen Pterodaktylus mit zerfetztem Flügel liegen. Er zischte uns aus weit aufgerissenem Schnabel an und hielt seine blutunterlaufenen Glotzaugen starr auf uns gerichtet, wie ein Teufel auf einem mittelalterlichen Gemälde. Seine Artgenossen waren, verschreckt von dem plötzlichen Knall, höhergestiegen, kreisten aber weiter über uns.

„Jetzt!" rief Lord John. „Rennt um euer Leben!"

Wir hasteten durch das Gestrüpp. Ehe wir die ersten Bäume erreicht hatten, stürzten sich die Harpyien erneut auf uns. Summerlee wurde umgestoßen, aber wir rissen ihn hoch und rannten in den Wald. Dort waren wir in Sicherheit, denn zwischen die Baumstämme konnten uns die Pterodaktylen mit ihren riesigen Schwingen nicht folgen. Während wir, übel zugerichtet und mißmutig, heimwärts hinkten, sahen wir sie noch lange am blauen Himmel kreisen. Sie flogen so hoch, daß sie nicht größer als Holztauben aussahen, verfolgten unsere Bewegungen aber zweifellos sehr genau. Erst als wir den dichteren Wald erreichten, gaben sie die Verfolgung auf und verschwanden.

„Ein äußerst interessantes und lehrreiches Erlebnis", meinte Challenger, als wir am Bach Rast machten und er sein geschwollenes Knie kühlte. „Jetzt sind wir über das Verhalten des gereizten Pterodaktylus genauestens informiert, nicht wahr, Summerlee?"

Summerlee wischte sich das Blut von einer Schramme an der Stirn, während ich mich mühte, die unangenehme Stichwunde in meinem Nacken zu verbinden. Lord John war eine Schulter seiner Jacke total weggefetzt worden, aber die Zähne des Reptils hatten ihm nur leicht die Haut geritzt.

„Halten wir fest", setzte Challenger den Gedanken fort, „unser junger Freund hat einen klassischen Schnabelhieb erhalten, während Lord Johns Jacke zerbissen wurde. Ich für meinen Teil bekam Flügelschläge an den Kopf. Die Pterodaktylen haben uns eine bemerkenswerte Demonstration ihrer variablen Angriffsmethoden gegeben."

„Wir sind ihnen nur um Haaresbreite entkommen", sagte Lord John ernst. „Kann mir keinen fieseren Tod vorstellen, als von diesen stinkenden Biestern frikassiert zu werden. Tut mir leid, daß ich geschossen habe, aber, beim Zeus, mir blieb mir wirklich keine andere Wahl!"

„Wenn Sie es nicht getan hätten, wäre keiner von uns jetzt hier", antwortete ich mit vollster Überzeugung.

„Ist vielleicht gar nicht einmal groß aufgefallen", meinte er. „Hier in diesem Urwald kracht es ja manchmal, wenn ein Baum auseinanderbricht oder umfällt, und das klingt ganz ähnlich wie ein Schuß. Schätze, unser Bedarf an Nervenkitzel ist für heute gedeckt. Schlage vor, wir kehren schleunigst zum Lager zurück und desinfizieren unsere Wunden mit Karbol aus dem Sanitätskasten. Wer weiß, welches Gift diese Biester in ihren häßlichen Zähnen haben!"

Einen ähnlich turbulenten Tag hat wohl noch nie ein Mensch erlebt. Noch eine böse Überraschung erwartete uns. Als wir, dem Lauf des Baches folgend, schließlich unsere Lichtung erreichten und die dornige Umzäunung des Lagers erblickten, meinten wir, die Aufregungen seien vorüber. Aber an Ausruhen war nicht zu denken, denn was wir vorfanden, bereitete uns neues Kopfzerbrechen. Der Eingang von Fort Challenger war unversehrt, der Wall auch, und trotzdem hatte in unserer Abwesenheit ein seltsames Geschöpf, das bärenstark sein mußte, dem Innenraum einen Besuch abgestattet.

Kein einziger Fußabdruck verriet, um was es sich handelte (wahrscheinlich war es über die Äste des riesigen Ginkgobaums herein- und auch wieder hinausgeklettert), aber Spuren seiner unheimlichen Zerstörungswut gab es mehr als genug. Unsere gesamten Vorräte lagen in einem heillosen Durcheinander auf der Erde. Eine der Fleischbüchsen war zusammengedrückt worden, um den Inhalt herauszupressen. Von einer Munitionskiste fanden wir nur noch Trümmer, daneben eine Patrone, deren Messinghülse geknickt worden war wie ein Streichholz. Wieder beschlich uns ein unbestimmbares Gefühl des Grauens. Verstört spähten wir ringsum nach verdächtigen Gestalten, die im Schatten der Bäume und Büsche auf der Lauer liegen mochten. Als wir Zambo rufen hörten, wirkte das wie eine Erlösung. Wir eilten zum Rand des Plateaus. Fröhlich grinsend saß er auf dem Felskegel.

„Alles gut, Massa Challenger, alles gut!" rief er. „Ich bleiben hier. Keine Angst! Ich immer hier sein, wenn Sie mich brauchen."

Sein ehrliches schwarzes Gesicht und der weite Ausblick über das Gebiet, das wir durchquert hatten, gaben uns wieder die Gewißheit, in der Welt des zwanzigsten Jahrhunderts zu leben, und nicht durch einen Zauber auf einen wilden, urzeitlichen Planeten versetzt worden zu sein. Dennoch erschien es uns nahezu unfaßbar, daß hinter der violetten Linie des fernen Horizonts der große Strom lag, auf dem riesige Dampfer verkehrten und Menschen über nichtige Alltagsprobleme schwatzten, während wir, umgeben von Ungeheuern eines verflossenen Zeitalters, wie Schiffbrüchige sehnsüchtig in die Ferne blickten.

Noch eine Erinnerung an diesen vertrackten Tag ist mir geblieben, und mit ihr will ich diesen Brief schließen. Die beiden Professoren, durch ihre Verletzungen zweifellos noch gereizter als sonst, diskutierten darüber, ob unsere Angreifer zur Gattung Pterodactylus oder Dimorphodon zu rechnen seien, und bald fielen Kraftausdrücke. Um nicht in den Streit verwickelt zu werden, hatte ich mich ein wenig abseits auf den Stamm eines umgestürzten Baums gesetzt und rauchte eine Zigarette, als Lord John zu mir geschlendert kam.

„Übrigens, Malone", sagte er, „erinnern Sie sich an die Senke, in der diese Biester hockten?"

„Ganz genau."

„Eine Art Vulkankrater, nicht wahr?"

„Stimmt", sagte ich.

„Haben Sie auf den Boden geachtet?"

„Der war felsig."

„Aber unten an den Tümpeln, wo die Binsen standen?"

„Dort war er bläulich, sah aus wie Ton."

„Genau. Ein Vulkankrater, und darin lauter blauer Ton."

„Ja und?" fragte ich.

„Oh, nichts, nichts", sagte er und schlenderte wieder in die Richtung, aus der das nicht enden wollende Duett der streitenden Gelehrten ertönte – Summerlees Fistelstimme wetteiferte mit Challengers sonorem Baß. Ich hätte Lord Johns Bemerkung gewiß vergessen, wenn ich an jenem Abend nicht noch einmal gehört hätte, wie er für sich murmelte: „Blauer Ton – blauer Ton in einem Vulkankrater!" Es waren die letzten Worte, die ich vernahm, bevor ich erschöpft einschlief.

Elftes Kapitel

Endlich einmal bin ich der Held des Tages

L ord Johns hatte recht mit seiner Vermutung, der Biß
der häßlichen Flugechsen könne giftig sein. Am nächsten Morgen erwachten Summerlee und ich mit Fieber
und heftigen Schmerzen. Challengers Knie war so stark ver-
letzt, daß er sich nur mühsam hinkend fortbewegen konnte.
Wir blieben deshalb im Lager. Lord John beschäftigte sich damit, die Höhe und Dicke unseres Dornenverhaus zu vergrößern, der unser einziger Schutz war, wobei wir ihm zur Hand
gingen, so gut wir eben konnten. Ich erinnere mich, daß ich
während des gesamten Tages das Gefühl nicht loswurde, jemand beobachte uns auf Schritt und Tritt, doch wer und von
wo, konnte ich nicht sagen.

Immerhin setzte mir diese Ahnung so zu, daß ich Professor Challenger davon erzählte, aber der erklärte sie als eine
„zerebrale Erregung", die durch mein Fieber hervorgerufen
werde. Trotzdem fuhr ich wieder und wieder herum, weil ich
etwas wahrzunehmen meinte. Aber jedesmal starrte ich vergebens in das dunkle Gewirr unserer Heckenmauer oder die düstere, mächtige Baumkrone, die sich wie das Dach einer Höhle
über uns wölbte. Das Gefühl, etwas Bösartiges belauere uns
aus nächster Nähe, verstärkte sich in mir. Der indianische
Aberglaube vom schrecklichen Dämon der Wälder fiel mir
wieder ein. Hatte Curupuri nicht allen Grund, uns, die wir in
seine ureigensten heiligen Gefilde eingedrungen waren, mit
seiner unheimlichen Anwesenheit zu beehren?

In dieser Nacht (unserer dritten im Maple-White-Land)
geschah etwas, was uns einen ziemlichen Schrecken einjagte.
Wie gut, daß Lord John so fleißig gearbeitet und unsere Ein-
friedung unüberwindlich gemacht hatte! Wir schliefen am ver-
glimmenden Lagerfeuer, als wir mitten in der Nacht geweckt

– oder besser gesagt, aus dem Schlaf geschreckt wurden –
durch Schreie, wie ich sie entsetzlicher nie gehört habe. Ich
kenne kein Geräusch, das ich mit diesem unglaublichen Kreischen, das aus einer Entfernung von nur wenigen hundert
Yard zu kommen schien, vergleichen könnte. Es klang durch-
dringend wie das Pfeifen einer Lokomotive, doch im Unterschied zu deren Signalton, der gleichbleibend schrill und mechanisch ist, waren diese gellenden Laute voller und vibrier-
ten, als würden sie mit der Kraft äußerster Todesangst hervor-
gestoßen. Wir hielten uns die Ohren zu, denn dieses markerschütternde Kreischen war einfach nicht zu ertragen. Mir
brach kalter Schweiß aus, mein Herz krampfte sich zusammen. Die gesamte Qual einer gepeinigten Kreatur, all ihre Not
und Verzweiflung, schien zusammengefaßt in diesem furchtbaren Todesschrei. Und dann gesellte sich zu dem schrillen
Kreischen ein anderer, eher pulsierender Laut: ein tiefes, gur-
gelndes Lachen, ein wollüstiges Grunzen, das sich wie eine
groteske Baßbegleitung zu dem hellen Diskant anhörte. Drei
oder vier Minuten dauerte das schauerliche Duett, während es
überall im Laubwerk raschelte, weil Vögel verschreckt aufflogen. Dann verstummte es so plötzlich, wie es begonnen hatte.
Lange saßen wir da, sprachlos vor Schreck. Dann warf Lord
John ein Bündel Reisig ins Feuer. Der flackernde Schein be-
leuchtete die angespannten Gesichter meiner Kameraden und
die dicken Äste über uns.

„Was war das?" flüsterte ich.

„Wir werden es morgen früh sehen", sagte Lord John,
„und zwar gar nicht weit von hier. Schätze, das kam von der
Schneise."

„Es war uns vergönnt, eine urzeitliche Tragödie mit anzuhören, wie sie sich im Schilf so mancher Lagunen der Jurazeit
abgespielt haben mag, wenn der stärkere Drache dem schwä-
cheren im Schlamm den Garaus machte", sagte Challenger
feierlicher, als ich ihn jemals gehört hatte. „Wie gut, daß der
Mensch erst später in der Entwicklungsgeschichte auftauchte!
In dieser grauen Vorzeit tobten Gewalten, gegen die er mit
Mut und mechanischen Hilfsmitteln nichts ausrichten konnte.
Was hätten ihm Schleuder, Wurfspieß oder gar Pfeile gegen

solche Kräfte genutzt, wie sie heute Nacht entfesselt wurden? Selbst mit einem modernen Gewehr wäre man gegen solch ein Monster machtlos."

„Da halte ich mehr von meiner kleinen Freundin", sagte Lord John und tätschelte seine Expreß-Büchse. „Allerdings hätte dieses Wild eine gute sportliche Chance."

Summerlee hob eine Hand.

„Pssst!" zischte er. „Da war doch etwas?"

Aus der tiefen Stille drang ein dumpfes, regelmäßiges Tappen: der Schritt eines Tieres. Weiche, schwere Tatzen wurden vorsichtig auf den Boden gesetzt. Langsam umkreiste es unser Lager und machte dann am Eingang halt. Wir hörten tiefes an- und abschwellendes Zischen: das Atmen der Kreatur. Nur eine schwache Hecke trennte uns von diesem Schrecken der Nacht. Jeder von uns ergriff sein Gewehr. Lord John zerrte einen kleinen Busch aus dem Wall heraus, um eine Schießscharte zu schaffen.

„Donnerwetter!" flüsterte er. „Ich glaube, ich sehe das Vieh!"

Ich bückte mich und blickte ihm über die Schulter. Ja, ich konnte es auch sehen. Im Dunkel zwischen den Bäumen ließ sich die zusammengekauerte wilde Bestie als pechschwarzer Schatten ausmachen. Sie war nicht größer als ein Pferd, doch die undeutlichen Umrisse verrieten Masse und Kraft. Dieses zischende Atmen, so regelmäßig und voluminös wie das Fauchen einer Dampfmaschine, sprach für einen ungeheuren Organismus. Als der Schatten sich bewegte, sah ich kurz zwei schreckliche grünliche Augen glitzern. Es raschelte unheilverkündend, so als schöbe sich das Tier langsam auf uns zu.

„Ich glaube, es setzt zum Sprung an!" sagte ich und lud mein Gewehr durch.

„Nicht schießen! Nicht schießen!" flüsterte Lord John. „Der Knall eines Gewehrs wäre in der Stille der Nacht meilenweit zu hören. Wir sparen uns das für den äußersten Notfall auf!"

„Wenn es über die Hecke kommt, sind wir verloren", sagte Summerlee mit brüchiger Stimme und begann hysterisch zu kichern.

„Das muß verhindert werden", antwortete Lord John, „aber nicht gleich mit dem Gewehr. Vielleicht kann ich dem Burschen auf andere Art beikommen. Ich versuche es einfach mal."

Nie habe ich einen Menschen etwas Beherzteres tun sehen. Er bückte sich zum Feuer, riß einen brennenden Ast heraus und schlüpfte durch den schmalen Spalt, den wir am Eingang offengelassen hatten. Das Ungetüm knurrte fürchterlich und ging auf ihn los. Lord John zögerte keinen Augenblick, sondern eilte leichtfüßig auf es zu und rammte ihm den flammenden Ast zwischen die Augen. Einen Moment lang sah ich eine abscheuliche Fratze, die an eine riesige Kröte erinnerte, warzige Haut und ein aufgerissenes, über und über mit frischem Blut besudeltes Maul. Im nächsten Augenblick krachte und knackte es im Unterholz – unser unheimlicher Besucher flüchtete.

„Habe ich mir doch gedacht, daß der Bursche Feuer nicht mag", sagte Lord John lachend, als er zurückkam und den Ast in die Glut warf.

„Das Risiko hätten Sie nicht eingehen dürfen!" riefen wir.

„Es blieb ja nichts anderes übrig. Wenn er in unserer Mitte gelandet wäre, hätten wir alle losgeballert und uns gegenseitig umgebracht. Andererseits, hätten wir durch die Hecke geschossen und ihn nur verwundet, wäre er uns noch energischer auf die Pelle gerückt – und akustisch verraten hätten wir uns obendrein. Alles in allem sind wir fein raus, denke ich. Was war das überhaupt für ein Vieh?"

Unsere beiden Gelehrten blickten einander etwas unschlüssig an.

„Ich persönlich fühle mich außerstande, das Tier exakt zu bestimmen", sagte Summerlee und bückte sich zum Feuer, um den Tabak seiner Pfeife in Brand zu setzen.

„Dieses Eingeständnis ehrt Sie, Herr Kollege", meinte Challenger beifällig nickend, „zeugt es doch von gesunder wissenschaftlicher Zurückhaltung. Selbst ich bin lediglich in der Lage, ganz allgemein festzustellen, daß wir soeben mit einem fleischfressenden Dinosaurier konfrontiert waren. Meiner Erwartung, diese Tiergattung auf dem Plateau anzutreffen, habe ich bekanntlich bereits bei früherer Gelegenheit Ausdruck verliehen."

„Wir dürfen nicht außer acht lassen", bemerkte Summerlee, „daß es wahrscheinlich viele prähistorische Lebewesen gibt, von denen keine Spuren überliefert sind. Deshalb wäre es vermessen zu glauben, wir hätten für jedes Tier, dem wir hier begegnen, einen Namen parat."

„Sehr richtig. Im Augenblick müssen wir uns mit einer groben Klassifizierung begnügen. Morgen früh finden wir vielleicht nähere Anhaltspunkte, die eine genauere Bestimmung ermöglichen. Bis dahin sollten wir versuchen, unseren unterbrochenen Schlaf fortzusetzen."

„Aber nicht ohne einen Wachtposten", entschied Lord John. „In dieser Gegend muß man auf alles gefaßt sein. In Zukunft lösen wir uns alle zwei Stunden ab."

„Ich übernehme gleich die erste Wache, damit ich in Ruhe meine Pfeife aufrauchen kann", sagte Professor Summerlee. Und seitdem ist der Wachdienst zu einer ständigen Einrichtung geworden.

Am nächsten Morgen entdeckten wir bald die Spuren des grauenvollen nächtlichen Tumults, der uns aus dem Schlaf gerissen hatte. Die Schneise der Iguanadone glich einem Schlachthaus. Als wir die Blutlachen und die riesigen Fleischklumpen sahen, die überall im Gras herumlagen, glaubten wir zunächst, mehrere Tiere seien getötet worden. Aber eine nähere Untersuchung der Überreste ergab, daß alle Teile von einem einzigen jener plumpen Riesentiere stammten. Ein nicht annähernd so großes, aber weitaus wendigeres Raubtier hatte es buchstäblich in Stücke gerissen.

Unsere beiden Professoren, völlig in Anspruch genommen von ihrer wissenschaftlichen Aufgabe, hockten da und untersuchten eifrig die Fundstücke, die Spuren von Fangzähnen und gewaltigen Klauen aufwiesen.

„All das läßt noch immer keinen eindeutigen Schluß zu", meinte Professor Challenger, der einen großen Klumpen weißlichen Fleisches auf seinem Knie liegen hatte. „Diese Bißmarken könnten von einem Säbelzahntiger stammen, dessen Spuren man ihn heute noch im Trümmergestein unserer

Höhlen findet. Aber das Tier, das wir gesehen haben, war eindeutig größer und eher der Gattung der Reptilien zugehörig. Ich persönlich tippe auf einen Allosaurus."

„Und ich auf einen Megalosaurus", sagte Summerlee.

„Möglich. Jeder der großen fleischfressenden Dinosaurier käme in Betracht. Diese fürchterlichen Raubechsen waren einst der Schrecken der Erde – und heute stellen sie die Attraktion eines jeden naturkundlichen Museums dar!" Challenger lachte dröhnend. Da er wenig Sinn für Humor besaß, wollte er sich jedesmal ausschütten vor Lachen, wenn ihm ein plumper Witz gelang.

„Je weniger Lärm, desto besser!" sagte Lord John barsch. „Man kann nie wissen, wer oder was hier in der Nähe ist. Vielleicht kommt der Bursche gerade zurück, um zu frühstücken. Wenn er uns schon von weitem hört, haben wir nichts zu lachen. Übrigens, was ist das für ein Fleck auf der Schwarte des Iguanadons?"

Auf einem schiefergrauen schuppigen Hautlappen von der oberen Schulterpartie befand sich ein erstaunlich ebenmäßiger Kreis aus einer Masse, die wie Asphalt aussah. Keiner konnte sich erklären, was das zu bedeuten hatte. Summerlee glaubte, vor zwei Tagen etwas ähnliches an einem der Jungtiere gesehen zu haben. Challenger schwieg beleidigt, warf aber bedeutungsvolle Blicke um sich, als wisse er Bescheid. Schließlich fragte Lord John ihn direkt nach seiner Meinung.

„Wenn mir Eure Lordschaft gnädigst erlauben, den Mund aufzumachen, so werde ich gern meine Meinung kundtun", antwortet Challenger in ausgesucht höhnischem Ton. „Im allgemeinen hin ich es nicht gewohnt, daß man mich anblafft, wie es Eurer Lordschaft Art ist. Ich wußte nicht, daß man erst untertänigst um Erlaubnis nachzusuchen hat, wenn man über einen kleinen Scherz lachen möchte."

Selbst nachdem Lord John sich in aller Form entschuldigt hatte, beruhigte sich unser reizbarer Freund nur allmählich. Sein verletzter Stolz ließ ihn noch eine Weile schmollen, doch dann hielt er uns einen längeren Vortrag. Dabei saß er auf einem umgestürzten Baumstamm und dozierte in der ihm eigenen Weise, als gebe er vor Tausenden von Zuhörern höchst wertvolle Informationen preis.

„Was die runden Male angeht", begann er, „so bin ich geneigt, meinem Freund und Kollegen, Professor Summerlee, darin zuzustimmen, daß sie von Asphalt herrühren. Da dieses Hochplateau vulkanischen Ursprungs ist und Asphalt im allgemeinen dem Wirken plutonischer Kräfte zugeschrieben wird, besteht wohl kein Zweifel daran, daß diese Substanz hier in freiem flüssigem Zustand existiert und die Iguanadone mit ihr in Berührung gekommen sind. Ein wesentlich wichtigeres Problem wirft jedoch die Existenz des fleischfressenden Ungetüms auf, das seine Spuren auf dieser Schneise hinterlassen hat. Wie wir wissen, ist dieses Plateau kaum größer als eine mittlere englische Grafschaft. Wie konnten diese Geschöpfe, die in der übrigen Welt seit Urzeiten ausgestorben sind, so lange auf diesem eng begrenzten Raum überleben? Es leuchtet wohl ein, daß diese riesigen Fleischfresser bei ungehinderter Vermehrung entweder verhungert wären, weil ihre Nahrungsquellen erschöpft waren, oder sie sich mittlerweile notgedrungenerweise auf pflanzliche Nahrung umgestellt hätten. Wie wir sahen, ist dem aber nicht so. Deshalb können wir nur vermuten, daß das natürliche Gleichgewicht durch Faktoren aufrechterhalten wird, welche die Anzahl dieser räuberischen Kreaturen begrenzen. Eine der vielen interessanten, noch zu klärenden Fragen lautet also, wie das System der Begrenzung funktioniert. Ich hoffe, wir werden künftig noch Gelegenheit haben, diese Raubsaurier näher kennenzulernen."

„Na, hoffentlich nicht!" brummte ich.

Der Professor hob nur seine dichten Augenbrauen, wie ein Lehrer, der auf die vorlaute Bemerkung eines ungezogenen Schülers reagiert.

„Was meinen Sie dazu, Professor Summerlee?" fragte er, und dann entschwanden die beiden Gelehrten in die eisigen Höhen der Wissenschaft, wo sie die Möglichkeit einer sinkenden Geburtenrate infolge des abnehmenden Nahrungsangebots als Regulativ des Existenzkampfes diskutierten.

An jenem Vormittag erkundeten und kartographierten wir einen kleinen Teil des Plateaus, wobei wir den Sumpf der Pterodaktylen mieden und auf der östlichen Seite des Baches blieben. In dieser Region gab es nur dichten Urwald mit viel Unterholz, was das Vorankommen erschwerte.

Bis jetzt habe ich nur von den Schrecken des Maple-White-Landes berichtet, doch es hat auch schöne Seiten. Einen ganzen Vormittag lang wanderten wir inmitten lieblicher Blumen dahin. Sie waren überwiegend weiß oder gelb, und unsere Professoren erklärten, dies seien die Blütenfarben primitiver Pflanzen. An vielen Stellen bedeckten sie den Boden wie ein dicker Teppich, in den man knöcheltief einsank. Ihr intensiver Duft war süßlich, fast betäubend. Überall summten ganz normale Honigbienen. Die Äste vieler Bäume bogen sich unter der Last der Früchte, von denen uns einige bekannt, andere hingegen völlig fremd waren. Um eine Vergiftung zu vermeiden, achteten wir darauf, welche von Vögeln angepickt wurden, und bereicherten unseren Proviant um einige wahre Köstlichkeiten. Durch den Urwald verliefen zahlreiche hartgetrampelte Wildpfade. An sumpfigeren Stellen sahen wir eine Unmenge seltsamer Fußspuren, darunter viele vom Iguanadon. Einmal sichteten wir einige dieser riesigen Geschöpfe beim Äsen in einem Wäldchen. Lord John erkannte mit Hilfe des Feldstechers, daß sie ebenfalls Asphaltflecke trugen, allerdings an anderen Körperpartien als das getötete Tier. Wir konnten uns dieses Phänomen nicht erklären.

Wir sahen viele kleine Tiere, zum Beispiel Stachelschweine, einen schuppigen Ameisenbären und ein buntscheckiges Wildschwein mit langen gebogenen Hauern. Einmal, als eine Waldschneise den Blick ins Freie ermöglichte, bemerkten wir ein stattliches fahlbraunes Tier, das ungemein schnell über den Kamm eines grünen Hügels rannte. Es verschwand, ehe wir feststellen konnten, was es war. Sollte es ein Hirsch gewesen sein, wie Lord John behauptete, so hatte er mindestens die Größe des mächtigen Irland-Elches, denn man von Zeit zu Zeit in den Mooren meines Heimatlandes ausgräbt.

Seitdem ein mysteriöser Eindringling unser Lager verwüstet hatte, kehrten wir immer mit einer gewissen Besorgnis dorthin zurück. Diesmal jedoch war alles in Ordnung.

Am Abend entwickelte sich eine große Diskussion über unsere derzeitige Lage und die Ziele unserer Expedition. Ich muß etwas ausführlicher darüber berichten, denn dabei wurde eine Idee geboren, wie wir uns einen genaueren Überblick über das Maple-White-Land verschaffen konnten, ohne wochenlang durch die Wildnis zu streifen. Der Anstoß zu der Debatte ging von Summerlee aus. Schon während des ganzen Tages war er ungenießbar gewesen, und als Lord John einige Anordnungen für den nächsten Tag gab, machte er seiner gereizten Stimmung plötzlich Luft.

„Wir sollten heute, morgen und alle die anderen Tage nur eines tun", sagte er, „nämlich einen Ausweg aus der Falle suchen, in die wir geraten sind. Sie denken alle immer nur daran, wie wir noch tiefer in dieses Land vorstoßen können, ich aber meine, wir sollten uns den Kopf darüber zerbrechen, wie wir wieder von hier fortkommen!"

„Ich begreife nicht, Herr Kollege", entgegnete Challenger dröhnend und strich über seinen majestätischen Bart, „wie Sie als Wissenschaftler sich von einer derart kleinlichen Überlegung leiten lassen können. Sie befinden sich in einem wahren Paradies für den Naturforscher, wie es kein zweites auf der Welt gibt. Dennoch schlagen Sie allen Ernstes vor, es zu verlassen, noch ehe wir uns genauere Kenntnis von seiner Beschaffenheit und seinen Bewohnern verschaffen konnten? Ich hätte etwas mehr wissenschaftlichen Ehrgeiz von Ihnen erwartet, Professor Summerlee!"

„Ich darf Sie vielleicht daran erinnern", versetzte Summerlee bissig, „daß in London viele Studenten auf mich warten, die sich gegenwärtig mit einem höchst unfähigen Stellvertreter begnügen müssen. Das unterscheidet meine Situation von der Ihren, Professor Challenger, denn soviel ich weiß, sind Sie noch nie mit einem Lehrauftrag betraut gewesen."

„Ganz recht", sagte Challenger. „Ich war nämlich immer der Meinung, daß es ein Sakrileg wäre, ein Gehirn, das in der Grundlagenforschung Vorzügliches zu leisten vermag, mit Nebensächlichkeiten zu belasten. Deshalb habe ich alle mir angetragenen Lehrstühle kategorisch abgelehnt."

„Welche zum Beispiel?" fragte Summerlee höhnisch schnaufend, doch Lord John beeilte sich, das Thema zu wechseln.

„Ich denke", sagte er. „ein Rückzug jetzt wäre 'ne verdammt schwache Leistung. Möchte schon noch ein paar Dinge mehr wissen, bevor ich wieder nach London gehe."

„Und ich dürfte nicht wagen, so in meine Redaktion zurückzukehren und dem alten McArdle unter die Augen zu treten", sagte ich. (Sie haben gewiß Verständnis dafür, daß ich das Gesagte wörtlich wiedergebe, nicht wahr, Sir?) „Er würde es mir nie verzeihen, wenn ich dieses sensationelle Material ungenutzt zurückließe! Außerdem lohnt es sich gar nicht, über diese Möglichkeit zu diskutieren, denn selbst wenn wir es wollten, wir kommen nicht vom Plateau herunter."

„Unser junger Freund gleicht manche seiner offensichtlichen Wissenslücken durch ein gewisses Maß an gesundem Menschenverstand aus", bemerkte Challenger. „Die schnöde Sensationsgier seiner Zunft ist für uns zwar kein Argument, aber in einem hat er recht: Wir können das Plateau nicht verlassen, also ist es reine Zeitverschwendung, darüber zu diskutieren."

„Nein, Zeitverschwendung ist es, sich mit anderen Dingen zu beschäftigen!" knurrte Summerlee, ohne seine Pfeife aus dem Mund zu nehmen. „Darf ich Sie daran erinnern, daß wir mit einem klar umrissenen Auftrag des Zoologischen Instituts von London hierher gekommen sind? Dieser Auftrag bestand darin, die Glaubwürdigkeit von Professor Challengers Behauptungen zu überprüfen. Diese Behauptungen können wir nunmehr, wie ich zugeben muß, in vollem Umfang bestätigen. Damit ist unsere eigentliche Aufgabe erfüllt. Die zahlreichen Einzelheiten, die auf dem Plateau zu erforschen sind, müssen wir einer größeren, speziell ausgerüsteten Expedition überlassen. Wenn wir uns selbst damit befassen, kann das nur zur Folge haben, daß wir nie nach London zurückkehren, und damit ginge der Wissenschaft auch das wichtige Material verloren, das wir bereits besitzen. Professor Challenger hat uns einen Weg auf das Plateau gezeigt, als wir es für gänzlich unzugänglich hielten. Mit seiner Erfindungsgabe sollte er doch in der Lage sein, uns wieder in die zivilisierte Welt zurückzuführen."

Offen gestanden, mir leuchteten Summerlee Argumente völlig ein. Selbst Challenger schien die Vorstellung zu beeindrucken, daß seine Gegner triumphieren würden, wenn die Bestätigung der Richtigkeit seiner Behauptungen die zweifelnde wissenschaftliche Welt niemals erreichte.

„Der Abstieg vom Plateau scheint auf den ersten Blick unmöglich", sagte er, „dennoch bin ich überzeugt, daß sich dieses Problem mit ein wenig Intelligenz lösen läßt. Ich bin bereit, meinem Kollegen in einem zuzustimmen: Ein längerer Aufenthalt ist hier gegenwärtig nicht empfehlenswert, also muß die Frage unserer Rückkehr demnächst ins Auge gefaßt werden. Allerdings lehne ich es entschieden ab, dem Maple-White-Land den Rücken zu kehren, ohne es wenigstens soweit erkundet zu haben, daß wir eine ungefähre Kartenskizze mitnehmen können."

Professor Summerlee schnaufte ungeduldig.

„Wir haben es nun schon zwei volle Tage erkundet", sagte er, „aber die geographische Beschaffenheit des Plateaus ist uns noch genauso unklar wie am Anfang. Fest steht, daß es überall dicht bewaldet ist. Wir müßten noch monatelang in diesem Urwald herumstolpern, um die räumlichen Verhältnisse einigermaßen zu begreifen. Ja, wenn es in der Mitte einen Berg gäbe, wäre das etwas anderes, aber leider fällt das Land nach innen hin ab. Je weiter wir vordringen, desto geringer wird die Chance, einen Punkt zu finden, der einen generellen Überblick ermöglicht."

In dem Augenblick kam mir die Idee. Mein Blick ruhte zufällig auf dem knorrigen Stamm des Ginkgobaums, der seine riesigen Äste über uns breitete. Er war dicker als alle anderen Bäume, also mußte er sie auch überragen. Und wenn der Rand des Plateaus wirklich höher lag als das Innere, dann gab dieser Baumriese einen idealen Aussichtsturm ab, von dem sich das gesamte Land überblicken ließ! Als kleiner Junge bin ich in Irland mit Begeisterung und viel Geschick auf Bäumen herumgeklettert. Mochten meine Kameraden die besseren Bergsteiger sein, zwischen den Zweigen da oben war ich ihnen überlegen. Bekam ich erst einmal den untersten Ast zu fassen, würde ich es bestimmt auch bis zur Spitze hinauf schaffen. Meine Idee fand begeisterte Zustimmung.

„Unser junger Freund", sagte Challenger schmunzelnd,

wobei seine Wangen wie rote Äpfel hervortraten, „ist zu einer akrobatischen Leistung fähig, die sich für einen Mann von etwas gesetzterer, aber zweifellos respektablerer Statur von vornherein verbietet. Ich billige sein Vorhaben."

„Bravo, Freund und Kupferstecher, Sie haben den Nagel auf den Kopf getroffen!" meinte Lord John und schlug mir auf die Schulter. „Komisch, daß wir nicht schon eher draufgekommen sind! Nehmen Sie Ihr Notizbuch mit. Uns bleibt zwar höchstens noch eine Stunde Tageslicht, aber für eine grobe Skizze wird es reichen. Wenn wir diese drei Munitionskisten aufeinanderstellen, kann ich Sie an den untersten Ast hieven."

Er stieg auf die Kisten, lehnte sich mit dem Rücken an den Stamm und hob mich langsam in die Höhe. Plötzlich sprang Challenger herzu und versetzte mir einen so gewaltigen Stoß, daß ich förmlich zu dem Ast hinaufschoß. Ich umklammerte ihn und strampelte heftig mit den Beinen, bis ich zunächst mit dem Oberkörper und dann mit den Knien oben war. Drei seitlich abgehende dicke Äste ließen sich bequem wie Sprossen einer großen Leiter ersteigen. Darüber bot mir das dichte Gewirr der Zweige ausreichend Halt. Ich kletterte so schnell, daß ich bald den Boden nicht mehr sah, sondern ganz von Laub umgeben war. Ab und zu gelangte ich an eine schwierige Stelle, einmal mußte ich mich sogar acht oder zehn Fuß an einer Liane hinaufhangeln, doch insgesamt kam ich zügig voran. Nach geraumer Zeit vernahm ich Challengers Donnerstimme aus beträchtlicher Tiefe. Aber der Baum war enorm hoch, und noch immer konnte ich, wenn ich nach oben blickte, kein Lichterwerden des Laubwerks feststellen. Auf einem Ast versperrte mir ein runder mistelartiger Busch den Weg. Ich beugte mich zur Seite, um zu erkunden, wie das Hindernis zu nehmen sei, und wäre vor Schreck und Entsetzen fast abgestürzt.

Knapp zwei Fuß vor mir tauchte ein Gesicht auf. Das Geschöpf, das mich anstarrte, hatte sich hinter die Schmarotzerpflanze geduckt und im gleichen Moment wie ich den Kopf hervorgereckt. Sein Gesicht besaß menschliche Züge, zumindest fand ich es weitaus menschenähnlicher als alle Affengesichter, die ich kenne. Es war schmal, weißlich und voller

Pickel, die Nase platt, der Unterkiefer vorgeschoben, und ein zottiger Backenbart reichte hinab bis zum Kinn. Die unter dichten, kräftigen Brauen hervorblickenden Augen hatten einen wilden, grausamen Ausdruck. Als die Kreatur den Mund öffnete und mir etwas zuknurrte, was wie ein Fluch klang, bemerkte ich gebogene, spitze Raubtierzähne. Die Augen funkelten drohend, doch urplötzlich wechselte ihr Ausdruck und verriet panische Angst. Äste krachten, als das Geschöpf mit einem Satz in das grüne Laubwerk flüchtete. Nur für einen Moment erblickte ich seinen gedrungenen schweinsähnlichen Körper mit rötlicher Borstenbehaarung, dann war es in den wirbelnden Blättern und Zweigen verschwunden.

„Was ist passiert?" rief Roxton von unten. „Irgendwas nicht in Ordnung?"

„Haben Sie es gesehen?" brüllte ich, die Arme um den Ast klammernd und am ganzen Körper zitternd.

„Wir haben es krachen gehört, als ob Sie ausgerutscht wären. Was war denn los?"

Das plötzliche und seltsame Auftauchen des Affenmenschen hatte mich so geschockt, daß ich überlegte, ob ich nicht wieder hinunterklettern und meinen Kameraden davon berichten sollte. Aber ich war nun schon so weit oben, daß es mir beschämend erschien, unverrichteterdinge umzukehren.

Also setzte ich nach einer längeren Pause, in der ich Atem geschöpft und neuen Mut gefaßt hatte, den Aufstieg fort. Ein morscher Ast brach unter meinem Gewicht, und ich baumelte für einige Sekunden in der Luft, doch davon abgesehen, bereitete mir die Kletterei keine Schwierigkeiten. Allmählich lichtete sich das Laubwerk um mich herum. Der Wind, der mir ins Gesicht blies, zeigte an, daß die Kronen der anderen Bäume bereits unter mir lagen. Fest entschlossen, erst am höchsten Punkt haltzumachen und mich umzusehen, kraxelte ich weiter und erreichte den Wipfel, der unter meinem Gewicht ziemlich schwankte. Dort hockte ich mich in eine geeignete Astgabel, um nicht das Gleichgewicht zu verlieren, und musterte das wundervolle Panorama des merkwürdigen Landes.

Die Sonne stand bereits dicht über dem westlichen Horizont, doch der Abend war ungewöhnlich hell und klar, so daß

ich das Plateau in seiner gesamten Ausdehnung gut überblicken konnte. Es war, wie man von hier oben sah man, oval
geformt, etwa dreißig Meilen lang und zwanzig breit. Das Gelände fiel nach innen ab und bildete einen flachen Trichter, in
dessen Mitte ein stattlicher See lag. Dieser See, der einen
Durchmesser von fast zehn Meilen haben mochte, leuchtete
herrlich grün im Abendlicht. Ein dicker Schilfgürtel umgab
ihn. Aus seiner Oberfläche ragten mehrere Sandbänke heraus,
die im matten Schein der Abendsonne golden schimmerten.
Einige längliche dunkle Objekte, die mir für Alligatoren oder
Kanus zu groß vorkamen, lagen an den Rändern dieser Sand-
flächen. Ein Blick durchs Fernglas bestätigte mir, daß es sich
um Lebewesen handelte, aber um was für welche, konnte ich
nicht sagen.

Auf unserer Seite des Plateaus erstreckten sich bewaldete
Abhänge mit vereinzelten Lichtungen etwa fünf oder sechs
Meilen weit hinab bis zum See. Unmittelbar vor mir entdeckte
ich die Schneise der Iguanadone und etwas weiter entfernt
eine runde, offene Fläche, in der sich der Sumpf der Pterodaktylen befinden mußte. Auf der gegenüberliegenden Seite bot
das Plateau jedoch einen völlig anderen Anblick. Dort setzten
sich die Basaltklippen der Außenseite im Innern fort und bildeten eine ungefähr zweihundert Fuß hohe Schrägwand, an
die sich unten ein bewaldeter Abhang anschloß. Mit dem
Fernglas entdeckte ich im unteren Bereich der rötlichen Felswand eine Reihe dunkler Löcher, die ich für Höhleneingänge
hielt. In einer dieser Öffnungen schimmerte etwas Weißes, ich
konnte aber nicht ausmachen, was es war. Ich hockte in der
Astgabel und zeichnete emsig an meiner Landkarte, bis die
Sonne unterging und in der Dämmerung keine Einzelheiten
mehr zu erkennen waren. Dann kletterte ich hinunter zu meinen Kameraden, die mich am Fuß des großen Baumes bereits
voller Ungeduld erwarteten. Endlich einmal war ich der Held
des Tages. Ich allein hatte die Idee geboren, sie auch selbst in
die Tat umgesetzt und konnte nun eine Karte vorlegen, die
uns einen Monat blinden Herumtappens inmitten unbekannter
Gefahren ersparte. Jeder schüttelte mir feierlich die Hand.

Doch bevor ich ihnen meine Kartenskizze erläuterte, erzählte ich von meiner Begegnung mit dem Affenmenschen in den Ästen.

„Er hat die ganze Zeit schon dort oben gehockt", sagte ich.

„Woher wissen Sie das?" fragte Lord John.

„Ich hatte ständig das Gefühl, beobachtet zu werden. Das sagte ich Ihnen bereits, Professor Challenger."

„Unser junger Freund hat tatsächlich etwas derartiges erwähnt. Wahrscheinlich hängt es damit zusammen, daß ihn sein keltisches Temperament besonders empfänglich macht für solche Wahrnehmungen."

„Die gesamte Theorie der Telepathie –", begann Summerlee, der sich eine Pfeife stopfte.

„Führt viel zu weit, um hier erörtert zu werden", unterbrach ihn Challenger mit Entschiedenheit. „Aber sagen Sie mal, mein Junge", fuhr er fort, im Tonfall eines Bischofs, der sich an einen Sonntagsschüler wendet, „haben Sie darauf geachtet, ob dieses Geschöpf seinen Daumen quer über die Handfläche krümmen kann?"

„Nein, leider nicht."

„Hatte es einen Schwanz?"

„Nein."

„Waren seine Füße zum Greifen eingerichtet?"

„Ganz bestimmt, sonst hätte es nicht so flink in den Zweigen verschwinden können."

„Soweit ich mich erinnere, gibt es in Südamerika – korrigieren Sie mich bitte, sollte ich etwas Falsches sagen, Professor Summerlee – an die sechsunddreißig Affenarten, darunter aber keinen Menschenaffen. Auf diesem Plateau jedoch existiert ein anthropoider Affe. Dieser unterscheidet sich wesentlich von den stark behaarten gorillaartigen Erscheinungsformen, die außer in Afrika und Asien nirgendwo anzutreffen sind." (Als ich Challenger so betrachtete, bekam ich große Lust, ihm zu sagen, daß ich einige seiner unmittelbaren Vorfahren auch schon in im Zoo von Kensington getroffen hatte.) „Hier handelt es sich um einen bärtigen Typus, dessen blasse Haut auf die Tatsache verweist, daß er sich hauptsächlich im Schatten des Blätterdachs aufhält. Wir müssen uns nun die Frage stellen, ob er in seinem Entwicklungsstadium mehr zum

Affen oder mehr zum Menschen tendiert. Wenn das letztere zutrifft, könnte er etwa dem entsprechen, was gemeinhin etwas simplifizierend als das ‚fehlende Bindeglied' bezeichnet wird. In der Lösung dieses Problems besteht unsere vordringlichste Aufgabe."

„Keineswegs!" entgegnete Summerlee schroff. „Jetzt, da wir dank Mr. Malones Intelligenz und Tatkraft" (ich fühle mich verpflichtet, auch diese Bemerkung wörtlich wiederzugeben) „im Besitz einer Karte sind, lautet unsere dringlichste Aufgabe, heil und gesund aus diesem schrecklichen Land herauszukommen."

„Zurück zu den Fleischtöpfen der Zivilisation!" stöhnte Challenger.

„Nein, Sir, zu den Tintenfässern der zivilisierten Welt. Wir müssen unsere Beobachtungen zu Papier bringen und die weitere Erforschung des Landes anderen überlassen. Darin stimmten wir bereits überein, bevor Mr. Malone uns diese Karte beschaffte."

„Das schon", sagte Challenger. „Und auch ich wäre zugegebenermaßen beträchtlich erleichtert, wenn wir unseren Freunden die Ergebnisse der Expedition vorlegen könnten. Allerdings ist mir noch nicht klar, wie wir von diesem Plateau herunterkommen. Aber keine Sorge, meine Herren. Bis jetzt war bei der Lösung schwieriger Probleme auf meine Gehirnwindungen noch stets Verlaß. Ich verspreche Ihnen, mich morgen eingehend mit der Frage unseres Abstiegs zu befassen." Damit mußte sich Summerlee vorläufig zufriedengeben.

An jenem Abend wurde beim Schein des Lagerfeuers und einer Kerze die erste Karte der verlorenen Welt angefertigt. Alle Details, die ich in meinem Notizbuch nur flüchtig skizziert hatte, wurden sorgfältig und maßstabgetreu eingezeichnet. Challengers Bleistift schwebte über dem großen weißen Fleck, der den See darstellte.

„Wie wollen wir ihn taufen?" fragte er.

„Nutzen Sie doch die günstige Gelegenheit, Ihren Namen zu verewigen", sagte Summerlee in seiner üblichen säuerlichen Art.

„Sir, mein Name wird durch wissenschaftliche Verdienste

in die Nachwelt eingehen", entgegnete Challenger würdevoll. „Ein jeder Ignorant kann sich wichtig machen, indem er einen Berg oder Fluß nach sich benennt. Diese Art von Denkmal habe ich nicht nötig."

Summerlee grinste hinterhältig und wollte gerade den nächsten Angriff starten, als Lord John sich hastig einschaltete.

„Mein Junge, Ihnen steht es zu, dem See einen Namen zu verpassen", sagte er. „Schließlich haben Sie ihn entdeckt, und wenn Sie ihn Malonesee nennen wollen, so ist das Ihr gutes Recht, verdammt noch mal!"

„Ganz recht!" pflichtete ihm Challenger bei. „Unser junger Freund muß ihn taufen."

„Dann", sagte ich, und wurde wohl ziemlich rot dabei, „soll er Gladyssee heißen."

„Meinen Sie nicht, daß Zentralsee aussagekräftiger wäre?" wandte Summerlee ein.

„Gladyssee ist mir aber lieber."

Challenger schaute mich schmunzelnd an und schüttelte seinen mächtigen Schädel in gespielter Entrüstung. „Diese Jugend!" sagte er. „Dann eben Gladyssee."

Zwölftes Kapitel

Es war furchtbar im Urwald

Wie ich bereits erwähnt habe – oder vielleicht auch nicht, denn mein Erinnerungsvermögen spielt mir zur Zeit manchen Streich –, glühte ich vor Stolz, als drei so bedeutende Männer wie meine Kameraden mir dankten, daß ich die Situation gerettet oder doch zumindest dazu beigetragen hatte, sie entscheidend zu verbessern. Als Jüngster der Gruppe, nicht allein an Jahren, sondern auch an Erfahrung, Wissen und all den anderen Dingen, die einen Mann ausmachen, hatte ich von Anfang an im Schatten der anderen gestanden. Aber jetzt trat ich hervor und zeigte, was in mir steckte! Bei dem Gedanken wurde mir richtig warm ums Herz. Doch Hochmut kommt vor dem Fall! Die kleine Regung von Selbstzufriedenheit stachelte meinen Ehrgeiz an und brachte mich noch in derselben Nacht in die furchtbarste Lage meines Lebens. Ich trug einen Schock davon, der noch so nachwirkt, daß mir bei der bloßen Erinnerung an letzte Nacht flau im Magen wird.

Die Sache kam so: Durch das Abenteuer mit dem Baum mächtig aufgewühlt, fand ich keinen Schlaf. Summerlee hielt Wache. Zusammengekrümmt hockte er als magere, eckige Gestalt an unserem kleinen Feuer, hatte das Gewehr quer über seine Knie gelegt und berührte es in regelmäßigen Abständen mit seinem spitzen Ziegenbart, wenn ihm der Kopf vor Müdigkeit vornübersank. Lord John schlief ruhig, in den südamerikanischen Poncho gehüllt, den er jetzt bevorzugte, während Challenger rasselnd schnarchte, daß es im Wald widerhallte. Es herrschte Vollmond, die Luft war frisch und kühl. Eine ideale Nacht zum Spazierengehen. Plötzlich durchfuhr mich der Gedanke: Warum eigentlich nicht? Angenommen, ich stahl mich heimlich davon, erkundete den Weg zum Gladyssee und überraschte die anderen beim Frühstück mit meinem Wissen – mußten sie mich dann nicht als einen noch wertvolleren Genossen betrachten? Außerdem, falls Summerlee sich durchsetzte und wir schon morgen eine Möglichkeit zum Verlassen des Plateaus fanden, würde es einen Menschen geben, der als einziger in das Zentrum des geheimnisvollen Landes vorgedrungen war: mich. Ich dachte an Gladys und ihren Satz „Heldentaten sind überall möglich". Ich meinte förmlich, ihre Stimme zu hören. Auch an McArdle dachte ich. Was für ein dreispaltiger Knüller für die Zeitung dabei herausspringen konnte! Wenn das nicht der rechte Grundstein für meine Karriere war! Ein Einsatz als Korrespondent im nächsten großen Krieg rückte in greifbare Nähe! Ich schnappte mir ein Gewehr – meine Taschen waren voller Patronen –, schob die Dornenbüsche an der Lagerpforte auseinander und schlüpfte flink hinaus. Dabei fiel mein letzter Blick auf den dösenden Summerlee, den unfähigsten aller Wachtposten, der am glimmenden Feuer wie ein drolliges mechanisches Spielzeug mit dem Kopf nickte.

Ich war noch keine hundert Yard weit gegangen, als ich meinen übereilt gefaßten Entschluß auch schon heftig bereute. An anderer Stelle dieses Berichts habe ich wohl erwähnt, daß ich eine viel zu lebhafte Phantasie besitze, um ein echt mutiger Mensch zu sein, und deshalb ständig fürchte, für einen Feigling gehalten zu werden. Diese Furcht trieb mich von da an weiter. Ich konnte mich einfach nicht unverrichteterdinge zurückstehlen. Selbst wenn die anderen meine Abwesenheit nicht bemerkt und nie etwas von meiner Schwäche erfahren hätten, wäre in meinem Innersten ein unerträgliches Schamgefühl zurückgeblieben. Eine scheußliche Situation, in die ich mich hineinmanövriert hatte! Ich hätte in dem Moment meine gesamte Habe dafür hergegeben, mit Anstand wieder aus ihr herauszukommen.

Es war furchtbar im Urwald. Die Bäume standen so dicht, daß sich ihre Kronen ineinander verschränkten und das Mondlicht fast vollständig abschirmten. Nur hier und da sah man durch das wirre Filigran der Äste ein Stückchen vom bestirnten Himmel. Als sich meine Augen an die Finsternis gewöhnt hatten, konnte ich verschiedene Zonen der Dunkelheit zwischen den Bäumen unterscheiden. In einigen war die Umgebung zumindest schemenhaft noch wahrnehmbar, dann wieder kamen stockfinstere Bereiche, die wie schwarze, gähnende Höhlenschlünde wirkten. Durchquerte ich solche Abschnitte, dann stand ich jedes Mal tausend Ängste aus. Ich dachte an das markerschütternde Kreischen des gepeinigten Iguanadons, jenen furchtbaren Todesschrei, der im Wald verhallt war. Und mir ging die breite, warzige, bluttriefende Schnauze nicht aus dem Sinn, die Lord Johns Fackel für Sekundenbruchteile erhellt hatte. Jetzt befand ich mich im Jagdrevier dieses namenlosen Ungeheuers. Jeden Augenblick konnte es mich aus dem Dunkel anspringen. Ich blieb stehen, holte eine Patrone aus der Tasche und tastete nach den Verschluß der Waffe. Als ich den Hebel berührte, erstarrte ich vor Schreck. Was ich mitgenommen hatte, war nicht mein Gewehr, sondern die Schrotflinte!

Erneut überkam mich das Verlangen umzukehren. Nun besaß ich ja einen triftigen Grund, um mein Vorhaben aufzugeben; dafür brauchte ich mich nicht zu schämen. Doch abermals siegte mein verrückter Stolz über alle Vernunft. Um keinen Preis wollte ich als Versager dastehen. Außerdem war gegen die Gefahren, auf die ich vielleicht treffen würde, ein Gewehr genauso nutzlos wie eine Jagdflinte. Ging ich zurück, um die Waffe auszutauschen, würde man mich beim Betreten oder Verlassen des Lagers bemerken. Dann müßte ich mich rechtfertigen, den heimlichen Ausflug und meine Angst zugeben. Nach einigem Zögern riß ich mich zusammen und setzte meinen Weg fort, die nutzlose Flinte unterm Arm.

Das Dunkel des Urwaldes war beängstigend, aber das weiße, stille Mondlicht auf der Schneise der Iguanadone erwies sich als noch schlimmer. Im Gebüsch verborgen, spähte ich lange hinaus auf die Fläche. Von den Riesentieren war nichts zu sehen. Vielleicht hatte die Tragödie, der eines von ihnen zum Opfer gefallen war, sie von ihrem Weideplatz vertrieben. Im dunstigen Mondlicht war kein Anzeichen von Leben zu erkennen. Also faßte ich Mut, huschte schnell darüber und fand auf der anderen Seite im Wald den Bach wieder, der mir als

Wegweiser diente. Dieser muntere Geselle plätscherte lustig glucksend und gurgelnd dahin, wie der gute alte Forellenbach in Westirland, in dem ich als kleiner Junge nachts geangelt hatte. Folgte ich ihm, so mußte ich zum See gelangen und in umgekehrter Richtung wieder zum Lager finden. Streckenweise verschwand er, wenn er sich durch dichtes Unterholz schlängelte. Aber sein helles Plätschern behielt ich stets im Ohr.

Je weiter ich den Hang hinabstieg, desto mehr lichtete sich der Urwald und ging schließlich in Buschwerk über, in dem vereinzelt hohe Bäume wuchsen. Dort kam ich schnell voran, denn das Gelände bot sowohl gute Sicht als auch Deckung. Ich kam unmittelbar am Sumpf der Pterodaktylen vorbei, und dabei stieg eine dieser großen Kreaturen ganz in meiner Nähe mit trocken raschelnden Lederflügeln auf (ihre Spannweite betrug mindestens zwanzig Fuß) und begann über mir zu kreisen. Als sie unter der Scheibe des Mondes hinwegsegelte, schien das Licht regelrecht durch ihre Flughäute hindurch. Man konnte meinen, ein Skelett fliege am hellen tropischen Nachthimmel. Ich duckte mich tief zwischen die Büsche. Zu gut wußte ich, daß mir diese Bestie mit einem einzigen Pfiff hundert ihrer scheußlichen Artgenossen auf den Hals hetzen konnte. Erst als der Pterodaktylus wieder gelandet war, wagte ich mich schleichend weiter.

Soweit hatte eine außerordentliche nächtliche Stille geherrscht, doch mit einem Male bemerkte ich beim Gehen irgendwo vor mir ein anhaltendes fernes Bullern und Grollen. Das Geräusch kam offenbar von einer unbeweglichen Quelle, denn es nahm zu, je weiter ich vordrang, und blieb konstant, sobald ich haltmachte. Es klang wie das Brodeln und Blubbern eines riesigen Kochtopfes. Bald entdeckte ich die Ursache. Mitten in einer kleinen Lichtung lag ein See oder ein Teich, besser gesagt, denn er war nicht größer als das Becken des Springbrunnens auf dem Trafalgar Square, gefüllt mit einer schwarzen, pechartigen Masse, deren Oberfläche sich in großen Blasen hob und senkte. Die Luft darüber flirrte vor Hitze, und der Boden war so heiß, daß man ihn kaum mit der Hand berühren konnte. Offensichtlich waren die vulkanischen

Kräfte, die dieses seltsame Land vor Urzeiten emporgehoben hatten, noch nicht völlig erloschen. Geschwärzte Felsblöcke und Lavahügel hatte ich bereits mehrfach aus der üppigen Vegetation hervorlugen sehen, doch dieses Asphaltloch im Dschungel war der erste direkte Beweis für Vulkantätigkeit an den Hängen des alten Kraters. Mir blieb keine Zeit für eine nähere Untersuchung, denn ich mußte mich sputen, wollte ich bis zum Morgen wieder im Lager sein.

Was ich auf diesem Marsch an Ängsten ausgestanden habe, werde ich nie vergessen. Die großen, mondhellen Lichtungen umging ich im Schatten des Waldsaums. Im Dickicht tastete ich mich vorwärts und verharrte jedes Mal mit pochendem Herzen, wenn – was häufig geschah – ein wildes Tier durchs Unterholz brach und an mir vorbeipreschte. Hin und wieder tauchten urplötzlich riesige Schatten auf und waren sofort wieder verschwunden – gewaltige lautlose Schatten, die auf weichen Sohlen dahinzueilen schienen. Wie oft blieb ich stehen und wollte umkehren! Doch jedesmal besiegte mein Stolz die Angst und trieb mich weiter. Ich mußte mein Ziel erreichen, unbedingt!

Endlich (meine Uhr zeigte eine Stunde nach Mitternacht) sah ich durch eine Schneise im Dickicht Wasser blinken, und zehn Minuten später stand ich im Schilfgürtel des Gladyssees. Ich war ungemein durstig, deshalb legte ich mich auf die Erde und trank gierig von dem frischen, kühlen Wasser. Zu der Uferstelle, an der ich mich befand, führte ein breiter Trampelpfad mit vielen Spuren. Offenbar handelte es sich um eine Tränke der Tiere. Dicht am Wasser lag ein riesiger einzelner Lavablock. Diesen erkletterte ich, legte mich auf den Bauch und hatte einen sehr guten Ausblick nach allen Seiten.

Das erste, was ich sah, konnte ich selber kaum glauben. Als ich das Panorama vom Wipfel des Baumes aus schilderte, war mir auf der gegenüber liegenden Seite des Plateaus eine Felswand mit mehreren dunklen Flecken aufgefallen, die wie Höhlenöffnungen aussahen. Jetzt leuchteten dort überall runde rötliche, scharf umrissene Lichtscheiben, die wie Bullaugen eines Ozeandampfers bei Nacht anmuteten. Einen Augenblick glaubte ich, es sei glühende Lava, doch das konnte nicht stimmen. Vulkantätigkeit war unten im Innern des Kraters zu erwarten, aber nicht dort oben zwischen den Felsen! Was folgte daraus? Die rötlichen Kreise mußten der Widerschein von Feuerstellen in den Höhlen sein. Nur Menschen konnten dort ihre Lagerfeuer angezündet haben. Es gab also menschliche Wesen auf dem Plateau. Was für ein triumphales Ergebnis meines Ausflugs! Das war *die* Sensation, wenn wir wieder nach London kamen!

Lange starrte ich auf diese roten, zitternden Lichttupfen. Ich schätze, sie waren etwa zehn Meilen weit weg, doch selbst auf diese Entfernung konnte man noch erkennen, wie sie kurzzeitig dunkler wurden oder ganz verloschen, wenn jemand an ihnen vorbeiging. Was hätte ich nicht darum gegeben, dort hinaufklettern und einen Blick in die Höhlen werfen zu können. Zu gern hätte ich meinen staunenden Kameraden auch noch das Aussehen und Verhalten der Menschen beschrieben, die an diesem seltsamen Ort hausten. Im Augenblick kam ein solcher Versuch natürlich nicht in Frage, aber es war klar, daß wir das Plateau nicht verlassen durften, ohne näheres über sie in Erfahrung zu bringen.

Der Gladyssee – mein See – lag blank wie Quecksilber vor mir, und in seiner Mitte spiegelte sich die runde Scheibe des Mondes. Er war flach, denn an vielen Stellen sah ich langgestreckte Sandbänke aus dem Wasser ragen. Überall an der Oberfläche wimmelte es von Leben – manchmal waren nur Ringe auf dem Wasser und kleine Wellen zu sehen, manchmal sprang ein großer Fisch und ließ seine silbrigen Flanken im Mondlicht aufblitzen, zuweilen tauchte der gewölbte schiefergraue Rücken eines vorbeischwimmenden Ungetüms auf. Einmal entdeckte ich einen schwanenähnlichen Vogel mit plumpem Körper und langem biegsamem Hals, der am Rand einer gelben Sandbank entlangwatschelte. Er glitt ins Wasser, und ich konnte noch eine Weile seinen weit zurückgebogenen Hals und seine ruckartigen Kopfbewegungen beobachten, als er davonschwamm. Dann tauchte er, und ich entdeckte ihn nicht wieder.

Bald danach wurde meine Aufmerksamkeit von Vorgängen in Anspruch genommen, die sich direkt vor meiner Nase abspielten. Zwei Geschöpfe, die riesigen Gürteltieren ähnelten, waren zur Tränke gekommen und kauerten am Ufer. Beim Saufen schnellten ihre langen biegsamen Zungen wie rote Gummibänder vor und zurück. Ein riesiger Hirsch mit stattlich verzweigtem Geweih, ein prachtvolles Tier, das sich majestätisch bewegte, näherte sich mit seiner Kuh und zwei Kälbern und trank neben den Gürteltieren. Eine solche Hirschart existiert sonst nirgendwo auf der Erde. Die größten Elche, die ich bisher gesehen hatte, hätten ihr nur bis an die Schulter gereicht. Plötzlich schnaubte der Bulle warnend und stob mit seiner Familie davon. Auch die Gürteltiere trollten sich und suchten eilig Deckung im Schilf. Ein Neuankömmling, ein ganz ungeheuerliches Tier, kam den Pfad herabgestampft.

Ich überlegte, wo ich diesen klobigen Körper, diesen gebogenen Rücken mit der Doppelreihe dreieckiger Zacken und diesen dicht über dem Boden schwebenden Vogelkopf schon einmal gesehen hatte. Dann erinnerte ich mich. Es war der Stegosaurus – die Zeichnung in Maple Whites Skizzenbuch, welche Challengers Aufmerksamkeit erregt hatte! Hier kam das Monster auf mich zu, vielleicht genau das Exemplar, das dem amerikanischen Künstler begegnet war. Der Boden erzitterte unter seinem unheimlichen Gewicht. Es soff geräuschvoll, sein Schlürfen und Schlucken muß in der Stille der Nacht weit zu hören gewesen sein. Fünf Minuten stand es so dicht neben meinem Lavablock, daß ich mit ausgestreckter Hand die häßlichen, wogenden Zacken auf seinem Rücken hätte berühren können. Dann stampfte es wiegend davon und verschwand zwischen den Felsblöcken.

Ich schaute auf die Uhr. Halb drei und damit höchste Zeit für den Rückmarsch. Die Orientierung war einfach, da der kleine Bach, dem ich gefolgt war, nur einen Steinwurf von meinem Beobachtungspunkt entfernt in den See mündete. Ich marschierte in gehobener Stimmung los. Was war ich stolz auf meine Leistung und die sensationellen Neuigkeiten, die ich den anderen mitbrachte! Am tollsten war natürlich die Entdeckung, daß es auf dem Plateau Höhlenmenschen gab, die mit Feuer umzugehen wußten. Außerdem hatte ich den See mit eigenen Augen gesehen und konnte bezeugen, daß es in ihm von seltsamen Kreaturen nur so wimmelte. Und damit nicht genug, ich hatte auch einige prähistorische Tiere zu Gesicht bekommen, denen wir bisher noch nicht begegnet waren. Beim Laufen hing ich dem Gedanken nach, daß wohl kaum ein Mensch einen so abenteuerlichen Nachtspaziergang unternommen und dabei ähnlich weitreichende wissenschaftliche Entdeckungen gemacht hatte wie ich.

Ganz in solche Spekulationen vertieft, marschierte ich den Hang hinauf und mochte etwa die Hälfte des Weges zurückgelegt haben, als hinter mir ein ungewöhnliches Geräusch ertönte, das mich sofort wieder auf den Boden der Tatsachen zurückholte. Es klang halb wie ein Schnarchen, halb wie ein tiefes Knurren, nicht laut, aber ungemein drohend. Offenbar befand sich irgendeine seltsame Kreatur in meiner Nähe, aber sehen ließ sie sich nicht. Ich beschleunigte meinen Schritt. Nachdem ich etwa eine halbe Meile getrabt war, hörte ich das Geräusch erneut hinter mir, doch nun schon sehr viel lauter und drohender. Bei der blitzartigen Erkenntnis, daß diese Bestie, was immer sie sein mochte, hinter *mir* her war, blieb mein Herz fast stehen. Ein kalter Schauer überrieselte mich, die Haare standen mir zu Berge. Daß diese Ungeheuer sich gegenseitig in Stücke rissen, gehörte nun einmal zu ihrem unerbittlichen Kampf ums Überleben, doch daß eine Urzeitechse einen Menschen des zwanzigsten Jahrhunderts als Opfer wählen, einen Vertreter der entwicklungsgeschichtlich siegreichen Art verfolgen und töten könnte – dieser Gedanke war ungeheuerlich und kaum zu fassen. Ich erinnerte mich wieder an die blutverschmierte Fratze, diese wahrhaft Dantesche Höllenvision, die wir im Lichtschein von Lord Johns brennendem Ast erblickt hatten. Meine Knie begannen zu zittern, als ich dastand und mit weit aufgerissenen Augen das mondhelle Gelände absuchte, das hinter mir lag. Alles war gespenstisch still, wie in einer geträumten Landschaft. Silberhelle Lichtungen und schwarze Silhouetten von Büschen, sonst war nichts zu sehen.

Dann ertönte aus der Stille erneut das tiefe, kehlige Krächzen, jetzt schon viel lauter und aus geringerer Entfernung als zuvor. Es gab keinen Zweifel mehr. Eine Bestie folgte meiner Spur und näherte sich rasch.

Vor Entsetzen wie gelähmt, vermochte ich nur immer in die Richtung zu starren, aus der ich gekommen war. Plötzlich sah ich sie. Es entstand eine Bewegung zwischen den Büschen auf der anderen Seite der Lichtung, die ich gerade überquert hatte. Ein großer schwarzer Schatten löste sich aus dem Dunkel und hüpfte ins Freie. Ich benutze mit Bedacht den Ausdruck „hüpfte", denn die Bestie bewegte sich wie ein Känguruh. Sie sprang in aufrechter Haltung vorwärts und hielt dabei die eingeknickten Vorderfüße vor dem Körper. Ein Koloß, mindestens so groß wie ein aufgerichteter Elefant, aber trotz seiner ungeheuren Masse sehr behende. Als ich die Umrisse ausmachte, glaubte ich im ersten Moment, es handle sich um ein Iguanadon, das, wie ich wußte, harmlos war. Doch dann erkannte ich sehr schnell, daß es ein ganz anders geartetes Tier war. Es hatte nicht den sanften hirschartigen Kopf der großen dreizehigen Laubfresser, sondern einen breiten, abgeplatteten Krötenschädel, ähnlich dem des Ungeheuers, das uns aus dem Schlaf gebrüllt hatte. Seine grimmigen Laute und die grauenvolle Zielstrebigkeit seiner Verfolgung konnten nur eins bedeuten: Dies war ein großer fleischfressender Dinosaurier, eine der schrecklichsten Bestien, die je auf der die Erde gelebt haben. Etwa alle zwanzig Yard machte das Ungetüm halt, ließ sich auf die Vorderfüße nieder und senkte den Kopf. Es schnüffelte nach meiner Spur. Manchmal verlor es die Fährte, fand sie aber gleich wieder und hüpfte rasch weiter, immer auf dem Weg, den ich genommen hatte.

Noch jetzt, während ich an diese alptraumartige Situation zurückdenke, bricht mir der kalte Schweiß aus. Was konnte ich tun? Die ungeladene Schrotflinte, die ich umklammerte, konnte mir kaum helfen. Verzweifelt hielt ich nach einem Felsen oder Baum Ausschau, aber ich befand mich in einer Buschregion. Nirgendwo ein Baum in Sicht, der größer war als ein Schößling. Ohnehin hätte diese Bestie hinter mir jeden gewöhnlichen Baumstamm wie ein Schilfrohr umgeknickt. Meine einzige Chance bestand in der Flucht. Auf diesem rauhen, unebenen Boden konnte man nicht schnell laufen, aber als ich verzweifelt umherspähte, entdeckte ich vor mir einen glattgetrampelten Pfad, der meine Route schräg kreuzte. Ähnliche Wildwechsel hatten wir bei unseren Erkundungsmärschen schon mehrmals gesehen. Auf dieser glatten Piste konnte ich meinem Verfolger vielleicht entkommen, denn ich war ein guter Sprinter und in ausgezeichneter Verfassung. Ich schleuderte die nutzlose Flinte fort und absolvierte die erste halbe Meile in einer Zeit, die ich nie zuvor und auch danach nicht wieder erreicht habe. Dann wurden meine Beine schwer, ich rang nach Atem und hatte das Gefühl, die Kehle sei zu eng für die Luft, die meine Lungen brauchten, doch von Entsetzen gepeitscht, rannte ich weiter, rannte und rannte. Schließlich, als ich kaum mehr konnte, blieb ich stehen. Einen Augenblick lang glaubte ich, meinen Verfolger abgeschüttelt zu haben. Ruhig lag der Wildpfad da. Plötzlich krachte und splitterte es, das Aufschlagen riesiger Füße und das Keuchen einer Monsterlunge wurden vernehmbar. Die Bestie verfolgte mich immer noch, war mir jetzt schon ganz dicht auf den Fersen! Ich war verloren.

Warum hatte ich Wahnsinniger so lange gezögert, bevor ich die Flucht ergriff! Bis dahin hatte das Tier seinen Geruchssinn einsetzen müssen, was seine Bewegung verlangsamte. Doch als ich losrannte, hatte es mich gesehen und brauchte nur dem Wildpfad zu folgen. Jetzt kam es in Riesensprüngen um die Biegung. Das Mondlicht glitzerte auf seinen großen hervorquellenden Augen, es ließ die gewaltigen Zahnreihen im weit aufgerissenen Maul und die blanken Krallen an den kurzen kräftigen Vorderfüßen aufblitzen. Ich schrie vor Entsetzen auf, machte kehrt und hetzte wie wild den Pfad weiter. Das tiefe, schwere Keuchen des Monsters wurde immer lauter und lauter. Der dröhnende Aufprall seiner Füße war nun unmittelbar hinter mir. Jeden Augenblick erwartete ich, seine Krallen in meinen Rücken zu spüren. Doch plötzlich ein Krachen, ich stürzte ins Leere, und dann wurde alles schwarz und still …

Als ich aus meiner Ohnmacht erwachte, die höchstens ein paar Minuten gedauert haben konnte, umgab mich penetranter, ekelerregender Gestank. Ich streckte eine Hand aus und

stieß im Dunkeln an etwas, das sich wie ein großer Fleischklumpen anfühlte, während ich mit der anderen Hand einen
riesigen Knochen zu fassen bekam. Über mir ein kreisförmi-
ger Ausschnitt des Sternenhimmels, der mir klarmachte, daß
ich am Grunde einer tiefen Grube lag. Mühsam richtete ich
mich auf und betastete meinen Körper von oben bis unten. Alles tat mir weh. Ich war von Kopf bis Fuß steif und zer-
schunden, doch immerhin konnte ich alle Gliedmaßen und
Gelenke bewegen. Als die Erinnerung an die näheren Umstände meines Sturzes in mein benommenes Hirn zurückkehrte,
erschrak ich und blickte nach oben. Ich erwartete, der Umriß
des fürchterlichen Saurierschädels würde sich gegen den allmählich grau werdenden Himmel abzeichnen. Aber von dem
Monster war nichts zu sehen, und auch sonst blieb oben alles
still. Vorsichtig begann ich, im Kreis zu gehen und in alle
Richtungen zu tasten, um herauszufinden, in was für ein seltsames Loch ich zu meinem Glück gefallen war.

Es war, wie gesagt, eine Grube, mit fast senkrechter Wand
und einem kreisförmigen ebenen Boden von etwa zwanzig
Fuß Durchmesser. Überall lagen große, meist schon völlig
verweste Fleischklumpen. Die verpestete Luft machte das Atmen zur Qual. Nachdem ich mehrmals über Aasklumpen ge-
stolpert und gefallen war, stieß ich plötzlich gegen etwas Har-
tes. Ein Pfahl stand senkrecht und fest in der Mitte der Grube.
Er war so hoch, daß ich sein oberes Ende nicht mit der Hand
erreichen konnte. Er schien mit Fett beschmiert zu sein.

Plötzlich fiel mir die Blechschachtel mit Wachszündhöl-
zern in meiner Tasche ein. Ich rieb eins an und sah nun endlich, in was für eine Grube ich gestürzt war. Ich begriff auch
sofort ihren Zweck. Kein Zweifel, es handelte sich um eine
von Menschenhand angelegte Fallgrube. Der gut neun Fuß
hohe Pfahl in der Mitte war oben scharf zugespitzt und völlig
schwarz vom getrockneten Blut der durchbohrten Tiere. Offenbar zerteilten die Jäger die Beute, um den Pfahl für das
nächste Opfer freizumachen. Was hier herumlag, waren die
wertlosen Reste, die man einfach verfaulen ließ. Mir fiel Challengers Behauptung ein, Menschen könnten schon deshalb
nicht auf dem Plateau existieren, weil sie mit ihren schwachen

Waffen gegen die umherstreifenden Ungeheuer praktisch wehrlos wären. Nun begriff ich, wie die unbekannten Eingeborenen sich behaupteten. Die Höhlen mit den engen Öffnungen nutzten sie als Schlupfwinkel, in welche die riesigen Saurier nicht eindringen konnten. Und da sie über ein entwickeltes Gehirn verfügten, waren sie imstande, an den Wildwechseln solche mit Zweigen getarnten Fallgruben anzulegen, mit denen sie auch die größten und stärksten ihrer Feinde vernichten konnten. Der Mensch war dem Tier immer überlegen.

Für einen gewandten Mann war es nicht schwer, die leicht angeschrägte Wand der Grube zu erklettern. Trotzdem zögerte ich lange, bevor ich mich wieder in die Reichweite der schrecklichen Kreatur wagte, die mich beinahe erwischt hätte. Vielleicht lag sie hinter dem nächsten Gebüsch und wartete nur darauf, daß ich wieder auftauchte? Aber als ich mich an ein Gespräch erinnerte, das Challenger und Summerlee über das Verhalten der Großsaurier geführt hatten, faßte ich Mut. Beide waren sich nämlich darin einig gewesen, daß diese Ungeheuer über so gut wie keine Intelligenz verfügten, da die winzigen Hirnhöhlen in ihren Schädeln keinen Platz für Verstandestätigkeit boten, und daß ihr Aussterben in der übrigen Welt mit Sicherheit auf ihre eigene Dummheit zurückzuführen sei, weil sie es nicht lernten, sich an die veränderten Umweltbedingungen anzupassen.

Wenn also die Bestie dort oben liegen und mir auflauern sollte, so müßte sie begriffen haben, was mit mir passiert war. Sie hätte die geistige Fähigkeit besitzen müssen, Ursache und Wirkung zueinander in Beziehung setzen und eine Schlußfolgerung daraus zu ziehen. War es nicht viel wahrscheinlicher, daß eine stupide, nur von dumpfen Jagdinstinkten geleitete Kreatur nach meinem Verschwinden verwirrt die Verfolgung aufgeben und sich nach anderer Beute umsehen würde? Ich kraxelte an der Grubenwand hoch und lugte über den Rand. Die Sterne verblaßten allmählich am heller werdenden Himmel, kalter Morgenwind wehte mir angenehm ins Gesicht. Von meinem Feind war nichts zu sehen oder zu hören. Langsam kletterte ich hinaus und blieb eine Zeitlang auf dem Rand hocken, bereit, beim geringsten Anzeichen von Gefahr wieder in die Grube zu springen. Da sich absolut nichts Verdächtiges regte und der Morgen bereits heraufdämmerte, nahm ich all meinen Mut zusammen und schlich den Wildpfad zurück. In einiger Entfernung las ich meine Flinte auf und fand kurz danach auch den Bach wieder, der mir als Wegweiser diente. So machte ich mich, mit manchem ängstlichen Blick über die Schulter, auf den Heimweg.

Plötzlich geschah etwas, was mich an meine fernen Kameraden erinnerte. In der ruhigen, klaren Morgenluft ertönte aus weiter Ferne der scharfe, peitschende Knall eines Gewehrschusses. Ich blieb stehen und lauschte, aber mehr war nicht zu hören. Im ersten Augenblick erschrak ich, weil ich dachte, ihnen sei etwas zugestoßen. Doch dann fand ich eine einfachere und natürlichere Erklärung. Es war taghell jetzt. Zweifellos hatten sie mein Fehlen bemerkt und angenommen, daß ich mich im Wald verirrt habe. Deshalb der Schuß – um mir die Orientierung zu ermöglichen. Wir hatten uns zwar strikt gegen das Schießen entschieden, aber da sie mich in Gefahr wähnten, war ihnen nichts anderes übriggeblieben. Ich mußte mich beeilen, damit sie sich nicht länger grundlos Sorgen machten.

Müde und erschöpft, wie ich war, kam ich nicht so schnell voran, wie ich es mir wünschte, doch schließlich erreichte ich das Gebiet, das wir bereits erkundet hatten. Links tauchte der Sumpf der Pterodaktylen auf, vor mir die Schneise der Iguanadone. Dann war ich schon im letzten Waldstreifen, der mich von der Lichtung des Forts Challenger trennte. Ich fing an, laut zu rufen und winkte fröhlich, um meine Gefährten zu beruhigen. Es kam keine Antwort. Die verdächtige Stille machte mir Angst. Ich begann zu rennen. Das Dornengehege fand ich so vor, wie ich es verlassen hatte, doch der Zugang stand weit offen. Ich eilte hinein. Im kalten Morgenlicht bot sich mir ein furchtbarer Anblick. Unsere gesamte Ausrüstung lag wild verstreut umher, von meinen Kameraden keine Spur. Neben der glimmenden Asche des Lagerfeuers entdeckte ich im Gras eine gräßliche Blutlache.

Ich war von dieser schockierenden Entdeckung so betäubt, daß mein Verstand wohl eine Zeitlang aussetzte. Dunkel, wie man sich an einen bösen Traum erinnert, entsinne ich mich, daß ich immer wieder in den Wald und um das verlassene Lager herum rannte und verzweifelt nach meinen Gefährten rief. Doch aus dem schattigen Dunkel kam keine Antwort. Der fürchterliche Gedanke, sie nie wiederzusehen, allein zu sein auf diesem verwünschten Plateau, ohne die Aussicht, jemals zurück in die zivilisierte Welt zu gelangen, hier mein Dasein fristen und sterben zu müssen, brachte mich glatt um den Verstand. Vor Verzweiflung hätte ich mir die Haare ausraufen und mit den Fäusten gegen die Stirn trommeln mögen. Erst jetzt wurde mir klar, wie sehr ich meine Gefährten brauchte. Wie oft hatte ich mich an Challengers hoheitsvollem Selbstbewußtsein und der humorvollen Art des energischen, unerschrockenen Lords John aufgerichtet! Ohne sie fühlte ich mich hilflos und schwach wie ein Kind in der Dunkelheit. Ich wußte nicht, wohin ich mich wenden oder was ich als erstes tun sollte.

Nachdem ich eine Weile apathisch dagesessen hatte, gab ich mir einen Ruck und begann zu überlegen, was meinen Gefährten so plötzlich zugestoßen sein konnte. Das gesamte Durcheinander im Lager und der Gewehrschuß deuteten auf einen Überfall hin. Alles mußte sich in Sekundenschnelle abgespielt haben, denn nur ein Schuß war abgefeuert worden. Die Gewehre lagen auf dem Boden, und bei einem – dem von Lord John – steckte eine leere Patronenhülse in der Kammer. Challengers und Summerlees ausgebreitete Decken neben dem Feuer ließen vermuten, daß die Professoren im Schlaf überrascht worden waren. Die Kisten mit Munition und Lebensmitteln und leider auch unsere Kameras und Platten lagen wüst verstreut umher. Merkwürdigerweise fehlte kein einziger Behälter. Dagegen waren alle unverpackten Nahrungsmittel – und ich wußte, daß wir uns einen ziemlichen Vorrat davon angelegt hatten – verschwunden. Bei den Eindringlingen mußte es sich also um Tiere handeln, denn Eingeborene hätten bestimmt nichts liegengelassen.

Doch wenn sich hier um Tiere handelte, vielleicht nur um ein einzelnes großes Raubtier – was war dann aus meinen Kameraden geworden? Hätte eine wilde Bestie sie getötet und aufgefressen, wären Reste von ihnen übriggeblieben. Tatsächlich zeugte die gräßliche Blutlache von Gewaltanwendung. Ein Monster wie jenes, welches mich in der Nacht verfolgt hatte, konnte einen Menschen mühelos fortschleppen wie die Katze eine Maus. In dem Falle hätten sich die anderen an die Verfolgung gemacht. Doch dabei hätten sie zweifellos ihre Gewehre mitgenommen. Je mehr ich mein müdes, verwirrtes Gehirn anstrengte, desto unerklärlicher erschien mir das Geschehene.

Noch einmal suchte ich den Wald ab, stieß jedoch auf keine Spuren, die mir weiterhalfen. Ich verlief mich, irrte eine gute Stunde umher, und nur durch Zufall fand ich das Lager wieder.

Plötzlich kam mir ein Gedanke, der mich etwas erleichterte. Ganz allein war ich nicht. Unten am Fuß der Felswand wartete in Rufweite der treue Zambo. Ich ging zum Rand des Plateaus und blickte hinunter. Jawohl, da hockte er, in Decken gehüllt, am Lagerfeuer. Aber zu meiner Überraschung saß dort noch ein zweiter Mann. Im ersten Augenblick machte mein Herz vor Freude einen Sprung, denn ich glaubte, einem meiner Gefährten sei der Abstieg gelungen. Doch als ich genauer hinsah, schwand meine Hoffnung. Die aufgehende Sonne schien auf die rote Haut des Mannes. Es war ein Indianer. Ich rief laut und schwenkte mein Taschentuch. Zambo blickte nach oben, winkte ebenfalls und machte sich daran, den Felskegel zu ersteigen. Kurze Zeit später stand er mir gegenüber. Er war sehr bestürzt, als er meinen Bericht hörte.

„Teufel hat sie bestimmt geholt, Massa Malone", sagte er. „Das ein Land des Teufels, Sah, und er will Sie auch holen. Hören Sie auf mich, Sie kommen schnell runter, sonst Sie auch verloren."

„Aber wie soll ich denn nach unten kommen, Zambo?"

„Sie holen Lianen vom Baum. Werfen sie herüber. Ich befestige hier an Baumstumpf, und so Sie haben Brücke."

„Daran haben wir schon gedacht. Es gibt hier keine Lianen, die uns tragen könnten."

„Dann Sie lassen Stricke holen, Massa Malone."

„Wen soll ich schicken, und wohin?"

„In Indiodörfer, Sah. Viele Lederriemen in Indiodorf. Da unten Indio. Ihn schicken."

„Wer ist das?"

„Ein Indio von uns. Die andern ihn geschlagen haben und Lohn weggenommen. Er zurückgekommen. Will Brief von Massa Malone tragen, kann auch Strick bringen!"

Einen Brief befördern! Warum nicht? Vielleicht konnte er auch Hilfe holen. Auf jeden Fall aber würde er dafür sorgen, daß unsere Freunde daheim von unseren umwälzenden wissenschaftlichen Entdeckungen erfuhren. So wäre unser Leben nicht umsonst geopfert. Ich hatte bereits zwei fertige Briefe bei mir. Ich beschloß, den Tag nutzen, um in einem dritten Brief die neuesten Erlebnisse nachzutragen. Der Indianer konnte sie dann der zivilisierten Welt überbringen. Ich gab Zambo also Anweisung, am Abend wiederzukommen, und verbrachte einen trübsinnigen, einsamen Tag damit, meine Abenteuer seit der letzten Nacht niederzuschreiben. Außerdem verfaßte ich einen Hilferuf an den unbekannten weißen Händler oder Dampferkapitän, auf den der Indianer treffen mochte, und beschwor den Empfänger, uns Taue zu schicken, da unser Leben davon abhänge. Diese Dokumente warf ich am Abend zu Zambo hinüber, außerdem meine Brieftasche, die drei Sovereign enthielt. Das Geld sollte er dem Indianer geben und ihm das Doppelte in Aussicht stellen für denn Fall, daß er mit Stricken wiederkehrt.

So, lieber Mr. McArdle, nun wissen Sie, auf welchem Wege diese Mitteilung Sie erreicht hat, und falls Sie nichts mehr von Ihrem unglücklichen Korrespondenten hören, kennen Sie zumindest den wahren Sachverhalt. Ich bin heute abend viel zu müde und niedergeschlagen, um noch irgendwelche Pläne zu machen. Morgen muß ich eine Methode finden, wie ich, ohne die Verbindung zum Fort Challenger zu verlieren, nach meinen armen Freunden suchen kann.

Dreizehntes Kapitel

Ein Anblick, den ich nie vergessen werde

Als an jenem traurigen Abend die Sonne sank, sah ich die einsame Gestalt des Indianers in der weiten Ebene unter mir, und ich begleitete mit meinen Blicken die kleiner werdende Figur, mit der sich unsere einzige schwache Hoffnung auf Rettung verband, bis der im Abendlicht rosig schimmernde Dunst, der zwischen mir und dem fernen Strom aufstieg, sie verschluckte.

Es war schon recht dunkel, als ich mich schließlich anschickte, wieder zu unserem verwüsteten Lager zurückzukehren. Zum Abschied schaute ich noch einmal hinunter zu der roten Glut von Zambos Feuer, dem einzigen Lichtpunkt dort unten in der großen Weite und, wie ich hinzufügen muß, in meiner trübseligen Stimmung. Immerhin war mir nach dem erlittenen Schicksalsschlag nun doch etwas leichter ums Herz. Der Gedanke, daß die Welt von unserem Erfolg erfuhr und im schlimmsten Fall unsere Namen nicht mit unseren Körpern verschwinden, sondern durch unsere Entdeckung in die Geschichte eingehen würden, gab mir Trost.

Mir grauste davor, die Nacht in dem unseligen Lager zu verbringen, doch im Urwald zu schlafen, wagte ich schon gar nicht. Allerdings gab es nur diese beiden Möglichkeiten. Einerseits riet mir die Vorsicht, wach zu bleiben, andererseits verlangte mein erschöpfter Körper dringend nach Schlaf. Ich kletterte auf einen Ast des großen Ginkgobaums, fand darauf aber keinen sicheren Halt, so daß ich wahrscheinlich schon beim ersten Einnicken hinuntergefallen wäre und mir den Hals gebrochen hätte. Also stieg ich wieder hinab und überlegte, was ich tun sollte. Schließlich verbarrikadierte ich die Lagerpforte, zündete rings um mich herum drei Feuer an, und nachdem ich ein kräftiges Abendbrot gegessen hatte, fiel ich in einen tiefen Schlaf, aus welchem ich auf merkwürdige, aber höchst erfreuliche Weise geweckt wurde. Am frühen Morgen, es begann gerade zu tagen, spürte ich eine Hand an meinem Oberarm. Mit fliegenden Händen tastete ich nach einem Gewehr, doch dann schrie ich vor Freude auf, denn im fahlen grauen Licht erkannte ich Lord John, der neben mir kniete.

Er war es – und er war es auch wieder nicht. Ich hatte einen ruhigen, bedächtigen, immer korrekt gekleideten Lord verlassen. Jetzt wirkte er blaß, blickte unstet um sich und keuchte schwer, wie jemand, der weit und schnell gelaufen war. Sein hageres Gesicht war zerschrammt und blutig, die Kleidung zerfetzt, sein Hut fehlte. Verwundert starrte ich ihn an, doch er ließ mir keine Zeit zum Fragen. Er durchwühlte unsere Vorräte und raffte einiges zusammen.

„Schnell, mein Junge, schnell!" rief er. „Jede Sekunde zählt! Schnappen Sie sich zwei Gewehre, ich nehme die beiden anderen. Und so viele Patronen wie möglich. Immer rein in die Taschen! Jetzt noch etwas Proviant. Sechs Büchsen reichen. Gut so! Keine Zeit für Fragen und Erklärungen! Tempo, sonst sind wir erledigt!"

Noch schlaftrunken und unfähig zu begreifen, was das alles bedeutete, hetzte ich Lord John hinterher, unter jeden Arm ein Gewehr geklemmt und mit den Händen mehrere Konservenbüchsen gegen meine Brust pressend. Hakenschlagend rannte er durch das dichte Unterholz, bis er zu einem dichten Dickicht aus Büschen kam. Dort stürmte er hinein, ohne auf die Dornen zu achten, drang bis zur dichtesten Stelle vor und zerrte mich neben sich.

„So!" keuchte er. „Hier sind wir vorerst sicher, denke ich. Sie kommen todsicher zum Lager zurück. Wahrscheinlich gleich heute morgen. Aber dort können sie lange warten!"

„Was bedeutet das alles?" fragte ich, als ich wieder zu Atem gekommen war. „Wo sind die Professoren? Und wer ist hinter uns her?"

„Die Affenmenschen", zischte er. „Mein Gott, sind das Bestien! Leise, denn sie haben große Ohren, scharfe Augen auch, nur keinen besonderen Geruchssinn, soweit ich feststellen konnte. Glaube kaum, daß sie uns hier aufspüren werden.

Wo haben Sie gesteckt? Können sich gratulieren, daß Sie nicht mit von der Partie waren, mein lieber Freund und Kupferstecher!"

Ich berichtete ihm flüsternd in einigen Sätzen von meinem Ausflug.

„Ziemlich unangenehm", meinte er, als er von dem Dinosaurier und der Grube hörte. „Keine Gegend für einen Erholungsurlaub, was? Ist mir auch erst klargeworden, als die Teufel uns schnappten. Bin in Papua mal den Kannibalen in die Hände gefallen, aber die waren ja Waisenknaben im Vergleich zu dieser Bande!"

„Wie ist es passiert?" fragte ich

„Es war ganz früh am Morgen. Unsere gelehrten Freunde räkelten sich gerade erst. Hatten noch nicht mal angefangen zu streiten. Plötzlich regnete es Affen. Purzelten einfach vom Baum wie Äpfel. Nachts müssen sich so viele auf dem großen Ginkgobaum versammelt haben, daß sich die Äste bogen. Einem schoß ich in den Bauch, doch ehe ich wußte, wie mir geschah, lag ich auch schon auf dem Kreuz, und vier hielten mich fest. Ich sage ‚Affen', aber sie trugen Knüppel und Steine bei sich, schnatterten in einem komischen Kauderwelsch miteinander und fesselten uns schließlich die Hände mit Ranken. Haben bestimmt mehr Grips als jedes Tier, das mir jemals begegnet ist. Affenmenschen sind's, die ‚fehlenden Verbindungsglieder'[10], aber mir haben sie nicht gefehlt! Zuerst schleppten sie ihren verwundeten Kumpel weg – er blutete wie ein Schwein. Dann hockten sie sich um uns herum und guckten, als wollten sie uns gleich kaltmachen. Es sind mächtige Kerle, so groß wie ein Mann, aber 'ne ganze Ecke stärker. Haben komische glasige graue Augen mit buschigen roten Brauen. Hockten einfach da und glotzten und glotzten. Challenger ist bestimmt kein Weichei, aber selbst ihm ging's auf die Nerven. Er riß sich los, sprang auf und brüllte, daß sie endlich Schluß machen sollten. War wohl alles ein bißchen viel für ihn. Er rastete aus, fluchte und tobte wie ein Wahnsinniger. 'ne Meute Reporter hätte er nicht wüster beschimpfen können."

„Und wie reagierten sie?" Mich fesselte die seltsame Geschichte, die mir mein Gefährte ins Ohr raunte, während seine scharfen Augen flink umherspähten und seine Hände das entsicherte Gewehr umklammerten.

„Jetzt sind wir geliefert! dachte ich, doch auf einmal schlug die Stimmung um. Alle fingen an zu schnattern und zu plappern. Dann stand einer auf und stellte sich neben Challenger. Sie werden lachen, mein Junge, die beiden sahen aus wie Verwandte – Ehrenwort! Würde es selbst nicht glauben, wenn ich es nicht mit eigenen Augen gesehen hätte. Dieser alte Affenmensch – ihr Häuptling übrigens – war sozusagen der rothaarige Zwillingsbruder von Challenger, mit genau denselben Schönheitsmerkmalen, nur noch etwas ausgeprägter. Er hatte den gleichen gedrungenen Körper mit breiten Schultern und rundem Brustkasten, keinen Hals, einen langen gekräuselten rostroten Bart, buschige Augenbrauen, diesen bekannten Scher-dich-zum-Teufel-Blick und alles andere auch, bis ins kleinste Detail. Als der Affenmensch neben Challenger stand und ihm dann auch noch seine Pranke auf die Schulter legte, war das Maß voll. Summerlee bekam einen hysterischen Anfall und lachte, bis ihm die Tränen kamen. Die Affenmenschen lachten auch, zumindest deutete ich ihr höllisches Gegacker so. Dann schleppten sie uns in den Wald. Die Gewehre und Kisten rührten sie nicht an, hielten sie wohl für gefährlich. Aber alle unsere unverpackten Essensvorräte ließen sie mitgehen. Summerlee und mich behandelten sie unterwegs ziemlich grob. Sehen Sie sich meine Haut und Kleider an, dann wissen Sie Bescheid. Schleiften uns einfach durch Brombeerhecken. Sie selber haben eine Schwarte, so dick wie Leder. Aber Challenger ging's gut. Vier trugen ihn auf den Schultern, wie einen römischen Kaiser. Was war das?"

Eigenartige Geräusche, ganz wie von klappernden Kastagnetten, ertönten in der Ferne.

„Da kommen sie!" sagte Lord John und schob Patronen in sein zweites Gewehr, die doppelläufige Bland Express. „Alle Waffen laden, Freund und Kupferstecher. Lebend sollen sie uns nicht kriegen – niemals. Diesen Krawall machen sie, wenn sie aufgeregt sind. Beim Himmel, denen werden wir mehr Aufregung verschaffen, als ihnen lieb ist, sollten sie sich hierher wagen! Und es wird nicht ausgehen wie *Die letzte Schlacht der Grays*[11]. ‚Die Gewehre umklammert mit steifen Händen, dicht umringt von Tod und Gefahr‘, wie ein Schmalzheini gedichtet hat. Hören Sie sie noch?"

„Ja, sie sind aber sehr weit weg."

„Diese kleine Horde wird uns nicht gefährlich. Trotzdem, Vorsicht! Schätze, überall im Wald streifen Suchtrupps umher. Aber zurück zu meiner Leidensgeschichte. Wir kamen in ihr Dorf, eine Ansammlung von etwa tausend Baumhütten aus Zweigen und Laub in einem großen Waldgebiet dicht am Rand des Plateaus, etwa drei oder vier Meilen von hier entfernt. Die Dreckskerle haben mich von oben bis unten begrapscht. Mir ist, als könnte ich nie wieder richtig sauber werden. Sie fesselten uns fachmännisch – der Bursche, der das bei mir machte, konnte knoten wie ein Seebär. Dann ließen sie uns als gut verschnürte Pakete unter einem großen Baum liegen. Neben uns postierten sie einen Wächter mit 'ner Keule in der Hand. Wenn ich ‚wir‘ sage, so meine ich Summerlee und mich. Der alte Challenger hockte auf einem Baum, aß Ananas und fand alles prima. Allerdings muß ich zugeben, daß er uns auch einige Früchte zukommen ließ und eigenhändig unsere Fesseln etwas lockerte. Zu komisch, wie er so einträchtig neben seinem Zwillingsbruder auf dem Baum hockte und in seinem dröhnenden Baß *Ring Out, Wild Bells* sang. Musik schien sie in gute Laune zu versetzen, bloß uns war nicht zum Lachen zumute. Können Sie sich ja vorstellen. In gewissen Grenzen genoß Challenger Narrenfreiheit und konnte tun, was er wollte. Aber auf uns paßten sie höllisch auf. Daß wenigstens Sie mit den Aufzeichnungen noch frei herumliefen, hat uns alle sehr beruhigt.

So, mein Junge, und was ich Ihnen jetzt sage, wird Sie umhauen. Sie erzählten, Sie hätten Spuren von Menschen entdeckt – Lagerfeuer, Fallen und dergleichen. Nun, wir haben die Eingeborenen selbst gesehen! Es waren arme Teufel, kleine Kerle, die den Kopf hängenließen. Und dazu hatten sie auch allen Grund. Offenbar befinden sich diese Menschen, die auf der anderen Seite des Plateaus wohnen, dort drüben, wo Sie die Höhlen gesichtet haben, in einem ständigen blutigen Krieg mit den Affenmenschen, die diese Hälfte hier besetzt halten. Das etwa ist die Situation, wenn ich ich sie recht verstanden habe. Gestern nahmen die Affenmenschen ein Dutzend Feinde gefangen und schleppten sie ins Dorf. Das Gekecker und Gekreische hätten Sie hören sollen! Es waren kleine rothäutige Burschen, so zerkratzt und zerbissen, daß sie kaum noch laufen konnten. Die Affenmenschen brachten zwei an Ort und Stelle um. Rissen dem einen glatt einen Arm aus. Ganz bestialisch. Mutige kleine Kerle, gaben kaum einen Ton von sich. Aber uns wurde regelrecht schlecht. Summerlee fiel in Ohnmacht und selbst Challenger wurde ein bißchen blaß um die Nase. Ich glaube, sie sind weg, was?"

Wir lauschten angestrengt. Nur vereinzelte Vogelrufe durchbrachen die tiefe Stille des Waldes. Lord John setzte seinen Bericht fort.

„Unverschämtes Schwein haben Sie gehabt, Freund und Kupferstecher! Nur weil die Affenteufel gestern diese Indianer gefangen hatten, dachten sie nicht mehr an Sie. Sonst wären sie längst zum Lager zurückgekehrt und hätten Sie auch geschnappt. Natürlich haben sie uns, wie Sie schon vermuteten, von Anfang an vom Ginkgobaum aus beobachtet und wußten sehr genau, daß einer fehlte. Aber dann waren sie eben mit ihren Kriegsgefangenen beschäftigt. Nur diesem Umstand haben Sie es zu verdanken, daß ich Sie heute früh weckte, und nicht eine Horde Affen. Und dann boten sie uns ein grausiges Schauspiel. Mein Gott, was für ein Alptraum! Erinnern Sie sich an das Bambusdickicht mit den scharfen Spitzen, in dem wir das Skelett des Amerikaners fanden? Direkt darüber liegt das Affendorf. Dort werfen sie ihre Gefangenen über den Rand. Schätze, man würde unten 'nen ganzen Haufen Skelette finden, wenn man danach suchte. An diesem Rand gibt es so etwas wie einen freien Paradeplatz, wo sie das ganze als Volksbelustigung inszenieren. Die armen Teufel müssen einzeln hinunterspringen, und der Spaß besteht darin, zu beobachten, ob sie einfach zerschmettert oder vom Bambus aufgespießt werden. Sie führten uns hin und ließen uns zusehen. Der ganze Stamm hatte sich am Rand versammelt. Vier Indianer sprangen. Die Stangen fuhren durch sie hindurch wie

Stricknadeln durch ein Stück Butter. Kein Wunder, daß bei dem Skelett des armen Yankees der Bambus mitten durch den Brustkorb ging. Furchtbar aber zugleich verteufelt interessant! Wir alle waren fasziniert, als wir die Kopfsprünge der Indianer verfolgten. Und das, obwohl wir dachten, daß wir als nächste auf dem Sprungbrett stehen würden.

Aber es kam anders. Sie sparten sich sechs Indianer für heute auf – zumindest habe ich es so verstanden. Und wir sollten die Stars dieser Show sein. Über Challenger verhandelten sie noch, doch Summerlee und ich waren schon fest engagiert. Das kriegte ich ohne Mühe mit, da ihre Sprache überwiegend aus Zeichen besteht. Also sagte ich mir: Nichts wie weg! Hatte schon ein paar wichtige Einzelheiten ausbaldowert und mir einen Fluchtplan zurechtgelegt. Ich mußte es allein riskieren, denn mit Summerlee war nichts anzufangen, und auf Challenger konnte ich schon gar nicht zählen. Bei der einzigen Gelegenheit, als die beiden miteinander reden durften, beharkten sie sich in ihrem Fachchinesisch, weil sie sich nicht über die wissenschaftliche Bezeichnung dieser rothaarigen Teufel einigen konnten. Der eine sagte, es sei der Dryopithecus von Java, der andere sagte nein, eher der Pithecanthropus. Wahnsinn, kann ich dazu nur sagen! Sie sind beide total verrückt! Na, wie gesagt, ich hatte ein paar nützliche Einzelheiten herausgefunden. Erstens, daß diese Bestien im offenen Gelände nicht so schnell rennen können wie ein Mensch. Sie habe nur kurze, krumme Beine, wissen Sie, und einen schweren Körper. Selbst Challenger könnte den schnellsten von ihnen im Hundertmeterlauf abhängen, und Sprinter wie wir beide laufen ihnen mühelos davon. Der zweite nützliche Umstand war, daß sie die Bedeutung des Gewehrs nicht erfaßt hatten. Wahrscheinlich rätseln sie immer noch herum, wie der Kerl, den ich anschoß, zu seiner Wunde gekommen ist. Ich sagte mir: Die Gewehre müssen her, nur dann haben wir eine Chance!

Also riß ich mich heute früh los, verpaßte meinem Wächter einen Tritt in den Bauch, so daß er umkippte, und sprintete zum Lager. Dort fand ich nicht nur die Gewehre, sondern auch Sie, und nun sind wir hier."

„Aber die Professoren!" rief ich bestürzt.

„Tja, wir müssen hin und sie da raushauen. Konnte sie leider nicht mitnehmen. Challenger hockte auf dem Baum und Summerlee war viel zu schwach. Die einzige Chance bestand darin, die Gewehre zu holen, um damit einen Rettungsversuch zu starten. Es ist natürlich möglich, daß sie die beiden aus Rache unverzüglich über die Reling gehen lassen. Nein, ich denke, Challenger rühren sie nicht an. Für Summerlee kann ich allerdings nicht garantieren. Aber er war sowieso dran. Da bin ich mir sicher. Also habe ich ihre Lage durch meinen Ausbruch eigentlich nicht verschlimmert. Ehrensache, daß wir hingehen und sie retten oder mit ihnen gemeinsam die Luftreise machen. Also kommen Sie mit Ihrem Gewissen ins reine, Freund und Kupferstecher, denn bis zum Abend ist die Aktion gelaufen – so oder so.“

Ich habe versucht, Lord Roxtons launige Sprechweise, seine knappen, kräftigen Sätze mit der halb scherzhaften, unbekümmerten Note wiederzugeben. Aber man lasse sich davon nicht täuschen, dieser Mann war der geborene Führer. In brenzligen Situationen lebte er erst so recht auf, seine schnoddrige Ausdrucksweise nahm zu, seine kühlen Augen begannen zu funkeln, und sein Don-Quichotte-Schnurrbart zitterte vor freudiger Erregung. Er liebt die Gefahr, genießt die Dramatik eines Abenteuers umso intensiver, je höher das Risiko für ihn selbst ist. Er betrachtet jedes Wagnis als eine Art Sport, ein Spiel, zu dem ihn das Schicksal auf Leben und Tod herausfordert. Einen besseren Gefährten als diesen Draufgänger konnte ich mir in diesen Stunden nicht wünschen. Wäre nicht die Sorge um die beiden Professoren gewesen, ich hätte mich mit Freuden an seiner Seite in das lebensgefährliche Unternehmen gestürzt. Wir erhoben uns, um unser Versteck im Dickicht zu verlassen, doch plötzlich packte er mich am Arm.

„Heiliges Kanonenrohr!“ flüsterte er. „Da kommen sie!“

Von unserem Versteck aus konnten wir einen braunen Korridor unter dem grünen Blätterdach einsehen, der zu beiden Seiten von Baumstämmen begrenzt wurde. Affenmenschen überquerten ihn im Gänsemarsch. Sie bewegten sich schwerfällig wiegend auf ihren krummen Beinen, hielten den Oberkörper vorgebeugt, so daß ihre Hände manchmal den

Boden berührten, und wandten den Kopf nach links und rechts. Durch ihren gebückte Haltung wirkten sie kleiner, als sie wirklich waren. Ich schätzte sie auf gut fünf Fuß. Auffallend waren ihre langen Arme und ihr riesiger Brustkasten. Viele trugen Knüppel. Auf diese Entfernung wirkten sie wie eine Parade sehr behaarter Mißgeburten. Nur wenige Augenblicke lang konnte ich sie klar erkennen, dann verschwanden sie im Buschwerk.

„Noch mal Schwein gehabt", sagte Lord John und setzte sein Gewehr ab. „Am besten, wir bleiben hier mucksmäuschenstill liegen, bis sie die Suche aufgeben. Dann statten wir ihrem Dorf einen Besuch ab und treten ihnen auf die Hühneraugen. Abmarsch in einer Stunde."

Wir nutzten die Zeit, indem wir eine Konservendose öffneten und frühstückten. Lord Roxton, der seit dem Morgen zuvor nichts als einige Früchte zu sich genommen hatte, schlang wie ein Halbverhungerter. Endlich war es soweit. Die Taschen mit Patronen vollgestopft und in jeder Hand ein Gewehr, brachen wir zu der Rettungsaktion auf. Beim Verlassen des Verstecks prägten wir uns die Form des Dickichts und seine Lage zum Fort Challenger genau ein, um es im Notfall wiederzufinden. Geräuschlos pirschten wir uns durchs Unterholz. Ganz in der Nähe unseres ersten Lagerplatzes erreichten wir den Rand des Plateaus. Dort machten wir kurz Rast, und Lord John weihte mich in seine taktischen Überlegungen ein.

„Solange wir uns im dichten Wald bewegen, sind diese Schweine im Vorteil", sagte er. „Sie können uns sehen, aber wir sie nicht. Anders im Freien. Dort sind wir schneller als sie. Deshalb müssen wir so lange wie möglich in offenem Gelände bleiben. Am Rand des Plateaus stehen weniger hohe Bäume als weiter innen. Also wählen wir die Marschroute außen entlang. Immer schön langsam gehen. Die Augen offenhalten und das Gewehr feuerbereit. Und vor allem, mein Junge, lassen Sie sich nicht gefangennehmen, solange Sie noch eine Patrone im Lauf haben, verstanden?"

Als wir an der Kante der Steilwand waren, blickte ich hinunter und sah unseren guten alten Schwarzen Zambo gemütlich rauchend auf einem Felsblock hocken. Am liebsten hätte ich ihm zugerufen, wie die Dinge hier oben standen. Aber die Gefahr, von den Affenmenschen gehört zu werden, war zu groß. Der gesamte Urwald schien von ihnen zu wimmeln. Immer wieder ertönten ihre seltsamen keckernden Rufe. Dann stürzten wir uns ins nächste Gebüsch und blieben still liegen, bis die Geräusche verklangen. Wir kamen deshalb nur sehr langsam voran. Es muß mindestens zwei Stunden gedauert haben, bis Lord John durch seine vorsichtigen Bewegungen andeutete, daß unser Ziel unmittelbar vor uns lag. Er gab mir ein Zeichen, in Deckung zu gehen, und kroch allein weiter. Binnen einer Minute war er zurück. Sein Gesicht zuckte vor Erregung.

„Mir nach!" zischte er. „Beeilung! Mein Gott, hoffentlich ist es noch nicht zu spät!"

Zitternd vor Aufregung robbte ich ihm hinterher. Als ich neben ihm lag, konnte ich durch das Gebüsch auf eine ausgedehnte freie Fläche sehen.

Es war ein Anblick, den ich bis an mein Lebensende nicht vergessen werde – so grotesk, so unmöglich, daß ich ihn kaum zu schildern vermag. Sollte es mir je vergönnt sein, eines Tages wieder in einem Ohrensessel des Savage Clubs zu sitzen und auf das nüchterne, solide Embankment zu schauen, wird mir dieses Erlebnis wie die Erinnerung an einen wirren Fiebertraum vorkommen. Dennoch will ich versuchen, die Szene jetzt zu beschreiben, solange sie mir noch frisch im Gedächtnis haftet. Zumindest ein Mensch, nämlich der Mann, der neben mir im feuchten Gras lag, wird bestätigen können, daß ich nicht lüge.

Vor uns lag eine weite offene Fläche, einige hundert Yard im Durchmesser, alles nur grüne Wiese mit vereinzelten niedrigen Farnen, die bis unmittelbar an den Rand des Plateaus reichte. Auf der anderen Seite wurde sie halbkreisförmig von Wald umgeben. Dort hingen in den hohen Bäumen merkwürdige, vielfach übereinander angeordnete Laubhütten. Wie eine Vogelkolonie, doch statt Nester kleine Hütten – der Vergleich trifft es am besten. In den Eingängen der Behausungen und überall auf den Ästen hockten dicht gedrängt Affenmenschen, die ich ihrer Größe nach für die Frauen und Kinder des Stammes hielt. Sie bildeten sozusagen den Hintergrund des Bildes und blickten fasziniert auf dieselbe Szene, die uns erregte und den Atem verschlug.

Auf der freien Fläche, dicht am Rande des Plateaus, hatten sich mehrere hundert dieser zottigen rothaarigen Kreaturen versammelt. Viele waren erstaunlich groß, wirkten deshalb aber nicht weniger abstoßend. Es herrschte eine gewisse Disziplin, denn keiner wagte, die Linie zu überschreiten, in der sie sich aufgestellt hatten. Vor ihnen stand eine Gruppe Indianer – kleine, zierliche Kerlchen, deren rötliche Haut im grellen Sonnenlicht wie polierte Bronze schimmerte. Daneben stand ein langer, dürrer Mensch mit gesenktem Kopf und verschränkten Armen, dessen gesamte Haltung Abscheu und stolze Verachtung ausdrückte. Das war unverkennbar die eckige Gestalt Professor Summerlees.

Einige Affenmenschen umringten die traurige Gruppe der Gefangenen, bewachten sie scharf und machten jede Flucht unmöglich. Dann bemerkte ich, abseits von der Menge, direkt am Rande des Abgrunds, zwei seltsame Gestalten, die mir unter anderen Umständen geradezu lächerlich vorgekommen wären. Der eine war unser Kamerad, Professor Challenger. Die Reste seiner Jacke hingen ihm noch als Streifen von den Schultern, doch das Hemd hatte man ihm herausgerissen, so daß sein stattlicher Bart bruchlos in den schwarzen Haarfilz überzugehen schien, der seine mächtige Brust bedeckte. Den Strohhut hatte er verloren, und sein Haar, das während unserer Reise ziemlich gewachsen war, fiel ihm in wirren Strähnen ins Gesicht. Ein einziger Tag schien den hervorragenden Vertreter der modernen Zivilisation in den barbarischsten Wilden Südamerikas verwandelt zu haben. Neben ihm, in der Pose eines Gebieters, der König der Affenmenschen. Er stellte tatsächlich, wie Lord John gesagt hatte, in allen Einzelheiten das genaue, nur eben rothaarige Ebenbild unseres Professors dar. Die gleiche gedrungene, massige Statur, die gleichen breiten Schultern mit den nach vorn hängenden Armen; und auch bei ihm schien der gekräuselte Bart mit der behaarten Brust verwachsen zu sein. Nur oberhalb der Augenbrauen bildeten die fliehende Stirn und der flache Hinterkopf des Affenmenschen einen deutlichen Gegensatz zu dem voluminösen Schädeldach des Europäers. In jeder anderen Hinsicht jedoch war der König eine absurde Karikatur des Professors.

All das, was hier zu beschreiben so viel Zeit kostet, erfaßte ich innerhalb weniger Sekunden. Dann hatten wir auf ganz andere Dinge zu achten, denn ein barbarisches Schauspiel begann. Zwei Affenmenschen zerrten einen Indianer aus der Gruppe heraus und schleppten ihn zum Rand des Plateaus. Der König gab mit erhobener Hand ein Zeichen. Sie packten den Mann an Armen und Beinen, schwangen ihn dreimal heftig vor und zurück und schleuderten den Unglücklichen mit einem gewaltigen Ruck weit über den Abgrund hinaus. Sie warfen ihn mit so viel Kraft, so daß er einen hohen Bogen in der Luft beschrieb, ehe er zu fallen begann. Als er verschwunden war, stürzte die gesamte Meute, mit Ausnahme der Wächter, zum Rand und spähte nach unten. Eine geraume Weile herrschte absolute Stille, auf die dann ekstatisches Freudengeschrei folgte. Die Affenmenschen sprangen umher, warfen ihre langen, zottigen Armen in die Höhe und johlten vor Begeisterung. Dann strömten sie zurück, stellten sich wieder in einer Linie auf und warteten auf das nächste Opfer.

Das war Summerlee. Zwei Bewacher packten ihn bei den Handgelenken und zerrten ihn brutal nach vorn. Die schlaksige Gestalt wehrte und sträubte sich, indem sie ihre langen Gliedmaßen wie ein Huhn spreizte, das man aus einem Korb nehmen will. Challenger hatte sich an den König gewandt und wedelte wie wild mit seinen Händen vor dessen Gesicht. Er bettelte, flehte um das Leben seines Kollegen. Der Affenmensch stieß ihn roh beiseite und schüttelte den Kopf. Das war die letzte bewußte Bewegung, die er in seinem Leben machen sollte. Lord Johns Gewehr krachte, der König sackte zusammen und wälzte sich als roter, zuckender Klumpen am Boden.

„In die Menge halten! Schieß, Junge, schieß!" schrie Lord John.

Selbst in der Seele eines ganz normalen Menschen gibt es ungeahnte finstere Abgründe. Eigentlich bin ich recht weichherzig veranlagt und habe mehr als einmal feuchte Augen bekommen, wenn ich den Schrei eines verwundeten Hasen hörte. Doch nun hatte mich ein Blutrausch erfaßt. Im nächsten Augenblick war ich aufgesprungen und feuerte das Magazin des einen Gewehrs leer, dann das des zweiten, riß den Verschluß zum Nachladen auf, ließ ihn wieder zuschnappen, schoß, lud neu, und dabei brüllte und lachte ich vor blanker Wut und Mordlust. Mit unseren vier Gewehren erzielten wir eine verheerende Wirkung. Die beiden Bewacher, die Summerlee festhielten, sanken zu Boden, und der verwirrte Professor, der wohl noch nicht fassen konnte, daß er frei war, taumelte wie ein Betrunkener umher. In der dichten Menge der Affenmenschen herrschte heilloses Durcheinander. Alle rannten hin und her, sie begriffen nicht, woher der Todessturm kam, und was er zu bedeuten hatte. Sie fuchtelten mit den Armen, gestikulierten, kreischten und stolperten über die am Boden liegenden Toten. Plötzlich verließen sie in wilder Flucht die mit Leichen übersäte Grasfläche und rasten wie auf ein Kommando heulend zum Wald, um dort Schutz zu suchen. Die Gefangenen blieben mitten auf der Lichtung allein zurück.

Der geistesgegenwärtige Challenger erfaßte die Situation sofort. Er packte den benommenen Summerlee am Arm und rannte mit ihm auf uns zu. Zwei Wächter setzten ihnen nach, wurden jedoch von zwei Kugeln des Lords niedergestreckt. Wir stürzten aus unserem Versteck hervor, liefen unseren Freunden entgegen und drückten jedem ein geladenes Gewehr in die Hand. Doch Summerlee war am Ende seiner Kräfte. Er konnte sich kaum noch auf den Beinen halten. Schon schienen die Affenmenschen ihre Panik überwunden zu haben. Sie kamen im Schutz des Unterholzes herangeschlichen und drohten uns einzukreisen. Challenger und ich hakten Summerlee unter und hasteten mit ihm los, während Lord John unseren Rückzug deckte. Wieder und wieder feuerte er, sobald die geifernden Bestien im Gebüsch auftauchten. Gut eine Meile blieben sie uns dicht auf den Fersen. Dann ließ ihr Verfolgungseifer nach, denn sie erkannten unsere Macht und wagten sich nicht mehr in die Reichweite des unfehlbaren Gewehrs. Als wir unser Lager erreichten und zurückblickten, waren wir allein.

So meinten wir, aber das war ein Irrtum. Kaum hatten wir den dornigen Ringwall hinter uns geschlossen, einander die Hand gedrückt und uns keuchend neben der Quelle auf den Boden geworfen, hörten wir am Eingang das Getrappel von Füßen und flehende leise Rufe. Lord John eilte mit dem Gewehr in der Hand zur Pforte und öffnete sie. Draußen lagen vier kleine rote Gestalten flach auf dem Boden – die überlebenden Indianer. Sie zitterten und fürchteten sich vor uns, dennoch flehten sie um unseren Schutz. Mit ausdrucksvoller Armbewegung wies einer von ihnen zum Urwald, um uns zu verstehen zu geben, daß ringsherum Gefahren lauerten. Dann stürzte er nach vorn, umschlang Lord Johns Beine und preßte seine Stirn dagegen.

„Heiliger Strohsack!" rief unser Adliger, sichtlich verlegen an seinem Schnurrbart zupfend. „Was sollen wir bloß mit diesen Hänflingen anfangen? Steh auf, Kleiner, und nimm endlich dein Gesicht von meinen Stiefeln!"

Summerlee setzte sich auf und stopfte etwas Tabak in seine alte Bruyèrepfeife. „Wir müssen sie in Sicherheit bringen", sagte er. „Sie haben uns alle im letzten Moment dem Tode entrissen. Das war eine tüchtige Leistung, alles was recht ist!"

„Wundervoll", röhrte Challenger, „einfach wundervoll war das! Wir sind Ihnen nicht nur als Individuen, sondern auch im Namen der gesamten europäischen Wissenschaft zu tiefstem Dank verpflichtet, denn ich wage zu behaupten, daß das Verschwinden von Professor Summerlee und mir eine empfindliche Lücke in der modernen Zoologie hinterlassen hätte. Sie und unser junger Freund hier haben wirklich etwas ganz Vortreffliches vollbracht!"

Er lächelte uns in seiner leutseligen altväterlichen Art zu, doch gewiß wäre die europäische Wissenschaft etwas erstaunt gewesen, hätte sie ihren prominenten Vertreter mit wirrem, strähnigem Haar, nackter Brust und in diesen zerfetzten Kleidern sehen können. Er hockte auf der Erde, eine Konservendose zwischen die Knie geklemmt und hielt ein großes Stück australisches Hammelfleisch in einer Hand. Als der Indianer ihn bemerkte, duckte er sich wimmernd und schmiegte sich wieder an Lord Johns Beine.

„Keine Angst, mein Kleiner", sagte Lord John und strich ihm über den Wuschelkopf. „Er kann Ihren Anblick nicht ertragen, Challenger, und beim Zeus, das wundert mich nicht. Alles in Ordnung, Kleiner, er ist ein Mensch wie wir."

„Ich muß doch bitten, Sir!" brauste der Professor auf.

„Seien Sie froh, Challenger, daß Ihr Äußeres ein wenig aus der Norm fällt. Wären Sie dem König nicht so ähnlich gewesen …"

„Was erlauben Sie sich, Lord John! Das ist eine Unverschämtheit!"

„Nein, eine Tatsache."

„Sir, ich ersuche Sie ernstlich, das Thema zu wechseln. Ihre Bemerkungen sind ebenso unzutreffend wie geschmacklos. Im Augenblick beschäftigt uns die Frage, was wir mit diesen Indianern anfangen sollen. Das naheliegendste wäre, sie nach Hause zu begleiten, doch wo ist ihr Zuhause?"

„Das Problem habe ich gelöst!" rief ich. „Sie leben in den Höhlen auf der anderen Seite des Plateaus, hinter dem Gladyssee."

„Unser junger Freund weiß also Bescheid. Ich nehme an, es ist ziemlich weit bis dorthin?"

„Gut zwanzig Meilen", sagte ich.

Summerlee stöhnte.

„Das schaffe ich nie und nimmer! Irre ich mich, oder sind die Bestien immer noch hinter uns her?"

Tatsächlich ertönten von weitem aus der Tiefe des Waldes die keckernden Rufe der Affenmenschen. Die verängstigten Indianer begannen abermals leise zu wimmern.

„Wir müssen weg von hier, und zwar schnell!" entschied Lord John. „Malone, Sie stützen Summerlee. Die Indianer tragen Vorräte. So, und nun los, bevor sie uns sehen können."

In weniger als einer halben Stunde hatten wir unseren Zufluchtsort im Dickicht der Büsche erreicht und uns versteckt. Den ganzen Tag lang hörten wir die aufgeregten Schreie der Affenmenschen aus der Richtung unseres alten Lagers. Da sie sich aber nicht näherten, konnten sich die erschöpften Flüchtlinge, rote wie weiße, einen langen, tiefen Schlaf gönnen. Ich muß gegen Abend selbst etwas eingenickt sein, als mich plötzlich jemand am Ärmel zupfte. Neben mir kniete Challenger.

„Sie führen doch über dies alles Tagebuch und wollen es vermutlich eines Tages veröffentlichen", sagte er ernst.

„Ich fungiere hier nur als Presseberichterstatter", antwortete ich.

„Richtig. Möglicherweise haben Sie Lord John Roxtons lächerliche Anspielung auf eine … eine gewisse Ähnlichkeit gehört?"

„Ja."

„Ich muß wohl nicht betonen, daß jede publizistische Ausschlachtung solch einer Andeutung sowie jede leichtfertige Wiedergabe des Geschehenen in Ihrem Bericht für mich äußert beleidigend wäre?"

„Ich werde mich strikt an die Wahrheit halten."

„Lord Johns Äußerungen sind oftmals maßlos überspitzt. Da er nicht begreift, daß einem Menschen mit Charakter und Würde selbst von den primitivsten Wilden instinktiv Respekt gezollt wird, versucht er, die unsinnigsten Erklärungen anzuführen. Sie verstehen, was ich meine?"

„Völlig."

„Ich verlasse mich auf Ihre Diskretion." Dann, nach einer langen Pause, fügte er hinzu: „Der König der Affenmenschen war wirklich ein bemerkenswertes Geschöpf – eine erstaunlich stattliche und intelligente Persönlichkeit. Ist Ihnen das nicht auch aufgefallen?"

„Ein bemerkenswertes Geschöpf, tatsächlich", sagte ich.

Sichtlich erleichtert, streckte sich der Professor aus und schlief weiter.

Vierzehntes Kapitel

Das waren die wirklichen Wendepunkte

Wir hatten angenommen, unsere Verfolger, die Affenmenschen, wüßten nichts von unserem Versteck im Dickicht, doch schon bald sollten wir unseren Irrtum bereuen. Im Wald herrschte Totenstille, kein Blatt bewegte sich, alles ringsum erweckte den Anschein tiefsten Friedens. Dennoch hätten wir durch unsere Erfahrung eigentlich gewarnt sein müssen, wußten wir doch, wie geschickt sich diese Kreaturen anschleichen und wie geduldig sie auf ihre Gelegenheit warten konnten. Welche Gefahren mir das Leben auch künftig bescheren mag, ich bin überzeugt, ich werde dem Tod nie wieder so unmittelbar ins Auge sehen wie an jenem Morgen. Aber ich will die Sache der Reihe nach erzählen.

Beim Aufwachen fühlten wir uns alle nach den furchtbaren Aufregungen und der unzureichenden Ernährung des Vortages wie zerschlagen. Summerlee war noch so schwach, daß ihm selbst das Stehen Mühe bereitete, dennoch bot der alte Mann all seine zähe Verbissenheit auf, um sich nichts anmerken zu lassen. Wir hielten eine Beratung ab und beschlossen, zunächst einmal noch ein, zwei Stunden ruhig im Versteck zu bleiben und uns ein dringend benötigtes ausgiebiges Frühstück zu gönnen. Erst danach wollten wir den Marsch quer über das Plateau wagen. Unsere Route sollte zum Gladyssee, um diesen herum und weiter zu den Höhlen in der Felswand führen, wo nach meiner Beobachtung die Indianer lebten. Wir vertrauten darauf, durch die Fürsprache der geretteten Indianer freundliche Aufnahme bei ihren Stammesbrüdern zu finden. Dann, nach der Erledigung unserer Forschungsaufgabe und mit genauerer Kenntnis der Geheimnisse des Maple-White-Landes, wollten wir uns ganz auf das wichtige Problem unserer Rückreise konzentrieren. Selbst Challenger war jetzt bereit zuzugeben, daß damit der Auftrag der Expedition erfüllt war und es keine dringlichere Aufgabe gab, als in die zivilisierte Welt zurückzukehren und von unseren erstaunlichen Entdeckungen zu berichten.

Wir hatten nun Gelegenheit, unsere Schützlinge etwas eingehender zu betrachten. Es waren kleine, quirlige Burschen mit drahtigen, wohlproportionierten Körpern und glattem schwarzen Haar, das im Nacken von Lederriemchen zusammengehalten wurde. Auch ihre Lendenschurze bestanden aus Leder. Ihre wohlgeformten bartlosen Gesichter wirkten gutmütig. Ihre zerfetzen blutigen Ohrläppchen zeugten davon, daß sie darin Schmuck getragen hatten, der ihnen in der Gefangenschaft brutal herausgerissen worden war. Sie benutzen eine melodiös fließende Sprache, die wir nicht verstanden, doch als sie immer wieder aufeinander zeigten und dabei das Wort „Accala" wiederholten, errieten wir, daß dies der Name ihres Volkes war. Gelegentlich verzerrten sich ihre Gesichter vor Angst und Haß, sie schüttelten die geballten Fäuste, deuteten zum Wald und riefen „Doda! Doda!" – womit sie offenbar ihre Feinde meinten.

„Können Sie etwas mit diesen Hänflingen anfangen, Challenger?" fragte Lord John. „Eines scheint mir klar zu sein: Das Kerlchen mit der weit ausrasierten Stirn ist ihr Anführer."

Das war in der Tat unverkennbar, denn dieser Mann stand etwas abseits, und wenn die anderen ihn anzusprechen wagten, dann nur mit allen Anzeichen tiefen Respekts. Er schien der Jüngste von ihnen zu sein, benahm sich aber sehr stolz und erhaben. Als Challenger ihm seine große Pranke auf den Kopf legte, zuckte er wie unter einem Schlag zusammen, funkelte den Professor aus dunklen Augen zornig an und trat ein paar Schritte zurück. Dann legte er eine Hand an die Brust, warf hoheitsvoll den Kopf zurück und stieß mehrfach das Wort „Maretas" hervor. Ungerührt packte der Professor den nächsten Indianer an der Schulter und machte sich daran, über ihn zu dozieren, als hätte er ein formalingetränktes Anschauungspräparat vor sich, das er im Hörsaal vorführte.

„Die Entwicklungsstufe dieser Menschen", begann er in seiner lautstarken Art, „gleichviel, ob man nach Schädelkapazität, Gesichtswinkel oder jedem anderen bekannten Kriterium urteilt, ist durchaus nicht als niedrig zu bezeichnen. Im Gegenteil, wir müssen sie beträchtlich höher veranschlagen als die vieler mir bekannter Eingeborenenstämme Südamerikas. Es ist völlig ausgeschlossen, daß sich die Entwicklung dieser Rasse innerhalb dieses Lebensraums vollzogen hat. Auch die Affenmenschen trennt eine ähnlich große Kluft von den hier erhalten gebliebenen primitiven Urtieren, daß die Annahme, sie könnten auf diesem Plateau entstanden sein, von vornherein ausscheidet."

„Aber woher, zum Teufel, sind sie gekommen?" fragte Lord John.

„Eine Frage, die zweifellos noch die heftigsten Diskussionen in sämtlichen wissenschaftlichen Gremien Europas und Amerikas auslösen wird", antwortete der Professor. „Ich erkläre die Situation" – er blähte seinen Brustkorb gewaltig auf und blickte hochmütig in die Runde – „folgendermaßen: Auf diesem Hochland vollzog sich die Evolution bis hin zu den Wirbeltieren, wobei unter den Sonderbedingungen dieses Topos' die alten Formen nicht von den neuen abgelöst wurden, sondern neben ihnen bestehen blieben. Daher treffen wir hier solche hochentwickelten Spezies wie den Tapir – ein Tier, das einen beachtlichen Stammbaum vorzuweisen hat – ebenso wie den Riesenhirsch und den Ameisenbären in der Gesellschaft reptilischer Lebensformen der Juraperiode an. Soviel dürfte klar sein. Doch nun die Affenmenschen und die Indianer. Wie läßt sich ihre Anwesenheit wissenschaftlich begründen? Ich kann nur ein Eindringen von außen annehmen. Wahrscheinlich gab es in Südamerika einst einen anthropoiden Affen, der in grauer Vorzeit auf das Plateau verschlagen wurde und sich später dann zu jenen Wesen weiterentwickelt hat, deren Bekanntschaft wir gemacht haben, und von denen einige Exemplare" – hier blickte er mich fest an – „eine so stattliche Erscheinung und Gestalt gewannen, daß sie, bei ähnlich ausgebildetem Intelligenzgrad, jeder anderen lebenden Rasse zur Zierde gereicht hätten. Was die Indianer betrifft, so hege ich keinen Zweifel, daß sie sehr viel später von unten eingewandert sind. Möglicherweise war eine Hungersnot oder Vertreibung durch Kriegsgegner für sie der Anlaß, hier oben Zuflucht zu suchen. Die Bedrohung durch unbekannte große Raubtieren zwang sie, in den Höhlen zu leben, die unser junger Freund beschrieben hat. Sie hatten es bestimmt sehr schwer, sich in dieser wilden Tierwelt zu behaupten. Ihr schlimmster Feind aber wurde der Affenmensch, der sie als Eindringlinge betrachtete und sie erbarmungslos und weitaus schlauer verfolgte als die großen Saurier. Das erklärt auch die Tatsache, daß ihr Volk nicht sehr zahlreich ist. So, meine Herrn, habe ich alle Unklarheiten beseitigt, oder gibt es noch irgendwelche Zweifel?"

Professor Summerlee war immer noch zu erschöpft für ein Streitgespräch. Zum Zeichen seiner grundsätzlich anderen Meinung schüttelte er lediglich heftig den Kopf. Lord John kratzte sich die spärlichen Locken und meinte nur, das sei nicht seine Gewichtsklasse, deshalb wolle er sich nicht auf einen Fight einlassen. Ich dagegen gab der Unterhaltung wieder einmal eine ganz praktische Wendung, diesmal mit der Feststellung, daß ein Indianer fehle.

„Er holt Wasser", erklärte Lord Roxton. „Habe ihm eine leere Konservendose in die Hand gedrückt, und er ist brav losmarschiert."

„Doch nicht etwa zum alten Lager?" fragte ich.

„Nein, zum Bach, der dort drüben irgendwo zwischen den Bäumen fließt. Es können nur ein paar hundert Yard von hier sein. Aber der kleine Taugenichts trödelt wirklich mächtig."

„Ich gehe mal nachsehen", sagte ich. Ich nahm mein Gewehr und schlenderte in die Richtung des Baches, während meine Freunde das kärgliche Frühstück vorbereiteten. Es mag manchem Leser unbesonnen erscheinen, daß ich die Deckung des schützenden Dickichts verließ, wenn auch nur für eine so kurzes Strecke, doch ich erinnere daran, daß wir viele Meilen vom Affendorf entfernt waren und diese Kreaturen allem Anschein nach unseren Schlupfwinkel noch nicht entdeckt hatten. Außerdem fühlte ich mich mit dem Gewehr in der Hand vor ihnen sicher. Ich hatte noch keine Ahnung von ihrer Schläue und Kraft.

Irgendwo vor mir hörte ich den Bach plätschern, der aber

von einem Ufersaum aus Bäumen und dichtem Buschwerk verborgen wurde. Ich bahnte mir einen Weg hindurch und war kaum aus dem Sichtfeld meiner Kameraden verschwunden, als ich im Gebüsch neben einem Baumstamm etwas Rötliches, Zusammengekrümmtes bemerkte. Als ich nähertrat, schaute ich zu meinem Entsetzen auf den Leichnam des vermißten Indianers. Er lag mit angezogenen Beinen auf der Seite. Sein Kopf war unnatürlich weit verdreht, so daß er über seine Schulter zu blicken schien. Ich stieß einen Schrei aus, um meine Freunde zu warnen, und rannte los, stolperte dabei jedoch über die Leiche. Gewiß hat mein Schutzengel in diesem Moment ganz dicht neben mir gestanden, denn eine instinktive Furcht, vielleicht auch ein schwaches Rascheln der Blätter, ließ mich nach oben schauen. Aus dem dichten grünen Laub, das niedrig über meinem Kopf hing, senkten sich zwei lange, muskulöse, mit rötlichen Borsten bedeckte Arme langsam auf mich herab. Einen Augenblick später, und die großen tastenden Hände hätten meine Kehle erreicht. Ich ließ mich zurückfallen, doch wie schnell ich auch reagierte, die Hände waren schneller. Durch meine plötzliche Bewegung entging ich zwar ihrem tödlichen Griff, doch packte mich die eine im Genick, die andere umklammerte mein Gesicht. Blitzschnell hob ich meine Arme, um meine Kehle zu schützen, und im nächsten Moment glitt die riesige Pranke von meinem Gesicht nach unten und umschloß meine Hände. Mühelos wurde ich vom Boden hochgehoben. Eine unwiderstehliche Gewalt preßte meinen Kopf weit nach hinten, bis der Druck in den Nackenwirbeln unerträglich wurde. Ich fühlte, wie mir die Sinne allmählich schwanden, doch verzweifelt zerrte und riß ich an der borstigen Pranke, bis sie von meinem Kinn abrutschte. Über mir schwebte ein furchtbares Gesicht mit kalten, gnadenlosen, hellblauen Augen, die starr auf mich gerichtet waren. Eine hypnotische Kraft ging von diesen schrecklichen Augen aus. Plötzlich konnte ich mich nicht mehr wehren. Als die Bestie spürte, wie ich in ihrem Griff erschlaffte, blitzten zwei weiße Fangzähne in den Winkeln ihres häßlichen Mauls auf. Erneut packte sie mich am Kinn und drückte mir den Kopf stetig und immer weiter hintenüber. Ein dünner gelblicher Nebel entstand vor meinen Augen, und in meinen Ohren klingelten kleine silberhelle Glöckchen. Gedämpft, wie aus weiter Ferne, vernahm ich den Knall eines Gewehrschusses und verspürte einen schwachen Stoß, als ich auf dem Boden aufschlug. Dann verlor ich das Bewußtsein.

Als ich wieder zu mir kam, lag ich rücklings auf dem Grasboden unseres Verstecks. Jemand mußte Wasser vom Bach geholt haben, denn Lord John benetzte mir das Gesicht, während Challenger und Summerlee meinen Kopf stützten und mich sehr besorgt musterten. Für einen Augenblick konnte ich menschliche Antlitze hinter ihren wissenschaftlichen Masken erkennen. Es war eigentlich mehr der Schock als eine wirkliche Verletzung, was mich umgeworfen hatte. Schon nach einer halben Stunde konnte ich mich wieder aufsetzen. Mein Schädel brummte zwar gewaltig, und mein Nacken war steif, aber sonst ging es mir gut.

„Wieder mal sagenhaftes Schwein gehabt, mein lieber Freund und Kupferstecher!" sagte Lord Roxton. „Bin bei Ihrem Schrei gleich losgespurtet. Dachte schon, wir wären einer weniger, als ich Sie da mit halbverrenktem Genick in der Luft baumeln und strampeln sah. Habe in der Aufregung doch glatt danebengeschossen, aber die Bestie ließ Sie los und verschwand wie ein geölter Blitz. Himmelsakrament! Hätte ich bloß fünfzig Mann mit Gewehren hier! Ich würde die ganze verdammte Bande ausräuchern und das Land ein bißchen sauberer verlassen, als wir es vorgefunden haben!"

Nun war klar, daß die Affenmenschen uns auf irgendeine Weise aufgespürt hatten und von allen Seiten beobachteten. Bei Tag war nicht allzu viel von ihnen zu befürchten, aber im Dunkeln würden sie sehr wahrscheinlich angreifen und uns überwältigen. Je eher wir diese unheimliche Gesellschaft loswurden, desto besser.

Von drei Seiten umgab uns dichter Wald, dort drohte überall ein Hinterhalt. Doch auf der vierten Seite, der zum See hin abfallenden, gab es nur niedrige Sträucher, vereinzelte Bäume und immer wieder freie Flächen. Es war die Richtung, die ich bei meinem nächtlichen Ausflug eingeschlagen hatte, und ich wußte, daß sie direkt zu den Höhlen der Indianer führte. Alle Faktoren sprachen dafür, diesen Weg zu nehmen.

Nur eins bedauerten wir sehr, nämlich daß wir unser altes Lager endgültig aufgeben mußten – nicht nur der Vorräte wegen, die dort zurückblieben, sondern vor allem, weil damit die Verbindung zu Zambo, unserem Mittelsmann zur übrigen Welt, abriß. Andererseits besaß jeder sein Gewehr sowie eine Menge Munition, wodurch wir zumindest für eine gewisse Zeit in der Lage waren, uns selbst Nahrung zu verschaffen. Außerdem hofften wir auf eine baldige Gelegenheit zur Rückkehr zum Fort Challenger. Unser treuer Neger hatte versprochen, auf seinem Posten auszuharren, und wir zweifelten nicht daran, daß er Wort halten würde.

Am frühen Nachmittag marschierten wir los. Der junge Häuptling, der sich entschieden geweigert hatte, Gepäck zu tragen, stolzierte als Führer voran. Ihm folgten die beiden überlebenden Indianer mit unseren spärlichen Habseligkeiten auf dem Rücken. Wir vier Weißen bildeten mit geladenen und entsicherten Gewehren die Nachhut. Bei unserem Abzug brach hinter uns im dichten, schweigenden Wald urplötzlich ein gewaltiges Geheul der Affenmenschen los, das ebensogut Ausdruck des Triumphes wie der Enttäuschung über unsere Flucht sein konnte. Wenn wir uns umblickten, sahen wir nur die dichte Wand der Bäume, doch das langgezogene Heulen verriet deutlich genug, wie viele unserer Feinde dort auf der Lauer gelegen hatten. Wir bemerkten jedoch kein Anzeichen dafür, daß sie uns folgten. Bald erreichten wir freies Gelände und waren außerhalb ihres Machtbereichs.

Während ich als Schlußmann des Zuges dahintrottete, mußte ich unwillkürlich über das abenteuerliche Aussehen meiner drei Kameraden schmunzeln. War das wirklich der elegante Lord John Roxton, der mir an jenem Abend im Albany, umgeben von Perserteppichen und Gemälden, im gedämpften rötlichen Licht gegenübergesessen hatte? Und das der imponierende Professor, der damals so hochmütig hinter dem großen Tisch seines wuchtigen Arbeitszimmers am Enmore Park gethront hatte? Und schließlich, konnte dies der steife, pedantische Gelehrte sein, der in der Versammlung des Zoologischen Instituts das Wort ergriffen hatte? Man mußte schon lange suchen, um auf den Landstraßen von Surrey drei Vagabunden von ähnlich verwahrlostem und abgerissenem Aussehen zu finden. Eigentlich hielten wir uns erst etwa eine Woche auf dem Plateau auf, aber unsere Kleidung zum Wechseln war im Basislager am Fuß des Plateaus zurückgeblieben. Die letzten Tage hatten uns ganz schön mitgenommen, am wenigsten vielleicht noch mich, weil mir die Mißhandlungen erspart geblieben waren, die die anderen während ihrer Gefangenschaft bei den Affenmenschen erleiden mußten. Meine drei Freunde hatten ihre Hüte verloren und deshalb an den Zipfeln verknotete Taschentücher aufgesetzt. Die übrige Kleidung hing in Fetzen an ihnen herunter, und auch ihre unrasierten, schmutzigen Gesichter waren kaum noch wiederzuerkennen. Summerlee und Challenger hinkten stark. Ich schlich kraftlos dahin, denn mir saß der Schreck vom Morgen noch in den Gliedern, und mein Nacken war von dem tödlichen Griff steif wie ein Brett. Wir boten wirklich einen mitleiderregenden Anblick. Kein Wunder, daß die Indianer sich hin und wieder verstohlen umsahen und uns mit erschrockenen und verwunderten Mienen musterten.

Am späten Nachmittag erreichten wir das Seeufer. Als wir aus dem Gebüsch traten und die Wasserfläche vor uns sahen, stießen unsere roten Freunde schrille Freudenschreie aus und deuteten aufgeregt nach vorn. Es war wirklich ein wundervoller Anblick, der sich uns dort bot. Über die spiegelglatte Oberfläche glitt eine wahre Flotte von Kanus direkt auf uns zu. Sie war noch etliche Meilen weit draußen, als wir sie sichteten, doch die flinken Fahrzeuge kamen in raschem Tempo näher, bis die Ruderer unsere Gestalten erkennen konnten. Sofort ertönte ein donnernder Jubel, und wir sahen, wie sie von den Sitzen aufsprangen und Paddel und Speere wild in der Luft schwenkten. Dann legten sie sich wieder mächtig ins Zeug. Die Boote schossen nur so heran und schoben sich knirschend auf den Sand des flachen Ufers. Die Insassen rannten uns entgegen und warfen sich mit lautem Begrüßungsgeschrei vor dem jungen Häuptling zu Boden. Schließlich eilte einer von ihnen – es war ein älterer Mann mit Armbändern und Halsschmuck aus funkelnden glasklaren Steinen, der das prachtvoll gesprenkelte Fell eines gelben Tieres um seine Schultern geschlungen hatte – auf den Jüngling zu und umarmte ihn schweigend. Schließlich blickte er zu uns, schien etwas zu fragen, trat dann in würdiger Haltung auf uns zu und schloß jeden von uns in die Arme. Auf seinen Befehl warf sich der gesamte Stamm vor uns nieder. Mir war diese sklavische Verehrung peinlich und unangenehm, und auch die Mienen von Lord John und Summerlee verrieten ähnliche Empfindungen, doch Challenger blühte auf wie eine Blume im Sonnenschein.

„Sie mögen Primitive sein", sagte er, während er sich über den Bart strich und um sich blickte, „doch ihr Benehmen gegenüber Höhergestellten könnte so manchem modernen Europäer als Beispiel dienen. Seltsam, wie unfehlbar doch die Instinkte der Naturmenschen sind!"

Unverkennbar befanden sich die Eingeborenen auf dem Kriegspfad, denn jeder trug einen Speer (eine lange Bambusstange mit Knochenspitze), Pfeil und Bogen sowie eine an der Hüfte befestigte Keule oder Steinaxt. Ihre finsteren, haßerfüllten Blicke zum Wald hinter uns und die ständige Wiederholung des Wortes „Doda" verrieten deutlich, daß diese Streitmacht aufgebrochen war, um den Sohn des alten Häuptlings – niemand anderer konnte der Jüngling nach unserem Dafürhalten sein – zu retten oder zu rächen. Der gesamte Stamm hockte sich im Kreis nieder und hielt Kriegsrat. Wir saßen etwas abseits auf einem Basaltblock und beobachteten das Palaver. Zwei oder drei Krieger sprachen, schließlich stand unser junger Freund auf und hielt eine flammende Rede. Da er sie mir lebhaftem Mienenspiel und beredten Gesten versah, verstanden wir alles so gut, als beherrschten wir seine Sprache.

„Was nützt es, wenn wir umkehren?" rief er. „Früher oder später müssen wir uns zum Kampf stellen. Eure Brüder sind ermordet worden. Was bedeutet es schon, daß ich mit dem Leben davongekommen bin? Die anderen wurden umgebracht. Niemand von uns kann in Sicherheit leben. Wir sind jetzt versammelt und zum Kampf bereit." Dann deutete er auf uns. „Diese fremden Menschen sind unsere Freunde. Sie sind große Krieger und hassen die Doda wie wir. Sie gebieten" –

hier deutete er zum Himmel – „über den Donner und den Blitz. So eine Chance bekommen wir nie wieder. Laßt uns angreifen und entweder sterben oder eine ewig sichere Zukunft erkämpfen! Kehren wir jetzt um, werden wir unseren Frauen vor Scham nie mehr in die Augen sehen können!"

Die kleinen roten Krieger verfolgten gebannt die Worte des Redners. Als er geendet hatte, stimmten sie ein lautes Beifallsgeschrei an und reckten ihre primitiven Waffen in die Höhe. Der alte Häuptling kam zu uns herüber, stellte einige Fragen und deutete dabei zum Dschungel. Lord John bedeutete ihm mit einem Zeichen, er möge auf unsere Antwort warten, und wandte sich an uns.

„Ta, Sie müssen jetzt entscheiden, was Sie tun wollen", sagte er. „Ich für meinen Teil habe mit dem Affengesindel einiges abzurechnen, und selbst wenn dabei unterm Strich keine einzige dieser Bestien übrigbleiben sollte, würde ich ihnen keine Träne nachweinen. Ich gehe mit unseren kleinen roten Freunden und werde ihnen beistehen, mag die Sache ausgehen, wie sie will. Was ist mit Ihnen, junger Freund?"

„Natürlich komme ich mit."

„Und Sie, Challenger?"

„Ich schließe mich selbstverständlich an."

„Und Sie, Summerlee?"

„Mir scheint, wir verlieren das eigentliche Ziel dieser Expedition immer mehr aus den Augen, Lord John. Ich versichere Ihnen, daß ich, als ich meinen Lehrstuhl in London verließ, dies nicht in der Absicht tat, mich an einem Überfall von Wilden auf eine Kolonie anthropoider Affen zu beteiligen."

„So kann es einem ergehen", sagte Lord John lächelnd. „Aber wir stecken nun mal bis zum Hals in der Sache drin. Also, wie entscheiden Sie sich?"

„Diese Sache scheint mir eine äußerst fragwürdige zu sein", beharrte Summerlee störrisch. „Doch wenn Sie alle mitgehen, kann ich wohl kaum allein hier zurückbleiben, oder?"

„Dann ist es also beschlossen", sagte Lord John, wandte sich zum Häuptling, nickte und schlug auf den Schaft seines Gewehrs.

Der Alte schüttelte jedem von uns die Hände, während seine Männer noch lauter als zuvor jubelten. Da es für einen Angriff mittlerweile zu spät war, schlugen die Indianer ein provisorisches Nachtlager auf. Überall begannen kleine Feuer zu qualmen und zu flackern. Einige Männer waren in den Urwald gegangen, kamen aber alsbald wieder zurück und trieben ein junges Iguanadon vor sich her. Es hatte ebenfalls einen Asphaltfleck auf dem Rücken. Doch erst, als einer der Eingeborenen in der Haltung eines Eigentümers vortrat und die Erlaubnis zum Schlachten des Tieres gab, begriffen wir endlich, daß diese gewaltigen Geschöpfe sich genauso in Privatbesitz befanden wie Schafe, und die großen Symbole, über die wir so lange gerätselt hatten, nichts anderes als die Zeichen ihrer Besitzer waren. Die gigantischen pflanzenfressenden Tolpatsche hatten nur winzige Hirne und ließen sich selbst von einem Kind aufstöbern und forttreiben. In wenigen Minuten war das riesige Tier zerteilt, und über Dutzenden von Lagerfeuern brutzelten Fleischstücke, zusammen mit großen hartschuppigen Fischen, die man mit Speeren erbeutet hatte.

Nach dem Essen streckte sich Summerlee im Sand zum Schlafen aus, doch wir drei übrigen streiften am Ufer entlang, um diese interessante Region näher zu erforschen. Zweimal stießen wir auf trichterförmige Vertiefungen mit blauem Ton, wie wir sie schon vom Sumpf der Pterodaktylen her kannten. Es handelte sich um alte Vulkankrater, die Lord John aus unerfindlichen Gründen genauestens inspizierte. Challengers besondere Aufmerksamkeit hingegen galt einem brodelnden Schlammgeysir, der blubbernd ein heißes Gas ausstieß. Er schob ein Schilfrohr in eine der Schlammblasen, hielt ein brennendes Streichholz an das andere Ende und freute er sich wie ein Schuljunge über den lauten Knall und die bläuliche Stichflamme, die dabei entstanden. Noch mehr entzückte ihn, daß ein Lederbeutel, den er über das Schilfrohr geschoben und mit Gas gefüllt hatte, nach oben stieg.

„Ein brennbares Gas, eindeutig leichter als Luft. Es besteht zweifellos zu einem beträchtlichen Teil aus freiem Wasserstoff. G. E. C. hat noch etwas in petto, mein junger Freund! Ich werde Ihnen bald demonstrieren, wie ein geniales Hirn sich die Kräfte der Natur dienstbar zu machen weiß." Er spreizte sich und tat sehr wichtig, verweigerte aber weitere Erklärungen.

Nichts von dem, was wir am Ufer entdeckten, fand ich jedoch so wunderbar wie die große Wasserfläche vor uns. Der Lärm der vielen Menschen hatte alle Tiere verjagt, und abgesehen von etlichen Pterodaktylen, die hoch über uns kreisten und auf Abfälle lauerten, wirkte die Umgebung des Lagers wie ausgestorben. Ganz anders aber die rötlich glänzende Oberfläche des Gladyssees. Sie brodelte und wimmelte von seltsamen Lebewesen. Große schiefergraue Buckel und gezackte, hoch aufragenden Rückenflossen schossen empor und durchfurchten das Wasser, einen silbrigen Saum hinter sich herziehend, bevor sie plantschend wieder untertauchten. Draußen auf den Sandbänken krochen ungefüge Geschöpfe herum – riesige Schildkröten, bizarre Saurier –, und ein großes plattes Tier, das einer schwarzen fettigen Ledermatte glich, robbte zum See hinunter. Hier und da ragten anmutig gebogene Hälse mit Schlangenköpfen aus dem Wasser. Auf und nieder pendelnd zogen sie geschäftig ihre Bahn, wobei sie eine spritzende Bugwelle aufwarfen und eine lange Schaumspur hinterließen. Erst als sich eines dieser Geschöpfe ein paar hundert Yard von uns entfernt auf eine Sandbank schob, wurden unterhalb des langen Schlangenhalses ein tonnenförmiger Leib und riesige Seehundflossen sichtbar. Challenger und Summerlee, der inzwischen zu uns gestoßen war, stimmten ein Duett überwältigten Staunens an.

„Ein Plesiosaurus! Ein Süßwasserplesiosaurus!" rief Summerlee. „Daß ich das erleben darf! Mein lieber Challenger, wir sind die einzigen Zoologen seit Anbeginn der Welt, denen die Gnade dieses Anblicks zuteil wurde!"

Erst als die Nacht hereingebrochen war und die Lagerfeuer unserer wilden Verbündeten rot in der Dunkelheit glommen, konnten wir die verzückten Gelehrten dazu bringen, sich aus dem Bann des urzeitlichen Sees zu lösen. Als wir uns dann am Strand ausgestreckt hatten, hörten wir noch lange in der Stille der Nacht die großen Seeungeheuer prusten und plantschen.

Bereits beim ersten Morgengrauen waren die Indianer auf den Beinen, und eine Stunde später begann unsere denkwürdige Militäroperation. Ich habe mir oft gewünscht, Kriegsberichterstatter zu werden. Aber einen solchen Feldzug wie den, an dem ich nun teilnahm, hätte ich mir selbst in meinen wildesten Träumen nicht ausmalen können. Hier also mein erster Bericht von einem Schlachtfeld:

Wir waren im Laufe der Nacht durch das Eintreffen eines weiteren Indianertrupps von den Höhlen verstärkt worden und zählten nun beim Ausrücken vielleicht vier- oder fünfhundert Mann. Hinter einer halbkreisförmig ausgeschwärmten Vorhut von Spähern bewegte sich die gesamte Streitmacht in geschlossener Formation den ansteigenden buschbestandenen Hang hinauf, bis sie den Waldrand erreichte. Hier wurde eine tiefgestaffelte Linie von Speerwerfern und Bogenschützen gebildet. Roxton und Challenger postierten sich auf dem rechten Flügel, Summerlee und ich gingen auf dem linken in Stellung. Es war ein Steinzeitheer, das wir in die Schlacht begleiteten – wir, ausgerüstet mit den modernsten Erzeugnissen der Büchsenmacherkunst aus der St. James Street und dem Strand.

Wir brauchten nicht lange auf unseren Feind zu warten. Plötzlich ertönte schrilles Geheul vom Waldrand, gleichzeitig brach eine Horde Affenmenschen mit Keulen und Steinen hervor und stürmte auf das Zentrum der indianischen Front zu. Die Attacke war kühn, aber unüberlegt, denn die großen, krummbeinigen Kreaturen bewegten sich schwerfällig, während ihre Gegner über katzenhafte Behendigkeit verfügten. Es war grauenvoll anzusehen, wie die geifernden Bestien stier blickend auf ihre Feinde losgingen und sie zu packen versuchten, während diese geschickt auswichen und ihnen Pfeil um Pfeil in die behaarten Leiber sandten. Ein großer Bursche, dem Dutzende dieser gefiederten Geschosse in der Brust staken, rannte brüllend vor Schmerzen an mir vorbei. Ich erbarmte mich, zielte auf seinen Kopf, und mit ausgebreiteten Armen stürzte er in einen Aloestrauch. Doch dieser Schuß blieb vorerst der einzige. Die Indianer konnten den gegen das Zentrum ihrer Linie gerichteten Angriff aus eigener Kraft abwehren und brauchten unsere Hilfe nicht. Ich glaube, keiner von den Affenmenschen, die sich ins Freie gewagt hatten, kam mit dem Leben davon.

Gefährlicher wurde es jedoch, als wir in den Urwald vorstießen. Sofort entbrannte ein erbittertes Gefecht, in dessen gut einstündigem Verlauf wir uns zeitweilig kaum zu behaupten vermochten. Die Affenmenschen stürzten unvermittelt mit riesigen Keulen aus dem Unterholz hervor und machten oft drei oder vier Indianer nieder, bevor sie von einem Speer durchbohrt wurden. Ihre furchtbaren Schläge zerschmetterten alles, was sie trafen. Einer zertrümmerte Summerlees Gewehr, und der nächste Hieb verfehlte nur deshalb den Kopf des Professors, weil ein Indianer herzusprang und der Bestie ein Messer ins Herz stieß. Andere Affenmenschen hockten in den Baumkronen und bombardierten uns von dort mit Steinen und Holzkloben; sie sprangen dann manchmal selbst mitten in unsere Reihen und kämpften wie rasend, bis sie fielen. Einmal begannen unsere Verbündeten unter dem Druck des gegnerischen Ansturms zurückzuweichen, und ohne das Eingreifen unserer Gewehre hätten sie sicherlich die Beine in die Hand genommen. So aber konnte der tapfere alte Häuptling seine Truppen erneut um sich scharen und zu einem wuchtigen Gegenangriff führen, der nun die Affenmenschen zum Rückzug zwang. Summerlee war ohne Waffe, aber ich schoß mein Magazin leer, so schnell ich konnte, und von der anderen Flanke war ebenfalls heftiges Gewehrfeuer zu vernehmen.

Plötzlich, fast von einem Moment zum anderen, setzte beim Gegner Panik ein und es kam zum Zusammenbruch. Kreischend und heulend stoben die großen Kreaturen in alle Richtungen auseinander und flüchteten ins Unterholz. Unter wildem Triumphgeschrei setzten unsere Verbündeten den fliehenden Feinden nach. Der Blutzoll ungezählter Generationen und alle Leiden, Verfolgungen, Grausamkeiten und Mißhandlungen der jüngsten Vergangenheit sollten an diesem Tag gerächt werden. Endlich erwies sich der Mensch als der Überlegene, der das Menschentier auf den ihm gemäßen, untergeordneten Platz verbannte. So schnell die Flüchtenden auch rannten, den flinken Eingeborenen entkamen sie nicht. Von allen Seiten hörten wir im dichten Dschungel Triumphgeschrei, das Schwirren der Bogensehnen, das Krachen im Geäst und den dumpfen Aufschlag, wenn wieder ein Affenmensch aus seinem Versteck in den Baumkronen heruntergeholt wurde.

Während Summerlee und ich den Indianern folgten, stießen Lord John und Challenger zu uns.

„Es ist vorbei", sagte Lord John. „Schätze, wir sollten den Rest den Indianern überlassen. Je weniger wir davon mitkriegen, desto ruhiger werden wir schlafen."

Challenger Augen blitzten noch vor Mordlust.

„Es war uns soeben vergönnt", rief er und stolzierte herum wie ein Kampfhahn, „einer typischen Entscheidungsschlacht unserer Vorgeschichte beizuwohnen – einer jener Schlachten, die den Verlauf der Evolution bestimmten. Was, meine Freunde, bedeutet die Unterwerfung einer Nation durch eine andere? Im Grunde gar nichts, denn das Ergebnis ist keine qualitative Veränderung. Aber jene unerbittlichen Kämpfe in grauer Vorzeit, in denen sich die Höhlenmenschen gegen die Tiger behaupteten, oder die Elefanten zum ersten Male erkennen mußten, daß sie es mit einem überlegenen Gegner zu tun hatten, das waren die wirklichen Wendepunkte, die Siege, die zählen. Eine seltsame Laune des Schicksals hat es uns ermöglicht, solch eine Auseinandersetzung mitzuerleben und sogar entscheidend zu beeinflussen. Auf diesem Plateau gehört die Zukunft jetzt unwiderruflich dem Menschen!"

Man brauchte schon einen ziemlich robusten Glauben an die Gesetzmäßigkeit dieses Geschehens, um den Einsatz derart brutaler Mittel zu rechtfertigen. Überall im Wald stießen wir auf tote, von Lanzen und Pfeilen durchbohrte Affenmenschen. Hier und da zeugte eine kleine Gruppe zerschmetterter Indianer davon, daß ein Anthropoide sich zum Kampf gestellt und sein Leben teuer verkauft hatte. Vor uns hörten wir ständig Geschrei und Gebrüll, das uns die Richtung der Verfolgung wies. Die Affenmenschen flohen bis zu ihrer Siedlung, versuchten dort noch einmal einen Gegenangriff, wurden aber erneut geschlagen. Wir sahen nur noch die furchtbare Schlußszene der Tragödie. Der Schauplatz war derselbe wie vor zwei Tagen. Die letzten überlebenden achtzig bis hundert männlichen Bestien hatte man auf die Wiese getrieben, die am Rand des Plateaus lag. Als wir dort eintrafen, rückte die indianische Armee im Halbkreis mit gefällten Lanzen auf sie zu, und binnen einer Minute war alles vorbei. Dreißig oder vierzig wurden auf der Stelle getötet. Die übrigen drängte man, sosehr sie auch schrien und mit den Pranken um sich hieben, über den Rand. Wie zuvor ihre Gefangenen stürzten sie sechshundert Fuß tief in den Abgrund, hinein in die scharfen Bambusstangen. Es war, wie Challenger gesagt hatte: Der Mensch sicherte sich die unumschränkte Vorherrschaft im Maple-White-Land, und er tat es gründlich. Die männlichen Affenmenschen waren ausgerottet, ihre Siedlung wurde zerstört, die Weibchen und Kinder trieb man fort in die Gefangenschaft. Der Machtkampf ungezählter Jahrhunderte hatte ein blutiges Ende gefunden.

Für uns brachte der Sieg viele Vorteile. Wir konnten endlich wieder unsere Lager aufsuchen und uns mit den nötigen Sachen versorgen. Außerdem war nun auch wieder die Verständigung mit Zambo möglich, der entsetzt von fern mit angesehen hatte, wie eine Affenlawine über den Rand der Felswand stürzte.

„Massas müssen runterkommen!" rief er, und seine Augen waren angstvoll geweitet. „Deibel holt Sie alle noch, wenn oben bleiben!"

„Das ist die Stimme der Vernunft", sagte Summerlee mit Nachdruck. „Wir haben mehr Abenteuer erlebt, als unserem Charakter und unserer Stellung zuträglich ist. Ich nehme Sie beim Wort, Challenger. Widmen Sie sich nunmehr energisch der Aufgabe, uns aus diesem furchtbaren Land heraus und wieder zurück in die zivilisierte Welt zu bringen!"

Fünfzehntes Kapitel

Unsere Augen haben große Wunder gesehen

An diesem Brief schreibe ich nun schon tagelang, hoffe jedoch, ihn mit der Nachricht abschließen zu können, daß endlich Licht durch die Wolken bricht, die gegenwärtig über uns hängen. Wir sind hier gefangen und haben noch keine klare Vorstellung, wie wir uns befreien können, was uns alle sehr erbittert. Und doch kann ich mir gut vorstellen, daß wir eines Tages froh sein werden, hier so lange gegen unseren Willen festgehalten worden zu sein, denn dadurch haben wir noch mehr von den Wundern dieses einzigartigen Landes und von seinen Bewohnern gesehen.

Der Sieg der Indianer, der mit der Vernichtung die Affenmenschen endete, brachte die Wende unseres Schicksals. Seitdem waren wir die wahren Herren des Plateaus, denn die Indianer begegneten uns mit einer Mischung aus Furcht und Dankbarkeit, weil wir mit unseren seltsamen Kräften geholfen hatten, ihren Erbfeind vernichtend zu schlagen. Vielleicht wären sie in ihrem eigenen Interesse heilfroh, solche schrecklichen und unberechenbaren Leute wie uns wieder loszuwerden, doch sie haben uns keine Möglichkeit gezeigt, wie wir nach unten gelangen können. Früher, so gaben sie uns durch Zeichen zu verstehen, habe ein Verbindungstunnel zwischen der Ebene und dem Plateau bestanden. Gemeint war der Höhlengang, dessen unteren Teil wir bei der Umrundung des Felsmassivs entdeckten. Durch diesen sind zweifellos die Affenmenschen und die Indianer zu verschiedenen Zeiten auf das Hochland gelangt. Auch Maple White und sein Begleiter haben diesen Weg benutzt. Im vergangenen Jahr ist jedoch bei einem heftigen Erdbeben der obere Teil des Stollens eingestürzt und völlig unpassierbar geworden. Die Indianer schütteln immer nur den Kopf und zucken mit den Schultern, wenn wir ihnen mit Zeichen klarmachen, daß wir hinunter möchten. Vielleicht können sie uns nicht helfen, aber ebensogut wäre es möglich, daß sie uns nicht fortlassen wollen.

Nach dem siegreichen Feldzug wurden die überlebenden Affenmenschen quer über das Plateau getrieben (ihr Gezeter war fürchterlich) und in unmittelbarer Nähe der Indianerhöhlen untergebracht, wo sie bequem überwacht und zu Sklavendiensten herangezogen werden können. Der Vorgang war eine rohe, urzeitliche Parallele zum Schicksal der Juden in Babylon oder der Israeliten in Ägypten. Nachts hören wir von den Bäumen langgezogene Klagerufe, und man könnte meinen, ein primitiver Hesekiel traure der gefallenen Größe und dem vergangenen Ruhm des Affenvolks nach. Sie müssen jetzt für die Indianer Holz sammeln und Wasser holen.

Zwei Tage nach der Schlacht trafen wir gemeinsam mit unseren Verbündeten hier ein und schlugen unser Lager am Fuß der Felswand auf. Sie boten uns an, bei ihnen in den Höhlen zu wohnen, aber Lord John lehnte das kategorisch ab, denn er meinte, ,diese Hänflinge' könnten ,auf dumme Gedanken kommen', wenn wir uns ihnen derart auslieferten. Wir haben also unsere Unabhängigkeit gewahrt und halten auch die Gewehre ständig griffbereit, pflegen andererseits jedoch die freundschaftlichsten Beziehungen zu den Indianern. Auch besuchen wir sie regelmäßig in ihren Höhlen – imposante Behausungen, von denen nicht festzustellen ist, ob sie von Menschenhand angelegt wurden oder auf natürlichem Wege entstanden sind. Sie liegen alle in einer verhältnismäßig weichen Gesteinsschicht, die zwischen einer Basis aus hartem Granit und dem darauf ruhenden Basalt der hohen rötlichen Felswand verläuft.

Die Öffnungen befinden sich etwa achtzig Fuß über dem Boden. Zu ihnen führen lange, in den Fels gehauene Treppen, die so schmal und steil sind, daß kein großes Tier hinaufklettern kann. In den Höhlen ist es warm und trocken. Sie führen als gerade Gänge unterschiedlich tief in den Fels hinein. Ihre glatten grauen Wände sind mit sehr realistischen Holzkohlezeichnungen verziert, die verschiedene Tierarten des Plateaus darstellen. Wenn alles Leben plötzlich von hier verschwände, könnten künftige Forscher an den Höhlenwänden immer noch reichhaltige Informationen über die seltsame Fauna – die Dinosaurier, Iguanadone und Fischechsen – finden, die dieses Fleckchen Erde bis in unsere Tage bevölkerte.

Als wir entdeckten, daß die riesigen Iguanadone wie zahme Herdentiere von den Indianern gehalten wurden und einfach wandelnde Fleischvorräte darstellten, hatten wir angenommen, es sei dem Menschen selbst mit seinen primitiven Waffen gelungen, die Vorherrschaft auf dem Plateau zu erringen. Wir sollten aber bald erfahren, daß dem nicht so war und er in Wirklichkeit nur geduldet wurde.

Die schreckliche Szene, die uns das vor Augen führte, spielte sich drei Tage nach der Errichtung unseres Lagers in der Nähe der Indianerhöhlen ab. Challenger und Summerlee waren zum See hinuntergegangen, wo etliche Eingeborene unter ihrer Anleitung einige große Fischechsen harpunieren sollten. Lord John und ich hatten es vorgezogen, im Lager zu bleiben. Überall auf dem grasbewachsenen Hang unter den Höhlen hielten sich Indianer auf, die verschiedene Arbeiten verrichteten. Mit einem Male ertönte ein schriller Alarmruf, der sofort aufgenommen und hundertfach weitergegeben wurde: „Stoa!" Von allen Seiten kamen Männer, Frauen und Kinder gerannt, um sich in Sicherheit zu bringen, und hasteten wild drängelnd die Treppen zu den schützenden Höhlen hinauf.

Als wir nach oben schauten, bemerkten wir, daß sie uns aufgeregt zuwinkten und mit Gesten aufforderten, ihnen zu folgen. Wir ergriffen unsere Gewehre und eilten ins Freie, um erst einmal zu erkunden, worin die Gefahr bestand. Plötzlich stürmten aus dem nahen Waldsaum zwölf bis fünfzehn Indianer hervor, unmittelbar gefolgt von zwei Exemplaren jener furchtbaren Monsterart, die uns im Fort Challenger geängstigt und mich bei meinem nächtlichen Ausflug verfolgt hatte. Ihre Gestalt glich denen häßlicher Kröten, sie bewegten sich auch ähnlich hüpfend vorwärts, doch von der Masse her waren sie riesige Ungetüme, größer und schwerer als Elefanten. Wir waren ihnen bisher nur nachts begegnet. Es sind tatsächlich Nachttiere, die man tagsüber nicht zu Gesicht bekommt, es sei denn, sie werden, wie diese beiden, in ihren Schlupfwinkeln gestört. Erstaunt sahen wir nun, daß ihre fleckige, warzige Haut eigentümlich irisierte, wie die Schuppen von Fischen, und im Sonnenlicht bei jeder Bewegung in ständig wechselnden Regenbogenfarben aufleuchtete.

Allerdings blieb uns kaum Zeit, sie genauer zu betrachten, denn im Nu hatten sie die Flüchtenden eingeholt und begannen, ein entsetzliches Blutbad unter ihnen anzurichten. Ihre Methode bestand darin, sich mit ihrem gesamten Gewicht auf ein Opfer fallen zu lassen und es zu zerquetschen, wonach sie jedoch ohne Aufenthalt weiterhüpften, um das nächste zu zermalmen. Die armen Indianer schrien vor Entsetzen, denn so schnell sie auch rennen mochten, diesen zielstrebigen und gnadenlosen Ungeheuern konnte niemand entkommen. Einer nach dem anderen wurde getötet, und als Lord Roxton und ich ihnen zu Hilfe eilten, waren nicht mehr als fünf übrig. Doch unser Eingreifen hatte wenig Erfolg und brachte uns selbst in Gefahr. Auf eine Entfernung von etlichen hundert Yard schossen wir unsere Magazine leer, jagten den Bestien Kugel auf Kugel in den Leib. Die Wirkung war etwa die gleiche, wie wenn wir sie mit Papierkügelchen beworfen hätten. Die schmerzunempfindlichen Reptilkörper registrierten die Wunden offenbar nicht einmal. Ihre Lebensnerven, die nicht in einem Gehirnzentrum zusammengefaßt, sondern über das gesamte Rückenmark verteilt sind, konnten selbst von den modernen Waffen nicht wesentlich geschädigt werden. Es gelang uns lediglich, sie mit dem Knallen und dem Mündungsblitz der Gewehre ein wenig zu irritieren und abzulenken. Das verschaffte den überlebenden Eingeborenen und uns genügend Zeit, um die Steintreppen zu erreichen. Wo jedoch die konischen Explosivgeschosse des zwanzigsten Jahrhunderts nichts ausrichteten, hatten die Eingeborenen mit ihren Giftpfeilen, die in Strophantussaft getaucht und in verwesendem Fleisch aufbewahrt werden, mehr Erfolg. Solche Pfeile eignen sich nicht zum Jagen dieser Bestien, denn bis sich das lähmende Nervengift im trägen Blutkreislauf der Echse verteilt, bleibt ihr noch Zeit, den Schützen einzuholen und zu töten. Doch nun, als die beiden Ungetüme uns bis zum Fuß der Treppen verfolgten, zischte von allen Felsspalten über uns ein regelrechter Pfeilhagel auf sie nieder. Binnen einer Minute waren sie mit gefiederten Geschossen gespickt, was sie aber nicht zu kümmern schien. Geifernd vor Gier und ohnmächtiger Wut versuchten sie, die Stufen zu erklimmen, arbeiteten sich manchmal sogar ein Stück hinauf, rutschten jedoch jedes Mal wieder zurück und plumpsten schwerfällig auf den Boden. Endlich wirkte das Gift. Eine Bestie stieß ein tiefes knurrendes Seufzen aus und ließ ihren riesigen platten Schädel auf die Erde sinken. Die andere hüpfte schrill kreischend im Kreis herum, legte sich dann nieder und wurde ein paar Minuten lang von krampfhaften Zuckungen geschüttelt, bis auch sie erstarrte und still liegenblieb. Unter Triumphgeschrei kamen die Indianer die Treppen herabgeströmt und umkreisten die Kadaver in einem wilden Siegestanz, außer sich vor Freude, daß wieder zwei ihrer gefährlichsten Feinde vernichtet waren. Am Abend zerschnitten sie die gewaltigen Tierkörper und schafften sie fort, nicht etwa, um sie zu essen – das Gift war noch wirksam –, sondern um dem Entstehen einer Seuche vorzubeugen. Nur die Herzen der Reptile, jedes so groß wie ein Kissen, blieben liegen und schlugen langsam und gleichmäßig mit sanftem Heben und Senken in unheimlichem Eigenleben weiter. Erst am dritten Tag hörten die Ganglien allmählich auf zu arbeiten, und das makabere Schauspiel ging zu Ende.

Sollte mir jemals wieder ein geeigneterer Tisch als eine umgestülpte Konservendose und besseres Schreibzeug als dieser abgenutzte Bleistiftstummel und dieses letzte, zerfledderte Notizbuch zur Verfügung stehen, so werde ich ausführlich über die Accala-Indianer berichten, über unser Leben bei ihnen und über unsere Einsichten, die wir in diesem seltsamen, an Wundern so reichen Land gewannen. Mein Gedächtnis wird mich jedenfalls nicht im Stich lassen, denn solange ich lebe, werden mir jede Stunde und jedes Ereignis dieser Zeit so frisch und klar in Erinnerung bleiben wie meine ersten wichtigen Kindheitserlebnisse. Keine neuen Eindrücke können auslöschen, was sich so tief eingeprägt hat. Wenn es soweit ist, werde ich jene wundersame mondhelle Nacht auf dem großen See beschreiben, als ein junger Ichthyosaurier – ein abenteuerliches Geschöpf, halb Robbe, halb Fisch, mit Knochenplatten an den beiderseits der Schnauze sitzenden Augen und einem dritten Auge in der Stirn – den Indianern ins Netz ging und beinahe unser Kanu umwarf, als wir den Fang zum Ufer schleppten. In derselben Nacht schoß eine grüne Wasserschlange aus dem Schilf hervor, ringelte sich um den Steuermann von Challengers Kanu und riß ihn mit sich fort. Ich werde auch von dem großen weißen Nachttier erzählen – wir wissen immer noch nicht, ob es sich um einen Säuger oder ein Reptil handelt –, das in dem fauligen Sumpf östlich des Sees lebt, wo es mit schwachem phosphoreszierendem Schimmern im Dunkeln umherhuscht. Dieses Tier fürchten die Indianer so sehr, daß sie sich nicht einmal in die Nähe dieses Gebietes wagen. Wir haben zwei nächtliche Expeditionen unternommen und es jedes Mal gesehen, leider nur von weitem, denn der tückische Sumpf, in dem es haust, war für uns unpassierbar. Ich kann deshalb nur sagen, daß es größer als eine Kuh sein muß und einen sehr merkwürdigen, moschusartigen Duft verbreitet. Auch von dem Riesenvogel werde ich berichten, der unseren Challenger eines Tages bis zum Eingang einer Indianerhöhle verfolgte. Es war ein Laufvogel, viel größer als ein Strauß, mit nacktem Geierhals und totenkopfähnlichem Schädel. Als Challenger die Stufen hinaufhetzte, meißelte ihm ein Hieb des gefährlichen Krummschnabels glatt einen Absatz vom Stiefel. Diesmal bewährte sich die moderne Waffentechnik, und die zwölf Fuß hohe Bestie – es handelte sich um einen Phorachus, wie uns der keuchende, aber glückliche Professor sofort belehrte – brach, getroffen von Lord Roxtons Schuß, in einer aufstiebenden Wolke von Federn zusammen und verendete mit zuckenden Gliedern, während sie ihre gnadenlosen gelben Augen unverwandt auf uns gerichtet hielt. Hoffentlich erlebe ich es noch und sehe diesen abgeplatteten scheußlichen Schädel zwischen den Jagdtrophäen im Albany hängen. Und schließlich werde ich auch einiges über das Toxodon berichten, jenes zehn Fuß hohe Riesenmeerschwein mit scharfen hervorstehenden Hauern, das wir erlegten, als wir es eines Morgens in aller Frühe beim Saufen am See überraschten.

Das alles werde ich eines Tages ausführlich darstellen und

neben den turbulenten Erlebnissen auch die bezaubernden Sommerabende schildern, an denen wir am Waldrand einträchtig nebeneinander im hohen Gras lagen und den seltsamen Vögeln nachblickten, die am tiefblauen Himmel über uns hinwegzogen; oder wie wir die possierlichen unbekannten Tierchen beobachteten, die neugierig aus ihren Erdlöchern hervorlugten, während sich ringsum die Sträucher unter der Last herrlicher Früchte bogen und exotische Blumen im satten Grün prangten; oder die langen mondhellen Nächte, die wir auf der glitzernden Oberfläche des großen Sees zubrachten und mit andächtigem Staunen die gewaltigen Wellenringe verfolgten, die sich nach dem kurzen, klatschenden Auftauchen eines phantastischen Monsters ausbreiteten; nicht zu vergessen das grüne Aufleuchten weit unten in der dunklen Tiefe des Gewässers, das von einem geheimnisvollen Wesen verursacht wurde. Diese Erlebnisse sollen eines Tages, sobald ich Muße dazu habe, in allen Einzelheiten zu Papier gebracht werden.

Aber, höre ich meine Leser fragen, warum haben Sie und Ihre Kameraden so viel Zeit mit solchen Exkursionen verschwendet? Hätten Sie nicht Tag und Nacht nach Mitteln und Wegen für die Rückkehr zur Außenwelt suchen müssen? Das hat jeder von uns getan, antworte ich darauf, und wir ließen nichts unversucht, doch alle unsere Bemühungen waren zum Scheitern verurteilt. Eines mußten wir nämlich sehr bald feststellen: Die Indianer wollten uns nicht helfen. In jeder anderen Hinsicht waren sie unsere Freunde, ja, man könnte fast sagen, unsere ergebenen Sklaven. Doch sobald wir um Unterstützung beim Bau einer Holzbrücke baten, wenn wir Lederriemen oder Lianen von ihnen haben wollten, um Stricke anzufertigen, stießen wir auf freundliche, aber bestimmte Ablehnung. Sie lächelten, zwinkerten uns zu und schüttelten den Kopf, das war alles. Selbst der alte Häuptling wies uns stur zurück, und nur sein Sohn Maretas, der Jüngling, den wir gerettet hatten, schaute uns nachdenklich an und gab uns durch Gesten zu verstehen, daß ihm das Hintertreiben unseres Wunsches ganz und gar nicht gefiel. Seit ihrem überwältigenden Triumph über die Affenmenschen betrachten uns die Indianer offenbar als Halbgötter, die den Sieg in ihren seltsamen feuerspeienden

Rohren tragen, und sie glauben, das Glück werde sie nicht verlassen, solange wir bei ihnen sind. Großzügig hat man jedem von uns eine kleine rothäutige Frau und eine eigene Höhle angeboten, damit wir unsere Heimat vergessen und für immer auf dem Plateau bleiben. Soweit ist ihr Verhalten ganz freundlich, wenn es auch unseren Wünschen zuwiderläuft, doch uns erscheint es geraten, unsere weiterhin bestehende Absicht zum Abstieg geheimzuhalten, denn es gibt Grund zur Befürchtung, daß die Eingeborenen sie notfalls mit Gewalt vereiteln werden.

Trotz der Gefahr von den Dinosauriern (die tagsüber nicht sehr groß ist, denn, wie ich wohl bereits erwähnte, sind es überwiegend nachtaktive Tiere) bin ich in den letzten drei Wochen zweimal zu unserem alten Lager gegangen, um mit unserem Neger zu sprechen, der immer noch treu und brav am Fuß der Felswand ausharrt. Angespannt suchte ich die weite Ebene mit Blicken ab, in der Hoffnung, vielleicht die Rettungsmannschaft in der Ferne zu entdecken, deren Eintreffen wir in unseren Gebeten erflehten. Aber nirgends eine Bewegung in der kakteenbewachsenen Einöde, die sich bis zu der fernen Linie des Bambusdickichts erstreckt.

„Kommen bald, Massa Malone. Vielleicht noch eine Woche, dann Indios hier sein, bringen Seil und holen Sie 'runter!" rief mir der gute Zambo aufmunternd zu.

Bei meinem zweiten Ausflug mußte ich eine Nacht im Fort Challenger verbringen. Auf dem Rückweg am nächsten Tag hatte ich ein seltsames Erlebnis. Ich benutzte die mir wohlvertraute Route und war etwa eine Meile hinter den Sumpf der Pterodaktylen, als mir ein merkwürdiges Ding entgegengewankt kam. Es war ein Mann, der sich in einem Gestell aus gebogenen Bambusstäben befand und gleichsam von einem glockenartigen Käfig eingeschlossen war. Beim Näherkommen erkannte ich zu meiner großen Verwunderung Lord John Roxton. Als er mich bemerkte, schlüpfte er unter seiner seltsamen Konstruktion hervor und kam lachend, aber doch auch etwas verlegen, wie ich fand, auf mich zu.

„Na so was – unser Freund und Kupferstecher! Hätte nie gedacht, Sie hier zu treffen."

„Und was in aller Welt treiben Sie hier?" fragte ich.

„Will unseren Freunden, den Pterodaktylen, einen kleinen Besuch abstatten."

„Wozu?"

„Sind doch interessante Burschen, nicht wahr? Aber leider etwas ungastlich. Behandeln Besucher ziemlich ruppig, wie Sie wissen. Habe mir diese Käseglocke gebastelt, damit ich sie mir etwas vom Leibe halten kann."

„Und was wollen Sie wirklich im Sumpf?"

Er musterte mich sehr prüfend, und ich sah, daß er mit der Antwort zögerte.

„Sie glauben wohl, nur Professoren hätten den Drang, etwas zu erforschen?" sagte er schließlich. „Ich studiere die häßlichen Entlein. Das muß Ihnen genügen."

„In Ordnung", sagte ich.

Sofort kehrte seine gute Laune wieder, und er lachte.

„Nichts für ungut, mein Junge. Ich will einen kleinen Satansbraten für Challenger fangen. Und dann geht es mir noch um etwas anderes. Nein, Sie kann ich dabei nicht brauchen. Zwei Mann passen nicht in den Käfig. Einer wäre ungeschützt. Also, bis später!. Werde gegen Abend wieder im Lager sein."

Er stülpte sich das abenteuerliche Bambusgestell wieder über und wanderte weiter durch den Urwald.

Doch wenn Lord John sich in dieser Zeit merkwürdig verhielt, dann übertraf Challenger ihn bei weitem. Ich muß erwähnen, daß er auf die Indianerfrauen eine unwiderstehliche Anziehungskraft ausübte und deshalb ständig einen großen Palmwedel bei sich trug, mit dem er sie wie Fliegen abwehrte, wenn sie allzu zudringlich wurden. Man stelle ihn sich vor, wie er, einem Operettensultan gleich, umherstolzierte, das Zeichen seiner Würde in der Hand, den großen schwarzen Bart vorgereckt, bei jedem Schritt den Fuß mit der Spitze zuerst aufsetzend – und hinter ihm ein Schwarm spärlich mit Baumrinde bekleideter Indianermädchen, die ihn anhimmelten. Dieses groteske Bild werde ich nie vergessen. Summerlee hingegen vertiefte sich in das Leben der Insekten und Vögel des Plateaus, und wenn er nicht gerade Challenger Vorhaltungen machte, weil der noch immer nichts Entscheidendes unternommen hatte, um unser Problem zu lösen, verbrachte er die gesamte Zeit mit dem Präparieren und Aufspießen seiner Jagdbeute.

Challenger hatte es sich zur Gewohnheit gemacht, morgens allein fortzugehen, und wenn er zurückkam, trug er die gewichtige Miene eines Mannes zur Schau, dem schwere Verantwortung für ein wichtiges Unternehmen auf den Schultern lastete. Eines Tages führte er uns, den Palmwedel in der Hand und gefolgt von seinen schmachtenden Anbeterinnen, zu seiner geheimen Werkstatt und weihte uns in seinen Plan ein.

Wir kamen zu einer kleinen Lichtung inmitten eines Palmenwäldchens. Hier befand sich einer jener brodelnden Schlammgeysire, die ich bereits beschrieben habe. Daneben lag in einem Gewirr von Lederstreifen aus Iguanadonhaut eine riesige runzlige Hülle. Wie sich herausstellte, war es ein getrockneter, säuberlich ausgeschabter Magen einer großen Fischechse aus dem See. Der riesige Sack war an einer Seite zugenäht, an der anderen befand sich nur eine kleine Öffnung. In dieser steckten mehrere Bambusrohre, die zu konischen Lehmbechern führten, welche das blubbernd austretende Gas des Geysirs einfingen. Bald begann der lappige Sack langsam anzuschwellen und hob vom Boden ab, so daß Challenger eilig die Befestigung der Lederriemen überprüfte, mit denen die Hülle ringsum an den Stämmen der Bäume festgebunden war. Binnen einer halben Stunde hatte sich ein stattlicher Ballon gebildet, und die Heftigkeit, mit der er an den Halteriemen zerrte und riß, ließ erkennen, daß sein Auftrieb ausreichte, um eine beträchtliche Last zu befördern. Stolz wie ein Vater beim Anblick seines ersten Kindes strich sich Challenger selig lächelnd über den Bart und musterte sein Werk. Summerlee brach als erster das Schweigen.

„Sie wollen uns doch nicht ernsthaft zumuten, mit diesem Ding davonzufliegen, Challenger?" fragte er höhnisch.

„Vorerst, mein lieber Summerlee, möchte ich Ihnen die Tragkraft und Funktionstüchtigkeit meines Flugapparats demonstrieren. Danach werden auch Sie, dessen bin ich mir gewiß, soweit überzeugt sein, daß Sie sich ihm bedenkenlos anvertrauen."

„Das können Sie sich gleich aus dem Kopf schlagen!" erklärte Summerlee mit Entschiedenheit. „Nichts in der Welt wird mich dazu bringen, eine solche Dummheit zu begehen. Lord John, ich hoffe, Sie lehnen diese Narretei ebenfalls ab."

„Verteufelt geniale Konstruktion", meinte unser Adliger. „Würde gern sehen, ob sie auch funktioniert."

„Das werden Sie", versicherte Challenger. „Seit etlichen Tagen habe ich meine gesamten intellektuellen Fähigkeiten auf das Problem konzentriert, wie wir von diesen Klippen wieder herunterkommen. Wir haben feststellen müssen, daß wir weder hinabklettern noch einen nach unten führenden Tunnel benutzen können. Ebenfalls ist es unmöglich, eine Brücke zu dem Felskegel zu schlagen, den wir beim Aufstieg benutzt haben. Es mußte also ein völlig neues Konzept der Fortbewegung gefunden werden. Vor einiger Zeit hatte ich unseren jungen Freund darauf aufmerksam gemacht, daß die Geysire molekularen Wasserstoff ausstoßen. Das brachte mich natürlich auf die Idee, einen Ballon zu verwenden. Zuerst bestanden, wie ich durchaus zugeben will, beträchtliche Schwierigkeiten, eine geeignete Hülle für das Gas zu finden, aber als ich die immensen Eingeweide der Fischechse sah, war das Problem gelöst. Hier also das Resultat!"

Er schob eine Hand in den Ausschnitt seiner zerlumpten Jacke und deutete mit dem Daumen der andern stolz über seine Schulter.

Der Ballon, inzwischen zu einer prallen Kugel angeschwollen, riß heftig an den Halteriemen.

„Eine Schnapsidee!" schnarrte Summerlee.

Doch Lord John war von der Idee begeistert. „Hat Köpfchen, unser Sitzriese, was?" raunte er mir zu und dann lauter zu Challenger: „Und wo ist der Siechkobel?"

„Um den Korb werde ich mich demnächst kümmern. Ich habe bereits einen Plan, wie er angefertigt und befestigt werden soll. Heute will ich Ihnen lediglich beweisen, daß mein Flugapparat das Gewicht eines jeden von uns tragen kann."

„Sie meinen, uns alle auf einmal?"

„Nein, mein Plan sieht vor, daß wir einzeln damit nach unten schweben, wie an einem Fallschirm. Nach jedem Flug wird der Ballon mit einer Vorrichtung, die ich ohne Mühe noch konstruieren werde, wieder heraufgezogen. Wenn der Auftrieb ausreicht, um einen Menschen zu befördern, ist der Ballon gebrauchsfähig. Und diese Eignung will ich Ihnen jetzt beweisen."

Er schleppte einen in der Mitte etwas eingekerbten Basaltbrocken herbei, an dem er unser Seil befestigte, das wir beim Ersteigen des Felskegels benutzt und mit aufs Plateau genommen hatten. Es war über hundert Fuß lang, ziemlich dünn, aber sehr fest. Er hatte eine Art Kragen aus Leder vorbereitet, an den viele Riemen geknüpft waren. Diesen schob er auf das Oberteil des Ballons und verknotete die Riemen so, daß sich der Druck der Traglast gleichmäßig auf eine große Fläche der Gashülle verteilte. Dann befestigte der Professor den Basaltbrocken an den Tragriemen und wickelte sich das lose herabhängende Ende des Seils dreimal um den linken Arm.

„Ich werde Ihnen nun", sagte Challenger, vor Vorfreude strahlend, „die Tragkraft meines Ballons demonstrieren." Gleichzeitig kappte er mit einem Messer alle Halteriemen.

Niemals war die Expeditionsmannschaft der vollständigen Vernichtung so nahe wie in diesem Augenblick. Die pralle Gashülle schoß mit furchtbarer Geschwindigkeit aufwärts. Challenger wurde mit einem Ruck in die Höhe gerissen. Ich konnte gerade noch meine Arme um seine Hüfte werfen, wurde aber mit ihm emporgehoben. Lord John packte mich blitzschnell bei den Beinen, doch ich spürte, daß auch er den Boden unter den Füßen verlor. Einen Augenblick lang belustigte mich die Vorstellung, daß vier Entdecker als pendelnde Wurstkette über das von ihnen erforschte Land segeln sollten. Doch glücklicherweise war die Tragfähigkeit des Seils (nicht die des verflixten Ballons) überschritten. Es gab einen peitschenden Knall, wir landeten übereinander auf dem Boden und wurden von den Windungen des herabfallenden Seils bedeckt. Als wir uns wieder aufgerappelt hatten, sahen wir hoch oben am tiefblauen Himmel den davontreibenden Ballon mit dem Basaltbrocken als dunklen, rasch kleiner werden Punkt.

„Großartig!" rief der unverwüstliche Challenger und rieb sich seinen geprellten Arm. „Eine überzeugende, selbst meine

Erwartungen weit übertreffende Demonstration! Meine Herren, ich verspreche Ihnen in einer Woche den nächsten Ballon, mit dem wir die erste Etappe unserer Heimreise garantiert sicher und bequem bewältigen werden!"

Bisher konnte ich die Ereignisse in der Reihenfolge schildern, in der sie geschahen. Jetzt trage ich die restlichen vom Basislager aus nach, wo Zambo so lange auf uns gewartet hat. Alle Schwierigkeiten und Gefahren liegen nunmehr wie ein böser Traum hinter uns, besser gesagt, über uns: auf dem Plateau, dessen hohe rötliche Felswand vor uns aufragt. Wir sind sicher und wohlbehalten nach unten gelangt, allerdings ganz anders als geplant, und freuen uns alle riesig. In sechs bis acht Wochen werden wir wieder in London sein. Wahrscheinlich treffen diese Zeilen dort nicht viel eher ein als wir selbst. Schon jetzt sehnt sich jeder nach unserer großen Heimatstadt und ist in Gedanken bei seinen Lieben, die ihn dort erwarten.

Noch am selben Tag, an dem wir das gefährliche Abenteuer mit Challengers selbstgebasteltem Ballon erlebt hatten, brachte das Schicksal eine Wende zu unseren Gunsten. Ich erwähnte bereits, daß die einzige Person, die für unsere Rückkehr gewisse Anzeichen von Verständnis zeigte, der junge Häuptling war, den wir gerettet hatten. Maretas dachte nicht daran, uns gegen unseren Willen in diesem seltsamen Land festzuhalten. Das hatte er uns in seiner ausdrucksvollen Zeichensprache versichert. An jenem Abend kam er nach Einbruch der Dunkelheit herunter in unser kleines Lager, drückte mir eine kleine Rolle aus Baumrinde in die Hand (zu mir hatte er eine besondere Zuneigung gefaßt – vielleicht, weil unser Altersunterschied so gering war), deutete feierlich auf eine Reihe von Höhlen über uns, legte einen Zeigefinger an seine Lippen, zum Zeichen, daß wir den Mund halten sollten, und schlich zu seinen Stammesbrüdern zurück.

Ich entrollte das Rindenstück am Feuer, und wir betrachteten es gemeinsam. Es war ein Quadrat von etwa einem Fuß Kantenlänge. Auf der Innenseite befanden sich merkwürdig angeordnete Striche, die ich hier wiedergebe:

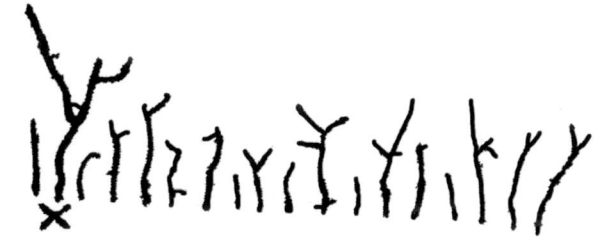

Sie waren sauber mit Holzkohle auf die weiße Bastfläche gezeichnet und kamen mir beim ersten Anblick wie eine grobe Notenschrift vor.

„Was immer das bedeuten mag, ich würde darauf schwören, daß es für uns äußerst wichtig ist", sagte ich. „Das konnte ich an seiner Miene ablesen, als er mir die Rolle zusteckte."

„Falls wir es nicht mit einem primitiven Witzbold zu tun haben", meinte Summerlee, „was übrigens gar nicht so abwegig wäre, denn der Humor gehört zu einer der ersten Errungenschaften der Menschwerdung."

„Es handelt sich offensichtlich um eine Art Hieroglyphen", meinte Challenger.

„Sieht mir eher nach einem Bilderrätsel aus", entgegnete Lord John, der einen langen Hals machte, um etwas zu erkennen. Plötzlich streckte er seine Hand aus und ergriff das Rindenstück.

„Heiliger Strohsack!" rief er. „Ich glaube, ich hab's! Der Junge hat recht. Sehen Sie her! Wie viele Striche stehen hier? Achtzehn. Und zufällig befinden sich genau so viele Höhleneingänge in der Wand über uns."

„Maretas hat auch auf die Höhlen gezeigt, als er mir das gab."

„Na also! Ein Plan der Höhlen, klarer Fall. Achtzehn Stück in einer Reihe, manche kurz, manche lang, ein paar verzweigt – alles genau so, wie wir es schon erkundet haben. Eine Karte also. Und hier ist ein Kreuz. Was bedeutet es? Es markiert eine Höhle, die viel länger ist als die übrigen."

„Eine, die hindurchgeht!" rief ich.

„Ich glaube, unser junger Freund hat das Rätsel gelöst",

sagte Challenger. „Denn wenn diese Höhle nicht nach außen führen würde, wäre unverständlich, wieso dieser Mensch, der uns aus gutem Grund wohlgesonnen ist, auf sie aufmerksam machen sollte. Falls sie aber tatsächlich hindurchführt, brauchten wir an der entsprechenden Stelle der Außenwand nur hundert Fuß weit abzusteigen."

„Einhundert Fuß!" stöhnte Summerlee.

„Unser Seil ist immer noch länger als hundert Fuß", rief ich. „Damit kommen wir ohne weiteres hinunter!"

„Und die Indianer in der Höhle?" warf Summerlee ein.

„Die Höhlen über uns sind nicht bewohnt", sagte ich. „Sie werden als Lagerräume und Vorratskammern benutzt. Sollten wir nicht gleich einmal hinaufgehen und die Lage peilen?"

Auf dem Plateau gibt es trockenes harziges Tannenholz – eine Unterart der Gattung Araucaria, wie unser Botaniker erklärte –, das die Indianern gewöhnlich als Fackeln verwenden. Jeder von uns nahm ein paar dieser Zweige, und dann stiegen wir die grasbewachsenen Stufen zu der bezeichneten Höhle hinauf. Ich hatte recht, sie war unbewohnt. Nur ein Schwarm großer Fledermäuse flatterte um unsere Köpfe, als wir hineinkamen. Da uns die Indianer nicht bemerken durften, tasteten wir uns im Dunkeln den Gang entlang, der einige Biegungen machte. Erst als wir schon ziemlich weit vorgedrungen waren, zündeten wir die Fackeln an. Sie erhellten einen hübschen trockenen Tunnel, dessen glatte, graue Wände mit symbolischen Zeichen bedeckt waren. Oben eine gewölbte Decke, unter unseren Füßen glitzernder weißer Sand. Aufgeregt eilten wir vorwärts, bis wir auf einmal, bitter enttäuscht, haltmachen mußten. Vor uns nur glatter Fels, ohne den geringsten Spalt. Hier kam niemand weiter, nicht einmal eine Maus.

Niedergeschlagen starrten wir auf das unerwartete Hindernis. Dieser Gang war keineswegs verschüttet wie der, den Maple White benutzt hatte, sondern seine Seitenwände gingen bruchlos in die Stirnfläche über. Dies war ein toter Gang, war es immer schon gewesen.

„Macht nichts, Freunde", meinte der unverwüstliche Challenger. „Ihr habt mein Wort, daß die Sache mit dem Ballon klappt!"

Summerlee stöhnte.

„Vielleicht sind wir in der falschen Höhle?" gab ich zu bedenken.

„Ausgeschlossen, Freund und Kupferstecher", sagte Lord John und tippte auf die Karte. „Hier, die siebzehnte von rechts beziehungsweise zweite von links. Habe genau aufgepaßt. Das ist schon die richtige Höhle."

Ich betrachtete das angekreuzte Gebilde, auf das sein Finger stippte, und stieß plötzlich einen Freudenschrei aus.

„Ich glaube, ich hab's. Alle mir nach! Kommt!"

Mit der Fackel in der Hand rannte ich den Gang zurück. „Hier", ich deutete auf einige abgebrannte Streichhölzer am Boden, „hier haben wir die Fackeln angezündet."

„Stimmt."

„Laut Karte hat die Höhle eine Gabelung. Wahrscheinlich haben wir sie im Dunkeln passiert und erst danach die Fackeln angezündet. Wenn wir zurückgehen, müssen wir auf der rechten Seite den längeren Höhlenarm finden."

Und richtig! Kaum waren wir dreißig Yard zurückgelaufen, als vor uns eine große schwarze Kammer gähnte. Wir gingen hinein und fanden einen Gang, der sehr viel geräumiger war als der andere. Atemlos vor Ungeduld, legten wir mehrere hundert Yard im Laufschritt zurück. Auf einmal erhellte ein ferner dunkelroter Schimmer die schwarze Finsternis des Stollens. Verwundert starrten wir dorthin. Eine glühende Platte schien den Gang zu blockieren und uns den Weg zu versperren. Wir hasteten darauf zu. Kein Laut, keine Wärme, keine Bewegung ging davon aus, und dennoch warf der gleißende Vorhang silbriges Licht in die Höhle und ließ den Sand wie Juwelenstaub funkeln. Erst als wir uns der leuchtenden Fläche näherten und ihren runden Rand entdeckten, begriffen wir.

„Donnerwetter – der Mond!" rief Lord John aus. „Wir sind durch, Männer! Hurra!"

Es war tatsächlich der Vollmond, der direkt in das Höhlenloch der äußeren Felswand hineinschien. Die Öffnung, ein enger Spalt, nicht viel größer als ein Fenster, reichte für unser Vorhaben völlig. Wir beugten uns hinaus. Der Abstieg war nicht allzu schwierig, der Boden lag nicht sehr tief unter uns.

Kein Wunder, daß wir die Öffnung von unten nicht bemerkt hatten, denn die Steilwand kragte hier nach außen. Stellen wie diese waren für einen Aufstieg völlig ungeeignet und hatten uns deshalb nicht näher interessiert. Wir überzeugten uns, daß die Länge des Seils ausreichte, und kehrten dann freudestrahlend zu unserem Lager zurück, um die Flucht vorzubereiten. Am nächsten Abend sollte es losgehen.

Was zu tun war, mußte schnell und unauffällig geschehen, damit die Indianer unser Vorhaben nicht noch in letzter Minute entdeckten und vereitelten. Wir beschlossen, unsere Ausrüstung, außer den Gewehren und der Munition, insgesamt zurücklassen. Nur Challenger hatte allerhand Gepäck, das er unbedingt mitnehmen wollte. Besonders eine Kiste, über deren Inhalt ich vorläufig nichts sagen darf, bereitete uns einiges Kopfzerbrechen. Allmählich ging der Tag zur Neige, doch als es dunkelte, waren wir bereit zum Aufbruch. Mühsam schleppten wir unsere Sachen über die schmale, steile Treppe hinauf. Oben angekommen, drehten wir uns noch einmal um und warfen einen letzten langen Blick über das seltsame Land, das, wie ich fürchte, bald von Trophäenjägern und Goldgräbern überschwemmt und verwüstet werden wird. Uns wird es jedoch immer als Traumland voller Schönheit und Romantik in Erinnerung bleiben, in dem wir viel gewagt, viel gelitten und viel gelernt haben – *unser* Land, wie wir es liebevoll nennen. Links neben uns drang aus den benachbarten Höhlen zuckender roter Feuerschein in die Abenddämmerung. Vom Hang tönten die Stimmen lachender und singender Indianer herauf. Dahinter begann die Weite des Urwaldes, in dessen Zentrum der große schimmernde See, die Heimat skurriler Monster, kaum noch in der Dunkelheit zu erkennen war. Während unser Blick über das Panorama schweifte, zerriß der hohe, wehmütige Schrei irgendeines unbekannten Tieres die nächtliche Stille. Es war die Stimme des Maple-White-Landes, die uns einen Abschiedsgruß zurief. Wir wandten uns um und stiegen in die Höhle, die zurück zur Heimat führte.

Zwei Stunden später standen wir mitsamt unserem Gepäck am Fuß der Felswand. Außer mit Challengers Kiste hatte es keine nennenswerten Probleme gegeben. Wir ließen alles an

Ort und Stelle liegen und machten uns auf den Weg zu Zambo. Am frühen Morgen erreichten wir sein Lager, doch zu unserer großen Verwunderung sahen wir dort nicht ein einzelnes, sondern etwa ein Dutzend Feuer in der Ebene brennen. Die Rettungsmannschaft war eingetroffen: zwanzig Indianer vom Amazonasstrom, ausgerüstet mit Stangen, Seilen und allem, was für den Bau einer Brücke über den Abgrund nützlich sein konnte. Jetzt werden wir wenigstens mit dem Transport unseres Gepäcks keine Schwierigkeiten haben, wenn wir morgen den Rückmarsch zum Amazonas antreten.

Froh und dankbar schließe ich diesen Bericht ab. Unsere Augen haben große Wunder gesehen, unsere Seelen wurden geläutert durch das, was wir erlitten haben. Jeder von uns ist auf seine Weise ein reicherer und reiferer Mensch geworden. Vielleicht legen wir in Para eine Pause ein, um uns von den Strapazen zu erholen. Wenn wir uns dazu entschließen, geht dieser Brief mit der Post voraus. Wenn nicht, werde ich ihn höchstpersönlich nach London befördern. Auf jeden Fall, mein lieber Mr. McArdle, hoffe ich, Ihnen sehr bald die Hand schütteln zu können.

Sechzehntes Kapitel

Ein Triumphzug! Ein Triumphzug!

Es ist mir ein Bedürfnis, an dieser Stelle allen unseren Freunden am Amazonas für die außerordentliche Liebenswürdigkeit und Gastfreundschaft zu danken, die sie uns auf der Rückreise erwiesen haben. Besonders verpflichtet fühlen wir uns Senhor Penalosa und anderen Beamten der brasilianischen Regierung, die uns unterwegs in großzügiger und unbürokratischer Weise unterstützten, sowie Senhor Pereira aus Para, dank dessen umsichtiger Vorsorge wir anständig gekleidet in die zivilisierte Welt zurückkehren konnten. Es tat uns deshalb ganz besonders leid, unsere Gastgeber und Wohltäter, die uns so viel Freundlichkeit entgegenbrachten, hinters Licht führen zu müssen, doch unter den gegebenen Umständen blieb uns keine andere Wahl. Ich erkläre hiermit: Jeder Versuch, unsere Spuren zurückzuverfolgen, wäre reine Vergeudung von Zeit und Geld, denn wir haben in unseren Berichten alle Namen und Ortsbezeichnungen verändert. Ich bin mir ganz sicher, daß auch nach sorgfältigster Analyse unserer Äußerungen niemand unserem unbekannten Land auf tausend Meilen nahekommen wird.

Wir hatten die Aufregung, die wir in Südamerika an den verschiedenen Stationen unserer Rückreise verursachten, für eine lokal begrenzte gehalten. Ich kann meinen Freunden in England versichern, daß wir nicht im entferntesten ahnten, welches Aufsehen das bloße Gerücht von unseren Erlebnissen in ganz Europa erregt hatte. Erst als sich die *Ivernia* bereits fünfhundert Seemeilen vor Southampton befand und Funksprüche von allen Zeitungen und Nachrichtenagenturen eingingen, in denen man uns Riesensummen für eine kurze Auskunft über unsere Entdeckungen bot, begriffen wir, daß nicht nur die Fachwelt, sondern die gesamte Öffentlichkeit in heller

Aufregung war. Wir beschlossen jedoch, der Presse vorläufig keine wesentlichen Informationen zu geben. Als Abgesandte des Zoologischen Instituts fühlten wir uns verpflichtet, zuerst dem Gremium Bericht zu erstatten, das uns den Auftrag für die Forschungsreise erteilt hatte. Deshalb lehnten wir auch in Southampton, wo uns die Presseleute bestürmten, jedes Interview ab. Die natürliche Folge war, daß sich das öffentliche Interesse ganz auf die Versammlung konzentrierte, die am Abend des siebenten Novembers stattfinden sollte. Man erwartete, daß der Hörsaal des Zoologischen Instituts, in dem das Unternehmen aus der Taufe gehoben worden war, für diese Veranstaltung viel zu klein sein würde. Deshalb wurde die Queen's Hall in der Regent Street angemietet. Wie man inzwischen weiß, hätten die Veranstalter selbst die Albert Hall nehmen können, und auch diese wäre noch zu klein gewesen.

Man hatte als Termin für die große Versammlung den zweiten Abend nach unserer Ankunft gewählt. Am ersten war jeder Expeditionsteilnehmer natürlich privat vollauf in Anspruch genommen. Wie das bei mir aussah, will ich vorläufig ausklammern. Vielleicht brauche ich etwas mehr Abstand, um nüchtern über diese Sache sprechen zu können. Ich habe dem Leser am Beginn dieses Berichts gezeigt, welche Motive mein Handeln bestimmten. Deshalb sollte ich wohl auch das Ergebnis meiner Bemühungen nicht verschweigen. Vielleicht kommt einmal sogar der Tag, an dem ich auch darüber froh sein werde. Schließlich habe ich einen Anstoß gebraucht, um an einem wundervollen Abenteuer teilzunehmen, und ich sollte der Kraft, die ihn mir gab, eigentlich dankbar sein.

Und nun wende ich mich dem ebenso glanzvollen wie turbulenten Abschluß unseres Abenteuers zu. Während ich mir das Gehirn zermarterte, wie ich das Ereignis schildern sollte, fiel mein Blick auf die Morgenausgabe meiner Zeitung mit dem ausführlichen und sehr anschaulichen Bericht meines Freundes und Kollegen Macdona. Mir fiel nichts besseres ein, als den Artikel samt seinen fettgedruckten Schlagzeilen einfach zu übernehmen. Zugegeben, die *Daily Gazette* rührt mit der großartigen Aufmachung ein bißchen die Reklametrommel und klopft sich selbst wegen ihres weisen Entschlusses

auf die Schulter, einen Korrespondenten zu der Expedition zu
entsenden, doch im Blätterwald der übrigen großen Tageszeitungen hat es kaum weniger gerauscht. Hier also der Artikel
des guten alten Mac:

DIE VERLORENE WELT

Grosse Versammlung in der Queen's Hall
Tumultartige Szenen
Erstaunlicher Zwischenfall
Was war es?
Nächtliche Zusammenrottung in der Regent Street
SONDERBERICHT

Die mit Spannung erwartete
Vollversammlung des Zoologischen Instituts, außerordentlich einberufen, um den
Bericht des von ihr im vergangenen Jahr entsandten
Untersuchungskomitees zur
Prüfung der Behauptung Professor Challengers bezüglich
der Existenz prähistorischer
Lebewesen auf dem südame-
rikanischen Kontinent entge-
genzunehmen, fand gestern
abend in der großen Queen's
Hall statt, und man kann mit
Fug und Recht behaupten, jener siebente November ver-
dient, mit goldenen Lettern
im Kalender der Wissen-
schaft vermerkt zu werden –
verlief diese Zusammenkunft
doch in einer so bemerkenswerten und spektakulären

Weise, daß keiner der dabei
Anwesenden sie jemals vergessen wird. (O Macdona,
Bruder der schreibenden
Zunft, was für ein monströser
Einleitungssatz!) Theoretisch
waren die Eintrittskarten den
Mitgliedern des Instituts sowie deren Freunden vorbe-
halten; da letzteres jedoch
ein dehnbarer Begriff ist, waren lange vor 20 Uhr alle
Sitzplätze des riesigen Saals
restlos besetzt. Die große
Menge der draußen stehen-
den Interessenten protestierte
höchst unvernünftig und em-
pört gegen ihren angeblichen
Ausschluß, belagerte hartnäckig die Eingänge und verschaffte sich gegen 19.45
Uhr gewaltsam Zutritt, wobei
mehrere Personen zu Scha-

den kamen und leider auch Inspektor Scoble von der Polizeiwache H einen Beinbruch erlitt. Nach dieser unvernünftigen Invasion, die alle Gänge verstopfte und selbst in den für die Presse reservierten Bereich eindrang, erwarteten im Saal schätzungsweise 5.000 Menschen die Ankunft der Forschungsreisenden. Endlich traten sie ein und begaben sich auf die Bühne, wo bereits führende Wissenschaftler unseres Landes, Frankreichs und Deutschland Platz genommen hatten. Auch Schweden war vertreten, und zwar durch Professor Sergius, den berühmten Zoologen von der Universität Uppsala. Der Einzug der vier Helden löste eine bemerkenswerte Willkommenskundgebung aus, denn das gesamte Publikum erhob sich von den Plätzen und spendete minutenlang Beifall. Dem aufmerksamen Beobachter konnte allerdings nicht entgehen, daß sich auch Buh-Rufe unter den Applaus mischten, und daher eher ein wechselvoller denn ein harmonischer Verlauf der Veranstaltung zu erwarten war. Mit Sicherheit konnte jedoch niemand die

erstaunliche Wendung vorhersehen, die sie dann nahm.

Zum Aussehen der vier Reisenden muß nicht viel gesagt werden, da ihre Photographien jüngst durch alle Tageszeitungen gegangen sind. Man merkte ihnen kaum die Strapazen an, die sie dem Vernehmen nach durchgemacht haben. Abgesehen davon, daß Professor Challengers Bart etwas struppiger ist, die asketischen Züge in Professor Summerlees Gesicht stärker hervortreten und Lord John Roxtons Gestalt noch hagerer wirkt als beim Verlassen der heimatlichen Gestade, waren alle Expeditionsteilnehmer tiefgebräunt und schienen sich bester Gesundheit zu erfreuen. Was unseren eigenen Vertreter, den bekannten Athleten und internationalen Rugbyspieler E. D. Malone betrifft, so wirkte er durchtrainiert und selbstbewußt wie nie zuvor. Während er die Menge musterte, huschte ein zufriedenes Lächeln über sein gutmütiges, naives Gesicht. (Na warte, Mac, wenn ich dich mal allein erwische!) Als nach den Ovationen für die Reisenden allmählich

Ruhe einkehrte und das Publikum wieder die Plätze einnahm, hielt der Vorsitzende, der Herzog von Durham, eine kurze Ansprache. Er wolle, sagte er, sich keinen Augenblick länger als nötig zwischen die zahlreiche Zuhörerschaft und das große Ereignis stellen, auf das alle warteten. Auch gedenke er nichts von dem vorwegzunehmen, was Professor Summerlee als Sprecher des Komitees gleich mitteilen werde, aber die Kunde vom außerordentlichen Erfolg der Expedition habe sich ja schon allgemein herumgesprochen. (Beifall.) Offensichtlich sei das Zeitalter der Romantik keineswegs zu Ende, denn es gebe noch Bereiche, in denen sich die wildesten Erfindungen des Romanciers mit den nüchternen Forschungen des Wissenschaftlers träfen. Er hoffe, im Namen aller Anwesenden zu sprechen, wenn er zum Schluß seiner Freude darüber Ausdruck verleihe, daß die vier Herren gesund und munter von ihrer schwierigen und gefahrvollen Unternehmung zurückgekehrt sind, denn ein tragischer Verlauf der Expedition hätte für die zoologi-

sche Wissenschaft einen nicht wiedergutzumachenden Verlust bedeutet. (Lebhafter Beifall, in den auch Professor Challenger einstimmte.)

Professor Summerlees Auftritt löste erneut wahre Begeisterungsstürme aus, die sich während seines Vortrags mehrfach wiederholten. Seine Ausführungen brauchen an dieser Stelle nicht in extenso wiedergegeben zu werden, da ein ausführlicher Expeditionsbericht aus der Feder unseres Sonderkorrespondenten in Bälde erscheinen wird. Eine Zusammenfassung der wichtigsten Punkte mag hier genügen. Der Redner erinnerte zunächst an den Anlaß der Expedition, würdigte dabei die verdienstvolle Initiative seines Freundes Professor Challenger und entschuldigte sich in aller Form nachträglich für das Mißtrauen, mit dem er damals dessen Thesen begegnet sei. Professor Challengers Voraussagen hätten sich inzwischen in vollem Umfang bestätigt. Er deutete die Route der Expedition an, wobei er sorgfältig alle konkreten Angaben vermied, die der Öffentlichkeit als Anhaltspunkte für das Auffinden des bemerkenswerten Plateaus hätten dienen können. Besonders allgemein behandelte er den Weg vom Amazonasstrom zum Fuß des Felsmassivs, fesselte dann jedoch die Zuhörer mit einem Bericht über die langwierigen, verzweifelten, letztlich aber doch von Erfolg gekrönten Aufstiegsversuche, bei denen zwei treue Mestizen ihr Leben opferten. (Zu dieser erstaunlichen Version der Mestizenaffäre hatte sich Summerlee entschlossen, um keine Ansatzpunkte für kritische Diskussionen zu liefern.)

Nachdem der Redner seine Zuhörer im Geiste auf das Hochplateau geführt und ihnen durch den Einsturz der Brücke den Rückweg abgeschnitten hatte, beschrieb er die Schrecken und Reize des ungewöhnlichen Landes. Auf persönliche Gefahrensituationen ging er kaum ein, beschäftigte sich aber umso ausführlicher mit dem reichen Ertrag an wissenschaftlichen Erkenntnissen, der durch das Studium der erstaunlichen Fauna und Flora des Plateaus gewonnen werden konnte. Als besonders vielfältig habe sich das In-

sektenleben erwiesen. Es sei innerhalb weniger Wochen gelungen, bei den Coleoptera sechsundvierzig und bei den Lepidoptera vierundneunzig neue Arten zu ermitteln. Aber das Publikum war natürlich am meisten auf die größeren Tiere gespannt, vor allem die ausgestorben geglaubten Monster. Von diesen konnte der Redner eine stattliche Anzahl nennen und beschreiben, merkte jedoch an, die Liste werde sich zweifellos noch bedeutend verlängern, sobald man das Plateau systematisch erforsche. Er und seine Gefährten hätten mindestens zwölf unterschiedliche Geschöpfe gesichtet – leider nicht aus nächster Nähe –, die der Wissenschaft bislang völlig unbekannt seien. Eine der nächsten Forschungsaufgaben müsse also darin bestehen, diese Spezies näher zu untersuchen und zu klassifizieren. Er wies beispielsweise auf eine purpurrote Schlange hin, deren abgestreifte Haut einundfünfzig Fuß lang war, und erwähnte ein weißes Geschöpf, vermutlich ein Säugetier, das bei Nacht durch seine deutliche Phosphoreszenz auffalle;

ferner beschrieb er einen großen schwarzen Falter, dessen Biß bei den Indianern als äußerst giftig galt. Abgesehen von diesen völlig neuen Arten seien auf dem Plateau viele bekannte prähistorische Lebewesen anzutreffen, von denen einzelne bis auf die frühe Juraperiode zurückgingen. Er erwähnte den ebenso gigantischen wie grotesken Stegosaurus, den Mr. Malone am Seeufer beim Trinken beobachten konnte, und von dem eine Zeichnung im Skizzenbuch des amerikanischen Abenteurers zu finden sei, der diese verlorene Welt als erster betreten habe. Er beschrieb auch das Iguanadon und den Pterodaktylus, die ersten erstaunlichen Tiere, auf die sie stießen. Dann versetzte er das Publikum in atemlose Spannung, indem er die schrecklichen fleischfressenden Dinosaurier schilderte, die mehr als einmal den Mitgliedern der Expedition nachgestellt hatten und mit Abstand die furchterregendsten aller beobachteten Tiere waren. Anschließend berichtete er von einem riesigen Vogel, dem Phorachus, sowie dem großen Elch, der auf dem

Hochplateau herumstreift. Interesse und Begeisterung der Zuhörer nahmen unverkennbar noch zu, als er auf die Geheimnisse des Zentralsees zu sprechen kam. Man hatte das Bedürfnis, sich in den Arm zu kneifen, um sicher zu sein, daß man nicht träumte, als dieser nüchterne, sachliche Professor methodisch präzise Beschreibungen von monströsen dreiäugigen Fischechsen sowie den riesigen Seeschlangen abgab, die dieses zauberhaft schöne Gewässer bevölkern. Anschließend ging er auf die Indianer und die merkwürdige Kolonie der anthropoiden Affen ein. Er vertrat die Auffassung, letztere seien eine Vorform des Pithecanthropus von Java, und ihr Etwicklungsstand komme dem des hypothetischen Geschöpfs nahe, das man als das ,fehlende Verbindungsglied' zwischen Tier und Mensch bezeichne. Zum Schluß berichtete er unter allgemeiner Heiterkeit von der genialen, aber ziemlich gefährlichen aeronautischen Konstruktion des Professors Challenger und beendete seinen denkwürdigen Vortrag, indem er die Umstände erläuterte, die den Mitgliedern des Komitees schließlich doch noch den Rückweg in die Zivilisation ermöglichten.

Man hatte gehofft, daß damit die Versammlung zu Ende gehen und der Antrag des Professors Sergius von der Universität Uppsala, dem Berichterstatter Dank und Anerkennung auszusprechen, einmütig befürwortet und verabschiedet werden würde, doch bald zeigte sich, daß die Angelegenheit nicht so glatt verlaufen sollte. In gewissen Abständen hatten sich schon während des Abends Anzeichen von Opposition bemerkbar gemacht, und nun erhob sich Dr. Illingworth aus Edinburgh in der Mitte des Saals und fragte, ob ein Zusatzantrag gestellt werden könne, bevor man zu einer Resolution komme.

VORSITZENDER: „Gewiß, Sir, wenn Sie einen Zusatz für erforderlich halten."

DR. ILLINGWORTH: „Er ist erforderlich, Euer Gnaden."

VORSITZENDER: „Dann wollen wir ihn zur Kenntnis nehmen."

PROFESSOR SUMMERLEE (aufspringend): „Ich möchte darauf hinweisen, Euer Gnaden, daß dieser Herr seit unserer im *Journal der Naturwissenschaften* ausgetragenen Kontroverse über die wahre Natur des Bathybius[12] mein persönlicher Widersacher ist!"

VORSITZENDER: „Ich fürchte, ich kann Persönliches hier nicht berücksichtigen. Der Antragsteller hat das Wort."

Stellenweise waren Dr. Illingworths Worte kaum zu verstehen, da sie in den anhaltenden Protestrufen von den Freunden der Entdeckungsreisenden nahezu untergingen. Einige Male wurde versucht, ihn auf seinen Platz zu ziehen. Da er jedoch ein Mann von robuster Statur ist und über eine kräftige Stimme verfügt, behauptete er sich in dem Tumult und brachte seine Rede zu Ende. Offensichtlich hatte auch er eine ganze Reihe von Sympathisanten im Saal, die freilich in der Minderheit waren. Die Haltung des überwiegenden Teils des Publikums kann als aufmerksame Neutralität beschrieben werden.

An den Anfang seiner Ausführungen stellte Dr. Illingworth die Versicherung, er hege die größte Hochachtung vor der wissenschaftlichen Leistung sowohl Professor Challengers als auch Professor Summerlees. Zutiefst würde er es bedauern, wollte man seine Bemerkungen als Ausdruck irgendwelchen persönlichen Zwistes auffassen; entsprängen sie doch einzig und allein seinem Wunsch, die wissenschaftliche Objektivität in der Beurteilung des Gehörten zu wahren. So gesehen, befinde er sich in genau derselben Lage wie Professor Summerlee bei der letzten Versammlung. Damals habe Professor Challenger bestimmte Behauptungen aufgestellt, die sein Kollege anzweifelte. Nunmehr vertrete dieser Kollege selbst diese Hypothesen und erwarte, daß man sie widerspruchslos akzeptiere. Könne man dies vernünftig nennen? (Zwischenrufe: „Ja!" – „Nein!" und eine längere Unterbrechung, in der die Pressevertreter deutlich hören konnten, wie Professor Challenger den Vorsitzenden um Erlaubnis bat, Dr. Illingworth vor die Tür setzen zu dürfen.) Vor Jahresfrist habe ein Mann gewisse Behauptungen aufgestellt. Jetzt stellten vier Männer noch weitaus gewagtere Behauptungen in den Raum. Könne man dies als schlüssigen Beweis akzeptieren, wenn im Kern nichts weniger als eine ungeheuere Revolutionierung des gesamten wissenschaftlichen Denkens in Rede stehe? In letzter Zeit sei es leider häufig vorgekommen, daß die Öffentlichkeit gewissen Berichten von Reisen in unbekannte Gebiete voreilig Glauben geschenkt habe. Er warne das Londoner Zoologische Institut davor, sich in eine ähnlich peinliche Lage zu bringen. Selbstverständlich halte er die Mitglieder des Untersuchungskomitees für Ehrenmänner, doch die menschliche Natur sei nun einmal sehr komplex und voller Widersprüche. Selbst Professoren könnten dem Drang nach Ruhm erliegen. Schließlich strebten wir alle, Nachtfaltern gleich, die von einer brennenden Kerze angezogen werden, ins Licht der öffentlichen Anerkennung. Großwildjäger verspürten bekanntlich die unwiderstehliche Neigung, ihre Rivalen zu übertrumpfen, und verlegten sich dabei oft aufs Fabulieren; auch Journalisten seien Sensationsberichten durchaus nicht abgeneigt und lösten sich mit ihrer Phantasie manchmal völlig von den Fakten. Jedes Mitglied des Komitees habe also ein ganz plausibles Motiv, die Resultate der Expedition aufzubauschen. („Pfui! Pfui!") Er wolle niemanden beleidigen. (Zwischenruf: „Genau das tun Sie aber!" und Unterbrechung.) Die angeführten Beweise für die Wahrheit dieses wundersamen Berichts seien jedoch äußerst dürftig. Was liege denn schon groß vor? Ein paar Photographien.

Angesichts der fortgeschrittenen Technik der photographischen Montage müsse die Frage erlaubt sein, ob diesen Bildern Beweiskraft zuzubilligen sei. Was noch? Es sei hier erklärt worden, man habe infolge des fluchtartigen Abstiegs per Seil keine größeren Tierpräparate mitnehmen können. Diese Geschichte sei hübsch ausgedacht, aber nicht überzeugend. Ihm sei zu Ohren gekommen, Lord Roxton habe behauptet, den Schädel eines Phorachus zu besitzen. Er könne dazu nur sagen, er hätte diese Trophäe gern einmal gesehen.

LORD JOHN ROXTON: „Will mir dieser Kerl etwa unterstellen, daß ich lüge?" (Tumult.)

VORSITZENDER: „Ruhe! Ruhe! Dr. Illingworth, ich muß Sie bitten, sich kürzer zu fassen und endlich Ihren Zusatzantrag zu formulieren."

DR. ILLINGWORTH: „Obwohl ich längst noch nicht alles gesagt habe, Euer Gnaden, füge ich mich Ihrer Anordnung. Ich beantrage hiermit, Professor Summerlee für seinen interessanten Vortrag zwar den Dank der Versammlung auszusprechen, die gesamte Angelegenheit jedoch als ‚unbewiesen' zu erachten und einem größeren, hoffentlich vertrauenswürdigeren Untersuchungskomitee zu überantworten."

Das Durcheinander, das dieser Zusatzantrag auslöste, läßt sich schwer beschreiben. Ein großer Teil der Zuhörerschaft protestierte gegen die Verunglimpfung der Expeditionsteilnehmer mit lautstarken empörten Rufen: „Nicht annehmen!" – „Er soll den Antrag zurückziehen!" – „Schmeißt ihn raus!" Die Gegenseite – und es war nicht zu verkennen, daß sie zahlenmäßig zugenommen hatte – spendete Dr. Illingworth Beifall und brüllte ihrerseits: „Ruhe!" – „Herr Vorsitzender, wir fordern Gerechtigkeit!" Auf den hinteren Plätzen entstand ein Handgemenge, dann brach unter den Medizinstudenten, die diesen Teil des Saals bevölkerten, eine wilde Prügelei aus. Nur dem mäßigenden Einfluß der zahlreich anwesenden Damen war es zu verdanken, daß es nicht zu einer regelrechten Saalschlacht kam. Plötzlich brach der Tumult ab, es wurde still, erwartungsvolle Spannung breitete sich in der Queen's Hall aus. Professor Challenger war aufgestanden. Von seiner Erscheinung ging etwas Achtunggebietendes aus. Als er besänftigend eine Hand hob, nahm das Publikum folgsam Platz und war ganz Ohr.

„Viele der heute Anwesenden werden sich erinnern", begann Professor Challenger, „daß sich während der letzten Versammlung, in der ich zu Ihnen sprechen konnte, ähnlich törichte und unwürdige Szenen abgespielt haben. Bei dieser Gelegenheit war Professor Summerlee der Wortführer der Scholastiker, die mich angriffen, und obwohl Sie ihn nun als geläuterten und bekehrten Sünder vor sich sehen, hat sein unrühmliches Beispiel von damals offenbar Schule gemacht. Ich habe mir heute abend ähnliche und sogar noch beleidigendere Äußerungen von jenem Herrn anhören müssen, der sich soeben gesetzt hat. Obwohl es mir beträchtliche Mühe bereitet, auf das geistige Niveau dieses Herrn hinabzusteigen, werde ich diesen Akt der Selbsterniedrigung auf mich nehmen, um alle Zweifel auszuräumen, die in den Holzköpfen eines erklecklichen Teils des Publikums offenbar doch noch herumspuken." (Anhaltendes Gelächter.) „Ich muß das Publikum nicht erinnern, daß ich – wiewohl Professor Summerlee als Leiter des Untersuchungskomitees den Bericht heute abend vorgetragen hat – der Initiator der Expedition war und ihr Erfolg in erster Linie mir zuzu-

232

schreiben ist. Ich habe die drei Herren sicher zu dem besagten Plateau geführt und sie, wie Sie gehört haben, von der Richtigkeit meiner Darlegungen überzeugt. Wir waren eigentlich der Meinung, daß bei unserer Rückkehr niemand, nicht einmal der Beschränkteste, unseren gemeinsam verantworteten Untersuchungsbericht anzweifeln werde. Gewarnt durch meine frühere trübe Erfahrung, bin ich diesmal jedoch nicht ohne Beweisstücke gekommen, die jeden Menschen, der noch einen Funken Verstand besitzt, überzeugen können. Wie Professor Summerlee bereits erklärte, wurden bei dem Überfall der Affenmenschen auf unser Lager unsere Photoapparate beschädigt und die meisten Negative vernichtet." (Lachen und Gejohle und aus dem rückwärtigen Teil des Saals der spöttische Zwischenruf: „Erzählen Sie mal 'nen neuen Witz!") „Da ich soeben die Affenmenschen erwähnte, komme ich nicht umhin festzustellen, daß manche Laute, die jetzt an mein Ohr dringen, mich lebhaft an meinen Aufenthalt bei diesen interessanten Kreaturen erinnern." (Allgemeine Heiterkeit.) „Trotz des Verlustes so vieler unersetzlicher Negative besitzen wir immer noch einige Aufnahmen, die exakt über die geophysikalische und botanische Beschaffenheit des Plateaus Auskunft geben. Will man uns ernstlich unterstellen, diese Aufnahmen gefälscht zu haben?" (Eine Stimme: „Ja!" und beträchtliche Unruhe, die erst dadurch beigelegt werden konnte, daß man etliche Störenfriede des Saals verwies.) „Die Negative können jederzeit von Experten geprüft werden. Was haben wir noch an Beweismitteln vorzulegen? Das fluchtartige Verlassen des Plateaus und der Abstieg an einem Seil haben uns die Mitnahme großer Gepäckstücke unmöglich gemacht; dennoch gelang es uns, Professor Summerlees Sammlung von Käfern und Schmetterlingen, die viele neue Arten enthält, zu retten. Sind diese Präparate etwa kein Beweis?" (Einige Stimmen: „Nein.") „Wer wagt es, hier noch nein zu sagen?"

DR. ILLINGWORTH (sich erhebend): „Wir meinen, daß eine solche Sammlung nicht unbedingt auf einem prähistorischen Plateau entstanden sein muß." (Beifall.)

PROFESSOR CHALLENGER: „Und mir scheint, Ihr wissenschaftlicher Sachverstand reicht gerade zum Meinen aus, was auch den Umstand erklärt, daß mir Ihr Name nicht eben geläufig ist. Aber schön, lassen wir die Photographien und die entomologische Kollektion beiseite. Ich komme nun zu den vielfältigen und detaillierten Erkenntnissen, die wir zu bisher ungeklärten Problemen gewonnen haben. Zum Beispiel sind wir in der Lage, das Sozialverhalten des Pterodaktylus –" (eine Stimme: „Quatsch!" und erneute Unruhe) – „das Sozialverhalten des Pterodaktylus genauestens zu beschreiben. Einen Moment, in meiner Brieftasche habe ich ein Bild von einem Tier, das Sie gewiß davon überzeugen wird ..."

DR. ILLINGWORTH: „Bilder überzeugen uns überhaupt nicht."

PROFESSOR CHALLENGER: „Sie möchten wohl gern ein lebendes Exemplar sehen, was?"

DR. ILLINGWORTH: „So ist es."

PROFESSOR CHALLENGER: „Und Sie meinen, Sie könnten ein solches als Beweis akzeptieren?"

DR. ILLINGWORTH (lachend): „Ja, selbstverständlich."

Mit diesem Rededuell bahnte sich die Sensation des Abends an, eine äußerst dramatische, für wissenschaftliche Veranstaltungen bislang beispiellose Szene. Professor Challenger reckte einen Arm in die Höhe. Auf dieses Zeichen schien mein Reporterkollege E. D. Malone gewartet zu haben, denn er sprang sofort auf und eilte hinter die Bühne. Kurz darauf kehrte er in Begleitung eines riesigen Negers zurück. Gemeinsam schleppten sie eine große Transportkiste herein, die offenbar recht schwer war. Langsam trugen sie sie nach vorn und setzten sie neben dem Stuhl des Professors ab. Im Saal herrschte Totenstille, gebannt verfolgte jeder das Schauspiel. Der Professor entfernte die Deckplatte, indem er sie seitlich herauszog. Er blickte in die Kiste, schnippte ein paar Mal mit den Fingern, und die weit vorn sitzenden Pressevertreter konnten hören, wie er leise lockte: „Komm schon, Kleines! Put-put!" Im nächsten Augenblick begann es in der Kiste zu scharren und zu rascheln, dann krabbelte eine abgrundhäßiche Kreatur heraus und hockte sich auf dem Rand. Nicht einmal der plötzliche Sturz des Herzogs von Durham in den Orchestergraben, der in diesem Augenblick erfolgte, vermochte das Publikum aus der Erstarrung zu reißen. Das Gesicht der Kreatur übertraf die wüsteste Dämonenfratze, die je dem krankhaften Hirn eines mittelalterlichen Steinmetzen entsprungen ist. Es war bösartig, wirkte mit seinen kleinen roten Augen, die wie winzige Kohlen glühten, geradezu furchterregend. In seinem langen, spitzen Schnabel, der halb geöffnet war, konnte man eine Doppelreihe haifischartiger Zähne sehen. Um seine Schultern und den buckligen Rücken herum war etwas drapiert, das wie ein grauer, abgewetzter Schal aussah. Der Teufel aus unseren Kinderträumen höchstpersönlich hockte dort. Im Publikum brach Tumult aus, jemand kreischte, zwei Damen in der vordersten Reihe sanken ohnmächtig von ihren Stühlen, auf der Bühne machten die Mitglieder des Präsidiums Anstalten, ihrem Vorsitzenden in den Orchestergraben zu folgen. Professor Challenger hob beschwichtigend die Arme, aber die Geste erschreckte den Pterodaktylus an seiner Seite. Blitzschnell öffnete und entfaltete sich der sonderbare Schal, und zwei lederartige Flügel begannen zu flattern. Der Professor grapschte nach den Beinen des startenden Fabeltieres – doch zu spät, es hatte sich bereits vom Kistenrand abgestoßen und kreiste mit lederartig klatschenden Schlägen seiner zehn Fuß langen Schwingen über dem Publikum, wobei sich ein fauliger, ekelhafter Gestank in der Queen's Hall ausbreitete. Das Geschrei der Leute auf den Rängen, die plötzlich glühende Augen und einen mörderischen Schnabel auf sich zu kommen sahen, verängstigte das Tier noch mehr. Es flog immer schneller, und streifte, blind vor Erregung, Wände und Kronleuchter. „Das Fenster! Schließt um Gottes willen das Fenster dort!" brüllte Professor Challenger, der auf der Bühne hin- und herrannte und verzweifelt mit den Armen ruderte. Doch seine Warnung kam zu leider spät! Im selben Moment nämlich hatte die Kreatur, die wie eine riesige Motte in einem Lampenschirm immer wieder gegen die Wände prallte und an ihnen entlangflatterte, die Fensteröffnung erreicht. Sie zwängte ihren häßlichen Rumpf hindurch und verschwand. Professor Challenger ließ sich auf seinen Stuhl fallen und schlug die Hände vors Gesicht, während durch das Publikum ein langer, tiefer Seufzer der Erleichterung ging.

Was dann geschah, war so überwältigend, daß es sich kaum beschreiben läßt. Der tosende Beifall der Mehrheit vermengte sich mit dem der bekehrten Minderheit zu einer einzigen Welle der Begeisterung, die aus dem rückwärtigen Teil des Saals nach vorn wogte, dabei immer mächtiger wurde, über den Orchestergraben schlug, die Bühne überflutete und unsere vier Helden auf dem Kamm davontrug. (Dein Glück,

Mac!) Was das Publikum vorher an Gerechtigkeit hatte vermissen lassen, holte es nun doppelt und dreifach nach. Alles war auf den Beinen. Jeder rannte nach vorn zur Bühne, brüllte, gestikulierte. Eine dichte Menge jubelnder Menschen umgab die Forschungsreisenden.

„Hoch! Hoch!" erklang es aus hundert Kehlen. Im nächsten Augenblick wurden die vier Gefeierten über die Köpfe der Menge gehoben. Vergebens versuchten sie, sich zu befreien. Man hielt sie auf ihren luftigen Ehrenplätzen fest. Es wäre es ohnehin schwierig gewesen, sie herunterzulassen, denn das Gedränge um sie herum war immens. Stimmen riefen: „Auf die Regent Street! Auf die Regent Street!". In die Menge kam strudelnde Bewegung, dann wälzte sich ein Menschenstrom, die Vier auf den Schultern tragend, dem Ausgang zu. Der Empfang auf der Straße war überwältigend. Dort warteten sage und schreibe einhunderttausend Menschen! Die Menge erstreckte sich vom Langham-Hotel bis zum Oxford Circus. Aufbrandender Beifall begrüßte die vier Abenteurer, als sie, hoch über den Köpfen der Menschen, im hellen Licht der elektrischen Straßenlampen vor der Halle auftauchten. „Ein Triumphzug! Ein Triumphzug!" wurde gerufen. In einer dichten Phalanx, die die ganze Breite der Straße ausfüllte, marschierte die Menge los, zuerst die Regent Street hinunter, paradierte dann durch die Pall Mall, St. James Street und Picadilly. Der gesamte Verkehr der Innenstadt kam zum Erliegen, zahlreiche Zusammenstöße der Demonstranten mit der Polizei sowie mit mehreren Taxifahrern wurden gemeldet. Erst nach Mitternacht setzte man die vier Expeditionsteilnehmer an der Pforte des Albany ab, in dem Lord John Roxton wohnt. Die begeisterte Menge entließ sie jedoch erst, nachdem sie *They are Jolly Good Fellows* gesungen und zum Abschluß *God Save the King* intoniert hatte. Damit endete der wohl turbulenteste Abend, den London seit langem gesehen hat.

Soweit also mein Freund Macdona, dessen Bericht stellenweise zwar etwas blumig formuliert, im großen und ganzen aber zutreffend ist. Ich muß wohl nicht betonen, daß wir in das Hauptereignis, das das Publikum außer Rand und Band brachte, eingeweiht waren. Der Leser wird sich an meine Begegnung mit Lord John erinnern, der in seiner Schutzkrinoline unterwegs war, um einen ‚Satansbraten' für Professor Challenger zu fangen. Ich habe auch die Schwierigkeiten angedeutet, die wir beim Verlassen des Plateaus mit Challengers Gepäck hatten. Wäre ich näher auf unsere Rückreise eingegangen, hätte ich noch manche Geschichte erzählen können, zum Beispiel, wie es uns nach langwierigen Versuchen endlich gelang, den Appetit unseres schmutzigen Gefährten mit angefaulten Fischen zu wecken. Natürlich habe ich mir das auf Anraten des Professors verkneifen müssen. Es sollte nicht das geringste über diesen unwiderlegbaren Beweis an die Öffentlichkeit dringen, den wir mit uns führten. Challenger wollte seine Gegner in Sicherheit wiegen, um sie dann umso wirkungsvoller zu widerlegen.

Ein paar kurze Bemerkungen zum Schicksal des Londoner

Pterodaktylus. Bisher weiß man darüber nichts genaues. Zwei zu Tode erschrockene Frauen berichteten, er habe in der Nacht noch stundenlang wie eine Teufelsstatue auf dem Dach der Queen's Hall gehockt. Am nächsten Tag erschien in den Abendzeitungen die Meldung, Schütze Miles vom Regiment der Coldstream Guards, der vor dem Marlborough House Wache stand, sei wegen unerlaubten Verlassens seines Postenbereichs vor ein Militärgericht zitiert worden. Miles' Erklärung, er habe das Gewehr fortgeworfen und die Flucht ergriffen, weil plötzlich der Satan am Mond vorbeigeflogen sei, wurde vom Gericht nicht akzeptiert, könnte aber als direkter Hinweis auf das flüchtige Tier gewertet werden. Den letzten Anhaltspunkt fand ich im Logbuch der *Friesland*, eines Dampfers der Holland-Amerika-Linie. Dort heißt es, man habe am Morgen des achten Novembers zehn Meilen vor Start Point ein Wesen gesichtet, das halb einer fliegenden Ziege, halb einer riesigen Fledermaus glich. Es sei mit beträchtlicher Geschwindigkeit in südwestlicher Richtung geflogen. Obwohl ihm sein Heimatinstinkt den richtigen Kurs eingegeben hat, kann kaum ein Zweifel daran bestehen, daß der letzte europäische Pterodaktylus irgendwo in den Weiten des Atlantiks umgekommen ist.

Und Gladys – ach, meine Gladys! Der geheimnisvolle See, der ihren Namen trug, ist inzwischen in Zentralsee umbenannt worden, denn durch mich soll sie nicht in die Unsterblichkeit eingehen. War mir nicht immer schon ein harter Zug in ihrem Wesen aufgefallen? Ahnte ich nicht bereits damals, als ich noch freudig ihren Launen nachgab, daß es doch eine recht armselige Liebe sein muß, wenn ein Liebender den anderen in Tod und Gefahr schickt? Hatte ich nicht längst schon, ohne es mir einzugestehen, ihre hübsche Larve durchschaut und in ihrer Seele die häßlichen Schatten der Eigensucht und Flatterhaftigkeit entdeckt? Begeisterte sie sich für Heldentum und spektakuläre Leistungen aus selbstlosen, edlen Motiven, oder war sie nicht vielmehr auf den Ruhm aus, der ihr ohne eigene Anstrengung zufiel? Oder bilde ich mir das jetzt ein, nachdem ich aus Schaden klug geworden bin? Es war der größte Schock meines Lebens. Im ersten Moment glaubte ich, ich müßte zum Zyniker zu werden. Aber seitdem ist eine Woche vergangen, ein entscheidendes Gespräch mit Lord John Roxton hat stattgefunden, und mittlerweile, da ich dies schreibe, weiß ich, daß alles noch viel schlimmer hätte kommen können.

Ich will die Sache kurz machen. Weder ein Brief noch ein Telegramm von Gladys erwartete mich in Southampton, und ich rechnete mit dem schlimmsten, als ich noch am selben Abend gegen zehn Uhr vor der kleinen Streathamer Villa ankam. War sie krank, lebte sie überhaupt noch? In meinen Träumen war mir Gladys stets mit offenen Armen und freudestrahlendem Gesicht entgegengelaufen, voller Bewunderung für den Mann, der sein Leben gewagt hatte, um ihr zu gefallen. Ernüchtert stand ich auf der Straße. Aber ein Wort, das dieses Mißverständnis aufklärte, und ich wäre sofort wieder im siebenten Himmel gewesen. Ich rannte über den Gartenweg, hämmerte an die Tür, hörte von drinnen Gladys' Stimme, schob das verdutzte Hausmädchen beiseite und stürmte ins Wohnzimmer. Im gedämpften Schein der Stehlampe saß sie in einem niedrigen Sessel neben dem Klavier. Mit drei Schritten durchmaß ich den Raum und ergriff ihre Hände.

„Gladys!" rief ich. „Gladys!"

Sie schaute erstaunt auf. Alles an ihr wirkte irgendwie verändert. Der Ausdruck ihrer Augen, dieser starre Blick nach oben, die verkniffenen Lippen kamen mir fremd vor. Sie entzog mir ihre Hände.

„Ich muß doch bitten!" sagte sie.

„Gladys!" rief ich. „Was ist denn los? Du bist doch meine Gladys, die kleine Gladys Hungerton!"

„Nein", sagte sie, „ich bin Gladys Potts. Darf ich Ihnen meinen Gatten vorstellen?"

Wie absurd das Leben sein kann! Mechanisch verbeugte ich mich und schüttelte einem kleinen rotblonden Mann die Hand, der sich aus einem bequemen Lehnstuhl erhob – dem Stuhl, der einst mir vorbehalten war. Wir nickten und grinsten einander hilflos an.

„Vater läßt uns vorläufig hier wohnen. Unser Haus ist noch nicht fertig", sagte Gladys.

„Aha", sagte ich.

„Offenbar haben Sie meinen Brief in Para nicht bekommen?"

„Nein, ich habe keinen Brief bekommen."

„Oh, wie bedauerlich! Er hätte alles erklärt."

„Es ist ganz klar", sagte ich.

„Ich habe William von Ihnen erzählt", sagte sie. „Wir haben keine Geheimnisse voreinander. Es tut mir leid, aber Sie konnten keine ernsten Absichten gehabt haben, nicht wahr, sonst wären Sie nicht zum anderen Ende der Welt gegangen und hätten mich hier nicht allein gelassen. Sie sind doch nicht böse, oder?"

„Nein, nein, überhaupt nicht. Ich glaube, ich gehe jetzt lieber."

„Möchten Sie nicht etwas trinken?" sagte der kleine Mann und fügte dann in verschwörerischem Ton hinzu: „So geht's nun einmal. Und so wird's auch bleiben, solange die Weiber nicht auf die Idee kommen, die Vielmännerei einzuführen."

Er lachte wie ein Idiot, während ich zur Tür stürzte.

Ich war schon im Garten, da fiel mir plötzlich etwas ein. Auf dem Absatz kehrtmachend, ging ich auf meinen siegreichen Nebenbuhler zu, der auf einmal sehr nervös auf den Klingelknopf starrte.

„Würden Sie mir eine Frage beantworten?" fragte ich.

„Nun, wenn sie nicht zu ausgefallen ist", sagte er.

„Wie haben Sie es geschafft? Haben Sie nach verborgenen Schätzen gegraben oder einen Pol entdeckt, sind Sie auf einem Piratenschiff gefahren oder über den Kanal geflogen, oder was? Was haben Sie geleistet? Womit haben Sie sie rumgekriegt?"

Er starrte mich völlig entgeistert an. Dann verzog sich sein gutmütiges kleines Gesicht, und so etwas wie Unwillen war ihm abzulesen.

„Finden Sie nicht, daß Sie etwas zu persönlich werden?"

„Na gut", rief ich, „verraten Sie mir wenigstens eins: Was sind Sie von Beruf?"

„Anwaltsgehilfe", sagte er. „Ich bin sozusagen die rechte Hand von Johnson & Merrivale in der Chaucery Lane 41."

„Gute Nacht!" sagte ich und verschwand wie alle unglücklichen Helden, denen das Herz gebrochen wurde, in der Dunkelheit. Kummer, Wut und Hohn brodelten in mir wie in einem Kochtopf.

Der Rest ist schnell erzählt. Gestern abend gab Lord John Roxton ein Essen. Anschließend saßen wir gemütlich rauchend beisammen und unterhielten uns über unsere Abenteuer. Es war seltsam, die altvertrauten Gesichter und Gestalten in dieser veränderten Umgebung zu sehen. Da war Challenger – herablassend lächelnd, die hochmütigen Augen halb geschlossen, den Bart aggressiv vorgereckt und den mächtigen Brustkasten aufgebläht, legte er Summerlee seine Ansichten dar. Und Summerlee, wie gewöhnlich die kurze Bruyèrepfeife zwischen dem dünnen Lippenbärtchen und dem grauen Ziegenbart, das faltige Gesicht im Eifer des Gefechts vorgeschoben, stellte alle Thesen Challengers in Frage. Schließlich unser Gastgeber mit dem verwegenen Adlergesicht und den kalten gletscherblauen Augen, aus deren Tiefe stets ein wenig Schalkhaftigkeit und Humor blitzt. Dieses letzte gemeinsame Bild von ihnen wird mein Gedächtnis immer bewahren.

Nach dem Abendessen bat uns Lord Roxton in sein Allerheiligstes, das Zimmer mit der rötlichen Beleuchtung und den zahlreichen Trophäen, um uns eine Mitteilung zu machen. Er holte eine alte Zigarrenkiste aus dem Eichenschrank und stellte sie vor sich auf den Tisch.

„Da ist noch 'ne Kleinigkeit", sagte er, „die ich bisher nicht erwähnt habe, weil ich mir selbst erst Klarheit verschaffen mußte. Es hat ja keinen Sinn, voreilig Hoffnungen zu wecken, die sich dann nicht erfüllen. Aber jetzt haben wir es nicht mehr mit Hoffnungen zu tun, sondern mit Tatsachen. Sie erinnern sich sicher an den Tag, als wir die Pterodaktylenkolonie im Sumpf entdeckten, nicht wahr? Nun, mir fiel etwas auf, worauf Sie vielleicht gar nicht geachtet haben: Es war ein Vulkankrater mit blauem Ton."

Die Professoren nickten.

„Tja, nur an einer einzigen Stelle auf der Welt war mir zuvor ein Krater mit blauem Ton begegnet, nämlich in De Beers großer Diamantenmine von Kimberley. Das ging mir einfach nicht mehr aus dem Kopf. Also habe ich diese Schutzglocke gebastelt, um mir die stinkenden Biester vom Leibe zu halten, und dort einen Tag nach Herzenslust herumgewühlt. Und das habe ich gefunden."

Er öffnete die Zigarrenkiste, kippte sie um, und zwanzig bis dreißig Rohdiamanten von Bohnen- bis Kastaniengröße kullerten über die Tischplatte.

„Vielleicht werden Sie sagen, ich hätte sie Ihnen gleich zeigen sollen. Mag sein. Aber ich wußte, wie leicht man sich als Laie bei rohen Steinen verschätzt. Sie können noch so groß sein – wenn Klarheit und Konsistenz nicht stimmen, sind sie nicht viel wert. Deshalb brachte ich sie heimlich mit, ging aber gleich am Tag nach unserer Ankunft in London zu Spinks Juweliergeschäft und gab ihm einen Stein zum Schleifen."

Er zog ein Pillenschächtelchen aus seiner Westentasche, stülpte es um, und ein herrlich glitzernder Brillant kam zum Vorschein, einer der schönsten Steine, die ich je gesehen habe.

„Das ist das Ergebnis", sagte er. „Der Meister schätzt den ganzen Ramsch auf einen Wert von mindestens zweihunderttausend Pfund. Natürlich wird das Geld gleichmäßig unter uns aufgeteilt – keine Widerrede! Na, Challenger, was fangen Sie mit Ihren Fünfzigtausend an?"

„Wenn Sie auf Ihrem großzügigen Angebot bestehen", entgegnete der Angesprochene, „werde ich mir einen lange gehegten Wunsch erfüllen und ein privates Museum gründen."

„Und Sie, Summerlee?"

„Ich gebe sämtliche Lehrverpflichtungen ab und widme mich ganz der Aufgabe, die Klassifikation der Fossilien aus der Kreidezeit abzuschließen."

„Mit meinem Anteil", erklärte Lord John Roxton, „will ich eine anständige Expedition auf die Beine stellen und mir das gute alte Plateau noch einmal ansehen. Und wofür ihrer draufgeht, junger Freund, ist klar. Sie wollen heiraten, stimmt's?"

„Noch nicht", antwortete ich mit einem verlegenen Lächeln. „Ich würde mich gern Ihnen anschließen, wenn Sie mich brauchen können."

Lord Roxton erwiderte nichts, aber er streckte mir seine gebräunte Hand über den Tisch entgegen.

Ende

Anmerkungen

1 auf Seite 11: Das erwähnte Buch ist: Isabel Burton: *The Life of Captain Sir Richard F. Burton* (1892). Richard Francis Burton (1821-1890) war ein äußerst vielseitiger Mann, der mit Expeditionen nach Afrika, Südamerika und Island als Forschungsreisender, als Diplomat in Brasilien, sowie als Arabist und Schriftsteller berühmt wurde. Von ihm stammt die erste englische Übersetzung des *Kamasutra*. Sehr beliebt war auch seine Übersetzung der *Geschichten aus 1001 Nacht* wegen ihrer recht freizügigen Sprache.

2 auf Seite 11: Sir Henry Morton Stanley (1841-1904), geboren in England, machte sich als amerikanischer Journalist und Abenteurer einen Namen. Er suchte im 1871 im Auftrag des *New York Herald* den in Afrika verschollenen schottischen Missionar David Livingstone. Als er ihn auf einer Insel in der Nähe des Tanganjikasees (im heutigen Grenzgebiet zwischen Zaire und Tansania) fand, begrüßte er ihn, unnachahmlich britisch cool, mit den Worten: „Doctor Livingstone, I presume!" Auf seiner zweiten Afrikaexpedition (1874) suchte er nach Handelswegen und geeigneten Kolonien für den belgischen König Leopold II.

3 auf Seite 19: August Weismann (1834 – 1914), ein deutscher Zoologe und Entwicklungsbiologe, war grundsätzlich ein Anhänger Darwins , aber er dehnte die Darwinschen Gedanken der Selektionstheorie auf die Vorgänge der Keimesentwicklung aus. Er stellte, ähnlich wie der Botaniker Carl Wilhelm von Näegeli, das Keimplasma als Träger der Erbinformation in das Zentrum seiner Betrachtungen. Angeblich haben seine Ideen zur Wiederentdeckung der Mendelschen Vererbungsgesetze beigetragen.

4 auf Seite 36: Alfred Russel Wallace (1823-1913) und sein Freund Henry Bates unternahmen 1848 eine naturhistorische Expedition zum südamerikanischen Amazonasbecken und stellten eine umfangreiche Sammlung von Präparaten für das Britische Museum zusammen. Allerdings ging die gesamte Kollektion 1852 bei der Rückreise

244

über den Atlantik verloren, als Feuer auf ihrem Schiff ausbrach.

5 auf Seite 41: Ray Lankesters Buch *Extinct Animals* (Archibald Constable, London 1905) entnahm Conan Doyle viele Detailkenntnisse über die prähistorische Tierwelt sowie zwei Illustrationen für die englische Ausgabe seines Romans. Edwin Ray Lankester (1847-1929) war seinerzeit ein bekannter Zoologe, Forschungsreisender und Direktor der naturgeschichtlichen Abteilung des Britischen Museums in London. Conan Doyle kannte ihn persönlich und schätzte ihn sehr. Die in jüngster Zeit geäußerte Mutmaßung, Conan Doyle könnte den Schwindel mit dem Piltdown-Menschen (siehe Anmerkung weiter unten) inszeniert haben, um ihn zu diskreditieren, erscheint abwegig.

6 auf Seite 56: Der Weald ist eine Hügellandschaft im Südosten Englands.

7 auf Seite 70: Die Londoner Firma Bland & Sons stellte von 1890 bis zum Beginn des Zweiten Weltkriegs fast ausschließlich Waffen für die Großwildjagd her. Für ihre großkalibrige Expreßbüchse gab es eine spezielle Dumdum-Munition, deren Bleiprojektil wegen eines integrierten Kupferröhrchens relativ leicht war und beim Aufprall zerplatzte, wodurch eine verheerende Zerstörungswirkung erzielt wurde. Unerfahrene Schützen konnten von dem heftigen Rückschlag dieser Waffe umgeworfen werden.

8 auf Seite 70: Blaubuch: Vom britischen Parlament veröffentlichter Bericht, gewöhnlich in blauem Einband.

9 auf Seite 129: Shikari: Der aus dem Hindustanischen stammende Ausdruck bezeichnet einen erfahrenen Großwildjäger.

10 auf Seite 174: Das Aufregende beim Erscheinen von Conan Doyles Buch war, daß es neben überlebenden Sauriern auch das ‚fehlende Verbindungsglied' (missing link) zwischen Tier und Mensch präsentierte, nach der die Paläontologen fieberhaft suchten. Darwins Entwicklungstheorie ging davon aus, daß bei der Herausbildung des Menschen ein solches Verbindungsglied existiert haben mußte, doch solange keine Spuren von diesem Übergangswesen gefunden waren, galt die Evolutionstheorie, zumindest für die Herkunft des Menschen, als unbewiesen. In dieser Hinsicht war das Klima sowohl in der Öffentlichkeit wie auch in der Wissenschaft geradezu aufgeheizt

und produzierte schillernde Treibhausblüten. So elektrisierte 1912 die Nachricht von einem sensationellen Fund die Welt: In einer Kiesgrube bei dem Örtchen Piltdown in Sussex, kaum 8 Meilen von Conan Doyles Villa entfernt, hatte ein Rechtsanwalt und Hobbygeologe namens Charles Dawson versteinerte Knochen, Zähne und sogar Bruchstücke vom Schädel eines Wesens gefunden, das offensichtlich halb Affe, halb Mensch war. Dr. A. Smith Woodward vom Britischen Museum, seines Zeichens Paläontologe und weltweit einer der führenden Experten auf dem Gebiet der frühgeschichlichen Entwicklung des Menschen, untersuchte die ungemein dickwandigen Schädelknochen, die auf eine bemerkenswert geräumige Hirnkapsel hindeuteten, den affenartigen Kiefer und die Zähne, deren Form und Abnutzung aber nicht affentypisch sondern eher für den Menschen charakteristisch waren. Der Gelehrte hegte keinen Zweifel, hier endlich das lange gesuchte fehlende Verbindungsglied vor sich zu haben. Er nannte den Fund nach seinem Endecker Eoanthropus dawsoni und stellte ihn wie ein Nationalheiligtum im Britischen Museum aus. In der Öffentlichkeit hieß das Wesen allgemein Piltdown-Mensch (nach dem Fundort), und Scharen von Touristen begannen zu der Kiesgrube in Sussex zu pilgern, um zu sehen, wo ,der erste Engländer' gelebt hatte. Das Interesse flaute 1949 ab, als mit chemischen Tests nachgewiesen wurde, daß die Knochenreste zwar alt, aber niemals 500.000 Jahre alt waren. Doch erst 1953 nahm ein Komitee von Paläontologen ausgiebige Untersuchungen an den Fundstücken vor und kam zu dem Schluß, daß es sich bei dem Piltdown-Menschen um eine veritable, in der Geschichte paläontologischer Entdeckungen beispiellose Fälschung handelte: Die offensichtlich vor dem Vergraben im Kies zerstörten und mit speziellen Alterungsflecken versehenen Schädelknochen waren menschlicher Herkunft, der Kiefer aber gehörte einem rezenten Affen, wahrscheinlich einem Orang Utan. Die Eck- und Backenzähne waren zurechtgefeilt worden, um ihnen menschliches Aussehen zu verleihen. Ob Dawson, Dr. Smith Woodward oder ein anonymer Witzbold die Öffentlichkeit und die Fachwelt so lange an der Nase herumgeführt hat, ist nie geklärt worden. – Könnte der Urheber nicht Sir Arthur gewesen sein, der mit diesem sensationellen Reklamecoup den Verkaufserfolg seines Romans ungemein zu steigern wußte?

11 auf Seite 176: Gemeint sind die Washington Grays, ein Infanterieregiment von Freiwilligen während des amerikanischen Bürgerkriegs, das aus einer Bürgerwehrtruppe hervorging.1865 wurde die Einheit aufgelöst. Insgesamt verlor das Regiment bei Kampfeinsätzen

7 Offiziere und 70 Soldaten; 160 Soldaten wurden von Seuchen da-
hingerafft. Der Verfasser der pathetischen Ballade ist unbekannt.

12 auf Seite 229: Der Begriff Bathybius haeckelii wurde 1868 von
dem Naturforscher Thomas Henry Huxley (1825-1895) geprägt und
löste eine lange, dabei ziemlich kuriose Debatte unter Naturwissen-
schaftlern aus. 1857, als das britische Schiff *Cyclops* den Atlanti-
schen Ozean auslotete, um eine Trasse für die Verlegung eines Te-
legraphiekabels nach den USA zu finden, wurde aus der Tiefe eine
schleimige Substanz zutagegefördert. Huxley nahm an, sie bedecke
den Boden der Tiefsee, wandle dort als eine Art Urschleim fortwährend anorganische Stoffe in organische Materie um und sei demnach
als das Ausgangsmaterial für die Entstehung des Lebens anzusehen.
Er berief sich dabei auf Ernst Haeckel, den Jenaer Professor für Vergleichende Anatomie, der von einer ähnlich verlaufenden Selbstzeu-
gung (Autogenie) von Leben beim Übergang von anorganischen
Substanzen in organische überzeugt war und diese für experimentell
beweisbar hielt. Es ist überliefert, daß er noch Anfang des zwanzigsten Jahrhundert im Labor zu seinem Freund Emil Fischer sagte:
„Na, kondensieren Sie nur, eines Tages wird's schon krabbeln!" Die
Diskussion blieb weitgehend spekulativ und abstrakt, denn trotz fort-
gesetzter Bemühung konnte kein frisches Bathybius für Laboranalysen
gefunden werden. Huxley widerrief schließlich seine Thesen.

Nachwort

Ein unmöglicher Mensch!

Gelegentlich ist vermutet worden, H. Rider Haggards Professor Higgs aus *Queen Sheeba's Ring* (1909) habe für die Figur des Challenger Modell gestanden. Ebensogut könnte man auf Parallelen zu Jules Vernes Professor Lidenbrock in *Die Reise zum Mittelpunkt der Erde* (1864) hinweisen. (Selbst die Rahmenhandlung beider Romane besitzt Ähnlichkeit: Auch bei Verne nimmt ein junger Mann an einer gefahrvollen Expedition teil, um sich vor seiner Angebeteten zu beweisen.) Doch es ist die Frage, ob einzelne literarische Vorbilder hier überhaupt wichtig waren, denn der kauzige oder verrückte Wissenschaftler, der sensationelle Entdeckungen und Erfindungen macht, geisterte damals bereits als nicht eben seltene Gestalt durch die Abenteuerliteratur und den frühen Stummfilm. Anregungen zur individuellen Ausgestaltung dieses bereits etablierten und fast klischeehaften Typs zog Conan Doyle aus eigenem Erleben. Er dürfte sich an seine Edinburgher Studentenzeit erinnert haben, insbesondere an einen Professor Rutherford von der medizinischen Fakultät, der über einen Assyrerbart, einen enormen Brustkasten und eine ungemein dröhnende Stimme verfügte und seine Vorlesung bereits zu beginnen pflegte, während er sich noch auf dem Flur vor dem Hörsaal befand. Auch an einen befreundeten Kommilitonen namens George Turnavine Budd, dessen unerschütterliches Selbstbewußtsein und genialische Ideen ihm sehr imponiert hatten (so daß es später sogar zeitweilig in dessen Arztpraxis mitarbeitete – wobei sich die Beziehung aber sehr abkühlte), wird er gedacht haben.

Im Roman *The Lost World*, der 1912 gleichzeitig in Fortsetzungen im *Strand Magazine* und in Buchform erschien, gibt Professor George Edward Challenger sein Debüt. Wie schon sein Name verrät, ist er ein ziemlich herausfordernder Bursche. Sowohl mit seinen wissenschaftlichen Thesen als auch durch sein provokantes Betragen reizt er immer wieder zum Widerspruch. Zunächst verblüfft er die Öffentlichkeit mit der Entdeckung eines natürlichen Reservats prähistorischen Lebens im südamerikanischen Regenwald. Später wird die Vergiftung allen Lebens auf der Erde voraussagen – und selbstverständlich überleben (*The Poison Belt*, 1913), ein geheimnisvolles Nebelland entdecken (*The Land of Mist*, 1926), einen Krieg verhindern, indem er den skrupellosen Erfinder einer furchtbaren Waffe besiegt (*The Disintegration Machine*, 1929); und schließlich sogar die gute alte Mutter Erde, die seiner Meinung eine Art Superorganismus darstellt, auf sich, ihren prominentesten Sohn, aufmerksam machen (*When the World Screamed*, 1929). Mit Kleinigkeiten gibt er sich also nicht ab. Ihn beschäftigen Dinge globalen Ausmaßes. Er ist sozusagen für das extrem Außergewöhnliche zuständig; während Sherlock Holmes, der ein Stäubchen Zigarrenasche unter die Lupe nimmt, um herauszufinden, wer ein Motiv und Gelegenheit hatte, Miss Soundso um Leben und Erbschaft zu bringen, mehr die unvermuteten Abgründe im Alltag ausleuchtet. Was sich wie eine harmonische Arbeitsteilung zwischen den beiden ausnimmt, resultierte allerdings aus dem unerbittlichen Konkurrenzkampf um die Publikumsgunst, in den ihr geistiger Vater sie schickte.

Die Einführung der Challenger-Figur war einer der energischsten Versuche des Autors, von der Sherlock-Holmes-Serie wegzukommen, auf die ihn die drängende Nachfrage seiner Leser festzulegen drohte. Conan Doyle hatte an der Schwelle des 20. Jahrhunderts ziemlich drastisch die Vorzüge, aber auch die Nachteile einer populären Serienfigur kennengelernt. Der hagere beratende Detektiv aus der Baker Street 221 B würde sein literarisches Schaffen gefährlich einengen, hatte er gefürchtet und ihn deshalb mit der Geschichte *The Final Problem* Ende 1893 kurzerhand in den großen Reichenbach-Wasserfall oberhalb des schweizerischen Örtchens Meiringen im Berner Oberland gestürzt. Aber so einfach war das Problem nicht zu lösen. Verleger und Leser bestürmten ihn nun erst recht mit Forderungen nach neuen Holmes-Abenteuern. Doyle gab schließlich nach und inszenierte 1903 in der Oktoberausgabe des *Strand Magazine* die Wiederkehr des Sherlock Holmes. Fortan war der Teufel nur noch mit Beelzebub auszutreiben: Doyle schuf eine Serienfigur mit völlig anderem Aktionsradius.

Das diametral entgegengesetzte Wesen beider Figuren wird im Vergleich deutlich: Auf der einen Seite der unemotionale, seine Gefühle kontrollierende höfliche Detektiv – ein perfekter englischer Gentleman. Auf der anderen Seite Challenger: extrovertiert, anmaßend, aggressiv wie ein gereizter Bulle, unhöflich, ein „ganz unmöglicher Mensch".

Die Hinwendung zu dieser gänzlich anders angelegten Gestalt und der Wechsel von den strengen Kompositionprinipien der Detektiverzählung zum weitaus lockereren Bau des phantastischen Reiseromans eröffneten Conan Doyle neue Möglichkeiten. Zum einen konnte er nun seine erzählerische Grundauffassung vom „freien Fluß der Imagination" besser umsetzen. In der *Verlorenen Welt* bewegt sich die Phantasie des Autors noch in den Bahnen des wissenschaftlich Vorstellbaren beziehungsweise Erklärbaren. Später wurde der skandalumwitterte Professor mehr und mehr zum Medium für die Darstellung von Phänomenen jenseits der Grenze des wissenschaftlich Erforschten, für die sich Doyle in seinem letzten Lebensjahrzehnt besonders stark interessierte.

Zum anderen bot die Challenger-Figur dem inzwischen sehr berühmten Autor die Gelegenheit, seine eigenen Erfahrungen beim Auftreten in der Öffentlichkeit zu verarbeiten. Sein persönliches Engagement in politischen, ökonomischen, juristischen und militärischen Angelegenheiten (ein Dialog zwischen Malone und Sir John im 6. Kapitel spielt auf Doyles Vorschlag an, Scharfschützenkompanien für den Kolonialdienst aufzustellen) hatte ihm nicht nur Sympathie eingebracht. Mehrfach erntete er Hohn und Anfeindungen von bornierten Fachleuten und deren Anhängerschaft. Insofern war ihm die Problematik des verspotteten, grimmig werdenden Außenseiters durchaus vertraut. Man kann es fast nachempfinden, wenn man liest, mit welch ätzender Schärfe Doyle die

Versammlungen beschreibt, die vor und nach dem Südame-
rika-Abenteuer stattfinden, und dabei engstirnige Fachgelehr-
te, scholastische Schönredner und den Revolverjournalismus
mancher Blätter geißelt.

Gleichzeitig eröffnete der Wechsel vom Duo Holmes/Wat-
son zu den Hauptfiguren der Challenger-Abenteuer Doyle die
Möglichkeit, seinen Sinn für Humor so recht auszuspielen.
Sein Talent für pointiertes Erzählen bekam ein reiches Betäti-
gungsfeld: Zwei skurrile, ständig miteinander hadernde Gelehrte und ein adliger Globetrotter werden geschildert von einem Zeitungsreporter, der über den trockenen Witz und die
Schnoddrigkeit seiner Branche verfügt. Die daraus resultie-
rende Mischung von zumeist hintergründiger Komik und Iro-
nie hebt die *Verlorene Welt* immer wieder über das An-
spruchsniveau eines schlichten Jugendbuches hinaus.

Die weißen Flecken auf der Landkarte

Sie sind fast verschwunden, wie Mr. McArdle bedauernd fest-
stellt. Die geographische Erkundung der Erde ist gegen Ende
des 19. Jahrhunderts im Wesentlichen abgeschlossen. Nur an
den Polen sowie im Innern Südamerikas und Afrikas gibt es
noch unerforschte Regionen, in denen sich die Fiktionen der
Romanschriftsteller mit den Hypothesen der Wissenschaftler
treffen können. Science-Fiction-Autoren, die vom Mythos des
Fernen und Unbekannten leben, weichen aus: ins Erdinnere
(Jules Verne: *Reise zum Mittelpunkt der Erde*, 1864; *20.000
Meilen unter dem Meer*, 1870), verlegen den Schauplatz auf
andere Planeten (Jules Verne: *Von der Erde zum Mond*, 1865;
Reise um den Mond, 1869; Kurd Laßwitz: *Auf zwei Planeten*,
1897) oder in eine andere Zeit (Herbert G. Wells: *Die Zeit-
maschine*, 1895). Conan Doyle nutzt zwei Möglichkeiten
gleichzeitig. Er führt in das derzeit noch nicht kartografierte
Quellgebiet des Amazonas, und er läßt diese Expedition zu einer Reise in die Urzeit werden. Die Vorteile dieser Verbindung von räumlicher und zeitlicher Ferne liegen auf der Hand.
Der Roman wurde ein Riesenerfolg, mehr noch, er erzielte

über die Jahre einen anhaltenden Dauererfolg, der fast an den der Holmes-Saga heranreicht. Das Buch wurde mehrfach verfilmt, das erste Mal noch zu Doyles Lebzeiten. Der etwa einstündige, sämtliche Register der damaligen Tricktechnik ziehende Stummfilm von 1925 veraltete aber bald durch das Aufkommen des Tonfilms. 1929 wurden alle Vorführkopien aus den Kinos zurückgerufen, weil er vertont werden sollte – ein Projekt, das jedoch nie zustande kam.

Das Grundmuster der Begegnung und Auseinandersetzung mit monströsen Geschöpfen, welche sich in einem isolierten, von der übrigen Welt abgeschnittenen Lebensraum erhalten haben (Doyle hatte es bereits 1911 in einer Erzählung seines Bandes *The Last Galley* benutzt), wurde von anderen Autoren immer wieder aufgenommen und variiert. Man kann mit Fug und Recht behaupten, daß *The Lost Word* Vorläufer und Inspirationsquelle für eine ganze Reihe von Büchern und Filmen war; ohne dieses Buch sind beispielsweise die Streifen mit King Kong und Godzilla oder Michael Crichtons *Jurassic Park* nicht denkbar.

Ein Roman also, der als normstiftender Klassiker gewirkt hat. Doch wie liest er sich heute? Muß nicht nach gut neun Jahrzehnten manches erklärt werden? Hat sich unsere Einstellung zu den exotischen Schauplätzen und dem Ungewöhnlichen, das da geschildert wird, nicht inzwischen etwas verändert?

Südamerika! Der abenteuernde Globetrotter Sir John Roxton bekommt glänzende Augen, wenn er von der Schönheit und dem Reichtum dieses Kontinents schwärmt. Aber er sieht auch dessen wirtschaftliche Rückständigkeit, die Armut und soziale Ungerechtigkeit, die dort herrschen. 1912 wissen die Leser der *Verlorenen Welt*, daß sein „Privatkrieg gegen die Sklavenschinder, in dem er sich den Namen eines „Racheengels" erwarb, einen durchaus realen Hintergrund besitzt. Sir John Roger Casement, ein britischer Diplomat, hatte die Weltöffentlichkeit auf die unmenschliche Ausbeutung der kautschuksammelnden Urwaldindianer Perus aufmerksam gemacht. Conan Doyle war mit Casement gut bekannt, er erläuterte ihm sein Romanvorhaben und erbat sich Informationen über die Sitten der Eingeborenen Südamerikas sowie alles Seltsame und Merkwürdige, das ihm dort aufgefallen sei.

Der tropische Regenwald! Ein Paradies, üppig und gefährlich, so erscheint der größte Urwald der Erde im Roman. Den sonst so abgebrühten Reporter Malone befällt unter den mächtigen, wie Säulen aufragenden Bäumen eine nahezu sakrale Stimmung. Und wie groß ist seine Verzückung, wenn er im Kanu über das kristallklare Wasser jenes verträumten Flußlaufs gleitet, der von Vegetation überwuchert wird! Das hat er nicht für möglich gehalten, als er in London auf den „braunen, öligen Fluß" starrte. Hier verrät der schwelgerische Blick mehr über den Beobachter als über das Beobachtete. Es ist die Perspektive des Bewohners eines hochindustrialisierten Landes, die einen Verlust signalisiert: Bereits im 19. Jahrhundert hatte in England die rasche Entwicklung von Hüttenwesen und Bergbau zum Abholzen ganzer Wälder geführt und manche Landstriche, von Südwales zum Beispiel, in wahre Mondlandschaften verwandelt. Der südamerikanische Dschungel ist auch noch heute, wie zu Challengers Zeiten, für wissenschaftliche Überraschungen gut (in den letzten Jahren wurde die Entdeckung einer neuen Affenart und bisher unbekannter, früchtefressender Fische gemeldet), aber den Nimbus urwüchsiger, unbeherrschter und deshalb als bedrohlich empfundener Natur verliert das rund acht Millionen Quadratkilometer große Waldgebiet mehr und mehr. Heute ist es selbst bedroht; ungehemmte Besiedlung und rücksichtlose wirtschaftliche Ausbeutung zerstören das ökologische Gleichgewicht des großen Urwaldes immer nachhaltiger, mit katastrophalen Folgen für das Klima in der Region und weltweit. Es ist deshalb nur konsequent, wenn in der jüngsten Romanverfilmung, mit Bob Hoskins in der Rolle des Professors Challenger, die Expeditionsreisenden am Schluß auf Ruhm und Anerkennung verzichten, um das merkwürdige Biotop auf dem Hochplateau vor dem Zugriff der Zivilisation zu schützen.

Und die Urzeitechsen mit ihren abenteuerlichen Formen, von denen der Schritt zu den Drachen und Ungeheuern der Märchenwelt nicht weit ist? Sie geben der Wissenschaft bis heute Rätsel auf. Die ungelöste Frage, warum diese Tiere, nachdem sie äußerst erfolgreich sämtliche Lebensräume erobert und 140 Millionen Jahre lang die Erde beherrscht hatten, am Ende der Kreidezeit plötzlich verschwanden, markiert eine erhebliche Lücke in unseren Kenntnissen über die biologische Evolution. Man darf annehmen, daß die Presseberichte des Jahres 1909 von den sensationellen Saurierknochenfunden auf dem amerikanischen Kontinent (in der Morrison-Formation in Utah) Conan Doyles Phantasie mächtig angeregt haben. Auf jeden Fall waren die Giganten der Vergangenheit beim Erscheinen des Romans ein Gesprächsthema in der Öffentlichkeit. Die Diskussion dazu ist nie ganz verstummt, hat aber gerade in den letzten Jahren neuen Auftrieb bekommen, weil sich herausstellte, daß viele der Thesen und Erklärungen, mit denen man sich zu Beginn des vorigen Jahrhunderts begnügte, unzureichend sind. Zum Beispiel läßt sich Challengers Argumentation, die Saurier seien infolge ihrer mangelhaften Intelligenz ausgestorben – seinerzeit eine gängige wissenschaftliche Auffassung –, heute nicht mehr aufrechterhalten. Geologen und Paläontologen konnten nachweisen, daß einige Saurierarten durchaus recht intelligent und anpassungsfähig waren. Das Problem ihres Aussterbens ist mehr denn je einem weißen Fleck auf der Landkarte vergleichbar: Es ermöglicht eine Fülle von erstaunlichen Hypothesen und waghalsigen Spekulationen. Gingen die Dinosaurier an Hartleibigkeit zugrunde, weil ihnen die abführenden Pflanzenöle bestimmter Farne fehlten, die ausgangs der Kreidezeit nicht mehr existierten, wie der englische Forscher Anthony Hallam meint? Wurde ihre Nahrungsbasis von Insekten und Raupen oder von einer Hitzewelle, hervorgerufen durch eine Supernova, vernichtet? Haben kosmische Strahleneinwirkungen oder der Wechsel der Magnetpole der Erde, der nachweislich mehrfach stattgefunden hat, die Saurier unfruchtbar gemacht? Oder wurden vielleicht beim Einsturz eines gewaltigen Meteoriten in den Golf von Mexiko Staubwolken in die Atmosphäre geschleudert, die die Erde monatelang verdunkelten und eine Ökokatastrophe auslösten, die 85 Prozent des damaligen Lebens auf der Erde auslöschte, wie Astrophysiker neuerdings annehmen? Wie dem auch sei, die Phantasie des Fachmanns wie des Laien wird gleichermaßen herausgefordert, und ein Science-Fiction-Roman, der diesen Brückenschlag ermöglicht, ist eines mit Sicherheit nicht: ein literaturgeschichtliches Fossil.

Falls mein Brief Sie erreicht, Mr. McArdle ...

Der Vierzeiler, der dem Roman als Motto vorangestellt ist, wendet sich ausdrücklich sowohl an den jugendlichen als auch an den erwachsenen Leser. Conan Doyle hat das Vermögen, ein sehr breites Publikums anzusprechen und zu fesseln, stets als eine Kunstfertigkeit angesehen, „die zwar weiterentwickelt und verbessert, niemals aber erworben werden kann. Sie entspringt der Kraft der Einfühlung, dem Gespür für das Dramatische. Es gibt kein kapriziöseres und undefinierbareres Talent. Dem Professor in seinem Arbeitszimmer mag es völlig fehlen, während die irische Kinderfrau oben in der Dachkammer mit ihren Worten die Seelen seiner Kinder aufwühlen kann. Es ist die Imagination und vor allem das Vermögen, Erdachtes miterlebbar zu machen. Aber wir wissen eben nicht, was Imagination ist, und deshalb bleiben alle unsere Definitionen und Erklärungen nur leere Worte."

Gewiß, die Quelle literarischen Talents wird man kaum rational kaum ergründen. Die Mittel und Verfahren jedoch, zu denen ein Autor greift, um Leser in Atem zu halten und ihre Vorstellungskraft zu reizen, lassen sich durchaus benennen.

In der *Verlorenen Welt* besteht Conan Doyles wichtigster Kunstgriff darin, das Erzählte als Wiedergabe tatsächlichen Geschehens, als Bericht zu deklarieren und vielfach mit dem realen Zeitumfeld zu verzahnen. Deshalb Malones Vorbemerkung, das Zitieren von Zeitungsmeldungen, Versicherungen („... auf jeden Fall bin ich fest davon überzeugt, daß das, was ich hier niederschreibe, als klassisches Dokument eines wahren Abenteuers in die Unsterblichkeit eingehen wird"), die überwiegende Komposition des Textes aus Briefen eines direkt Beteiligten sowie anderes mehr. In den Fortsetzungsabdruck und in die erste Buchausgabe des Romans fügte Conan Doyle Reproduktionen aus wissenschaftlichen Abhandlungen,

Kartenskizzen sowie (manipulierte) Fotografien ein, die Ansichten vom Plateau zeigten. Auch ein Gruppenfoto der Expeditionsreisenden fehlte nicht. Darauf posierte Sir Arthur höchstpersönlich, mit Bart und Perücke ausstaffiert, als Professor Challenger (eine Maskerade, die der Herausgeber des *Strand Magazine* streng geheim hielt, weil er um den guten Ruf der Zeitschrift fürchtete). Es gab auch eine Vermarktungskampagne, wie sie damals bei der Rückkehr echter Forschungsreisender üblich war: Poster und kleine Gipsbüsten von Challenger wurden verkauft.

Wie dicht fingierte Realitätsprädikate jedoch im Text oder um ihn herum angeordnet werden, glaubwürdig wird er allein dadurch noch nicht. Erst wenn das Erzählte als Ausschnitt eines viel umfangreicheren Geschehens erscheint, entsteht der Anschein von Tatsächlichkeit. Deshalb wird eine Fülle von Begebenheiten und Erlebnissen der Expeditionsmitglieder erwähnt, zu deren näherer Beschreibung es nicht kommt, sei es, weil Malone dazu die Muße beziehungsweise entsprechendes Schreibmaterial fehlt (um das Leben der Accala-Indianer oder die Begegnung mit völlig unbekannten Lebewesen ausführlich darzustellen), weil der Berichtende bestimmte Informationen nicht preisgeben darf (die exakte Position des Hochplateaus) oder weil ihm als unmittelbar Beteiligtem manchmal der Überblick fehlt (über das Schicksal des „Londoner Pterodaktylus" zum Beispiel). Die Strategie besteht darin, die Ränder der Darstellung üppig mit Andeutungen und Vermutungen, gegebenenfalls auch mit beredtem Schweigen, zu garnieren und so die kritische Intelligenz des Lesers abzulenken und zu bannen, damit das „Wunderland" im Zentrum ungehindert reale Konturen gewinnen kann. – Das Verfahren funktionierte, denn sofort nach Erscheinen des Buches begannen heftige Spekulationen über die genaue geografische Lage des urzeitlichen Hochplateaus.

Spannendes Erzählen ist immer auch Zurückhalten von Informationen, verzögertes Darbieten. Hierzu gibt die Position des briefeschreibenden Sonderkorrespondenten reichlich Gelegenheit. Das gleichsam atemlose Nachliefern von Erlebtem seit dem vorigen Brief und Vorausdeutungen auf Geschehnisse, die sich während des Schreibens überstürzt haben (wie bei der Flucht vom Plateau), durchbrechen mehrfach die einfache Chronologie der Handlung und strukturieren den Strom von naturkundlichen Beobachtungen auf effektvolle Weise. Man stelle sich einmal vor, wie viel das Ganze, in nüchterner Tagebuchform wiedergegeben, verlieren würde!

Die Briefform verleiht dem rund dreihundert Seiten starken Romantext nicht nur auf unauffällige, beiläufige Weise Dramatik, sondern sie begründet mit den rekapitulierenden Anschlüssen zwischen den Sendungen auch seine vorzügliche Eignung zur abschnittsweisen (Eisenbahn-)Lektüre – und somit auch zum Fortsetzungsabdruck in Magazinen und Zeitschriften, der vor dem ersten Weltkrieg in England eine besonders wichtige Rolle bei der Verbreitung von Literatur spielte. Im Dezember 1911, als das Manuskript fertig war, erklärte Conan Doyle in einem Brief an den Herausgeber des *Strand Magazine*: „Ich glaube, es wird die beste Fortsetzungsgeschichte (...), die ich je geschrieben habe, besonders, wenn sie mit gefälschten Fotografien, Landkarten und Plänen ausgestattet ist."

Die Art und Weise, wie Conan Doyle in der *Verlorenen Welt* Spannung erzeugt und löst, unterscheidet ihn von manchen Thriller-Autoren vor und nach ihm. Er läßt die eigentlichen Überraschungen und Sensationen nie unvermittelt eintreten, sondern bereitet sie kunstvoll durch Texthinweise vor (die auf den ersten Blick unwesentlich erscheinen mögen), so daß der Leser schon darauf eingestimmt ist. Zum Beispiel wird zuerst einem Helfer der Expedition der Arm von einem Bambussplitter durchbohrt, dann stößt die Expedition auf die sterblichen Reste des James Colver im Bambusdickicht (wobei düstere Ahnungen entstehen), danach werden die gefangenen Europäer zu Augenzeugen der Mordmethode der Affenmenschen, und zuletzt erleben sie, wie die Tiermenschen selbst von den Bambusstangen durchbohrt werden. Ähnliche Motivketten, die nicht zu jäher Verblüffung und grobem Schock, sondern zu einem dramatischen Höhepunkt hinführen, wird der aufmerksame Leser immer wieder bei Doyle entdecken können. Diese Spannungstechnik erinnert an die Sherlock-Holmes-Geschichten, in denen zumeist alle wesentlichen Anhaltspunkte dem Leser längst bekannt sind, bevor der Detektiv sie auf überraschend einfache Weise zueinander in Beziehung setzt. Doyle verzichtet auf Nervenzerrung um ihrer selbst willen, denn seine dramatischen Handlungspartien treiben nicht nur die Spannung in die Höhe, sondern bringen mit ihrer Drastik den Sinn des Geschehens zum Ausdruck. Auch das läßt sich an der Schlacht, mit der die Unterwerfung und Versklavung der Affenmenschen durch die Accala-Indianer endet, beobachten. Die blutige Auseinandersetzung deutet evolutionsgeschichtliche Zusammenhänge an: Die intelligentere Spezies behauptet sich gegenüber der körperlich überlegenen, der Übergang von der Gentil- zur Sklavenhalterordnung wird angedeutet.

Die Methode, entscheidende Entwicklungsmomente der Weltgeschichte in dramatischen Geschichten einzufangen, hatte Conan Doyle bereits 1911 theoretisch erläutert und einem Zyklus von „Impressionen" seines Bandes *The Last Galley* zugrunde gelegt. Es war eine Synthese, zu der dieser Autor, der lange Zeit seine eigentliche Berufung auf dem Feld des historischen Romans sah (*Rodney Stone*, 1886; *Micah Clarke*, 1889; *The White Company*, 1891; *Sir Nigel*, 1906) und seine Kriminal- und Abenteuerbücher zuweilen etwas gering schätzte, mit gewisser Folgerichtigkeit gelangte.

Reinhard Hillich